MERLIN 1

잃어버린 시간

THE LOST YEARS

MERLIN 1

잃어버린 시간

THE LOST YEARS

토머스 A. 배런 지음 | 김선희 옮김

T. A. BARRON

arte

충직한 친구이자, 열정적인 작가이며, 깐깐한 편집자
퍼트리샤(Patricia Lee Gauch)에게 이 책을 바칩니다.

벤(Ben)에게 특별히 감사의 말을 전합니다.
벤은 네 살인데, 매처럼 보고 하늘을 난답니다.

차 례

나는 마법사에 대해 아는 게 많지 않다. 하지만 이건 확실하게 알고 있다. 마법사는 경이로움으로 가득하다는 것을.

고대 드루이드 시대에서부터 21세기의 여명에 이르기까지 아서왕의 전설 속 한 가닥을 따라간 소설 『멀린 효과(The Merlin Effect)』의 집필을 끝마쳤을 때, 나는 그 가닥이 나를 너무나도 단단히 옭아매어서 빠져나올 수 없다는 걸 깨달았다. 내가 힘껏 잡아당기면 당길수록 그 가닥이 나를 더 꽉 잡아당겼다. 풀려나려 버둥거릴수록 더욱 꽁꽁 얽어맸다.

그 가닥은 바로 멀린이었다. 멀린은 신비롭고 매혹적인 존재다. 이 마법사는 시간을 거슬러 살 수도 있고, 심지어 '삼중의 죽음(Threefold Death)'에 감히 도전하기도 한다. 그리고 강과 나무의 정령들과 대화를 나누면서 성배(Holy Grail)를 따라가기도 한다. 나는 멀린을 좀 더 알고 싶었다.

오늘날의 학자들은 멀린의 신화가 실존하는 역사적 인물, 그러니까 6세기에 웨일스 어딘가에 살았던 드루이드 예언가에게서 나왔을 거라고 주장해왔다. 하지만 그건 역사가들이 논쟁할 문제다. 멀린이 역사적 실존 인물이냐 아니냐와 상관없이, 상상 속에서는 분명 존재하기 때문이다. 그곳에서 멀린은 아주 오랫동안 살아왔다. 그리고 계속해서 살아가고 있다. 멀린은 때로 손님을 맞기도 한다. 나는 역사서가 아니라 상상의 작품을 쓰고 싶었기에, 멀린의 문은 활짝 열려 있다.

그러므로 내가 미처 저항해보기도 전에, 멀린은 나를 위한 자신의 계획을 세웠다. 나는 다른 책과 프로젝트 집필을 뒤로 미뤄야 했다. 이제 멀린의 전설을 탐구할 시간이 왔다. 마법사의 아주 은밀하고 개인적인 삶을 깊숙하게 파고들 시간이었다. 우리의 인생과 마찬가지로, 멀린에 대해 파고들면 파고들수록, 내가 정말로 아는 게 없다는 사실을 깨달았다. 그리고 확실히 그처럼 놀라운 신화에 아주 미약하나마 나름대로 뭔가 새로운 내용을 밝혀낸다는 것은 그 자체만으로도 엄청난 도전이라는 걸 처음부터 잘 알고 있었다. 호기심은 강력한 동기부여가 될 수 있다. 그리고 멀린은 집요하고 끈덕졌다.

그때 마법사에 대한 첫 번째 경이로움이 다가왔다. 멀린에 관한 전설적인 이야기에 파묻히며, 나는 이 전설에 불가사의한 '공백기'가 있다는 걸 발견했다. 멀린의 어린 시절, 그러니까 출생의 비밀, 자신의 정체성과 힘을 발견하게 되는 매우 중요한 시기에 대해서는 거의 찾아볼 수 없었던 것이다. 멀린이 어디서 처음으로 슬픔을 맛보았는지, 어디서 처음으로 기쁨을 알게 되었는지, 어디서 처음으로 지혜를 얻게 되었는지, 전혀 찾아볼 수 없었다.

전해지는 이야기 대부분은 토머스 맬러리(Thomas Malory)와 동일한 접근법을 따르며, 멀린의 어린 시절을 완전히 무시해버린다. 멀린의 탄생, 고통 받은 어머니, 알려지지 않은 아버지, 조숙한 유아기에 대해 알려주는 이야기는 아주 극소수이다(어떤 이야기에서는, 멀린이 한 살 때 자기 어머니를 방어하고 유창하게 말했다고 한다). 멀린에 대한 그 이상의 이야기는 눈을 씻고 봐도 찾아볼 수 없었다. 결국 멀린은 나이가 든 상태로 등장한다. 그 사이에는 몇 년 간의 공백기가 있다. 어쩌면 많은 사람들이 추정하듯이, 전설 속의 잃어버린 시간 동안 멀린은 홀로 숲속에서 방황했을지도 모른다. 아니, 어쩌면, 진짜 어쩌면…… 다른 곳을 여행했을지도 모른다.

멀린의 어린 시절에서 나타나는 이런 공백기는 말년을 다룬 수많은 책들과 현저하게 대조된다. 성인이 된 멀린은 예언자, 마법사, 숲속의 광인(Madman of the Forest), 사기꾼, 사제, 예언자, 음유시인 등 수많은 모습으로 나타났다. 멀린은 켈트 족의 브리타니아 초기 신화에 등장한다. 천 년 전에 『마비노지온(Mabinogion)』이라는 위대한 웨일스 서사시가 처음 등장했을 때, 그중 일부는 너무 오래되어서 출처가 불명확했다. 스펜서(Spenser)의 〈페어리 퀸(Faerie Queene)〉과 아리오스토(Ariosto)의 〈광란의 오를란도(Orlando Furioso)〉에 마법사 멀린이 등장한다. 토머스 맬러리의 『아서 왕의 죽음(Morte d'Arthur)』에서는 멀린이 어린 왕에게 조언을 한다. 로베르 드 보롱(Robert de Boron)의 시 〈멀린〉에서는 멀린이 스톤헨지를 건설한다. 몬머스의 제프리(Geoffrey of Monmouth)가 쓴 『브리튼 왕 열전(Historia regum Britanniae)』에서는 멀린이 수많은 예언을 한다.

최근으로 오면, 셰익스피어, 테니슨(Tennyson), 토머스 하디(Thomas Hardy), 화이트(T. H. White), 메리 스튜어트(Mary Stewart), 루이스(C. S. Lewis), 톨스토이(Nikolai Tolstoy), 스타인벡(John Steinbeck)과 같은 수많은 작가들이 수많은 지역의 수많은 사람들과 마찬가지로, 이 매력적인 인물과 함께 시간을 보냈다. 하지만, 메리 스튜어트 같은 드문 예외를 제외하고, 멀린의 어린 시절을 다룬 경우는 거의 없었다.

그래서 멀린의 어린 시절은 기이할 정도로 수수께끼로 남아 있다. 우리는 멀린의 어린 시절의 싸움, 두려움, 열망에 대해 궁금해 할 수밖에 없다. 멀린의 가장 깊은 꿈은 무엇이었을까? 열정은? 자신의 비범한 재능은 어떻게 알아차렸을까? 비극과 상실에 어떻게 대처했을까? 자신의 어두운 면을 어떻게 알게 되었을까? 그걸 어떻게 받아들이게 되었을까? 드루이드와 고대 그리스의 영적 작업을 처음에 어떻게 마주하게 되었을까? 힘에 대한 갈망과 남용에 대한 두려움을 어떻게 조화시켰을까? 요컨대, 멀린은 어떻게 그토록 유명한 마법사가 되고, 그 유명한 아서 왕의 스승이 되었을까?

전통적인 설화는 이런 질문들에 답하지 못한다. 멀린 자신의 말이라고 여겨지는 것들도 큰 조명을 받지 못하고 있다. 사실, 멀린은 자신의 과거에 대해 회피하고 있는 것 같다. 전통적인 설화의 독자는 늙은 멀린이 어린 아서 옆에 앉아, 생각에 잠겨 자신의 어린 시절 '잃어버린 시간'을 두서없이 말하는 모습을 상상할 수 있을 것이다. 그럼에도 멀린이 인생의 덧없음을 언급하고 있는지, 아니면 자신의 과거에서 잃어버린 장을 언급하고 있는지 추측만 할 뿐이다.

내 견해는, 그 잃어버린 시간 동안, 멀린이 이야기와 노래의 세상에서 사라진 게 아니라는 것이다. 오히려 나는 멀린이 우리가 아는 세상에서 사라졌었다고 믿는다.

이 이야기는 몇 권에 걸쳐 이 공백기를 메꾸려는 시도라 할 수 있다. 이름도 없고 과거에 대한 기억도 없는 어린 소년이 웨일스의 해안에 떠밀려오는 것으로 이야기는 시작된다. 그 소년이 커다란 시련을 겪고, 결국 아서 왕의 전설에서 중심적인 역할로 걸어 들어갈 준비를 하는 것으로 끝이 난다.

그 사이에 많은 일이 일어난다. 소년은 자신의 투시력을 발견하지만, 그 특권을 위해 큰 대가를 치른다. 소년은 동물, 나무, 강과 대화를 한다. 소년은 태초의 스톤헨지를 발견하는데, 이것은 멀린이 브리타니아의 솔즈베리 평원(Salisbury Plain)에 건설했다고 전해지는 원형 돌무더기보다 더 오래된 것이다. 하지만 우선 소년은 스톤헨지가 드루이드어로 '거인의 춤'을 뜻한다는 걸 알아야만 한다. 소년은 첫 번째로 수정 동굴을 탐험한다. 또한 '핀카이라'라는 이름의 잃어버린 섬으로 여행을 떠난다. 그곳은 켈트 족 신화에서 바다 밑에 존재하는 섬으로 알려진 곳인데, 인간들이 사는 지구와 영적 존재들이 사는 사후세계를 잇는 다리 역할을 한다. 소년은 고대 전설 속 익숙한 인물을 수없이 만난다. 거기에는 위대한 다그다, 사악한 리타 고르, 비극적인 엘런, 신비한 돔누, 현명한 카이르프레, 그리고 생동감이 넘치는 리아가 있다. 또한 익숙하지 않은 인물도 많이 만나게 되는데, 심, 스탕마르, 테일린과 갈라타, 그리고 그랜드 엘루사가 있다. 소년은 진실을 보려면 눈 말고도 다른 게 필요하다는 것을 배우게 된다. 진정한 지혜는 흔히 동떨어져 있다고 생각하는 특성들, 이를테면 믿음과 의심, 여성과 남성, 빛과 어둠 같은 것을 하나로 묶는다는 걸 배우게 된다. 그리고 진정한 사랑은 기쁨과 슬픔이 섞인 것임을 배우게 된다. 그 무엇보다도, 멀린이라는 이름을 얻게 된다.

마지막으로, 감사의 말을 하지 않고 넘어갈 수 없을 것 같다. 아내이자 둘도 없는 친구 커리(Currie)는 나의 고독을 너무나 잘 보듬어주었다. 우리의 천방지축 아이들, 데날리(Denali), 브룩스(Brooks), 벤(Ben), 로스(Ross), 라킨(Larkin)은 엄청난 유머감각과 호기심을 드러냈다. 패트

리샤(Patricia Lee Gauch)는 진실한 이야기의 힘에 확고한 믿음을 보여주었다. 이밖에도 수많은 사람들에게 감사의 말을 전한다. 수 세기에 걸친 멀린의 이야기에 이바지한 음유시인, 시인, 이야기꾼, 학자들 모두에게도. 그리고 물론, 베일에 싸인 마법사 멀린에게도.

나와 함께 여행을 떠나자. 멀린이 자신의 잃어버린 시간에 대한 이야기를 들려줄 것이다. 이 여행에서 여러분은 목격자이다. 나는 그것을 받아쓰는 비서에 불과하다. 멀린이 가이드가 되어 우리를 이끌어줄 것이다. 하지만 잊지 말길. 우리가 익히 알고 있듯, 마법사는 경이로움으로 가득하다는 것을…….

토머스 A. 배런

그는 자신의 손으로 만들었다.

바람과 물, 공기와 땅을.

좋은 결실을 맺기를.

여러분 앞에서

이야기할 것이다.

멀린이 어떻게 견디어왔는지,

그리고 그 지혜와

잉글랜드에서 일어난

그 밖의 수많은 일들을.

13세기 가요 〈아서와 멀린〉 중에서

눈을 감고 바다의 넘실거리는 호흡을 빨아들이면, 아주 오래전 그날이 아직도 생생하게 떠오른다. 거친 바다는 죽은 듯 차가웠다. 내 폐에 공기가 하나도 남지 않은 것처럼, 아무런 희망도 없었다.

그날 이후, 나는 셀 수 없이 많은 날을 보아왔다. 하지만 그날은 갈라토만큼이나 눈부시게 빛난다. 내가 내 이름을 알게 된 그날만큼이나, 내가 아서라는 이름의 아기를 처음 요람에 넣어 흔든 그날만큼이나 눈부시게. 내가 그날을 아주 또렷하게 기억하는 건 어쩌면 내 영혼에 난 상처와도 같은 그 고통이 영원히 사라지지 않을 것이기 때문이다. 아니면 그날이 완전한 끝을 의미하기 때문인지도 모른다. 아니 어쩌면, 그날이 끝과 동시에 시작을 의미하기 때문인지도 모른다. 내 잃어버린 시간의 시작을……:

출렁이는 바다에서 시커먼 파도가 솟구치더니 손 하나가 불쑥 떠올랐다.

파도가 더 높이 굽이치며 파도만큼이나 뿌연 잿빛 하늘을 향해 솟구치자, 그 손도 더 높이 뻗었다. 파도의 하얀 거품이 팔찌처럼 손목 주변을 소용돌이치는 사이, 손은 찾을 수 없는 무언가를 찾기 위해 필사적으로 더듬거렸다. 그건 자그마한 아이의 손이었다. 나약한 사람의 손. 너무 약해 더 이상 버틸 수 없는 손.

소년의 손이었다.

깊이 빨아들이는 소리를 내며, 파도는 물마루를 이루면서 해안을 향해 연신 덤벼들었다. 파도가 잠시 멈추더니 바다와 땅 사이, 음울한 대서양과 당시에는 귀네드로 알려진 웨일스의 위험한 바위투성이 해안 사이에서 주춤거렸다. 그러더니 모든 걸 빨아들이는 파도가 크게 포효하며 소년의 축 처진 몸뚱이를 시커먼 바위로 내동댕이쳐버렸다.

소년의 머리가 돌에 꽝 부딪혔다. 풍성한 머리카락이 없었다면 분명 두개골이 쪼개져버렸을 만큼 굉장히 세게 부딪혔다. 소년은 꼼짝 않고 누워 있었다. 뒤이어 몰아친 파도가 만들어내는 바람이 핏자국 아래로 늘어진 소년의 검은 머리카락을 헝클어뜨렸다.

지저분한 갈매기 한 마리가 꼼짝도 하지 않는 소년을 발견하고는 울룩불룩한 바위 위로 껑충 내려앉아 좀 더 가까이서 들여다보았다. 소년의 얼굴을 향해 부리를 숙인 채, 귓가에 덕지덕지 달라붙은 해초를 쪼아 먹으려 했다. 갈매기는 해초를 잡아당기고 비틀면서 사납게 깍깍 울어댔다.

마침내 해초가 뜯겨 나왔다. 갈매기는 드러난 소년의 살갗 위로 의기양양하게 뛰어올랐다. 너덜너덜 달라붙어 있는 갈색 웃옷 아래 소년은 일곱 살치고는 작아 보였다. 하지만 얼굴의 어떤 부분은, 그러니까 이마라든가 눈가 주름은 왠지 모르게 성숙해 보였다.

그 순간, 소년이 연신 기침을 하며 바닷물을 토해냈다. 갈매기는 끼룩 끼룩 울어대며 해초를 떨어뜨리고 돌투성이 횃대로 푸드덕 날아갔다.

소년은 잠시 동안 꼼짝 않고 가만히 있었다. 소년이 맛볼 수 있는 것이라고는 모래, 점액질, 토사물뿐이었다. 느낄 수 있는 것이라고는 머리가 깨질 듯한 고통과 어깨를 찌르는 돌덩어리뿐이었다. 이윽고 소년이 또 한 차례 기침을 내뱉고, 또 한 차례 바닷물을 토해냈다. 고통스럽게 흔들리는 호흡. 그러고 나서 두 번째, 세 번째 호흡. 천천히 소년의 가느다란 손이 주먹을 쥐었다.

파도가 몰려왔다 빠져나가고, 몰려왔다 빠져나갔다. 아주 오랫동안 소년 안의 자그마한 생명의 촛불이 어둠의 끝자락에서 너울거렸다. 고통에 짓눌린 소년의 마음은 이상하게도 텅 빈 것 같았다. 마치 자아 한 조각을 잃어버리기라도 한 것처럼. 아니면 일종의 벽이 세워져 소년의 운명을 가로막고, 한없는 두려움만 남겨놓기라도 한 것처럼.

소년의 호흡이 느려지고 주먹이 풀렸다. 소년은 숨을 헐떡였다. 마치 다시 기침을 하려는 것 같았지만 다시 잠자코 쓰러져 있었다.

조심스레 갈매기가 좀 더 바짝 다가왔다.

문득 희미한 기운이 소년의 몸 안에서 꿈틀대기 시작했다. 소년의 몸 안에 있는 무엇인가는 아직 죽을 준비가 되어 있지 않은 것이다. 소년은 다시 움찔 움직이고, 다시 숨을 쉬었다.

갈매기는 그 자리에 얼어붙었다.

소년이 눈을 떴다. 추위로 떨리는 몸을 옆으로 기울였다. 입안에 거친 모래가 씹혔다. 뱉어보려 했지만 해초와 소금물의 고약한 맛 때문에 구역질이 났다.

소년은 힘겹게 팔 하나를 들어 올려 다 해어진 웃옷으로 입가를 쓰읙 닦아냈다. 문득 뒤통수의 쓰라린 혹을 느끼며 주춤했다. 어떻게든 앉아보려 팔꿈치를 바위에 고정시키고는 몸을 똑바로 일으켜 세웠다.

소년은 자리에 앉아 끊임없이 찰싹거리는 파도 소리에 귀 기울였다. 끝없이 이어지는 파도의 맥박 너머, 머릿속의 욱신거림 너머, 뭔가 다른 소리가 들리는 것 같다는 생각을 잠시 했다. 아마도 목소리 같았다. 뭔가 다른 시간, 다른 장소에서 들려오는 목소리. 하지만 소년은 그곳이 어딘지 기억할 수 없었다.

불현듯 놀랍게도 아무것도 기억나지 않는다는 걸 깨달았다. 자신이 어디서 왔는지, 엄마가 누군지, 아빠가 누군지, 자기 이름이 뭔지. *내 이름이 뭐지?* 기억하려 애써보았지만 자신의 이름이 기억나지 않았다.

"난 누구지?"

소년의 외침을 듣고 갈매기는 깍깍거리며 저 멀리로 날아가버렸다.

소년은 물웅덩이에 비친 자신의 모습을 잠시 바라보았다. 낯선 얼굴이, 자신이 알지 못하는 얼굴이 소년을 뚫어져라 바라보고 있었다. 물에 비친 아이의 눈과 머리카락은 숯처럼 검었다. 군데군데 누런 주근깨가 있었다. 귀는 거의 삼각형에 가까웠고 위쪽이 뾰족했는데, 얼굴에 비해 유난히 커 보였다. 눈썹 또한 눈 위에 높게 치솟았다. 하지만 코는 좁아 보였다. 코라기보다는 차라리 부리에 가까웠다. 전체적으로 얼굴은 조화를 이루지 못했다.

소년은 힘겹게 자리에서 일어섰다. 머리가 빙빙 돌았다. 현기증이 가라앉을 때까지 뾰족한 바위에 몸을 기댔다.

소년의 눈이 적막한 해안선 위를 떠돌았다. 사방에 바위가 여기저기 흩어져 있어, 바다를 사이에 두고 시커먼 장벽을 둘러놓은 것 같았다. 바위는 늙은 참나무의 뿌리 주변 딱 한 곳이 살짝 갈라져 있었다. 회색 나무껍질이 벗겨져 나간 늙은 참나무는 꼿꼿하게 바다를 마주 보고 있었다. 나무둥치가 움푹 파였는데, 오래전에 난 불에 타서 생긴 상처였다. 오랜 세월 나뭇가지는 이리저리 휘고 옹이가 생겼다. 그럼에도 나무는 여전히 뿌리를 내리고 서서, 폭풍과 파도에 맞서 꼿꼿하게 서 있었다. 참나무 뒤에는 어린 나무가 자라는 우거진 숲이 있고, 그 뒤로는 깎아지른 듯한 절벽이 어렴풋이 보였다.

소년은 필사적으로 주위를 두리번거리며 뭔가 알아볼 수 있는 게 있는지 찾아보았다. 기억이 되돌아올 수 있게 해줄 무언가를 말이다. 하지만 아무것도 알아볼 수 없었다.

소년은 따끔거리며 몰려오는 소금 물보라에도 불구하고 광활한 바다로 몸을 돌렸다. 파도가 몰려와 앞으로 고꾸라졌다. 차례차례 끝없이 다가오는 큰 잿빛 파도를 제외하고는 아무것도 보이지 않았다. 소년은 다시 한 번 신비한 목소리에 귀를 기울였다. 하지만 들리는 거라고는 저 멀리 절벽 위 횃대에 앉아 있는 갈매기 소리밖에 없었다.

바다 너머 어딘가에서 왔을까?

소년은 맨 팔을 힘껏 문지르며 부들부들 떨리는 몸을 진정시키려 애를 썼다. 바위 위에 늘어진 해초 덩어리를 발견하고 들어 올렸다. 이 헝클어진 초록색 풀도 한때는, 그러니까 뿌리가 뽑혀 바다에 표류하기 전에는 자신만의 우아한 리듬으로 춤을 췄을 거라는 걸 소년은 알았다. 하지만 이제는 축 늘어진 채 소년의 손에 들려 있었다. 소년은 자신이 어떻게 해서 떨어져 나왔는지, 어디서 왔는지 궁금했다.

나지막한 신음 소리가 소년의 귀를 사로잡았다. 또다시 그 목소리였다! 늙은 참나무 너머, 바위 쪽에서 들려오는 소리.

소년은 목소리가 들려오는 방향으로 비틀비틀 다가갔다. 처음으로 어깻죽지에서 둔한 고통이 느껴졌다. 소년은 머리와 마찬가지로 등도 바위에 세게 부딪혔나 보다고 추측할 뿐이다. 하지만 고통은 뭔가 더 깊숙한 곳에서 느껴졌다. 마치 어깨 아래 무언가가 아주 오래전에 찢어진 것처럼 말이다.

소년은 몇 차례 걸음을 멈추고 나서야 비로소 고목에 도착할 수 있었다. 큼지막한 나무둥치에 기대었다. 심장이 쿵쾅거렸다. 다시 한 번, 기이한 신음 소리가 들려왔다. 소년은 다시 발걸음을 뗐다.

축축한 바위 위에서 맨발이 자꾸 미끄러지는 바람에 옆으로 비트적거렸다. 비틀거릴 때, 소년의 찢어진 갈색 웃옷이 발 근처에서 펄럭였다. 소년은 저기 해안선에서 먹이를 쪼아 먹고 있는 꼴사나운 물새를 닮았다. 하지만 소년은 줄곧 자신이 진정 누구인지 알고 있었다. 이름도 없고 집도 없는 고독한 소년이라는 걸.

그때 그 여자를 보았다. 돌 무더기 사이에 여자가 누워 있었다. 찰랑거리는 물웅덩이 옆에 얼굴이 있었다. 풀어헤쳐진 기다란 머리카락이 한여름의 누런 달 같은 얼굴 위에 달라붙어 있었다. 마치 한줄기 빛같았다. 광대뼈가 다부지고, 만약 파란색으로 물들지 않았다면 살빛은 크림색이라고 묘사할 수 있을 듯했다. 기다란 파란색 옷은 군데군데 찢기고 모래와 해초로 얼룩이 졌다. 하지만 양모의 품질과 보석 박힌 가죽 목걸이를 보건대, 한때 부와 지위를 누린 여자라는 사실을 알 수 있었다.

소년은 앞으로 달려갔다. 여자는 다시 신음 소리를 냈다. 참을 수 없는 고통의 소리였다. 소년은 여자의 고통을 느낄 수 있었다. 더불어 자신의 희망도 솟아나는 걸 느낄 수 있었다.

내가 아는 여자일까?

소년은 뒤틀린 여자의 몸 위로 고개를 숙이며 스스로에게 물었다. 이윽고 더 깊은 갈망이 일었다.

여자가 나를 알까?

소년은 손가락 하나로 여자의 뺨을 살짝 건드렸다. 차가운 바다만큼이나 차가웠다. 소년은 여자가 몇 차례 짧고 힘겹게 숨 쉬는 모습을 지켜보았다. 여자의 비참한 신음이 들려왔다. 한숨을 쉬며, 소년은 그 여자를 전혀 알지 못한다는 걸 인정할 수밖에 없었다.

여자를 유심히 지켜보며, 소년은 여자가 자신과 함께 이 해안에 떠밀려왔을지도 모른다는 희망이 밀려오는 것을 느꼈다. 같은 파도에 휩쓸려온 게 아니라면, 적어도 같은 곳에서 왔을지 모른다. 어쩌면, 만약 여자가 살았다면, 소년의 텅 빈 기억의 컵을 채워줄지도 모른다. 어쩌면 여자는 소년의 진짜 이름을 알지도 몰랐다! 아니면 엄마와 아빠 이름이라도. 아니, 어쩌면…… 여자는 소년의 엄마일지도 몰랐다.

차가운 파도가 다리를 철썩 때렸다. 다시 몸이 덜덜 떨려오자 희망조차 사라져갔다. 여자는 살지 못할지도 모른다. 그리고 설령 산다 할지라도, 소년을 알지 못할 것이다. 이 여자가 소년의 엄마일 리가 없다. 그것은 지나친 기대였다. 게다가 여자는 소년을 닮지 않았다. 여자는 정말 아름다워 보였다. 죽음의 문턱에 있었지만, 천사처럼 아름다웠다. 소년은 물에 비친 자신의 모습을 보았었다. 자신이 어떻게 생겼는지 알고 있다. 천사는커녕 추하게 생겼다. 자라다 만 악마에 가까웠다.

소년의 등 뒤에서 으르렁거리는 소리가 불쑥 들려왔다.

소년은 몸을 휙 돌렸다. 배가 뒤틀렸다. 저쪽, 우거진 숲 그늘 속에 커다란 멧돼지 한 마리가 서 있었다.

멧돼지의 목구멍에서 사납게 으르렁거리는 소리가 나지막하게 울려 퍼졌다. 멧돼지가 나무 사이에서 모습을 드러냈다. 눈과 왼쪽 앞다리에 길게 나 있는 잿빛 상처를 제외하고 몸 전체가 거친 갈색 털로 뒤덮여 있었다. 엄니는 단검처럼 날카로웠는데, 이전의 사냥에서 묻은 피가 시커멓게 엉겨 붙어 있었다. 정말 소름끼치는 것은 뜨거운 석탄처럼 활활 타오르는 붉은 눈동자였다.

멧돼지는 엄청난 몸집에도 불구하고 매끄럽고 아주 민첩하게 움직였다. 소년은 뒤로 주춤주춤 물러섰다. 이 짐승은 소년보다 몇 배나 무게가 나갔다. 다리로 한 번 차기만 하면 소년은 큰대자로 뻗어버릴 것이다. 엄니로 한 번 찌르기만 하면 살이 갈기갈기 찢길 것이다. 갑작스레 멧돼지가 멈추더니 우락부락한 어깨를 숙여 달려들 태세를 갖추었다.

소년은 흘끗 뒤를 돌아봤지만 보이는 거라곤 바다의 거친 파도 뿐이었다. 그쪽으로 달아날 수는 없었다. 소년은 흰 나뭇조각 하나를 무기처럼 꽉 움켜쥐었다. 그 나뭇조각이 멧돼지의 가죽도 뚫지 못하리라는 걸 잘 알고 있었다. 그래도 소년은 미끄러운 바위 위에서 자세를 굳건히 잡으려 애쓰며 멧돼지의 공격에 대비했다.

그러고 나서 소년은 뭔가를 기억해냈다. 늙은 참나무의 움푹 파인 곳! 소년과 멧돼지 사이 중간쯤에 참나무가 서 있었다. 아마 그곳에 먼저 도착할 수 있을 것이다.

소년은 나무를 향해 달리려다 말고 갑작스레 멈추었다. 여자. 자신이 안전하게 살아남으려면 한시라도 빨리 달아나야 했지만, 여자를 그곳에 그냥 놔두고 갈 수는 없었다. 얼굴을 찡그린 채, 소년은 나뭇조각을 옆으로 던지고는 여자의 축 늘어진 팔을 꽉 잡았다.

떨리는 다리에 힘을 잔뜩 주고, 여자를 일으켜 세우려 끙끙거렸다. 여자가 삼킨 물 때문인지 아니면 여자에게 닥친 죽음의 무게 때문인지,

여자는 바위만큼이나 무거웠다. 마침내 멧돼지의 이글거리는 눈동자 아래에서 여자는 움직이기 시작했다.

소년은 여자를 참나무 쪽으로 질질 끌고 갔다. 날카로운 돌이 발을 찔렀다. 심장이 고동치고 머리는 지끈거렸다. 하지만 소년은 있는 힘껏 여자를 잡아당겼다.

멧돼지가 다시 으르렁거렸다. 이번에는 귀에 거슬리는 웃음소리처럼 들렸다. 멧돼지의 온몸이 뻣뻣해지고, 콧구멍이 벌름거리고, 엄니가 번쩍거렸다. 이윽고 멧돼지가 앞으로 달려들었다.

소년은 나무에서 얼마 떨어지지 않은 곳에 있었지만, 무언가가 소년이 달아나는 걸 가로막았다. 소년은 네모난 돌 하나를 땅에서 얼른 집어 들고는 멧돼지의 머리통을 향해 힘껏 던졌다. 돌이 닿기 직전, 멧돼지는 방향을 틀었다. 돌은 휙 멧돼지를 지나 땅에 툭 떨어졌다.

자신이 짐승의 기를 꺾을 수도 있다는 사실에 깜짝 놀란 소년은 재빨리 몸을 숙여 돌 하나를 또 집어 들었다. 그때 어깨 위에서 뭔가 움직이는 걸 눈치챈 소년은 후다닥 돌아섰다.

늙은 참나무 뒤 숲에서 커다란 수사슴 한 마리가 뛰어나왔다. 맑은 수정처럼 빛나는 하얀색 발을 제외하고는 온통 청동색이었다. 수사슴은 커다란 뿔을 아래로 숙였다. 양쪽에 달린 일곱 개의 뿔을 창처럼 겨눈 채 멧돼지를 향해 껑충 뛰어올랐다. 하지만 멧돼지는 때맞추어 몸을 재빨리 휙 돌려 공격을 피했다.

멧돼지가 위태롭게 달리며 포악하게 으르렁거리자, 수사슴은 다시 한번 껑충 뛰어올랐다. 기회를 포착한 소년은 흐느적거리는 여자를 움푹 파인 나무 안으로 끌고 갔다. 여자의 다리를 자신의 가슴에 딱 달라붙게 접은 채, 소년은 여자를 마침내 움푹 파인 나무 안으로 가까스로 밀어 넣었다. 오래전 불에 타버린 시커먼 나무는 커다란 껍질처럼 여자의 몸을 감쌌다. 소년도 여자 옆의 좁은 공간으로 비집고 들어갔다. 그러는 사이 멧돼지와 수사슴은 서로를 노려보며 빙글빙글 돌았다. 발로 땅을 긁어대며 사납게 콧바람을 불어댔다.

시뻘건 눈동자를 활활 불태우며, 멧돼지는 수사슴을 향해 돌격하는 척했다. 그러다 갑자기 나무를 향해 곧장 달려들기 시작했다. 움푹 파인 나무 안에서 몸을 둥글게 웅크린 채, 소년은 최대한 몸을 뒤로 뺐다. 하지만 소년의 얼굴이 울퉁불퉁한 나무껍질에 너무 가까이 있어서, 멧돼지가 엄니로 나무등치를 거칠게 공격해 들어올 때, 멧돼지의 뜨거운 숨결을 느낄 수 있었다. 엄니 하나가 소년의 얼굴을 스쳐 지나가며 눈 바로 밑에 상처를 만들었다.

그 순간 수사슴이 멧돼지의 옆구리를 들이받았다. 몸집이 큰 짐승이 허공으로 날아올라 숲 근처에 나자빠졌다. 찔린 넓적다리에서 피가 흘러나왔다. 멧돼지는 허둥지둥 일어났다.

수사슴은 머리를 숙이며 다시 뛰어오를 자세를 취했다. 멧돼지는 아주 잠깐 주저하다, 마지막으로 으르렁거리고는 숲으로 달아나버렸다.

수사슴은 느릿느릿 당당하게 소년을 향해 몸을 돌렸다. 아주 잠깐, 둘의 눈길이 마주쳤다. 웬일인지 소년은 그날 수사슴의 깜빡이지 않는 깊은 갈색 눈동자, 바다처럼 깊고 신비한 눈동자를 절대 잊지 못하리라는 걸 알았다.

이윽고 수사슴은 나타날 때와 마찬가지로 배배 뒤엉킨 참나무 뿌리를 훌쩍 뛰어넘어 감쪽같이 사라졌다.

1부

1
살아 있는 눈동자

난 별 아래 혼자 서 있다.

하늘이 온통 불꽃으로 타오른다. 마치 태양이 새로 태어나는 것 같다. 사람들이 비명을 지르며 흩어진다. 하지만 나는 그곳에 서서 꼼짝할 수도 없고, 숨조차 쉴 수가 없다. 이윽고 나무를 본다. 활활 타오르는 하늘과 대조적으로 그림자보다 더 어둡다. 불타는 나뭇가지는 치명적인 뱀처럼 몸부림친다. 나뭇가지가 내게 닿는다. 이글거리는 나뭇가지가 더 가까이 다가온다. 달아나려 해보지만 다리가 돌처럼 굳었다. 내 얼굴이 활활 불타오른다! 나는 눈을 가린다. 비명을 지른다.

내 얼굴! 내 얼굴이 불타고 있다!

나는 잠에서 깼다. 땀 때문에 눈이 따가웠다. 침대의 지푸라기가 내 얼굴을 긁어댔다.

눈을 깜빡이며 숨을 깊이 들이쉬고, 두 손으로 얼굴을 닦아냈다. 뺨에 닿은 손길이 차가웠다.

두 팔을 쭉 뻗자, 어깻죽지가 다시 찌르르 아팠다. 여전히 그곳이다!

난 그 아픔이 빨리 사라지기를 바랐다. 해안으로 떠밀려온 지도 벌써 5년이 더 지났는데, 왜 아직까지 이렇게 아픈 걸까? 머리의 상처는 아주 오래전에 깨끗이 나았다. 그런데도 바위에 내동댕이쳐지기 전의 내 삶에 대해서는 여전히 아무것도 기억나지 않는다. 이 아픔은 왜 이렇게 오래 이어지는 걸까? 나는 어깨를 으쓱했다. 다른 것들과 마찬가지로, 나는 절대 알지 못할 것이다.

삐져나온 지푸라기를 침대 속으로 집어넣자, 개미 한 마리가 모습을 드러냈다. 개미는 자기보다 몇 배나 큰 벌레를 끌고 있었다. 그 모습을 지켜보는데 웃음이 터져 나왔다. 개미가 산더미처럼 쌓인 축소판 지푸라기 위로 곧장 올라오려 낑낑대었기 때문이다. 개미는 쉽게 한쪽으로 돌아갈 수도 있었다. 하지만 그러지 않았다. 뭔지 모를 신비한 동기가 개미를 지푸라기 위로 올라가게 했다. 뒤집어지고 또다시 시도하고 또다시 뒤집어졌다. 몇 분 동안 나는 똑같이 반복되는 행동을 지켜보았다.

마침내 그 자그마한 개미가 애처롭게 느껴졌다. 나는 개미 다리에 팔을 뻗었다. 문득 개미가 버둥거리면 다리가 떨어져 나갈지도 모른다는 생각이 들었다. 그래서 개미 대신 벌레를 집어 들었다. 짐작대로 개미는 벌레에 딱 달라붙어 미친 듯이 발을 움직였다.

나는 개미와 개미의 전리품을 들어 올린 다음 지푸라기 맞은편에 조심스레 내려놓았다. 벌레를 내려놓자 놀랍게도 개미도 벌레를 내려놓았다. 개미는 내게 돌아서서 자그마한 더듬이를 마구 흔들어댔다. 본능적으로, 꾸지람을 듣는 느낌이 들었다.

"내가 사과할게."

나는 활짝 웃으며 속삭였다.

개미는 나를 몇 차례 더 꾸짖더니 묵직한 벌레를 물고는 자기 집으로 끌고 갔다.

내 얼굴에서 미소가 사라졌다. 나는 진짜 고향을 어디에서 찾을 수 있을까? 필요하다면, 어디로 가야 하는지만 안다면, 나는 이 침대, 이 오두막을 남겨두고 훌훌 떠날 거다.

머리 위 열린 창문 쪽으로 몸을 돌리자 보름달이 보였다. 보름달은 은으로 만든 항아리만큼이나 밝게 빛났다. 달빛이 창문 사이로 그리고 초가지붕의 틈 사이로 쏟아져 들어와 오두막 안을 환하게 물들였다. 잠시 동안 달빛이 궁핍한 방의 모습을 숨겨주었다. 흙바닥은 은빛 덮개로, 거친 찰흙 벽은 빛의 불꽃으로, 구석에서 잠들어 있는 몸뚱이는 천사의 눈부신 빛으로 덮였다.

하지만 나는 그 모든 게 환상이라는 걸, 내 꿈처럼 현실이 아니라는 걸 알았다. 바닥은 그저 흙이고, 침대는 단지 지푸라기이며, 내가 사는 곳은 그저 찰흙과 나뭇가지로 엮어 만든 오두막집에 지나지 않았다. 차라리 오두막 옆에 있는, 거위를 위해 지붕을 얹은 가축우리가 조금 더 정성스럽게 지어졌다! 나는 그 사실을 잘 알고 있었다. 사람들이 아우성치며 떠들어대는 소리보다 거위가 꽥꽥거리며 요란하게 우는 소리가 차라리 더 듣기 좋게 들릴 때, 나는 가끔 가축우리에 몸을 숨겼으니까. 2월에는 가축우리가 이곳 오두막보다 더 따뜻하고, 5월에는 더 뽀송하다. 내가 거위만도 못하다는 걸 그 누구도 의심하지 않을 것이다.

나는 잠자는 브랜웬을 지켜보았다. 호흡은 차분하고 평화로워 보였다. 너무 잔잔해서 덮고 있는 양털 이불이 거의 움직이지도 않았다. 아, 슬프다. 잠잘 때는 브랜웬에게 평화가 찾아오지만, 깨어나면 평화가 달아난다는 것을 잘 알고 있었다.

브랜웬은 몸을 뒤척이며 얼굴을 내게 돌렸다. 달빛을 받으니 평소보다 훨씬 더 아름다워 보였다. 크림색 뺨과 이마는 너무도 편안해 보였다. 푹 잠이 든 밤, 말없이 기도하는 순간에는 이런 모습이었다. 그런데 브랜웬이 기도하는 시간은 점점 더 늘어갔다.

문득 나는 브랜웬을 향해 눈살을 찌푸렸다. 말해주면 좋으련만. 자신이 아는 걸 내게 말해주면 좋을 텐데. 브랜웬은 우리의 과거에 대해 뭔가를 알고 있는 것 같은데도 그 얘기를 해주지 않으려 했다. 정말 몰라서 그런 건지, 아니면 내가 아는 게 싫은 건지 정말 모르겠다.

우리가 이 오두막을 함께 사용해온 5년 동안, 브랜웬은 자신의 이야기를 거의 하지 않았다. 브랜웬의 부드러운 손길과 눈 뒤에 감추어진 슬픔 말고는, 브랜웬에 대해 아는 게 거의 없었다. 브랜웬은 우겨대지만, 난 브랜웬이 내 엄마가 아니라는 걸 확실히 안다.

브랜웬이 내 엄마가 아니라는 걸 어떻게 이렇게 확신하는 걸까? 웬일인지 가슴속 깊은 곳에서부터 그런 느낌이 든다. 브랜웬은 너무 멀게 느껴졌다. 브랜웬은 숨기는 게 너무 많았다. 분명 엄마라면, 진짜 엄마라면 자기 아들한테 그렇게 많은 걸 숨기지는 않을 것이다. 만약 내게 더 많은 확신이 필요하다면, 그저 브랜웬의 얼굴을 바라보기만 하면 된다. 너무나 사랑스러웠다. 내 얼굴과는 달라도 너무 달랐다. 두 눈에는 검은색이 전혀 보이지 않았다. 귀도 마찬가지였다! 아니, 거위가 내 형제자매가 아닌 것처럼, 내가 브랜웬의 아들일 리가 없다.

또 이 여자의 진짜 이름이 브랜웬이고, 내 이름이 엠리스라는 것을 난 믿을 수가 없다. 브랜웬은 내가 그렇게 믿도록 애썼지만 말이다. 바다가 우리를 바위에 내동댕이치기 전에 우리가 어떤 이름이었든, 그것이 브랜웬과 엠리스는 절대 아니라고 생각했다. 이 여자는 나를 엠리스라고 수없이 불렀지만, 내 진짜 이름이…… 뭔가 다를 것이라는 생각을 떨쳐버릴 수 없었다. 그럼에도 어디서 진실을 찾을 수 있을지 도저히 감을 잡지 못했다. 내 꿈의 너울거리는 그림자를 제외하고 말이다.

브랜웬이 만약 이 여자의 진짜 이름이라면, 브랜웬이 진짜 자아에 대한 실마리를 보여주는 유일한 시간은 바로 내게 이야기를 들려줄 때였다. 특히 고대 그리스의 이야기. 브랜웬은 분명 그 이야기를 좋아했다. 나도 그 이야기를 좋아했다. 브랜웬이 아는지 모르는지 모르겠지만, 그리스 신화 속 거인과 신들, 괴물과 모험 여행을 이야기할 때면 브랜웬의 일부가 살아나는 것 같았다.

사실, 브랜웬은 드루이드*의 치유 이야기, 혹은 갈릴리에서 온 기적을 행하는 사람 이야기를 무척 자주 들려주었다. 그리스의 신과 여신들에 대해 이야기할 때면 브랜웬의 사파이어 빛 눈동자는 특히나 더 빛났다. 때때로 브랜웬은 자신이 정말로 존재한다고 믿는 장소, 그러니까 기괴한 피조물들이 땅을 떠돌아다니고, 위대한 정령들이 인간과 뒤섞여 사는 곳에 대해 들려주었다. 내게는 그런 이야기가 어리석게 들렸지만, 분명 브랜웬에게는 그렇지 않았다.

브랜웬의 목에서 갑작스레 흘러나온 한 조각 빛이 생각에 빠진 나를 일깨웠다. 보석 펜던트에 달빛이 비쳤다. 펜던트는 여전히 가죽 줄에 달려 목에 걸려 있다. 그 어느 때보다 오늘 밤 훨씬 더 짙은 초록빛을 발했다. 문득 브랜웬이 펜던트를 잠시라도 뺀 걸 본 적이 없다는 사실이 떠올랐다.

내 뒤에서 뭔가가 땅을 두드렸다. 돌아보니 바짝 마른 나뭇잎이 풀 뭉치와 함께 달빛 속에서 나뒹굴고 있었다. 지붕의 용마루 보에서 떨어

---

*Druid, 켈트 다신교의 성직자.

진 게 분명했다. 용마루 보는 초가지붕은 물론이고 수많은 약초, 잎사귀, 꽃, 뿌리, 나무 열매, 나무껍질 부스러기와 씨앗을 든든하게 받쳐주고 있었다. 이 모든 건 브랜웬의 수집품 일부에 불과했다. 더 많은 꾸러미가 창문 틀, 문 뒤쪽, 침대 옆 기울어진 탁자에 매달려 있었다.

이 꾸러미 때문에 오두막 안에는 늘 사향초, 너도밤나무 뿌리, 겨자씨 향이 진동한다. 나는 그 향기가 좋다. 딜*은 빼놓고. 딜 향을 맡으면 재채기가 난다. 내가 가장 좋아하는 향나무 나무껍질은 거인이라도 된 듯 나를 한껏 고양시키고, 라벤더 꽃잎은 내 코를 간질이고, 해초는 내가 절대로 기억할 수 없는 무언가를 떠오르게 한다.

브랜웬은 이 모든 재료와 도구로 자신만의 치유 가루, 연고, 찜질 약을 만들었다. 탁자에는 나무그릇, 칼, 분쇄기, 절구공이, 여과기를 비롯한 수많은 도구가 수북이 쌓여 있었다. 나는 브랜웬이 누군가의 상처나 사마귀 치료를 위해 잎을 으깨고, 가루를 섞고, 식물을 걸러내고, 약을 조제하는 모습을 자주 지켜봤다. 하지만 브랜웬에 대해서와 마찬가지로, 브랜웬의 치유 작업에 대해서도 아는 게 거의 없었다. 브랜웬은 내가 지켜보는 걸 그냥 내버려두기는 해도, 대화를 나누거나 이야기를 들려주지는 않았다. 그저 분주히 움직이며 이런저런 노래를 흥얼거리곤 했다.

브랜웬은 어디에서 저런 치유법을 배웠을까? 그 머나먼 땅과 시간에 대한 이야기는 도대체 어디서 알아냈을까? 시간이 지날수록 점점 더 브랜웬의 생각을 차지하고 있는 갈릴리에서 온 남자의 가르침은 어디서 처음 알게 되었을까? 하지만 브랜웬은 아무것도 말해주지 않았다.

---

*미나릿과의 풀. 향신료로 쓰인다.

브랜웬의 침묵에 화가 난 건 나뿐만이 아니었다. 때때로 마을 사람들은 브랜웬의 등 뒤에서 수군거리며 브랜웬의 치유 능력, 뛰어난 아름다움, 기괴한 노래를 궁금해 했다. 하늘을 나는 마법, 흑마술과 같은 단어가 한두 번씩 나오기도 했다. 그렇다고 해서 마을 사람들이 부스럼을 치료하고, 기침을 낫게 하고, 악몽을 쫓아내야 할 때 브랜웬을 안 찾아오는 건 아니었다.

브랜웬은 사람들의 수군덕거림을 전혀 신경 쓰지 않는 것 같았다. 사람들이 치유에 대한 보상을 하는 한, 그래서 우리가 살아갈 수 있는 한, 브랜웬은 사람들이 뭐라 생각하든 뭐라 말하든 크게 신경 쓰지 않았다. 최근에 브랜웬은 나이 많은 수도사 하나를 보살펴주었다. 그 수도사는 방앗간 다리의 축축한 돌에서 미끄러져 팔을 다쳤다. 상처를 묶어주며 브랜웬이 그리스도교의 축복을 중얼거리자, 수도사는 무척 기뻐했다. 하지만 브랜웬이 뒤이어 드루이드의 노래를 부르자 수도사는 브랜웬을 꾸짖으며 신성모독이라고 으름장을 놓았다. 그러자 브랜웬은 예수는 사람들을 치유하느라 기꺼이 헌신했는데, 이 시대 사람들은 드루이드를 이교도라 부르며 비난한다고 차분하게 대꾸했다. 그러자 수도사는 브랜웬이 붙여준 붕대를 아무렇게나 풀어 던지고는 휑하니 나가버렸다. 그러고는 브랜웬이 악마의 짓거리를 하고 있다며 떠들고 다녔다.

나는 다시 펜던트를 들여다보았다. 펜던트는 달빛이 아니라 그 자체의 빛으로 빛나는 것 같았다. 나는 펜던트 한가운데 박혀 있는 수정이 멀리서 볼 때와 달리 평범한 초록색이 아니라는 걸 처음으로 알아차렸다. 더 가까이 다가가보니, 보라색과 파란색이 펜던트 표면 아래에서 마치 시냇물처럼 흐르고 있었다. 그러면서도 반짝이는 붉은색이 수천 개의 자그마한 심장과 함께 고동쳤다. 마치 이글이글 불타며 살아 있는 눈동자 같았다.

갈라토.

머릿속에 불쑥 그 단어가 떠올랐다. 그 펜던트를 갈라토라고 부른다.

나는 당혹스러워 머리를 가로저었다. 그 단어가 어디서 툭 튀어나온 걸까? 그 단어를 언제 들었는지 기억도 안 나는데 말이다. 분명 마을 광장에서 그 단어를 주워들었을 것이다. 마을 광장에서는 켈트 어, 색슨 어, 로마 어, 게일 어 등 수많은 방언들이 매일같이 서로 엮이며 부딪힌다. 아니, 어쩌면 브랜웬의 이야기에서 들었는지도 몰랐다. 브랜웬의 이야기에는 그리스, 유대인, 드루이드를 비롯해 고대로부터 온 수많은 단어들이 뒤섞여 있었으니까.

"엠리스!"

브랜웬의 카랑카랑한 목소리에 나는 깜짝 놀랐다. 나는 푸르디푸른 여자의 눈을 마주했다. 나와 오두막과 음식을 함께 나누고 있지만, 그 이상은 아닌 여자…….

"일어나셨네요."

"그래. 그런데 날 이상하게 바라보고 있더구나."

"당신을 본 게 아니에요. 펜던트를 보고 있었어요."

나는 대답했다. 순간 충동적으로 덧붙였다.

"당신의 갈라토 말이에요."

브랜웬은 깜짝 놀라 숨을 몰아쉬었다. 손을 더듬어 펜던트를 옷 아래로 집어넣었다. 그러고는 차분한 목소리를 유지하려 애쓰며 말했다.

"그 단어를 너한테 말해준 적이 없는 것 같은데……."

내 눈이 커졌다.

"그러니까, 그게 진짜 이름이라는 뜻인가요? 맞는 이름이에요?"

브랜웰은 나를 골똘히 관찰하더니 말을 하려다 멈칫했다.

"잘 시간이다, 아들."

언제나 그렇듯, 브랜웰이 나를 아들이라고 부르자 난 소름이 돋았다.

"잠이 안 와요."

"이야기가 도움이 될까? 아폴로에 관한 이야기를 마저 해줄 수 있어."

"아니요. 지금은 싫어요."

"그럼, 네게 약을 지어줄 수도 있어."

"됐어요. 이엉장이* 아들한테 약을 만들어줬을 때, 그 아이가 사흘하고 반나절이나 잠을 잤다고요."

나는 고개를 절레절레 저었다.

브랜웰의 입가에 미소가 살짝 번졌다.

"그 아이는 일주일치 약을 한꺼번에 먹었어. 가엾은 멍청이."

"어쨌든 이제 동틀 때가 다 되었어요."

브랜웰은 거친 양털 이불을 그러모았다.

"음, 네가 안 잘 거라면, 내가 잘게."

"잠자기 전에 그 단어에 대해 더 말해주면 안 돼요? 갈…… 음, 그게 뭐였죠?"

내 말을 알아듣지 못한 것처럼, 브랜웰은 예의 그 침묵의 망토로 스스로를 감쌌다. 그러더니 양털 이불로 몸을 감싸고 눈을 감았다. 잠시 뒤, 다시 잠이 든 것 같았다. 하지만 내가 방금 전에 보았던 평화로운 얼굴은 이미 사라져버리고 없었다.

"말해줄 수 없어요?"

---

* 초가집의 지붕이나 담을 이기 위해 짚이나 새 따위로 엮는 사람.

브랜웬은 꿈쩍하지 않았다.

"왜 날 전혀 도와주지 않는 거죠? 당신 도움이 필요하다고요!"

나는 애처롭게 매달렸다.

그래도 브랜웬은 여전히 꿈쩍하지 않았다.

나는 시무룩하게 브랜웬을 잠시 바라보았다. 그러고는 침대를 빠져나와 문가에 놓인 커다란 나무 그릇에 든 물로 얼굴을 적셨다. 브랜웬을 다시 한 번 흘끔 쳐다보았다. 새삼스레 불끈 화가 치밀었다. 왜 내 질문에 대답하지 않으려는 거지? 왜 날 도와주지 않으려는 거야? 그런데 브랜웬을 바라보다 내가 한 번도 엄마라고 부른 적이 없다는 사실을 깨닫고는 살짝 미안한 마음이 들었다. 엄마라는 말이 브랜웬을 얼마나 기쁘게 해줄지 잘 알면서도. 하지만…… 도대체 어떤 엄마가 자기 아들을 안 도와주느냐고?

나는 밧줄로 만든 문손잡이를 휙 잡아당겼다. 끽 바닥을 긁으며 문이 열렸다. 나는 오두막을 나섰다.

2

올빼미가 다가오고 있어

달이 거의 사라진 서쪽 하늘은 무척 어두웠다. 회색으로 희미해진 달의 은빛 줄무늬가 크르 베드워드 마을 위로 짙은 구름을 따라 늘어섰다. 희미한 빛 속에 툭 솟아오른 초가지붕은 마치 큼지막한 돌멩이가 시커멓게 모여 있는 것 같았다. 멀지 않은 어디에선가 새끼 양의 울음소리가 들려왔다. 그리고 내 친구 거위들이 깨어나기 시작했다. 덤불 속에 있는 뻐꾸기가 두 번 울어댔다. 흠뻑 젖은 참나무와 물푸레나무 아래에 자리 잡은 야생 히아신스의 싱싱한 냄새가 젖은 이엉 냄새와 뒤섞였다.

때는 5월이었다. 5월에는 황량한 마을조차 새벽녘이면 사랑스럽게 보인다. 5월은 그 어느 때보다 나를 흥분시켰다. 꽃이 하늘을 향해 고개를 들고 활짝 피었다. 새끼 양이 태어나고, 잎사귀에 싹이 텄다. 꽃이 피자 내 꿈도 활짝 피었다. 때로 5월에 나는 의심을 꿀꺽 삼키고 언젠가 진실을 찾게 되리라 믿었다. 내가 진짜 누구였는지, 진짜 어디서 왔는지……. 브랜웬에게서가 아니라면, 누군가 다른 사람을 통해서라도 알 수 있겠지.

5월에는 무엇이든 가능해 보였다. 시간을 지배하는 방법을 알면 좋을 텐데. 일 년 열두 달 다 5월처럼 만들면 좋을 텐데. 아니, 시간을 거슬러 살 수 있다면, 그러면 달이 기울 때마다 5월을 곧장 되돌려 다시 한 번 5월로 살 수 있을 텐데.

입술을 깨물었다. 몇 월이 되었든, 이 마을은 절대로 내가 가장 좋아하는 곳이 되지 못할 것이다. 내 고향도 되지 못할 것이다. 태양빛이 이 마을의 초라한 오두막과 무시무시한 겉모습을 드러내기 전의 이 이른 시간은 하루 중 최고의 순간이다. 숲이 무성한 대부분의 시골 마을과 마찬가지로, 크르 베드위드는 오래된 로마의 길 때문에 존재할 수 있었다. 이 마을 길은 티위 강 북쪽 강둑을 따라 나 있고 티위 강은 남쪽으로 쭉 흘러 바다로 이어진다. 한때는 로마 군인들이 이 길로 다녔지만, 이제는 유랑자와 길 따라 떠도는 상인들이 주로 다닌다. 이 길은 배 끄는 길*로, 말이 곡식을 실은 짐배를 강 아래로 끌고 간다. 또한 남쪽 크르 머딘에 있는 성 베드로 성당을 찾아나서는 사람들을 위한 길이기도 하다. 또한 내가 제대로 기억하는 한, 바다로 가는 통로이기도 하다.

커다란 참나무 아래 대장간에서 금속 연장이 쨍그랑거렸다. 배 끄는 길 위 어디에선가 말이 굴레를 울리며 쿵쿵 걸어가는 소리가 들려왔다. 다른 시간이라면, 사람들이 삼거리 광장에 시끌벅적하게 모여 있을 것이다. 곧 물건을 교환하고, 서로 다투며 흥정하고 물건을 팔면서, 거기에 도둑질하는 소리까지 뒤섞여 허공을 가득 메울 것이다.

이곳에서 5년을 지냈지만 아직도 고향 같은 느낌은 들지 않는다. 왜일까? 어쩌면 지역의 신부터 이름에 이르기까지 모든 게 빠르게 변했기 때문일 것이다. 이곳에 새로 도착한 색슨 인들은 얼 위드바**를 스노든 산

---

* (강·운하의) 배 끄는 길. 과거에는 이 길을 따라 말이 바지선을 끌고 다녔다.
** 얼 위드바는 '거대한 무덤', '고분'이라는 뜻이다.

이라 부르기 시작했다. 이 산의 얼음장 같은 산마루가 모든 것 위로 솟구쳐 있다. 마찬가지로 오랫동안 귀네드로 알려진 이 지역을 사람들은 이제 웨일스 지방이라고 부른다. 하지만 어쨌든 이곳을 지방이라고 부르는 건 실제로 존재하지 않는 통일성을 억지로 부여하는 꼴이다. 매일 우리의 자그마한 마을을 통과해 지나가는 여행자와 방언의 숫자를 놓고 볼 때, 웨일스는 내게 지방이라기보다는 간이역에 가까웠다.

방앗간으로 이어진 길을 따라가며, 마지막 달빛의 자취가 얼 위드바의 경사면에 닿은 모습을 보았다. 잠에서 깨어나는 마을의 소리가 방앗간 근처 돌다리 아래에서 첨벙대며 흐르는 강물 소리에 녹아들어 갔다. 방앗간 근처 어디선가 개구리가 개굴개굴 울었다. 방앗간은 마을에서 진짜 벽돌로 지은 유일한 건물이었다.

느닷없이 내 안의 목소리가 조용히 속삭였다.

올빼미가 다가오고 있어.

나는 후다닥 뒤를 돌아보았다. 때마침 네모난 머리가 달린 커다란 갈색 날개가 내 곁을 스쳐 날아가는 모습이 보였다. 바람처럼 빠르게, 죽음처럼 조용히. 2초 뒤 올빼미는 방앗간 건물 뒤 풀밭에 내려앉았다. 발톱으로 먹잇감의 생명을 쥐어짰다.

야식으로 먹을 족제비로군.

나는 혼자 히죽 웃었다. 올빼미가 다가오고 있다는 걸 미리 알았다는 사실에 그리고 보이지 않는 사냥감이 족제비였다는 사실에 기분이 좋았다. 난 그걸 어떻게 안 거지? 나도 모르겠다. 그냥 알았다. 그게 다다. 내 생각에, 꽤 기민한 사람이라면 누구든 알 수 있을 것 같다.

하지만 점점 더 궁금해졌다. 때때로 난 다른 사람들보다 한 발 앞서 무슨 일이 벌어질지 느끼는 것 같았다. 만약 이것을 재능이라 부를 수 있다면, 이런 재능은 지난 몇 주 동안 그냥 불쑥 나타났다. 그래서 미처 깨닫지도 못했다. 그리고 난 브랜웬이나 다른 누구한테도 이 사실을 말하지 않았다. 운 좋게 추측이 계속 맞아떨어진 것일 수도 있다. 그런데 만약 그 이상의 무엇이라면, 적어도 꽤 즐거워지긴 할 것이다. 아니면 위급한 상황에 유용하게 써먹을 수도 있었다.

바로 어제, 마을 사내아이들이 칼싸움을 하면서 서로 쫓고 쫓기는 모습을 보았다. 잠깐이었지만, 나도 함께하고 싶다는 생각이 들었다. 그런데 아이들의 대장 디나티우스가 나를 보고는 달려들었다. 내가 달아날 틈도 주지 않았다. 나는 디나티우스가 정말 싫었다. 디나티우스는 자기 엄마가 죽고 나서 대장장이 밑에서 줄곧 조수로 일하고 있다. 디나티우스는 내가 천박하고 어리석으며 성질이 급하다고 흉을 봤다. 하지만 나는 단 한 번도 디나티우스의 기분을 상하게 한 적이 없었다. 그렇다고 친절을 베푼 것도 아니지만. 디나티우스는 나보다, 아니, 이 마을의 다른 사내아이들보다 나이가 많고 덩치가 컸다. 시키는 일을 제대로 하지 못했다며 대장장이의 무지막지한 손에 디나티우스가 얻어터지는 모습을 여러 번 보았다. 그리고 그만큼 자주 디나티우스가 자기보다 작은 사람들에게 똑같이 하는 모습도 보았다. 한 번은 자신의 로마인 조상에 대해 감히 의문을 품었다는 이유로 어떤 아이의 팔에 크게 화상을 입히기도 했다.

어제 디나티우스에게서 벗어나려 버둥거릴 때, 이 모든 게 마음속을 스쳐 지나갔다. 다행히 머리 위에서 낮게 나는 갈매기 한 마리가 보였다. 나는 새를 가리키며 소리쳤다.

"저기 봐! 하늘에서 온 보물이야!"

디나티우스는 하늘을 향해 얼굴을 돌렸다. 바로 그 순간 갈매기는 특별히 자극적이고 고통스러운 보물을 방출했다. 그것이 곧장 디나티우스의 눈에 들어갔다. 디나티우스가 욕을 하며 얼굴을 닦는 동안 다른 아이들은 낄낄 웃었다. 나는 그 자리를 얼른 도망쳐 나왔다.

어제의 구사일생을 떠올리며 나는 피식하고 웃었다. 일어날 일을 미리 예측하는 것보다 훨씬 더 귀중한 어떤 재능, 어떤 능력이 내게 있을지도 모른다는 생각이 처음으로 들었다. 가정해보자. 단지 가정만 해보자. 내가 실제로 사건을 통제할 수 있다면. 무언가가 일어날 수 있게 만든다면. 내 손, 다리, 또는 목소리가 아닌 오직 내 생각만으로……

얼마나 신이 날까? 분명 또 하나의 5월의 꿈에 불과했다. 하지만 만에 하나, 꿈이 아니라면? 한번 해봐야겠다.

강 위 돌다리에 이르렀다. 나는 찻잔 모양으로 오므린 나지막한 꽃송이 옆에 무릎을 꿇었다. 오로지 꽃에만 생각을 집중하자 다른 건 모두 점차 잊혔다. 서늘한 공기, 울고 있는 새끼 양, 대장간에서 들리는 시끄러운 소리, 이 모든 게 희미해졌다.

라벤더 꽃을 유심히 살펴보았다. 떠오르는 태양의 황금빛이 동쪽에 닿았다. 이슬방울을 머금은 아주 자그마한 솜털이 꽃잎 가장자리를 감쌌다. 자그마한 갈색 진딧물 하나가 줄기 꼭대기, 끝이 갈라진 잎사귀 가장자리를 가로질러 날쌔게 움직이고 있었다. 꽃향기는 신선했지만 달콤하지는 않았다. 웬일인지 나는 꽃의 한가운데 숨겨진 곳의 색이 오래된 누런 치즈 색이라는 걸 알았다.

마침내 때가 되었다. 나는 꽃봉오리가 피어나기를 기도했다.

널 보여줘. 꽃잎을 열어줘.

나는 명령했다.

한참을 기다렸다. 아무 일도 일어나지 않았다.

다시 한 번 나는 꽃에 집중했다.

열어줘. 꽃잎을 열어줘.

여전히 아무 일도 일어나지 않았다.

나는 일어서려 했다. 그때, 아주 천천히 꽃잎 가장자리가 마치 한조각 산들바람이 닿기라도 한 것처럼 파르르 떨리기 시작했다. 잠시 뒤 라벤더 꽃잎 하나가 살랑거리더니 끝자락이 아주 조금 열렸다. 그러고는 점점 더 벌어지기 시작했다. 다른 꽃잎도 그 뒤를 따랐다. 그리고 또 다른 꽃잎, 또 다른 꽃잎……. 마침내 꽃 전체가 꽃잎을 활짝 펼친 채 다가오는 여명을 맞이했다. 그리고 그 중심에서 부드러운 수술 여섯 개가 피어올랐다. 꽃잎이라기보다는 깃털에 가까웠다. 그 색은 오래된 누런 치즈 색이었다.

그 순간 난폭한 발길질이 내 등에 닿았다. 거친 웃음소리가 허공을 가득 채웠다. 묵직한 발이 꽃도, 그 경이로운 순간도 짓뭉개버렸다.

3

폭풍을 견디며

나는 끙끙거리며 몸을 일으켜 세웠다.

"디나티우스, 이 돼지야!"

떡 벌어진 어깨에 갈색 머리카락이 텁수룩한 디나티우스는 아니꼽다는 듯이 나를 비웃었다.

"너야말로 돼지처럼 귀가 뾰족한 주제에……. 아니면 악마처럼! 어쨌든 잡종보다는 돼지가 낫지."

뺨이 붉어졌지만 꾹 참았다. 녀석의 눈을 바라보았다. 거위 등처럼 회색이었다. 녀석은 나보다 훨씬 컸기에, 쳐다보려면 고개를 뒤로 젖혀야만 했다. 사실 디나티우스의 어깨는 어른들도 들기 어려운 무거운 짐을 번쩍 들어 올릴 수 있었다. 대장간의 불을 지피는 것만으로도 뜨겁고 힘든 일이었다. 하지만 녀석은 장작을 패서 실어 나르고, 풀무질*을 하고, 무거운 철광석을 운반하기까지 했다. 이렇게 일한 대가로 대장장이는 녀석에게 하루에 한 끼나 두 끼 식사와 지푸라기로 된 잠자리를 주

---

*풀무(불을 피우거나 일부 악기의 음을 내게 하는 데 쓰는 기구)로 바람을 일으키는 일.

고, 거기에 덤으로 머리를 수없이 쥐어박았다.

"난 잡종이 아니야!"

디나티우스는 턱수염을 느릿느릿 만지작거렸다.

"그럼 네 아빠는 어디 숨어 있는데? 네 아빠가 돼지일지도 모르지! 아니면 네 엄마랑 같이 살고 있는 그 더럽게 많은 쥐새끼 중 하나든가."

"우리 집에는 쥐 없어."

"집이라고? 넌 그걸 집이라고 부르냐? 거긴 너희 엄마가 숨어서 마법을 부리는 더러운 구덩이야."

나는 주먹을 불끈 쥐었다. 나에 대한 비웃음은 들을 만큼 들었다. 하지만 엄마에 대한 녀석의 그 추잡한 말을 듣자 피가 끓어올랐다. 나는 디나티우스가 나랑 싸우고 싶어 한다는 걸 잘 알았다. 또한 그 결과가 무엇인지도 똑똑히 알았다. 할 수 있다면, 화를 참는 게 훨씬 나았다. 팔을 뻗지 않는 건 아주 힘들다. 하지만 내 혀는? 그건 더욱 힘들다.

"공기로 만들어진 사람은 바람을 탓할 수 없는 법이지."

"도대체 무슨 뚱딴지같은 소리야, 이 잡종 새끼야?"

내 말이 어디서 튀어나왔는지 도무지 모르겠다.

"그건 네가 다른 사람을 잡종이라고 불러서는 안 된다는 뜻이야. 왜냐하면 네 아빠는 어느 날 저녁에 이 마을에 말을 타고 지나가다가 달랑 너하고 텅 빈 술병만을 남겨두고 가버린 한낱 색슨 족 용병일 뿐이니까."

디나티우스의 입이 쩍 벌어지더니 아무 말 없이 닫혔다. 녀석이 항상 두려워했지만 결코 인정하지 않을 사실을 내가 내뱉어버렸다는 걸 깨달았다. 몽둥이로 맞는 것보다 더 아프게 후려치는 말을.

디나티우스의 얼굴이 붉어졌다.

"아니야! 우리 아빠는 로마 사람이었어. 게다가 군인이었다고! 누구나 다 아는 사실이야. 누가 잡종인지 똑똑히 보여주겠어."

디나티우스가 나를 노려보았다.

나는 뒤로 물러섰다.

디나티우스가 내게 다가왔다.

"넌 아무것도 아니야, 이 잡종 새끼야. 아무것도 아니라고! 넌 아빠도 없어. 집도 없어. 이름도 없다고! 엠리스라는 이름은 어디서 갖다 붙인 거지, 이 잡종아? 넌 아무것도 아니야! 넌 아무것도 아니라고!"

디나티우스의 말에 나는 주춤했다. 녀석의 두 눈에 이글거리는 분노가 보였다. 나는 달아날 곳을 찾아 두리번거렸다. 도저히 녀석에게서 달아날 수 없었다. 오늘은 머리 위에 새 한 마리 날아다니지 않았다. 문득 어떤 생각이 번뜩 들었다.

머리 위에 새 한 마리 날아다니지 않아.

어제 했던 것과 똑같이, 나는 하늘을 가리키며 소리쳤다.

"저기 봐! 하늘에서 온 보물이야!"

막 나한테 달려들려고 앞으로 몸을 숙인 디나티우스는, 이번에는 하늘 쪽을 바라보지 않았다. 대신, 머리에 새똥을 맞지 않으려는 것처럼 몸을 숙였다. 바로 내가 바라던 상황이었다. 나는 뒤돌아서 잽싸게 죽어라 달아났다. 마치 겁먹은 토끼가 비에 흠뻑 젖은 방앗간의 땅을 가로지르는 것처럼…….

디나티우스는 마구 성을 내며 나를 쫓아왔다.

"거기 서, 이 겁쟁이야!"

나는 풀밭을 가로질러, 깨진 숫돌과 나뭇조각 위를 폴짝 뛰어넘고, 다리 위로 쏜살같이 달려갔다. 내 가죽 신발이 돌 위에 부딪혔다. 내가 다리 맞은편에 닿기도 전에, 헐떡거리는 내 숨소리 위로 디나티우스의 발소리가 들려왔다. 나는 급히 방향을 틀어 강둑 위의 오래된 로마의 길로 올라섰다. 오른쪽에는 티위 강의 물살이 거품을 일으키며 흐르고 있었다. 왼쪽에는 빽빽한 숲이 있었는데, 사슴과 늑대가 지나다니는 길을 빼고는 얼 위드바의 언덕까지 숲이 쭉 이어져 있었다.

나는 돌투성이 길을 전속력으로 60 내지 70걸음 내달렸다. 그러는 내내 디나티우스가 더 가까워지는 소리가 들려왔다. 자그마한 언덕 위에 올라서자마자, 나는 길을 벗어나 숲 가장자리 덤불 속으로 몸을 던졌다. 가시가 장딴지하고 허벅지를 쿡쿡 찔렀지만, 미친 듯이 앞으로 뛰어들었다. 덤불에서 벗어난 뒤 쓰러진 나뭇가지를 깡충 뛰어넘고, 개울을 건너뛰고, 맞은편 이끼 낀 바위가 툭 튀어나온 곳으로 기어올랐다. 그곳에서 사슴이 지나다닌 희미한 흔적을 발견했다. 그 흔적은 숲 바닥을 따라 뱀처럼 구불구불 끝없이 이어졌다. 그 길을 달리다 보니 마침내 우뚝 솟은 나무숲이 나타났다.

나는 잠깐 멈추었다. 디나티우스가 내 뒤의 나뭇가지에 부딪히는 소리가 들려왔다. 멈추어 생각할 틈도 없이, 나는 발아래 솔잎 더미 위에서 몸을 웅크려 커다란 소나무의 가장 낮은 가지로 뛰어올랐다. 다람쥐처럼 소나무 위로 기어 올라갔다. 이 나뭇가지에서 저 나뭇가지로. 마침내 땅에서 어른 세 명의 키 정도 되는 높이까지 기어 올라갔다.

바로 그 순간 디나티우스가 숲으로 들어왔다. 나는 디나티우스 머리 위의 나뭇가지에 딱 달라붙어 있었다. 심장이 요동치고, 폐가 아파오고, 다리에서는 피가 났다. 나는 꼼짝 않고 억지로 숨을 참았다. 내 폐는 더 많은 공기를 달라고 아우성이었다.

디나티우스는 이쪽저쪽을 두리번거리며, 두 눈을 시퍼렇게 뜨고 어스름한 숲을 쳐다보았다. 어느 순간, 녀석은 위를 쳐다보았다. 하지만 눈에 나무껍질 조각이 떨어지자 소리쳤다.

"빌어먹을 숲 같으니라고!"

숲 저쪽에서 뭔가 부스럭거리는 소리가 희미하게 들리자, 디나티우스는 그쪽으로 뛰어갔다.

그 아침 내내 나는 나뭇가지 위에서 꼼짝 않고 기다렸다. 빛이 서서히 가시투성이 나뭇가지를 적시는 모습을 쳐다보았다. 나무 사이를 지나는 느릿느릿한 바람의 움직임을 느꼈다. 디나티우스를 확실히 따돌렸다는 생각이 들자, 몸을 움직였지만 나무에서 내려오지는 않았다.

나는 더 위로 올라갔다.

나뭇가지를 계단 삼아 올라가며 심장이 여전히 고동치고 있다는 걸 깨달았다. 하지만 그건 두려움 때문도 아니고 숨이 차서 그런 것도 아니었다. 내 심장은 희망과 기대로 두근거렸다. 이 나무, 이 순간의 무언가가 나를 전율하게 만들었다. 뭐라 설명할 수는 없지만, 내가 더 높은 나뭇가지로 올라설 때마다, 내 영혼 또한 고양되는 것 같았다. 내가 더 높이 오르면 오를수록 더 멀리 보이고, 더 또렷하게 들리고, 더 깊이 냄새를 맡을 수 있는 것 같았다. 나는 나무 위에서 빙빙 도는 자그마한 매 옆에서 함께 날아오르는 내 모습을 상상했다.

아래로 전망이 넓게 펼쳐졌다. 나는 흐르는 강을 눈으로 따라갔다. 강은 언덕에서 북쪽으로 구불구불 흘러내려 갔다. 강을 보고 있자니 브랜웰의 이야기에 나오는 커다란 뱀이 떠올랐다. 언덕은 비뚤배뚤 이어졌다. 마치 오래된 뇌의 주름 같았다. 문득 궁금했다. 그 뇌가 오랜 시간에 걸쳐 무슨 생각을 만들어냈을까? 이 숲도 그중 하나였을까? 오늘도 그중 하나였을까?

가파른 언덕 사이, 구불구불한 안개 너머로 웅장한 얼 위드바의 커다란 덩어리가 솟아 있었다. 산 정상은 하얀 망토를 걸친 채 어슴푸레하게 빛났다. 둥그스름한 시커먼 구름 그림자가 마치 거인의 발자국처럼 산마루를 가로질러 나아갔다. 거인을 직접 볼 수 있으면 얼마나 좋을까! 거인이 춤추는 모습을 볼 수 있으면 얼마나 좋을까!

서쪽 하늘에 구름이 모여들었다. 태양빛을 받은 바다는 이따금씩 번들거리며 빛이 났다. 끝없이 펼쳐진 바다의 장관은 뭐라고 말로 표현할 수 없는 막연한 갈망으로 내 마음을 가득 채웠다. 나는 내 진짜 고향, 내 진짜 이름이 저기 어딘가에 있다는 걸 알았다. 바다만큼이나 그 깊이를 알 수 없는 물결이 내 안에서 마구 일렁거렸다.

다음 나뭇가지로 팔을 뻗어, 낑낑대며 더 높이 내 자신을 밀어 올렸다. 나뭇가지 밑쪽을 꽉 잡은 채, 다리 하나를 위로 올렸다. 잔가지들이 와지끈 부러져 빙그르르 우아하게 돌며 땅으로 떨어졌다. 나는 끙끙대며 있는 힘껏 몸을 밀어내 마침내 위로 올라섰다.

나뭇가지의 V자 홈으로 들어가 나무둥치에 등을 기대고 편히 쉬려 했다. 소나무 진액이 묻어 끈적끈적한 손을 얼굴에 가져다 대니 달콤한 송진 향이 가슴 깊은 곳까지 가득 채웠다.

갑작스레 뭔가가 내 오른쪽 귀를 긁었다. 고개를 휙 돌려보니, 털을 꼿꼿하게 세운 갈색 꼬리 하나가 나무둥치 뒤로 도망치고 있었다. 나무둥치 뒤로 몸을 뻗어 살펴보자, 시끄러운 울음소리가 들렸다. 뒤이어 자그마한 발이 내 가슴을 가로질러 다리 밑으로 허둥지둥 날렵하게 달아났다.

나는 다시 자리에 앉았다. 그때 다람쥐 한 마리가 내 다리에서 낮은 쪽에 있는 나뭇가지로 뛰어내렸다. 나는 빙그레 웃으며 다람쥐가 분주히 움직이면서 재잘재잘 찍찍거리는 모습을 지켜보았다. 다람쥐는 나무둥치 위로 달려들더니 오르락내리락 돌아다녔다. 털이 숭숭 난 깃발처럼 꼬리를 흔들어대며 자기 머리만큼이나 큼지막한 솔방울을 씹어 먹었다. 그러더니 마치 나를 막 알아차리기라도 한 것처럼, 갑작스레 행동을 멈추었다. 내게 잠시 관심을 기울이더니, 다시 한 번 찍찍거리고 옆에 있는 굵은 나뭇가지로 몸을 쭉 뻗었다. 다람쥐는 나무둥치 아래로 서둘러 내려가 내 시야에서 완전히 사라져버렸다. 다람쥐가 내게 흥미로워 보인 것처럼, 다람쥐한테 내가 그렇게 흥미로워 보였을까 문득 궁금했다.

온몸에 전율이 흐르며 나는 계속 올라가고 싶은 충동을 느꼈다. 바람이 위로 불어오자, 진한 나무 향도 함께 올라왔다. 사방에서 송진이 쏟아지며 나는 향기의 강에 파묻혔다.

매가 다시 보였다. 매는 여전히 머리 위를 빙빙 돌고 있었다. 확신할 수는 없지만, 웬일인지 매가 나를 지켜보고 있다는 느낌이 강하게 들었다. 이유는 모르겠지만, 매는 나를 관찰하고 있었다.

내 몸무게를 견뎌낼 수 있는 가장 높은 나뭇가지로 올라섰을 때, 우르릉 쾅쾅 첫 번째 천둥소리가 울려 퍼졌다. 뒤이어 어마어마하게 요란한 소리가 들려왔다. 수천 그루의 나무가 바람을 받아 함께 휘며 아우성치는 것 같았다. 나는 나무로 이루어진 바다 저 너머를 흘끗 쳐다보았다. 나뭇가지는 바다의 파도처럼 잔물결을 일으켰다. 요란한 소리와 함께 나뭇가지의 가지각색 목소리가 들려왔다. 참나무의 깊은 한숨과 산사나무가 날카롭게 똑 부러지는 소리, 소나무가 휙 하고 휘는 소리, 물푸레나무가 쩍쩍 갈라지는 소리, 솔잎이 쏙쏙거리고 잎사귀가 톡톡 부딪히는 소리, 나무둥치가 으르렁대며 우묵한 곳에서 들리는 울음소리……. 이 모든 소리가 함께 만나 물결치듯 움직이는 거대한 합창곡을 만들어냈다. 내게 익숙한 언어로 노래를 부르고 있었다.

바람이 점점 거세지자, 내가 올라서 있는 나무가 흔들리기 시작했다. 나뭇가지는 인간의 몸처럼 이리저리 움직였다. 처음에는 부드럽게, 그러다가 점점 거칠게. 나무가 더 크게 흔들리자, 나무둥치가 부러져 땅으로 곤두박질칠지도 모른다는 두려움도 커졌다. 하지만 때맞추어 자신감이 다시 돌아왔다. 나무가 어떻게 그렇게 유연하고 튼튼할 수 있는지 경이로웠다. 나무가 물결처럼 휘면서 소용돌이처럼 비틀거렸다. 나는 그사이 나무를 꽉 잡고 있었다. 우아하게 흔들릴 때마다, 내 자신이 땅의 피조물이라기보다는 바람의 일부라는 생각이 들었다.

후드득 비가 떨어지기 시작했다. 빗소리가 굽이치는 강물과 나무의 노래와 뒤섞였다. 나뭇가지가 초록색 폭포처럼 줄줄 흘러내렸다. 자그마한 강이 각각의 물줄기를 타고 폭포처럼 떨어지며 이끼 낀 초원과 나무껍질로 된 협곡 사이를 구불구불 흘러갔다. 그러는 내내, 나는 폭풍을 견뎌냈다. 이렇게 홀딱 비를 맞아본 적이 없었다. 이렇게 자유로워본 적도 없었다.

마침내 폭풍이 잦아들었다. 온 세상이 완전히 새롭게 태어난 것 같았다. 비에 씻긴 잎사귀 위에서 햇볕이 춤을 추었다. 숲속에 있는 빈터마다 구불구불한 안개 기둥이 솟아올랐다. 숲의 색이 더 생생하게 살아났다. 숲의 냄새는 더 싱긋하게 다가왔다. 나는 난생 처음 깨달았다. 지구는 항상 다시 태어난다는 사실을, 삶은 항상 새롭게 시작한다는 사실을, 이 특별한 날의 오후 또한 바로 그 창조의 아침이라는 사실을.

4

넝마 더미

늦은 오후의 빛이 세상을 선명하게 밝히며 그림자를 짙게 드리웠다. 배가 살살 아파오기 시작했다. 점점 더 아팠다. 배가 고팠다. 늑대처럼 배가 고팠다. 마지막으로 한 번 더 경치를 바라보았다. 황금 거미줄 같은 빛이 언덕을 가로질러 기어가는 모습이 내려다보였다. 나는 앉아 있던 곳에서 내려오기 시작했다. 마침내 가장 낮은 나뭇가지에 이르렀다. 여전히 비에 흠뻑 젖어 있던 나는 두 손으로 나무껍질을 감싸 쥐고 몸을 옆으로 돌렸다. 잠시 동안 그곳에 매달려 있었다. 강풍에 흔들리는 나무처럼 이리저리 흔들거렸다. 이유는 모르겠지만, 나뭇가지에 처음 올랐을 때부터 평상시에 아프던 어깻죽지가 아무렇지도 않았다. 손을 놓고, 솔잎이 깔린 바닥으로 내려섰다.

나는 고목의 골 진 나무둥치에 부드럽게 손을 얹었다. 내 몸에 피가 흐르는 것처럼 커다랗고 둥근 몸통 안으로 송진이 흐르는 게 느껴졌다. 나무둥치를 손으로 살짝 토닥이며 고마움을 전했다.

문득 황갈색 버섯 다발에 시선이 갔다. 털이 무성하게 난 버섯은 솔잎 바닥 틈에 자리를 잡고 있었다. 브랜웰과 함께 식사를 해왔기에, 그것이 식용 버섯이라는 걸 알 수 있었다. 그래서 버섯을 움켜잡고 순식간에 먹어 치웠다. 근처에 자라는 보라색 잎의 식물 뿌리도 함께 먹어 치웠다.

사슴 발자취를 찾아내, 그 길을 따라 개울로 돌아왔다. 손을 컵처럼 모아 차가운 물을 조금 마셨다. 이가 시리고 혀의 감각이 생생하게 살아났다. 가벼운 발걸음으로, 나는 마을로 이어진 배 끄는 길로 방향을 틀었다.

다리를 건너자 방앗간 너머에 크르 베드위드의 초가지붕들이 옹기종기 모여 있었다. 건초 더미가 여기저기 수없이 널린 것처럼 보였다. 지붕 하나 밑에서 내 엄마라는 여자는 입을 꾹 다물고 조용히 약을 갈거나 누군가의 상처를 살피고 있을 게 분명했다. 언젠가는 이곳이 고향처럼 느껴질지도 모른다는 기대를 품고 있는 내 자신이 놀라웠다.

마을에 들어서자 사내아이들이 장난치는 소리가 시끄럽게 들려왔다. 처음에는 평상시의 은신처를 찾아가고픈 충동이 일었다. 하지만…… 새로운 자신감이 밀려오는 게 느껴졌다. 오늘은 아이들과 처음으로 함께 노는 날이 될 거다!

디나티우스가 있으면 어쩌지? 그 생각에 멈칫하면서 경계의 눈초리로 대장간을 살펴보았다. 지금쯤이면 디나티우스가 진정되었을지도 모른다.

나는 천천히 다가갔다. 삼거리 광장의 커다란 참나무 아래에서 농부와 상인들이 물건을 사고팔고 있었다. 기둥에 묶인 말과 당나귀가 꼬리로 파리를 휙휙 쫓아내고 있었다. 근처에 침울한 표정의 음유시인 하나가 얼마 안 되는 청중에게 시를 들려주고 있었다. 그런데 휙휙 소리 내며 움직이는 꼬리 하나가 시인의 입을 찰싹 때렸다. 시인이 잠시 멈추었다가 다시 시를 읊조렸지만, 청중은 자리를 뜨고 말았다.

사내아이 넷이 광장 한쪽에 서서 목표물에 돌과 막대기를 던지고 있었다. 참나무 아래에는 다 해어진 넝마 더미가 놓여 있었다. 디나티우스가 거기 없다는 걸 확인하고 나서야, 나는 편안하게 숨을 쉴 수 있었다. 곧 사내아이 한 명을 부를 수 있을 정도로 가까이 다가갔다.

"오늘은 던지기 어때, 루드?"

누런 모래 빛깔 머리카락의 땅딸막한 소년이 나를 향해 돌아섰다. 둥글넓적한 얼굴과 자그마한 눈에는 당혹스러운 표정이 여실히 드러났다. 예전에는 나한테 그렇게 쌀쌀맞게 굴지 않았지만, 오늘 루드는 무척 조심스러워 보였다. 루드가 디나티우스를 걱정하는 건지 아니면 나를 걱정하는 건지 알 수 없었다.

나는 좀 더 가까이 다가갔다.

"걱정 마. 새가 네 머리 위에 똥을 싸게 하지는 않을 테니까."

루드는 잠시 나를 바라보더니 낄낄 웃기 시작했다.

"아주 멋진 발사였어, 정말로!"

나도 환하게 웃으며 화답했다.

"아주 멋진 발사였지."

루드는 내게 자그마한 돌 하나를 건넸다.

"너도 한번 던져볼래?"

"너 왜 그래? 디나티우스가 좋아하지 않을 텐데?"

다른 아이 하나가 끼어들었다.

루드는 어깨를 으쓱해 보였다.

"어서, 엠리스. 얼마나 잘 던지나 보자."

내가 손바닥 위에 돌을 들어 올리자, 사내아이들은 서로를 흘끗 쳐다보았다. 나는 팔을 힘껏 휘둘러 넝마 더미를 향해 냅다 던졌다. 돌은 높고도 멀리 날아가 거위 우리를 맞혔다. 거위들이 날개를 퍼덕이면서 꽥꽥 소리 지르며 한바탕 소동을 일으켰다.

나는 기가 죽어 중얼거렸다.

"잘 안 되네."

"좀 더 가까이 가서 던져봐. 나무 바로 아래로 말이야."

누군가 비웃듯 말했다.

아이들이 낄낄 웃어댔다.

루드는 손을 흔들어 아이들을 조용히 시키고는 내게 돌을 또 건넸다.

"다시 해봐. 너 연습 좀 해야겠다."

루드의 이 말에 난 자신감이 생겼다. 아이들이 모두 지켜보는 가운데 나는 다시 목표를 조준했다. 이번에는 자세를 바로잡으며, 목표물까지의 거리와 손에 들린 돌의 무게를 가늠했다. 넝마 더미에 시선을 고정한 채, 팔을 뒤로 젖힌 뒤 힘껏 던졌다.

돌은 목표물을 정통으로 맞혔다. 루드는 만족스러운 듯 희한한 소리를 내질렀다. 나도 자랑스러운 미소가 저절로 흘러나왔다.

그때 뭔가 이상한 게 내 관심을 끌었다. 내가 던진 돌이 넝마를 뚫고 날아가 그 뒤에 있는 나무등치를 맞히지 않고 곧장 튕겨 나왔기 때문이다. 마치 넝마가 뭔가 딱딱한 걸로 되어 있는 것 같았다. 나는 가까이 다가가 살펴보았다. 가슴이 철렁 내려앉았다. 넝마 더미가 움직였기 때문이다. 넝마 더미에서 신음 소리가 애처롭게 흘러나왔다.

"사람이잖아!"

나는 깜짝 놀라서 소리쳤다.

루드는 고개를 절레절레 저었다.

"사람이 아니야."

루드는 넝마 더미를 향해 무심하게 손을 흔들었다.

"저건 유태인이야."

"더러운 유태인이지."

사내아이 하나가 따라 말하더니 쥐고 있던 돌을 넝마를 향해 힘껏 내던졌다. 넝마는 또다시 돌에 맞았다. 또다시 신음이 터져 나왔다.

"하지만…… 하지만 이러면 안 돼!"

나는 뭔가를 더 말하려다 멈칫했다. 아이들 무리에 낄 수 있는 기회를 스스로 날려버릴 위험을 자초하고 싶지는 않았으니까.

"왜 안 되는데? 유태인은 절대로 이곳에 들어와서는 안 돼. 유태인은 뿔과 꼬리가 달린 악마야. 유태인은 불행을 가져온다고."

루드는 뒤로 물러서며 묵직한 막대기를 던질 차비를 했다.

넝마 더미가 끙끙거리더니 일어났다.

나는 침을 꼴깍 삼켰다.

"난 그런 말도 안 되는 소리 안 믿어. 저 거지는 그냥 가게 내버려두고 대신 다른 거나 맞히자."

루드는 나를 이상하다는 듯이 바라보았다.

"유태인을 두둔하지 않는 게 좋을 거야. 사람들이 이상하게 생각할지도 몰라……."

루드는 잠시 말을 멈추고는 이내 말했다.

"너도 같은 혈통일지도 모른다고 말이야."

"하지만 우리는 모두 같은 혈통이라고! 유태인도 사람이야. 너랑 나처럼 말이야."

나는 넝마를 뒤집어쓴 남자를 흘끗 바라보았다. 그 사람은 막 저만치 움직이기 시작했다. 화가 난 나는 목청껏 소리를 질렀다.

"저 사람 그냥 내버려둬!"

루드는 그저 히죽히죽 웃더니 묵직한 막대기를 집어던졌다.

나는 팔을 휘두르며 소리쳤다.

"안 돼! 그 사람 건드리지 마!"

그 순간 막대기가 공중에서 날아가다 말고 땅에 뚝 떨어졌다.

마치 눈에 보이지 않는 허공의 벽에 막대기가 꽝 부딪히기라도 한 것 같았다. 아이들은 깜짝 놀라 그대로 얼어붙었다. 나는 입이 쩍 벌어졌다. 아이들만큼이나 나도 깜짝 놀랐다.

"누군가 주문을 건 게 분명해."

어떤 아이가 속삭였다.

"마법이야."

다른 아이가 말했다.

루드의 넓적한 얼굴이 백짓장처럼 하얗게 변했다. 루드는 천천히 내 게서 주춤주춤 물러섰다.

"저리 가, 너…… 넌……."

"악마 새끼."

어떤 목소리가 루드의 말을 끝마쳤다.

뒤돌아보니 디나티우스가 코앞에 있었다. 숲을 헤매고 다니느라 디나티우스의 웃옷은 이리저리 찢기고 진흙투성이였다. 몰골은 엉망이어도, 디나티우스는 마침내 자신의 먹잇감을 구석에 몰았다는 생각에 만족스러운 표정이었다.

나는 등을 곧게 폈다. 하지만 그래봤자 녀석의 몸집이 얼마나 위풍당당한지 다시 한 번 확인할 뿐이었다.

"적이 되지 말자고."

디나티우스는 내 뺨에 침을 뱉었다.

"내가 너 같은 악마 새끼와 친구가 될 거라고 생각하나 보지?"

나는 눈을 찡그리며 얼굴에서 침을 닦아냈다. 한 번 더 꾹 참는 게 내가 할 수 있는 전부였다. 내 목소리가 떨렸다. 나는 단호하게 말했다.

"악마 아니야. 난 너와 같은 사람이라고."

"네 정체를 알아. 네 아빠는 악마였어. 그리고 네 엄마는 악마처럼 사악한 짓을 하고 있고. 어느 쪽이든 넌 악마의 자식이야!"

디나티우스의 목소리는 마치 바위가 굴러가는 것처럼 거침없이 흘러나왔다.

나는 소리를 지르며 녀석에게 달려들었다.

디나티우스는 능숙하게 옆으로 살짝 비켜나더니 나를 허공으로 들어 올렸다가 땅바닥에 내동댕이쳤다. 그러고는 내 옆구리를 세게 걷어찼다. 나는 땅바닥에 데구루루 굴렀다.

갈빗대가 너무 아파 일어날 수가 없었다. 내 위에 우뚝 선 디나티우스는 텁수룩한 머리를 뒤로 젖히며 낄낄 웃어댔다. 다른 아이들도 따라 웃으며 디나티우스를 부추겼다.

"넌 도대체 왜 지랄이야, 이 악마 새끼야?"

디나티우스가 나를 비웃었다.

엄청난 고통이 느껴졌다. 하지만 분노가 고통보다 더 컸다. 나는 옆구리를 붙잡은 채 비틀거리며 무릎으로 땅을 짚었다. 그리고 나서 자리에서 일어섰다. 나는 상처 입은 짐승처럼 울부짖었다. 팔을 휘두르며 다시 녀석에게 달려들었다.

잠시 뒤 나는 풀밭에 고꾸라지고 말았다. 거의 숨을 쉴 수 없을 지경이었다. 입에서 피 맛이 났다. 나를 괴롭히는 녀석이 흥미를 잃기를 바라면서, 가만히 있어야겠다는 생각이 마음속에 스쳐 지나갔다. 하지만 난 그러지 않았다.

내가 끙끙대며 일어서자 디나티우스의 얼굴에서 웃음이 싹 사라졌다. 내 턱에서는 피가 뚝뚝 떨어졌다. 나는 후들거리는 다리를 땅에 박고 녀석의 눈을 노려보았다. 내가 그렇게 하리라고는 나 자신조차도 미처 생각하지 못했다.

녀석은 깜짝 놀란 게 분명했다.

"죽고 싶어 환장을 했군, 고집불통 새끼!"

"너한테 맞설 만큼 고집불통이지."

나는 갈라지는 목소리로 대꾸했다. 주먹을 불끈 쥐었다.

그 순간 어디에선가 누군가 우리 둘 사이로 불쑥 튀어 들어왔다. 디나티우스를 제외한 나머지 아이들이 모두 뒤로 물러섰다. 나는 깜짝 놀라 숨을 헐떡였다.

브랜웬이었다.

두려움의 그림자가 녀석의 얼굴에 스쳐 지나갔지만, 디나티우스는 브랜웬의 발에 침을 뱉었다.

"저리 꺼져, 이 마녀야."

브랜웬은 눈을 번득이며 디나티우스를 노려보았다.

"우리를 가만 내버려둬."

"악마한테나 가버려. 거기가 너희 둘한테 딱이야."

디나티우스가 되받아쳤다.

"정말 그럴까? 그렇다면 너야말로 재빨리 달아나는 게 좋을 거야. 안 그러면 내가 지옥의 불을 너한테 쏟아부을 테니까 말이야."

브랜웬은 두 팔을 위협적으로 들어 올렸다.

디나티우스가 고개를 절레절레 저었다.

"내가 아니라 당신이야말로 불에 타야 해."

"하지만 난 불이 두렵지 않아! 난 불에 타지 않거든!"

루드는 브랜웬을 초조하게 바라보다가 디나티우스의 어깨를 잡아당겼다.

"저 여자가 진짜 불을 내리면 어쩌려고 그래? 가자."

"저 여자의 새끼랑 끝내기 전까지는 안 가."

브랜웬의 푸른 눈동자가 빛났다.

"당장 꺼져. 안 그러면 넌 불에 활활 타게 될걸."

디나티우스가 뒤로 주춤주춤 물러섰다.

브랜웬은 디나티우스를 향해 몸을 기울였다. 그러더니 딱 한마디를 날렸다.

"당장."

다른 아이들은 모두 뒤돌아서 달아났다. 아이들이 달아나는 걸 본 디나티우스는 망설이는 표정이었다. 디나티우스는 악마의 눈으로부터 자신을 보호하려는 듯이 두 손으로 어떤 표시를 만들었다.

"당장!"

브랜웬이 다시 명령했다.

디나티우스는 잠시 브랜웬을 불쾌한 표정으로 노려보다가 물러섰다.

나는 브랜웬의 팔을 잡았다. 우리는 함께 우리 오두막으로 천천히 돌아왔다.

5
신성한 시간

브랜웬이 다친 내 갈빗대를 보살펴주는 동안, 나는 초라한 침대에 누워 몸을 쭉 뻗은 채 움츠렸다. 초가지붕 틈 사이로 스며들어온 기묘한 빛의 조각이 브랜웬의 왼쪽 어깨와 손을 비추었다. 걱정스러운 표정을 짓는 브랜웬의 이마에 주름이 잡혔다. 그 푸른 눈동자는 나를 아주 유심히 살펴보았다. 내 피부를 뚫을 것 같은 느낌이 들 정도였다.

"도와줘서 고마워요."

"천만에."

"멋졌어요. 정말로 멋졌어요! 게다가 때맞춰 나타났어요. 불쑥 말이에요. 마치 그리스 신, 그러니까 아테나나 뭐 그런 신처럼 말이에요."

브랜웬의 주름이 깊어졌다.

"제우스에 가깝다고 할 수 있겠지."

나는 낄낄 웃었다. 옆구리가 너무 아파서 웃지 말걸 하고 후회할 정도로 웃었다.

"그러니까 아이들한테 천둥과 번개를 퍼부었다는 뜻이군요."

"아테나의 지혜는 아니었지. 난 그저 여느 엄마들처럼 했을 뿐이야.

설령 네가 절대로……."

브랜웬은 시무룩하게 한숨을 내쉬었다.

"뭐라고요?"

브랜웬은 고개를 저으며 말했다.

"아무것도 아니야."

브랜웬은 자리에서 일어나 찜질 약을 준비했다. 연기와 향나무 냄새가 났다. 몇 분 동안 재료를 잘게 썰고 곱게 가는 소리가 들려왔다. 브랜웬은 내 옆으로 다시 와서 찜질 약을 내 갈빗대에 올려놓고, 자기 손을 그 위에 얹어 살짝 눌렀다. 온기가 내 뼈 속으로 점점 스며드는 느낌이었다. 마치 골수가 목탄으로 변하는 것 같았다.

이내 브랜웬은 눈을 감고 나지막하게 느릿느릿 노래를 불렀다. 브랜웬은 치유의 작업을 할 때 이 노래를 부르곤 했다. 예전에는 브랜웬이 환자를 치유하기 위해 노래를 부르는 것인지, 아니면 스스로를 치유하기 위해 노래를 부르는 것인지 잘 몰랐다. 이번에 나는 브랜웬의 얼굴을 유심히 살펴보며, 노래는 내가 아니라 브랜웬 자신을 위한 것이라는 걸 분명히 깨달았다.

와이 고도딘 카탄 휴
허드 에이 예드리스 말 와이단
가운스 애 벨른 웬 카브리
바리갈 돈 핀카이라
드라비아, 드라비아, 핀카이라

이 단어들은 바다 건너 다른 세상의 말 같았다. 나는 브랜웬이 눈을 뜰 때까지 기다렸다. 그러고 나서 예전에도 자주 품었던 질문을 던졌다. 하지만 딱히 무슨 대답을 기대한 건 아니었다.

"무슨 뜻이에요?"

다시 한 번 브랜웬은 나를 두 눈으로 유심히 살펴보았다. 내 영혼을 꿰뚫는 것 같은 눈빛이었다. 그러고 나서 브랜웬은 조심스럽게 단어를 선택해 대답했다.

"이 노래는 마법의 장소에 관한 거야. 매력의 땅, 환상의 땅, 핀카이라라고 부르는 땅이야."

"마지막 구절은 무슨 뜻이에요? 드라비아, 드라비아, 핀카이라."

브랜웬의 목소리가 속삭이듯 낮아졌다.

"영원하라, 영원하라, 핀카이라여."

브랜웬은 눈을 지그시 내리깔았다.

"핀카이라, 경이로움이 가득한 곳, 시인들이 수많은 언어로 찬양하던 곳. 시인들은 그곳이 우리의 세상과 정령의 세상 사이에 존재한다고 말하지. 완전히 이 세상도 아니고 완전히 천국도 아니지만, 이 두 세계를 연결하는 다리라고 할 수 있지. 아, 너한테 해줄 이야기가 정말 많아! 그곳의 색은 가장 밝은 일출보다 더 밝고, 공기는 가장 활기 넘치는 정원보다 더 향기롭지. 그곳에는 신비로운 생명체가 많이 남아 있단다. 전설에 의하면 최초의 거인도 거기에 있어."

나는 침대의 지푸라기 위에서 고쳐 앉으며 브랜웬에게 얼굴을 가까이 가져다 댔다.

"진짜 존재하는 곳처럼 말하는군요."

내 갈빗대에 닿은 브랜웬의 손에 힘이 들어갔다.

"너한테 들려준 이야기에 나오는 다른 곳들과 다르지 않아. 이야기는 진짜가 아닐지도 몰라, 우리 아들. 하지만 그곳이 진짜로 존재하는 것만은 틀림없어! 내가 살아가는 이유가 되어줄 정도로 진짜지. 내가 일하게 해주고 모든 꿈속에, 모든 잎사귀에, 모든 이슬방울에 숨어 있는 의미를 찾게 해줘."

"그러니까 그 이야기가 진짜가 아니라는 뜻인가요? 그리스 신들에 대한 이야기처럼 말이에요?"

"아, 그래."

브랜웬은 잠시 생각에 잠겼다.

"이야기에는 사실이 아니라 믿음이 필요한 거야. 모르겠니? 이야기는 신성한 시간에 살고 있어. 그것은 순환하며 흘러가지. 단선적으로 흐르는 역사적인 시간이 아니야. 그럼에도 이야기는 진짜야, 우리 아들. 이 측은한 자그마한 마을에서의 일상생활보다 여러 면에서 훨씬 더 진짜란다."

무슨 말인지 이해할 수 없어 나는 눈살을 찌푸렸다.

"하지만 분명 그리스의 올림포스 산은 얼 위드바 산과는 다르잖아요?"

브랜웬의 손가락에 약간 긴장이 풀렸다.

"네가 생각하는 것처럼 그렇게 다르지는 않단다. 올림포스 산은 지상에도, 이야기에도 존재하지. 역사적인 시간 속에서 그리고 신성한 시간 속에서. 둘 중 어디서든, 제우스와 아테나를 비롯한 신들을 발견할 수 있단다. 그곳은 중간 지대야. 정확히 말해 우리의 세계도 아니고 사후 세계도 아닌, 그 중간지대 말이야. 그러니까 정확히 말해 안개가 공기도 아니고 물도 아닌 것과 같은 이치야. 이 둘을 합쳐놓은 것이라고 할 수 있지. 델로스 섬이 바로 그런 곳이야. 아폴로가 태어나 고향으로 삼은 그리스의 섬 말이야."

"이야기에서는 분명 그래요. 하지만 실제로 존재하지는 않잖아요?"

브랜웬은 나를 이상한 눈빛으로 바라보았다.

"확실하니?"

"음……. 아니요, 아닌 것 같아요. 전 그리스에 가본 적이 없어요. 하지만 얼 위드바는 수백 번도 더 봤어요. 바로 저 창문을 통해서요. 이 근처에는 아폴로와 같은 신들이 걸어 다니지 않아요! 저 산에는 아니에요. 이 마을에도 아니고요."

다시 브랜웬은 나를 이상한 눈빛으로 바라보았다.

"확실하니?"

"물론 확실해요."

나는 침대에서 지푸라기 한 움큼을 집어 허공에 뿌렸다.

"이게 이 마을 물건이에요! 지저분한 지푸라기, 깨진 벽, 화난 사람들, 무식한 사람들. 그러니까 마을 사람들 절반이 당신을 마녀라고 생각하잖아요!"

브랜웬은 찜질 약을 들어 올리더니 내 갈빗대에 난 상처를 유심히 살폈다.

"하지만 여전히 치료받으러 이곳에 오잖아."

브랜웬은 푸르스름한 갈색 연고가 담긴 나무그릇에 손을 뻗었다. 나무그릇에서 푹 익은 열매처럼 코를 찌르는 독한 냄새가 났다. 브랜웬은 왼쪽 손가락 두 개로 내 상처에 연고를 조심스레 바르기 시작했다.

"말해보렴! 이 마을의 소음을 벗어나 멀리 걸어가다 정령의 존재를, 네가 제대로 볼 수 없는 무언가의 존재를 느껴본 적이 있니? 강 아래나 숲속 어딘가에서 말이야."

브랜웬은 내 상처에서 눈을 떼지도 않은 채 물었다.

나는 폭풍 속에서 흔들렸던 커다란 소나무를 떠올렸다. 나뭇가지가 휙휙 소리를 내며 움직이는 소리, 송진 냄새, 내 손에 닿은 나무껍질 느낌이 생생했다.

"음, 가끔은 숲속에서……."

"뭐라고?"

"마치 나무가, 특히 고목이 살아 있는 것처럼 느껴졌어요. 그냥 식물이 아니라 사람처럼 말이에요. 얼굴도 있고 영혼도 있는……."

브랜웬은 고개를 끄덕였다.

"나무의 요정처럼 말이지. 나무의 요정 이야기를 너한테 읽어줄 수 있으면 좋으련만. 그리스어로 된 책 말이야. 나보다 훨씬 더 잘 이야기를 들려줄 수 있을 거야! 그리고 그 책들……. 엠리스, 난 책으로 가득 찬 방을 본 적이 있어. 빼곡하게 꽂힌 곰팡이 핀 책들이 내게 손짓했지. 난 책을 무릎에 올려놓고 앉아서 하루 종일 읽었어. 밤늦게까지 읽었지. 마침내 잠이 들 때까지. 그리고 난 꿈속에서 나무의 요정한테 초대를 받았어. 아니, 아폴로한테서 초대를 받았지."

브랜웬은 생각에 잠긴 듯 나를 바라보았다.

브랜웬은 잠깐 말을 멈추었다.

"내가 다그다* 이야기를 해준 적 있니?"

나는 고개를 저었다.

"그게 아폴로하고 무슨 관련이 있어요?"

"기다려봐."

브랜웬은 또다시 연고 한 줌을 집어 들어 상처에 발랐다.

---

*켈트 신화에서 신들의 왕인 대지(大地)의 신. 이름은 다고데보(dagodevos: 좋은 신)에서 유래한다.

"켈트 족은 아주 오랫동안 귀네드에 살아왔기 때문에 신성한 시간에 대해 잘 아는데, 자신들만의 아폴로가 수없이 있어. 나는 어린 시절 그들에 대해 들었단다. 내가 글을 배우기 한참 전에 말이야."

나는 깜짝 놀랐다.

"당신이 켈트 족이에요? 난 당신이…… 그러니까 내가 온 곳, 바다 저편에서 왔다고 생각했는데요?"

브랜웬의 손이 굳어졌다.

"그랬지. 하지만 그곳에 가기 전에 나는 이곳에 살았어. 이곳 귀네드에 말이야. 이 마을이 아니라 크르 머딘에. 당시에는 오늘날처럼 그렇게 사람이 많지 않았단다. 이제 이야기를 계속할게."

나는 얌전하게 고개를 끄덕였다. 브랜웬의 말에 뭔가 고무되는 느낌이 들었다. 자세한 건 아니지만, 브랜웬이 자신의 어린 시절 이야기를 들려준 건 이번이 처음이었다.

브랜웬은 다시 이야기를 이어갔다.

"다그다는 그런 아폴로 중 하나야. 가장 강력한 켈트 족 정령 중 하나지. 완전한 지식의 신이야."

"다그다는 어떻게 생겼는데요? 그러니까, 이야기에서 말이에요."

브랜웬은 나무그릇에 든 마지막 연고를 집어 들었다.

"아, 좋은 질문이구나. 아주 좋은 질문이야. 어쩐 일인지 다그다의 진짜 얼굴은 누구도 본 적이 없어. 다양한 시간에 다양한 형태를 취한다고 추측할 뿐이란다."

"어떻게요?"

"한번은 최강의 적인 리타 고르라는 악령과 치른 유명한 전투에서둘 다 사나운 짐승의 모습으로 나타났지. 리타 고르는 커다란 멧돼지가 되었는데, 무시무시한 엄니와 핏빛 눈동자를 하고 있었다고 해."

브랜웬은 잠시 말을 멈추고 기억을 떠올리려 애썼다.

"아, 그래. 그리고 앞다리 하나에는 길게 상처가 나 있었다지."

나는 몸이 굳어졌다. 눈 밑의 상처가 따끔거리기 시작했다. 5년 전, 멧돼지 엄니가 찢어놓은 상처였다. 그날 이후 어두컴컴한 밤의 꿈속에서 수없이 자주 그 멧돼지가 나타나고 또 나타나 나를 공격하고 또 공격했다.

"그 전투에서 다그다는 변신했지……"

"커다란 수사슴으로요."

내가 말을 맺었다.

"하얀 발만 제외하고 온통 청동색이었어요. 뿔은 각각 일곱 개고요. 그리고 눈은 하늘 저 높이 떠 있는 달 사이의 공간처럼 깊고요."

브랜웬이 깜짝 놀라며 고개를 끄덕였다.

"내가 그 이야기를 했었니?"

"아니요."

나는 사실대로 고백했다.

"그런데 어떻게 알았지?"

나는 천천히 숨을 길게 내쉬었다.

"그 두 눈을 직접 봤으니까요."

브랜웬이 얼어붙었다.

"직접 봤다고?"

"수사슴을 봤어요. 멧돼지도 봤고요."

"언제?"

"우리가 해안으로 쓸려오던 날에요."

브랜웬이 나를 유심히 살펴보았다.

"그 둘이 싸웠니?"

"네! 멧돼지가 우리를 죽이려 했어요. 특히 당신을 말이에요. 내 생각에는 그랬어요. 만약 그것이 정말 사악한 정령 뭐 그 비슷한 것이었다면 말이에요."

"왜 그렇게 말하는 거지?"

"음, 왜냐하면 당신은…… 당신이었으니까요! 그리고 난 그때 그냥 어린 사내아이에 불과했으니까요."

나는 내 자신을 재빨리 훑어보며 히죽 웃었다.

"지금 제 모습과는 달랐어요. 어쨌든 그 멧돼지는 분명 우리를 죽이려 했어요. 하지만 그때 수사슴이 나타나 멧돼지를 물리쳤어요. 그래서 이렇게 된 거예요."

나는 내 눈 밑을 만졌다.

"나한테 한 번도 말하지 않았잖아?"

나는 브랜웬을 날카롭게 쳐다보았다.

"당신이 저한테 해주지 않은 말이 더 많을 텐데요."

"네 말이 맞아. 우리는 다른 사람들에 대한 이야기는 조금 나누었어. 하지만 우리 자신에 대해서는 거의 말을 하지 않았지. 그건 내 잘못이야, 정말이야."

브랜웬이 침울하게 말했다.

나는 아무 대꾸도 하지 않았다.

"하지만 이제 말해줄게. 만약 그 멧돼지가, 그러니까 리타 고르가 우리 중 하나만을 죽일 수 있었다면, 그건 분명 내가 아니었을 거야. 그건 바로 너였을 거야."

"뭐라고요? 말도 안 돼요! 치유의 지식, 그런 능력이 있는 사람은 당신이잖아요."

"하지만 넌 훨씬 더 막강한 능력을 지니고 있어!"

브랜웬의 눈길이 내게 고정되어 있었다.

"아직 그걸 느끼지 못했니? 네 할아버지가 그 능력은 열두 살이 되면 나타난다고 말씀하셨어."

브랜웬은 숨을 돌렸다.

"네 할아버지 이야기를 할 생각은 아니었어."

"하지만 했잖아요! 좀 더 말해줄 수 없어요?"

브랜웬은 고개를 단호하게 내저었다.

"그 이야기는 그만하자."

"제발요, 네? 제발요! 좀 더 말해줘요. 어떻게 생긴 분이에요?"

"말해줄 수 없어."

내 뺨이 붉게 달아올랐다.

"말해줘야 해요! 내가 꼭 알아야 할 게 있는 게 아니라면 뭐하러 할아버지 이야기를 꺼냈어요?"

브랜웬은 자신의 금발 머리를 매만졌다.

"그분은 마법사였어. 아주 뛰어난 분이었지. 하지만 난 그분이 너에 대해 한 말만 해줄 거야. 네가 태어나기도 전이었어. 그분은 자신의 능력이 때로는 세대를 건너뛰어 나타난다고 말했어. 그리고 내게 아들이 생길 거라고 했지. 그 아이가……."

"그 아이가 뭐요?"

"그 아이가 자신보다 더 막강한 능력을 지닐 거라고 말했지. 그 아이의 마법은 아주 깊은 곳에서 나올 거라고 했어. 아주 깊은 곳에서 나오기 때문에 네가 그것을 완전히 익히는 법을 배우게 되면, 이 세상의 흐름을 영원히 바꿀 수 있을 거라고 했지."

내 입이 떡 벌어졌다.

"말도 안 돼요! 당신도 그게 말도 안 된다는 걸. 날 보면 알잖아요!"

"나도 알아. 네가 지금은 네 할아버지가 말한 그런 사람이 아니라 할지라도, 언젠가는 그렇게 되겠지."

브랜웬이 조용히 말했다.

"아니요. 난 그런 거 싫어요. 난 그저 기억이 돌아오면 좋겠어요! 내가 정말 누군지 알고 싶다고요."

나는 브랜웬에게 대들었다.

"만약 네가 그런 능력과 관련되어 있다면 어쩔래?"

"어떻게 그럴 수 있어요? 난 마법사가 아니라고요."

내가 콧방귀를 뀌었다.

브랜웬이 머리를 치켜세웠다.

"언젠가 너도 깜짝 놀랄지도 모르지."

갑자기 루드가 던진 막대기가 어떻게 되었는지 떠올랐다.

"음……. 깜짝 놀랐어요. 거기에 당신이 나타나기 전에 뭔가 이상한 일이 일어났어요. 내가 그렇게 했다고는 생각하지 않아요. 하지만 내가 하지 않았다고도 생각하지 않아요."

아무 말 없이 브랜웬은 찢어진 옷 조각을 주워 들고는 그걸 내 갈빗대에 묶기 시작했다. 브랜웬은 새로운 경외심으로, 어쩌면 약간의 두려움으로 나를 유심히 바라보고 있는 것 같았다. 브랜웬의 손이 신중하게 움직였다. 마치 내가 너무 뜨거워 만질 수 없기라도 한 것처럼……. 브랜웬이 어떤 걸 느꼈든, 내가 무엇을 느꼈든, 나는 그것이 아주 불편했다. 내가 브랜웬을 좀 더 가깝게 느끼기 시작한 순간, 브랜웬은 내게서 좀 더 멀어진 것 같았다.

마침내 브랜웬이 입을 열었다.

"무엇을 했든, 넌 네 능력으로 그렇게 한 거야. 그 능력은 네 것이야. 위에서 준 선물이지. 가장 위대한 신, 내가 그 어떤 신보다 더 기원하는 신, 우리 각자에게 재능을 준 신으로부터 말이야. 난 네가 어떤 능력을 가졌는지 몰라, 아들. 내가 아는 건, 신이 네가 그 능력을 쓰기를 바라지 않는다면 그걸 너한테 주지 않았을 거라는 사실이야. 신은 네가 그 능력을 잘 사용하기를 원해. 하지만 네 할아버지의 말처럼, 우선은 그 능력을 완전히 익혀야 해. 지혜와 사랑으로 그 능력을 사용하는 법을 배워야 한다는 뜻이야."

"하지만 전 능력을 달라고 부탁하지 않았다고요!"

"나도 마찬가지야. 나를 마녀로 불러달라고 부탁하지 않았어. 하지만 모든 재능은 다른 사람들이 그것을 이해하지 못할 위험을 안고 있단다."

"그럼 두렵지 않나요? 작년에 옌이라는 마을에서 사람들이 어떤 사람을 마녀라고 불에 태워 죽였잖아요."

브랜웬은 머리 위의 초가지붕 틈 사이로 새어 들어오는 한줄기 빛을 향해 눈을 들어 올렸다.

"전지전능한 신은 내가 마녀가 아니라는 걸 잘 알고 있어. 난 내 재능을 최대한 사용하려고 노력할 뿐이란다."

"당신은 옛 지혜와 새로운 지혜를 아우르려 애쓰지만 사람들은 그걸 두려워해요."

브랜웬의 사파이어 빛 눈동자가 부드러워졌다.

"잘 알고 있구나. 그래, 그게 사람들을 두렵게 만들지. 요즈음에 특히 심한 것 같네."

브랜웬은 붕대를 조심스레 묶었다.

"세상이 완전히 변하고 있어, 엠리스. 난 지금껏 이런 때를 본 적이 없어. 심지어…… 다른 곳에서도 말이야. 바다 건너에서의 침략. 하룻밤 사이에 충성의 맹약을 저버리는 용병들. 기독교인들의 이교도들과의 전쟁. 이교도들의 기독교인들과의 전쟁. 사람들은 두려워하고 있어. 엄청 두려워하고 있지. 그래서 모르는 건 죄다 악마의 소행이라고 떠드는 거야."

나는 뻣뻣하게 몸을 일으켜 자리에 앉았다.

"당신은 가끔 원하지 않았나요……."

내 목소리가 잦아들었다. 나는 침을 꼴깍 삼켰다.

"당신이 재능을 갖지 않았으면, 당신이 남들과 다르지 않았으면, 아무도 당신을 악마라고 생각하지 않았으면, 하고 말이에요."

"물론이지. 그건 내 신념이야. 너도 알겠지만, 새로운 지혜에는 강력한 힘이 있어. 아주 강력한 힘이 있지. 성 브리지드와 성 콜롬베에게 무슨 일이 일어났는지 한번 보렴! 하지만 오래된 지혜에도 엄청난 힘이 있다는 걸 잘 알고 있단다. 옛 지혜와 새로운 지혜가 공존할 수 있다는 희망을 품으면 안 되는 거니? 옛 지혜와 새로운 지혜가 서로 강하게 해주리라는 희망을 품는 게 지나친 걸까? 예수님의 말씀이 내 영혼에 감동을 준 것처럼, 나는 다른 사람들의 말도 잊을 수 없어. 유태인, 그리스인, 드루이드, 그 외에도 더 오래된 사람들……."

브랜웬은 입술을 깨문 채 골똘히 생각에 잠겼다.

나는 브랜웬을 안타까운 눈빛으로 바라보았다.

"당신은 아주 많이 알아요. 나와는 달라요."

"틀렸어. 난 아는 게 별로 없어. 정말이야."

브랜웬의 얼굴에 갑작스럽게 고통스러운 표정이 스쳐 지나갔다.

"마치…… 네가 절대로 나를 엄마라고 부르지 않는 이유가 뭔지 모르는 것처럼."

내 심장에 화살이 박혔다.

"그건 단지……."

"뭐라고?"

"정말로 당신이 엄마라고 믿지 않기 때문이에요."

브랜웬은 숨을 들이마셨다.

"네 진짜 이름이 엠리스라는 건 믿니?"

"아니요."

"내 진짜 이름이 브랜웬이라는 것도?"

"안 믿어요."

브랜웬은 고개를 들어 올렸다. 아주 오랫동안, 브랜웬은 머리 위의 초가지붕을 뚫어져라 바라보았다. 요리하느라 수없이 불을 피워 초가지붕은 시커멓게 그을려 있었다. 마침내 브랜웬이 나를 다시 보았다.

"내 진짜 이름에 대해서는 네가 옳아. 우리가 이곳에 도착하고 나서, 난 오래된 전설에서 그 이름을 따왔어."

"나한테 말해준 그 전설요? 리르의 딸 브랜웬 말인가요?"

브랜웬은 고개를 끄덕였다.

"기억하고 있구나? 그렇다면 브랜웬이 아일랜드의 누군가와 결혼하기 위해 다른 땅에서 왔다는 것도 기억할 거야. 브랜웬의 삶은 무한한 희망과 아름다움으로 시작했지."

"하지만 엄청난 비극으로 끝났잖아요. 브랜웬의 마지막 말은 이것이었어요. '아 슬프다, 내가 태어났다는 사실이.'"

내가 말을 이었다.

브랜웬은 내 손을 잡았다.

"하지만 그건 네 이름이 아니라 내 이름에 대한 거야. 네 삶이 아니라 내 삶에 대한 거라고. 제발 내 말을 믿어다오! 엠리스는 네 이름이야. 그리고 난 네 엄마야."

목구멍에서 흐느낌이 차올랐다.

"당신이 진짜 내 엄마라면, 내 고향이 어딘지 왜 말해주지 않는 거예요? 내 진짜 고향, 내가 정말 속한 곳 말이에요."

"안 돼, 난 말할 수 없어! 그 기억들은 너무 고통스럽단다. 그리고 너한테는 너무 위험해."

"그러면서 어떻게 나보고 당신 말을 믿으라는 거예요?"

"내 말 들어, 제발. 너를 걱정하기 때문에 말하지 않는 거야! 넌 나름대로 이유가 있기 때문에 기억을 잃었어. 그건 축복이야."

나는 얼굴을 찡그렸다.

"그건 저주라고요!"

브랜웬은 나를 바라보았다. 눈동자가 촉촉해졌다. 뭔가 말하려는 것처럼 보였다. 내가 정말 알고 싶어 하는 사실을 결국 말하려는 것처럼 보였다. 그런데 브랜웬의 손이 내 손을 꼭 쥐었다. 따뜻함이 아닌 두려움으로……

6

불꽃의 춤

누군가 문간에 떡하니 버티고 서서 햇빛을 가로막았다.

나는 침대에서 벌떡 일어나는 바람에 브랜웬의 나무그릇을 엎어버리고 말았다.

"디나티우스!"

큼지막하고 우락부락한 팔 하나가 우리를 가리켰다.

"밖으로 나와! 너희 둘 모두."

"우리는 안 나갈 거야."

브랜웬이 일어서며 내 옆에 섰다.

디나티우스의 회색 눈동자가 분노로 이글거렸다. 디나티우스가 어깨 너머로 외쳤다.

"저 여자 먼저 끌고 나와!"

디나티우스가 오두막으로 들어오자 마을 광장에 있던 사내아이 둘이 따라 들어왔다. 루드는 그곳에 없었다.

나는 디나티우스의 팔을 잡았다. 디나티우스는 마치 내가 파리라도 되는 것처럼 나를 밀쳐냈다. 나는 브랜웬의 도구와 재료가 놓여 있는 탁자 위로 나가떨어졌다. 내 무게 때문에 탁자가 무너지며 스푼, 칼, 여과기, 나무그릇이 오두막의 흙바닥에 나뒹굴었다. 물약과 연고가 진흙 벽에 튀고 씨앗과 잎사귀는 허공으로 날았다.

디나티우스가 브랜웬과 씨름하는 모습을 보며, 나는 벌떡 일어나 디나티우스에게 달려들었다. 디나티우스는 획 돌아서서 나를 힘껏 때렸다. 나는 곧장 뒤로 나가떨어져서 바닥에 나자빠졌다. 잠깐 머리가 멍했다.

정신을 차리고 보니, 오두막 안에는 아무도 없었다. 처음에는 무슨 일이 벌어졌는지 제대로 알지 못했다. 밖에서 들려오는 비명을 듣고서야 비틀비틀 문가로 걸어갔다.

브랜웬은 30 내지 40걸음 떨어진 저쪽 길 한가운데에 쓰러져 있었다. 손과 발은 밧줄에 묶여 있었다. 브랜웬의 옷에서 찢겨 나간 천 조각이 입에 물려 있어서 소리도 칠 수 없었다. 광장의 상인과 마을 사람들은 일이 분주해서 아직까지 브랜웬의 모습을 보지 못한 게 분명했다. 아니면 이 소동에 끼어들고 싶지 않았을지도 모르겠다.

"저 꼴 좀 봐. 지금은 별로 무섭지 않은걸."

호리호리하고 지저분한 얼굴의 어떤 사내아이가 길 위에 구부정하게 쓰러져 있는 브랜웬을 가리키며 낄낄 웃었다.

그 옆에서 밧줄을 들고 있는 아이도 함께 브랜웬을 비웃었다.

"악녀한테 제대로 앙갚음을 했네!"

나는 브랜웬을 돕기 위해 달려가려 했다. 그런데 갑자기 넓적한 참나무 가지 아래에 쌓인 땔나무 더미 위로 몸을 숙이고 있는 디나티우스가 눈에 들어왔다. 디나티우스가 대장간에서 가져온 활활 타오르는 석탄이 가득 든 삽을 땔나무 아래로 밀어 넣고 있었다. 그 모습을 보니 온몸에 두려움이 밀려왔다.

불. 녀석이 불을 피우려 하고 있어.

불꽃이 땔나무에서 탁탁 소리를 내기 시작했다. 연기 기둥이 순식간에 나뭇가지로 옮겨 붙었다. 그 순간 디나티우스는 똑바로 서더니 옆구리에 손을 얹고서 자신이 만들어놓은 꼴을 꼼꼼히 들여다보았다. 불에 비친 디나티우스의 모습은 악마 그 자체였다.

"저 여자는 불이 두렵지 않다고 말했어! 자기가 불에 타지 않는다고 그랬지!"

디나티우스가 선언하듯이 말하자, 다른 아이들은 고개를 끄덕였다.

"확인해보면 알겠지."

밧줄을 든 사내아이가 말했다.

"불이다!"

문득 상인 하나가 불꽃을 보고 외쳤다.

오두막에서 뛰쳐나온 여자 하나가 소리쳤다.

"빨리 불 꺼!"

하지만 누가 채 움직이기도 전에, 사내아이 둘이 브랜웬의 다리를 붙잡았다. 그러고는 활활 타오르는 나무 쪽으로 브랜웬을 질질 끌고 가기 시작했다. 그곳에서 디나티우스가 아이들을 기다리고 있었다.

나는 오두막 밖으로 달려 나갔다. 내 두 눈은 디나티우스에게 고정되었다. 내 안에서 분노가 차올랐다. 전에는 한 번도 느껴보지 못한 그런 분노였다. 통제할 수도, 멈출 수도 없었다. 분노가 마치 거대한 파도처럼 내 몸을 타고 흘러 다른 모든 감각과 느낌을 밀쳐내버렸다.

디나티우스는 내가 다가오는 걸 보며 이죽거렸다.

"때맞춰 왔군, 새끼. 우리가 너희 두 사람을 함께 익혀주지."

단 하나의 소망이 나를 지배했다.

녀석은 불에 타야 해. 지옥 불에 타야 해.

갑작스레 나무가 마구 흔들리더니 쩍 갈라졌다. 마치 번갯불에 맞기라도 한 것 같았다. 디나티우스가 몸을 휙 돌렸다. 그 순간 디나티우스가 놓은 불 때문에 타버린 커다란 나뭇가지 하나가 툭 부러졌다. 도망갈 틈도 없이, 나뭇가지가 디나티우스 바로 위로 떨어지더니 가슴을 뚫고 팔을 뭉개버렸다. 마치 용 수십 마리가 한꺼번에 내뿜는 불길처럼, 불꽃이 활활 타올랐다. 마을 사람들과 상인들은 혼비백산이 되어 뿔뿔이 흩어져 달아났다. 나뭇가지는 불꽃이 되어 폭발하듯 활활 타올랐다. 타닥타닥 타오르는 소리가 그 속에 갇힌 사내아이의 울부짖음을 집어삼켜버렸다.

나는 브랜웬에게로 달려갔다. 브랜웬은 불타는 나무에서 몇 걸음밖에 떨어지지 않은 곳에 쓰러져 있었다. 불꽃이 옷 끝자락을 핥고 있었다. 나는 재빨리 브랜웬의 옷에 붙은 불을 끄고 묶인 밧줄을 풀었다. 입에서 재갈을 빼낸 브랜웬이 감사와 두려움의 눈길로 나를 뚫어지게 바라보았다.

"네가 저렇게 했니?"

"그…… 그런 것 같아요. 일종의 마법 같아요."

브랜웬의 사파이어 빛 눈동자가 내게 고정되었다.

"네 마법, 네 힘……."

미처 대답하기도 전에, 지옥에서 들리는 듯한 오싹한 비명이 튀어나왔다. 비명은 계속 이어졌다. 완벽한 고통의 비명이었다. 그 가엾은 인간의 목소리를 듣자 내 피는 혈관 속에서 얼어붙었다. 내가 무슨 짓을 했는지 즉시 알아차렸다. 무엇을 해야 하는지도 알아차렸다.

"안 돼!"

브랜웰이 내 웃옷을 움켜잡으며 말렸다.

하지만 너무 늦었다. 나는 이미 활활 타오르는 불꽃 속으로 뛰어들었으니까.

7

숨어버린 세상

목소리, 천사의 목소리.

나는 후다닥 몸을 세워 앉았다. 정말 천사의 목소리일까? 정말 내가 죽은 걸까? 시커먼 어둠이 내 주위를 둘러쌌다. 내가 알던 그 어떤 밤보다 더 컴컴했다.

그리고 고통. 얼굴과 오른손의 고통은 내가 분명 살아 있음을 말해주었다. 타는 듯이 아팠다. 쥐어뜯듯 아팠다. 마치 피부가 찢겨 나가는 것 같았다.

엄청나게 아팠다. 그와 동시에, 이마에 이상한 무게를 알아차렸다. 나는 조심스럽게 얼굴에 두 손을 가져다 댔다. 오른손 손가락에 붕대가 감겨 있었다. 이마, 뺨, 눈에도 마찬가지였다. 차갑고 축축한 천이 감겨 있었다. 천에서는 코를 찌를 것 같은 약초 향이 났다. 살짝만 건드려도 칼로 찌를 듯한 고통이 밀려왔다.

묵직한 문이 삐걱거리며 열렸다. 널따란 돌바닥의 건너편에서 성큼성큼 발자국이 다가왔다. 머리 위 높다란 천장에서 그 소리가 울려 퍼졌다. 발자국의 소리로 누군지 알아차렸다.

"브랜웬?"

"그래, 우리 아들. 깨어났구나. 정말 다행이야."

어둠 속에서 목소리가 대답했다. 하지만 그 목소리는 기쁘다기보다는 우울하게 들렸다. 브랜웬은 내 목덜미를 부드럽게 안아주었다.

"붕대를 갈아야겠다. 좀 아플 거야."

"아니요. 만지지 마요."

"아니, 갈아야 해. 나으려면 말이야."

"아니요."

"엠리스, 갈아야 해."

"좋아요. 하지만 조심하세요! 벌써 엄청나게 아프니까요."

"알았다, 알았어."

나는 잠자코 있으려 최대한 애썼다. 브랜웬은 조심조심 붕대를 풀며, 마치 한 마리 나비라도 되는 것처럼 나를 섬세하게 어루만졌다. 브랜웬은 내 얼굴에 뭔가를 똑똑 떨어뜨렸는데, 비가 갠 뒤 숲에서 나는 것 같은 신선한 향기가 퍼지며 고통을 살짝 누그러뜨렸다. 어느 정도 기분이 좋아져서, 나는 마구 질문을 쏟아냈다.

"내가 얼마나 잤어요? 여기는 어디예요? 저 목소리는 누구예요?"

"마음 상했다면 날 용서해다오. 우리는 성 베드로 성당에 있어. 이곳에 사는 수녀님들의 손님으로 있어. 네가 들은 건 수녀님들의 노래 소리야."

"성 베드로 성당이라고요? 그건 크르 머딘에 있잖아요?"

"그래, 맞아."

어딘가 있는 창문이나 문에서 불어오는 차가운 외풍을 느끼며, 나는 거친 양털 이불을 어깨 위로 잡아당겼다.

"하지만 말을 타고 온다 해도 며칠 걸리는 거리잖아요."

"그렇지."

"그런데……."

"가만히 있어, 엠리스. 내가 이거 푸는 동안."

"하지만……."

"가만히. 지금…… 그래, 잠깐만. 아, 다 되었어."

붕대가 사라지자, 우리가 어떻게 이곳에 오게 되었는지에 대한 질문 또한 사라졌다. 새로운 질문이 다른 모든 질문을 몰아냈다. 눈에는 붕대가 감겨 있지 않았지만, 나는 여전히 볼 수 없었다.

"왜 이렇게 어둡지요?"

브랜웬은 아무 말이 없었다.

"초 안 가져왔어요?"

브랜웬은 여전히 아무 대답도 하지 않았다.

"밤인가요?"

브랜웬은 여전히 말이 없었다. 하지만 대답할 필요가 없었다. 뻐꾸기가 대답을 해주었으니까. 뻐꾸기가 근처 어딘가에서 노래를 부르고 있었다.

눈가의 약한 부위를 만질 때, 붕대를 푼 내 손가락이 부들부들 떨렸다. 나는 멈칫했다. 두툼한 딱지와 그 아래에서 여전히 따끔거리는 피부를 느꼈다. 눈썹에는 털이 하나도 없었다. 속눈썹도 하나 없었다. 고통을 애써 무시하며, 나는 눈꺼풀 끝자락을 만져봤다. 상처가 딱딱하게 굳어 있었다.

내 눈이 크게 뜨여 있다는 걸 알았다. 아무것도 볼 수 없었다. 몸이 오싹 떨렸다. 한 가지를 더 깨달았다.

눈이 먼 것이다!

심한 고통을 느끼며 나는 큰 소리로 울부짖었다. 갑작스레 다시 들리는 뻐꾸기 울음소리에 양털 이불을 걷어차버렸다. 다리에 힘이 하나도 없었지만 억지로 침대에서 일어났다. 나를 멈춰 세우려는 브랜웬의 손을 뿌리쳤다. 나는 뻐꾸기 울음소리를 따라 비틀거리며 돌바닥을 걸어갔다.

그러다 뭔가에 부딪혀 비틀거렸다. 바닥에 넘어지며 어깨가 바닥에 닿았다. 두 팔을 쭉 뻗었지만 돌바닥의 표면 말고는 아무것도 느껴지지 않았다. 바닥은 무덤처럼 딱딱하고 차가웠다.

머리가 빙빙 돌았다. 브랜웬이 나를 일으켜 세워주는 게 느껴졌다. 브랜웬이 남몰래 흐느끼는 소리도 들려왔다. 나는 다시 브랜웬을 밀쳐냈다. 비틀비틀 앞으로 나아가자, 딱딱한 돌벽에 손이 닿았다. 뻐꾸기 울음소리를 따라 왼쪽으로 나아갔다. 붕대를 푼 손가락을 더듬거리며 창문 가장자리를 찾아냈다.

창턱을 움켜잡고 더 가까이 다가갔다. 서늘한 공기가 내 얼굴을 찔러댔다. 뻐꾸기가 노래했다. 팔을 뻗어 날개를 만질 수 있을 정도로 아주 가까웠다. 몇 주 만에 처음으로 얼굴에 태양빛을 느껴보는 것 같았다. 하지만 아무리 열심히 태양을 찾으려 해도 태양은 보이지 않았다.

숨었다. 세상이 모두 숨었다.

다리에 힘이 풀렸다. 나는 바닥에 푹 쓰러졌다. 머리가 돌바닥에 쾅 부딪혔다. 왈칵 눈물이 쏟아져 나왔다.

8

또 다른 재능

몇 주가 몇 달로 이어지는 동안, 성 베드로 성당의 넓은 방은 내 고뇌로 가득 찼다. 수녀들이 성소의 문을 열어준 것은 브랜웬의 독실함과 나의 심한 화상에 마음이 움직였기 때문이다. 하루 종일 기도하며 상처 입은 아들을 돌보는 것 말고는 아무것도 하지 않는 이 여인에게 수녀들은 동정심을 느낀 게 분명했다. 하지만 대부분의 수녀들은 나를 슬슬 피해 다녔다. 그런데 난 그게 아주 마음에 들었다.

매일 매일이 어둠의 연속이었다. 시력뿐만 아니라 기분도 마찬가지였다. 마치 어린아이가 된 것 같았다. 브랜웬과 함께 쓰는 차가운 방 안을 겨우 기어 다닐 수 있었다. 단단한 네 모퉁이, 돌 사이 모르타르의 울퉁불퉁한 선 그리고 가끔씩 몇 시간이고 밖을 내다보려 매달려 있는 창문 하나에 내 손가락은 익숙해졌다. 하지만 창문은 나의 눈을 밝혀주지 못했다. 대신 뻐꾸기의 쾌활한 울음소리와 저 멀리 크르 머딘의 시장통에서 들려오는 부산한 소리에 나는 괴로웠다. 가끔씩 누군가 요리하는 냄새나 꽃향기가 가볍게 흘러나와, 브랜웬의 침대 옆 나지막한 탁자에서 흘러나오는 사향초와 너도밤나무 뿌리 향과 뒤섞였다. 하지만 난 밖에 나가 그런 것들을 직접 볼 수 없었다. 나는 앞을 보지 못하는 암흑의 지하 감옥에 꼼짝없이 갇힌 죄수였다.

두세 번인가 용기를 내어 걸어보려고 묵직한 나무 문 뒤를 더듬으며 복도와 방의 미로로 들어선 적이 있었다. 쿵쿵 울리는 발자국 소리를 주의 깊게 귀담아들으며, 복도 길이와 높이는 물론 방 크기를 짐작할 수 있었다. 어느 날 계단 하나를 발견했다. 계단 돌층계는 오랜 세월을 거치는 동안 닳고 닳아 파여 있었다. 벽을 조심스레 더듬으며 계단을 내려간 뒤, 바닥에서 문 하나를 밀어 열었다. 향기로운 안뜰에 내려왔다는 게 느껴졌다. 축축한 풀이 내 다리를 간지럽혔다. 따스한 바람이 내 얼굴을 스쳤다. 밖에 나오니 기분이 얼마나 좋은지 곧장 깨달았다. 풀 위에서 태양을 맞았다. 그때 가까운 회랑에서 수녀들의 노래 소리가 들려왔다. 난 수녀들을 찾으려는 마음에 더 빨리 걷기 시작했다. 그러다 불쑥, 돌기둥에 부딪혔다. 엄청 세게 부딪히는 바람에 야트막한 물웅덩이에 나뒹굴고 말았다. 일어서려 버둥거렸지만, 헐겁게 빠져나온 돌멩이를 밟고 옆으로 넘어지고 말았다. 돌기둥에 부딪힌 왼쪽 얼굴은 멍이 들고 피가 줄줄 흘렀다. 붕대도 찢어졌다. 난 그곳에 그대로 누워 흐느껴 울었다. 마침내 브랜웬이 나를 찾아냈다.

그 뒤로 난 방 침대에서 벗어나지 않았다. 남은 평생 동안 브랜웬에게 무능력한 짐 덩어리로 살아야 할지 모른다는 생각이 들었다. 다른 걸 생각해보려 했지만, 언제나 나를 파멸로 내몬 그날로 생각이 되돌아갔다. 브랜웬이 재갈에 물린 채 묶여 있는 장면. 너무나도 격렬하게 끓어오른 분노. 날카로운 비명으로 변해버린 디나티우스의 비웃음. 사방에 불타오르는 화염. 나뭇가지 밑에 깔린 팔과 상처 입은 몸뚱이. 내 얼굴이 불타고 있다는 걸 깨닫고 뒤이어 터져 나온 내 비명 소리……

크르 머딘 성벽까지의 여행은 아무것도 기억이 나지 않았다. 그렇지만 브랜웬이 부족하게나마 들려준 이야기를 통해 그 여행을 충분히 상상할 수 있었다. 루드의 둥근 얼굴이 상인의 짐마차를 타고 언덕을 넘어가는 우리 모습을 지켜보는 장면이 눈에 선했다. 그 상인은 사파이어 빛 눈동자의 여인과 심하게 화상을 입은 그 아들을 측은하게 생각했을 것이다. 말이 끄는 짐마차의 덜컹거림이 느껴졌다. 바퀴가 삐걱거리고, 배 끄는 길에 닿는 말발굽 소리가 들리는 듯했다. 타버린 내 피부를 거의 맛볼 수 있었다. 기나긴 낮과 밤을 짐마차를 타고 가는 내내 성질을 참지 못하고 울부짖는 내 소리가 들려오는 듯했다.

이제 판에 박힌 내 생활이 깨지는 일은 거의 없었다. 수녀들의 노래. 회랑으로, 식당으로, 명상하러 발을 질질 끌며 들어서는 수녀들의 발자국 소리. 내 피부를 치료하기 위해 최선을 다하는 브랜웬의 조용한 기도와 노래. 바삭거리는 이름 모를 나무에 앉아 지칠 줄 모르고 부르는 뻐꾸기의 노래.

그리고 어둠. 언제나 어둠.

때로는 침대에 앉아 뺨과 눈 아래에 난 딱지를 손가락으로 조심스레 만져봤다. 부풀어 오른 피부가 끔찍할 정도로 생생하게 느껴졌다. 마치 소나무 껍질 같았다. 브랜웬의 치유 기술이 아무리 뛰어나도, 내 얼굴의 상처는 영원히 사라지지 않으리라는 걸 알았다. 기적이 일어나 시력이 회복된다 해도 이 상처는 남아 나의 어리석은 짓을 세상에 알릴 것이다. 물론 그런 생각이 어리석고 허황되다는 걸 알고는 있었다. 하지만 어쨌든 그런 생각이 들었다.

한 번은 턱수염을 기르고 싶다는 생각이 들었다. 아주 무성하고 덥수룩한 턱수염을 상상했다. 고대의 철학자 같은, 수백 년 된 수염을 기른 모습을. 얼마나 멋진 턱수염일까! 온통 곱실곱실하고 새하얀 턱수염이 구름처럼 내 얼굴을 뒤덮는 것이다. 새 한두 마리가 내 턱수염에 둥지를 트는 모습까지도 상상했다.

하지만 생각에 잠기는 그런 순간은 오래가지 못했다. 점차 절망에 사로잡혔다. 다시는 나무에 오르지 못하겠지. 다시는 들판을 자유롭게 뛰어다니지도 못하겠지. 다시는 브랜웬의 얼굴을 보지 못할 것이다. 기억 속에서 보는 얼굴 말고는…….

난 음식에 손도 대지 않았다. 브랜웬이 아무리 먹으라고 해도 식욕이 없었다. 어느 날 아침, 브랜웬은 우리 방 돌바닥에 무릎을 꿇고 옆에서 말없이 내 상처에 약을 발라주었다. 브랜웬이 붕대를 갈아주려고 하자, 난 몸을 빼내며 고개를 저었다.

"날 그냥 죽게 내버려두면 좋겠어요."

"아직 죽을 때가 아니야."

"그걸 어떻게 알아요? 난 이미 죽은 느낌이라고요! 이건 살아도 사는 게 아니에요! 끝없는 고문이라고요. 여기에서 이렇게 사느니 차라리 지옥에서 사는 게 나아요."

난 사납게 쏘아붙였다.

브랜웬은 내 어깨를 움켜잡았다.

"그런 식으로 말하지 마! 그건 신성모독적인 말이야."

"사실이라고요! 당신의 능력을 보라고요. 당신이 신에게서 받은 재능이라고 부르는 그 능력을요. 그게 나한테 무슨 효과가 있어요? 난 그 능력을 저주해요! 죽는 게 차라리 낫다고요."

"그만해!"

난 브랜웬의 손에서 어깨를 떨쳐냈다. 심장이 쿵쾅거렸다.

"난 생명이 없어요! 이름도 없어요! 아무것도 없다고요!"

브랜웬은 울음을 꾹 참고 기도하기 시작했다.

"오, 신이시여, 내 영원한 구원자여, '하늘나라와 지상의 위대한 책'에 적힌 모든 것의 주인이여, 제발 이 아이를 도와주소서! 부탁하나이다! 이 아이를 용서하소서. 이 아이는 자기가 무슨 말을 하는지 모릅니다. 아주 약간만이라도, 아주 잠시만이라도 이 아이의 시력을 다시 찾아주신다면, 이 아이는 당신께 용서를 구할 것입니다. 맹세합니다. 이 아이는 자신의 능력을 다시는 사용하지 않을 것입니다. 꼭 그래야만 한다면 말입니다! 이 아이를 부디 도와주소서. 제발 이 아이를 도와주소서."

"내 능력을 다시는 사용하지 않는다고요? 시력을 회복할 수 있다면 그깟 능력은 기꺼이 포기하겠어요! 그런 능력 따위는 한 번도 원하지 않았다고요."

난 콧방귀를 뀌었다.

비통한 마음에 난 얼굴에 붙은 붕대를 확 떼어냈다.

"지금 당신 삶을 봐요. 어떻게 살고 있죠? 내 삶과 다를 바 없잖아요! 사실이에요. 당신은 용감하게 말하겠지요. 당신은 저기 밖에 있는 수녀들을 바보 취급하겠죠! 하지만 난 아니에요. 난 당신이 비참하다는 거 다 알아요."

"난 평화롭단다."

"거짓말이에요."

"난 평화롭단다."

브랜웬은 다시 한 번 말했다.

"평화라고요? 평화요? 그럼 왜 당신 손이 온갖 고생을 하며 그렇게 엉망이 되었나요? 왜 두 뺨은 그렇게 얼룩졌죠? 당신의 그······."

나는 소리쳤다. 하지만 말을 끝맺지 못했다.

"선한 신이시여."

브랜웰이 속삭였다.

"난······ 난 이해가 안 가요."

머뭇머뭇 손을 뻗어 브랜웰의 뺨을 어루만졌다.

그 순간 내가 브랜웰의 눈물 자국을 어렴풋이 느낄 수 있다는 것을 우리 둘 다 깨달았다. 비록 두 눈으로 볼 수는 없었지만, 눈물이 그곳에 있다는 걸 알았다.

"그건 또 다른 재능이야. 너한테는 투시력이 있어."

브랜웰의 목소리에는 놀라움이 가득했다. 브랜웰은 내 손을 꼭 잡았다.

난 무슨 생각을 해야 할지 몰랐다. 예전에 꽃잎을 피우게 한 것과 같은 능력일까? 아니다. 그것과는 다른 느낌이다. 일부러 그런 능력을 발휘하지는 않았으니까. 꽃잎이 열리기 전에 꽃 안의 색을 볼 수 있었던 것과 같은 능력일까? 어쩌면. 하지만 그것과도 다른 느낌이다. 그러니까, 그건 마치······ 브랜웰의 기도에 대한 응답에 가까웠다. 신이 준 재능.

"그럴까요? 정말 그럴까요?"

난 차분하게 물었다.

"신께 감사하게도, 그럴 수 있어."

"절 한번 시험해보세요. 손가락을 몇 개 접어보세요."

내가 부탁했다.

브랜웰은 내 말을 따랐다.

난 아랫입술을 꽉 깨문 채 브랜웰의 손가락을 보려고 해봤다.

"두 개?"

"아니. 다시 해봐."

"세 개?"

"다시 해봐."

생각을 집중하며, 난 본능적으로 눈을 감았다. 하지만 당연히 아무런 차이도 없었다. 한참 만에 내가 말했다.

"두 손인 거죠, 하나가 아니라. 맞나요?"

"맞아! 이제…… 손가락은 몇 개지?"

몇 분이 흘렀다. 상처투성이 이마에 땀이 맺혀, 약해진 피부를 콕콕 찔렀다. 하지만 나는 머뭇거리지 않았다. 한참 있다가 망설이며 대답했다.

"혹시 일곱 개인가요?"

브랜웬이 안도의 한숨을 쉬었다.

"맞아, 일곱 개야."

우리는 부둥켜안았다. 그 순간 내 삶이 완전히 바뀌었다는 걸 깨달았다. 그리고 남은 삶에서 나는 일곱이라는 숫자에 특별한 중요성을 지속적으로 부여하리라는 걸 어렴풋이 깨달았다.

하지만 무엇보다 가장 중요한 건, 하나의 약속이 생겼다는 사실이다. 그 약속이 내가 맺은 것인지, 브랜웬이 맺은 것인지 또는 우리 둘 모두 맺은 것인지는 중요하지 않았다. 다시는 마음속으로 사물을 움직이지 않을 것이다. 꽃잎 하나도……. 또한 다시는 미래를 읽지 않을 것이다. 그리고 능력을 완전히 익히려고도 시도하지 않을 것이다. 어쨌든 다시 볼 수 있으니 다시 살 수 있다.

당장, 음식을 먹기 시작했다. 특히 내가 좋아하는 우유에 적신 빵, 블랙베리 잼을 바른 빵 껍질……. 생 거위 알과 섞은 겨자가 나올 때에는 숨도 쉬지 않고 엄청나게 먹어댔다. 거위 알은 수녀들을 역겹게 하는 재미까지 덤으로 주었다. 어느 날 오후, 브랜웬은 시장에 나가 향긋한 대추야자 하나를 사왔다. 대추야자는 우리에게 왕족의 잔치만큼이나 대단한 것이었다.

식욕이 살아나자 정신도 되살아났다. 난 복도와 회랑 그리고 성 베드로 성당의 안뜰을 탐험하기 시작했다. 성당은 완전히 내 차지였다. 내 성이었다! 한 번은 수녀들이 한 명도 없을 때, 안뜰로 몰래 들어가 야트막한 물웅덩이에서 목욕을 했다. 노래 부르고 싶은 걸 억지로 참느라 무척이나 힘이 들었다.

브랜웬과 나는 매일 함께 몇 시간이고 투시력을 열심히 훈련했다. 처음에는 브랜웬이 성당 안에서 찾아낸 스푼과 단지와 같은 일상용품을 활용했다. 이윽고 나무로 만든 물건의 미묘한 윤곽과 자그마한 낱알로 변화를 꾀했다. 결국 손잡이가 두 개 달린 성배로 나아갔다. 성배 표면은 정교하게 조각되어 있었다. 비록 한 주 내내 걸리기는 했지만, 나는 마침내 성배 가장자리에 새겨진 단어를 읽을 수 있었다.

구하라, 그러면 얻을 것이다.

연습을 하며, 나는 어떤 대상이 움직이지 않고 멀리 있지 않을 때 가장 잘 볼 수 있다는 걸 깨달았다. 너무 빨리 움직이거나 너무 멀리 있으면 자주 놓쳤다. 하늘을 나는 새는 그냥 하늘이 되어버렸다.

게다가 주변의 빛이 점차 희미해지면 투시력도 희미해졌다. 해 질 녘에는 어렴풋한 윤곽만 볼 수 있었다. 횃불이나 달빛이 어둠을 밀어내지 않는 이상, 밤에는 전혀 보이지 않았다. 왜 나의 투시력에 빛이 필요한 건지 궁금했다. 결국 투시력은 평범한 시력이 아니었다. 그렇다면 왜 어둠이 투시력을 덮어버릴까? 그리고 투시력은 부분적으로는 내부를 향하고, 부분적으로는 외부를 향하는 것처럼 보였다. 제대로 이해할 수는 없었지만, 어쩌면 투시력은 내 눈의 남은 시력에 의존하는 건지도 몰랐다. 아니, 어쩌면 뭔가 다른 게 필요한 건지도 몰랐다. 내 안에 있는 무엇, 시험에 통과하지 못한 무엇 말이다.

투시력이 아무것도 보지 못하는 것보다 분명 좋은 건 틀림없었지만, 잃어버린 시력보다 나은 건 아니었다. 심지어 한낮에도, 난 희미하게 조각조각 나뉘는 색만 겨우 분간할 수 있었다. 대부분의 세계는 갖가지 회색으로 칠해져 있었다. 나는 브랜웬이 머리와 목에 스카프를 두르고 있다는 걸 알 수는 있었지만, 그 천이 회색인지 갈색인지 구별할 수는 없었다. 난 귀네드에 도착한 뒤에 알게 된 세상의 색 대부분을 잊기 시작했다.

하지만 난 그런 한계를 받아들일 수 있었다. 아, 그래, 기쁘게도 말이다. 새로 피어나는 능력의 도움으로, 나는 회랑을 걷거나 브랜웬과 함께 식사를 할 수 있었다. 난 수녀 옆에 앉아 몇 시간 동안 이야기를 나누었다. 내 두 눈이 쓸모없다는 걸 수녀가 의심하지 못하도록, 나는 마치 두 눈으로 수녀를 바라보는 것처럼 굴었다. 그리고 어느 날 아침, 난 기둥 안과 밖으로 이리저리 돌아다니고, 물웅덩이를 뛰어넘으며 안뜰을 내달렸다.

그러는 내내, 참지 못하고 노래를 흥얼거렸다.

9

알에서 깨어난 새끼 새

투시력이 점점 좋아지자, 브랜웬은 성당의 종교 서적 필사본에 적힌 라틴어 비문을 내가 읽을 수 있게 도와주었다. 책을 열 때마다 가죽과 양피지 냄새가 진하게 밀려왔다. 더불어 냄새보다 더 강한 그 이미지가 나를 먼 곳으로 데리고 갔다. 히브리의 예언자 엘리야의 빛나는 마차, 예수의 마지막 만찬, 모세의 석판으로……

때때로 글귀에 열중하다 보면 내 문제는 말끔히 사라져버렸다. 난 글을 읽을 수 있고, 행동과 색깔과 얼굴을 분명하게 볼 수 있었다. 그건 두 눈으로는 절대 볼 수 없는 것들이었다. 난생처음으로 나는 책이야말로 진정 기적의 물건이라는 걸 이해하게 되었다. 심지어 언젠가 어떤 식으로든 수많은 시대와 수많은 언어로 적힌 책으로 둘러싸인 내 모습을 감히 꿈꿔보기도 했다. 브랜웬이 한때 그랬던 것처럼.

시간이 지나면서 내 투시력은 조금 더 좋아졌다. 어느 날 아침, 브랜웬의 오물거리는 입과 반짝거리는 눈동자의 표정을 읽을 수 있었다. 또 어느 날 아침에는 창문 옆에 서서 바람이 나뭇가지를 흔드는 모습을 바라보며, 뻐꾸기가 둥지를 튼 바스락거리는 나무가 아름드리 산사나무라는 사실을 알게 되었다. 어느 날 저녁에는 머리 위에서 반짝이는 별이 어렴풋이 보였다. 불이 난 뒤로 처음 보는 별이었다.

다음날 밤, 난 횃불에서 멀리 떨어져 안뜰 한가운데에 자리를 잡았다. 북쪽 지평선 저 아래에서 두 번째 별이 반짝였다. 다음날 밤, 세 개가 더 보였다. 그러더니 다섯 개가 더, 여덟 개가 더, 열두 개가 더…….

그 다음날 저녁, 브랜웬이 안뜰의 내 옆자리로 왔다. 우리는 함께 돌바닥에 등을 대고 누웠다. 브랜웬은 손을 들어 올려 페가수스 별자리를 가리켰다. 그러더니 천천히 노래하듯, 커다란 날개가 달린 말 이야기를 들려주었다. 브랜웬이 이야기하는 동안, 마치 내가 페가수스의 넓적한 등에 올라타 하늘로 솟구치는 것 같았다. 우리는 이 별에서 저 별로 옮겨다녔다. 달을 지나치고 지평선을 가로질러 전속력으로 달렸다.

그 뒤로 매일 밤, 구름이 하늘을 완전히 가리지 않는 한, 브랜웬과 나는 그곳 어둠의 지붕 아래에 누웠다. 성당 필사본을 읽는 것만큼이나 하늘의 필사본을 읽는 것도 짜릿했다. 브랜웬의 가르침으로 나는 매일 저녁 백조자리, 물병자리, 큰곰자리를 친구로 삼았다. 큰곰의 발톱이 내 등을 몇 차례나 할퀴었다. 난 돛자리의 범선을 묶고, 물고기자리와 함께 멀리까지 헤엄치고, 헤라클레스자리 옆까지 행진했다.

때로 별을 탐험하며 하늘이 온통 영광스러운 망토 하나로 줄어드는 상상을 했다. 어느 한순간 난 그 망토를 걸친다. 내가 움직일 때마다 별이 박힌 짙푸른 망토가 내 등에서 반짝거린다. 별이 내 어깨에 올라타 있다. 행성들이 내 허리를 빙글빙글 돈다. 언젠가 그런 망토를 갖게 된다면 얼마나 좋을까!

이렇게 신이 나 있었지만, 내 뒤에 얼마나 많은 것이 숨어 있는지 난 잊을 수 없었다. 구름이 잔뜩 낀 하늘은 수많은 별을 덮어버렸다. 흐릿한 내 눈은 더 많은 걸 덮어버렸다. 그럼에도 볼 수 있다는 짜릿함은 볼 수 없다는 좌절보다 강했다. 구름이 잔뜩 꼈어도, 별은 그 어느 때보다 밝아 보였다.

하지만…… 내 안에는 어두운 그늘이 여전히 남아 있었다. 그곳에는 별빛조차도 닿지 않았다. 과거라는 유령이, 특히 내가 디나티우스한테 한 짓이 계속해서 나를 따라다녔다. 여전히 디나티우스의 비명이 들렸다. 여전히 그 두 눈에 비친 공포가 보였다. 여전히 뒤틀리고 쓸모없게 된 두 팔의 잔해가 느껴졌다. 디나티우스가 죽지 않고 살았느냐고 물어봤지만, 브랜웬은 대답할 수 없었다. 우리가 마을을 떠나올 때, 디나티우스가 죽음의 문턱에서 사경을 헤매고 있다는 것만 알았다. 그래도 이것만은 분명했다. 디나티우스가 내 분노를 일으키는 데 큰 역할을 하기는 했지만, 그 녀석이 잔인했다고 해서 내 자신의 잔인함이 용납되는 것은 아니다.

무엇보다도 뭔가 다른 것, 죄책감보다 더 깊은 무엇이 여전히 나를 괴롭혔다. 그건 바로 두려움이었다. 내 자신과 내 무시무시한 능력에 대한 두려움. 그 두려움을 떠올리는 것만으로도 마음속에 거대한 불꽃이 활활 타올랐다. 내 영혼을 불태워버리는 불꽃. 만약 내게 약속을 지킬 힘이 부족하다면, 나는 그 능력을 사용하게 될까? 아니면 그 능력이 나를 사용하게 될까? 걷잡을 수 없는 분노에 사로잡혀 인간과 나무를 모조리 파괴할지도 모른다. 언젠가는 내가 무언가를 파괴하게 되지 않을까? 내 자신을 완전히 망쳐버리게 되지는 않을까? 내 눈을 이렇게 만든 것처럼…….

난 도대체 어떤 존재일까?

디나티우스가 결국 옳았을지도 모른다. 정말 내 핏줄에 악마의 피가 흐르고 있는 건지도 모른다. 그래서 그런 끔찍한 마법이 불쑥 뿜어져 나올 수 있었던 것이다. 마치 무시무시한 뱀이 바다 저 깊은 곳에서 불쑥 솟구치는 것처럼 말이다.

그래서 내 삶이 새로이 밝게 빛나기 시작했어도, 난 두려움이라는 어둠에 여전히 고통당하고 있었다. 몇 주가 지났다. 시력뿐만 아니라 체력도 점차 회복되었다. 하지만 더불어 불안도 커갔다. 내면 깊숙한 곳에서 두려움을 절대 내려놓을 수 없다는 걸 난 알았다. 어떻게 해서든 내가 누군지 알아낼 때까지는…….

어느 날 오후, 내 방 창문 밖에서 새로운 소리가 들려왔다. 나는 기쁜 마음에 가까이 다가가 확인해봤다. 투시력을 발휘해 어디서 소리가 들리는지 알아냈다. 산사나무 가지 사이에 새 둥지가 있었다. 나는 그 둥지를 잠시 지켜보며 귀를 기울였다. 그러고 나서 다시 브랜웬한테 돌아섰다. 브랜웬은 평상시처럼 내 침대 옆 바닥에 앉아 약초를 가루로 만들고 있었다.

"뻐꾸기가 산사나무에 둥지를 틀었어요."

난 확신과 슬픔이 뒤섞인 목소리로 말했다. 그 말에 브랜웬은 분쇄기와 절굿공이를 내려놓았다.

"뻐꾸기를 지켜봤어요. 매일 둥지에 앉아 있었죠. 그곳에 알 하나를 낳았어요. 적으로부터 알을 보호했죠. 그리고 마침내 알이 깨지고 새끼 새는 어둠을 뚫고 나왔어요."

브랜웬은 내 얼굴을 유심히 살펴본 뒤 말했다.

"그래서, 그 새끼 새는 날아갔니?"

브랜웬은 떨리는 목소리로 물었다.

나는 천천히 고개를 저었다.

"아직은 아니에요. 하지만 곧 날아가버리겠죠."

"음……. 자기 엄마와 아주 오랫동안 머물 수는 없을까? 둥지에서 함께 좀 더 살 수는 없을까?"

브랜웬은 침을 삼키고 나서 말했다.

나는 눈살을 찌푸렸다.

"누구나 떠나가야 해요."

"하지만 어디로? 어디로 갈 건데?"

"이 경우엔 자기 자신을 찾아야겠죠."

잠시 멈춘 뒤, 나는 덧붙였다.

"그렇게 해서 자신의 과거를 찾아야만 해요."

브랜웬은 자기 가슴을 움켜쥐었다.

"아니, 그럴 순 없다. 네가 그곳으로 돌아간다면, 네 삶은 아무 가치가 없을 거야."

"내가 이곳에 있으면, 내 삶은 정말 아무 가치도 없을 거예요."

난 브랜웬에게 한 발 다가갔다. 내 눈은 별다른 쓸모가 없었지만, 난 브랜웬을 더듬더듬 찾았다.

"내가 어디서 왔는지 말해줄 수 없다면, 아니, 말하지 않으려 한다면, 나 혼자 힘으로 알아내야 해요. 제발 이해해주세요! 내 진짜 이름을 찾아야 해요. 난 진짜 부모님을 찾아야 해요. 진짜 고향을 찾아야 한다고요!"

"함께 있어다오. 넌 이제 고작 열두 살이야! 게다가 눈이 반쯤 멀었잖아! 어떤 위험이 도사리고 있는지도 넌 전혀 몰라. 내 말 잘 들어, 엠리스. 나랑 몇 년만 더 함께 있으면, 넌 어른이 될 거야. 그러면 네가 원하는 걸 맘대로 선택할 수 있어. 음유시인이든, 수도승이든, 네가 원하는 건 뭐든…….”

내 텅 빈 표정을 바라보며, 브랜웬은 주제를 바꾸려 했다.

“네가 뭘 하든 지금 당장 결정하지는 마. 네게 이야기를 들려줄 수 있어. 이 어리석은 짓을 충분히 생각해보는 데 도움이 될 수 있는 그런 이야기 말이야. 네가 좋아하는 이야기는 어떠니? 성 브리지드를 노예에서 구해준 방랑자, 드루이드 이야기는 어때?”

브랜웬은 내 대답을 기다리지도 않고 이야기를 시작했다.

“어린 브리지드가 어느 날…….”

“그만하세요. 난 내 이야기를 찾아야 한다고요.”

난 고개를 절레절레 저었다.

브랜웬은 힘없이 자리에서 비틀비틀 일어났다.

“난 네가 아는 것보다 훨씬 더 많은 걸 남겨두고 이곳에 왔어. 왜 그랬는지 아니? 그래야 우리가 무사할 수 있었으니까. 너와 나 말이야. 그것만으로는 부족하니?”

난 아무 말도 하지 않았다.

“꼭 이래야 하겠니?”

“나랑 함께 가요.”

브랜웬은 벽에 몸을 기댔다.

“아니! 난 갈 수 없어.”

“그럼 그곳으로 돌아가는 방법을 알려주세요.”

“안 돼.”

“아니면 적어도 어디서 시작하는지만이라도 알려주세요.”

“안 돼.”

마치 브랜웬의 마음속이 꽃잎이라도 되는 것처럼, 난 갑작스레 브랜웬의 마음속을 파헤쳐보고 싶었다. 그때 불꽃이 이글거리더니 내 생각을 사로잡아버렸다. 난 내 약속을 기억했다. 그리고 내 두려움도.

"한 가지만 말해주세요. 우리 할아버지를 알고 있다고 말했잖아요. 우리 아버지도 알고 있나요?"

나는 애원하듯 물었다.

브랜웬은 주춤했다.

"그래. 알고 있어."

"그러니까, 그분은 인간이 아니었나요? 그러니까…… 악마였나요?"

브랜웬의 온몸이 뻣뻣하게 굳었다. 한참을 잠자코 있다 마침내 입을 열었다. 아주 멀리멀리 떨어진 곳에서 나는 목소리 같았다.

"이거 하나만 말할게. 만약 그 사람을 만나게 된다면, 꼭 기억해라. 눈에 보이는 모습이 전부가 아니라는 걸 말이야."

"기억할게요. 그밖에 더 해줄 말은 없나요?"

브랜웬은 고개를 저었다.

"내 아버지라고요! 난 그분을 알고 싶을 뿐이에요."

"그러지 않는 게 좋아."

"왜요?"

브랜웬은 대답은 하지 않고 그저 슬픈 듯이 고개를 가로젓기만 했다. 이윽고 약초가 있는 나지막한 탁자로 갔다. 능숙하게 그 약초를 약간 집어 들더니 굵은 가루로 빻아, 줄이 달린 작은 가죽 가방 안에 쏟았다. 그 가방을 내게 건네며, 브랜웬은 체념한 듯이 말했다.

"이게 네가 좀 더 오래 살 수 있도록 도와줄 거야."

난 뭐라고 대답하려 했지만 브랜웬이 다시 말했다.

"그리고 이것도 받아. 네가 엄마라고 불렀어야 하는 여인이 주는 거란다."

브랜웬은 천천히 옷 안으로 손을 뻗어 평소 소중히 여기던 펜던트를 꺼냈다.

제대로 보이지 않는 눈으로도, 반짝반짝 빛나는 그 초록색을 볼 수 있었다.

"하지만 이건 당신 거잖아요!"

"나보다 너한테 더 필요할 거야."

브랜웬은 펜던트를 풀더니, 보석이 박힌 한가운데를 꽉 잡았다. 그러고는 가죽 끈을 내 목에 걸어주었다.

"이건…… 갈라토라고 불러."

난 그 말에 숨이 멎었다.

"잘 간직하도록 해. 엄청난 힘을 지닌 물건이야. 이것이 널 안전하게 지켜줄 수 없다면, 하늘 아래 그 어떤 것도 지켜줄 수 없을 거야."

브랜웬이 말을 이었다.

"당신은 절 안전하게 지켜주었어요. 저에게 좋은 안식처를 만들어주었어요."

"잠시 동안은, 아마도. 하지만 이제…… 이제 넌 날아가겠지."

브랜웬의 두 눈에 눈물이 그렁그렁 맺혔다.

"네, 이제 전 날아가야만 해요."

브랜웬은 내 뺨을 부드럽게 어루만졌다.

난 몸을 돌려 방을 나왔다. 내 발자국 소리가 복도에 울려 퍼졌다.

10

늙은 참나무

성 베드로 성당의 조각이 새겨진 나무 문을 걸어 나와 분주하고 혼잡스러운 크르 머딘으로 들어섰다. 흐릿한 눈이 이 모든 소란스러움에 적응하기까지 시간이 좀 걸렸다. 짐마차와 말이 돌길을 따라 덜거덕 소리를 내며 지나갔다. 당나귀, 돼지, 양, 털북숭이 개도 몇 마리 지나갔다. 상인들이 소리치며 물건을 팔고, 거지들이 행인의 옷자락에 매달렸다. 구경꾼들이 공으로 묘기를 부리는 남자 주변에 모여 있었다. 온갖 종류의 사람들이 바구니, 꾸러미, 싱싱한 채소, 천 더미를 들고 분주히 길을 걸어갔다.

나는 어깨너머로 산사나무를 흘끗 바라보았다. 성당 벽 위로 뻗어나온 나뭇가지를 가까스로 알아볼 수 있었다. 그곳에서 겪었던 그 모든 고통에도 불구하고, 내 방의 조용한 침묵, 수녀들의 느릿느릿한 노래, 산사나무 가지에 둥지를 튼 새가 그리워지겠지. 그리고 생각보다 훨씬 더 많이 브랜웰이 보고 싶겠지.

사람과 동물, 얼룩처럼 보이는 짐짝을 바라보다, 거리 맞은편에 있는 사원 같은 곳이 눈에 들어왔다. 호기심에 좀 더 가까이 가보기로 했다.

그러기 위해서는 분주하게 움직이는 마차와 사람의 강을 헤엄쳐 나가야 했다. 난 입술을 꽉 깨물고 건너기 시작했다.

얼마 지나지 않아서 나는 이리저리 떠밀리고 차였다. 그 모든 걸 뚫고 나가야 했다. 길에서 벗어날 수 있을 만큼 잘 보이지 않아서 장작 더미를 나르던 남자와 부딪히고 말았다. 나뭇가지가 사방으로 날아갔다. 욕설도 함께 날아왔다. 난 말 옆구리 쪽으로 곧장 걸어갔다. 잠시 뒤 짐마차 바퀴에 치여 발가락을 잃어버릴 뻔했다. 어찌어찌해서 거리 맞은편으로 건너갈 수 있었다. 난 사원으로 다가갔다.

그곳은 대단한 유물 같지는 않았다. 질퍽거리는 물이 담긴 나무그릇 위에 매 조각상이 놓여 있었다. 누군가 관심을 갖고 보살폈다면, 이렇게 되지는 않았을 텐데. 매의 양쪽 날개는 떨어져 나갔다. 밑바닥 돌은 무너져 내렸다. 이 길을 매일 지나다니는 사람 중에서 이곳의 존재를 알아차리는 이는 거의 없는 듯했다.

하지만 사람들에게 잊힌 이 낡은 성지가 왠지 모르게 내 관심을 끌었다. 나는 좀 더 가까이 다가가 매의 닳고 닳은 부리를 만져보았다. 브랜웬의 이야기를 들었기 때문에, 이 사원이 고대 켈트 족이 가장 존경하던 신, 머딘을 기리기 위해 지어졌을거란 사실을 알았다. 머딘은 때때로 매로 변신했다. 브랜웬은 머딘이 켈트 족의 아폴로 중 하나였다고 말해주었다. 정령들이 지금도 땅을 걸어 다닌다는 브랜웬의 생각을 완전히 받아들일 수는 없었지만, 아주 오래전에 우리 앞에서 싸운 멧돼지와 수사슴에 대해 다시 궁금증이 일었다. 만약 그 멧돼지와 수사슴이 정말 리타 고르와 다그다였다면, 머딘의 정령이 여전히 살아 있는 것도 가능하지 않을까?

무거운 부대를 지고 가던 당나귀 한 마리가 내게 부딪쳤다. 난 사원

안으로 넘겨졌다. 내 손이 흙탕물 안에 닿았다. 손을 털고 일어서면서, 크르 머딘이 수세기 전에는 어떤 모습이었을까 상상해보았다. 브랜웬은 크르 머딘이 지금처럼 분주한 도시가 아니라 그저 평화로운 언덕에 불과했다고 말해주었다. 이리저리 떠돌아다니는 양치기들이 잠시 걸음을 멈추고 쉴 수 있는 샘이 있었다고 했다. 하지만 시간이 흐르며 이곳은 무역의 중심이 되었다. 귀네드의 여러 농장들과 멀리 있는 지역의 물건들이 이곳으로 흘러들어왔다. 로마인들이 이곳에 들어와서는 티위 강의 높은 강둑에 요새를 세웠다. 그리고 이제 크르 베드위드에 이르는 길처럼 오래된 군사 도로는 이 도시를 풀이 무성한 북쪽 계곡과 사슴이 많이 노니는 숲으로, 또한 강을 따라 바다로 이어주었다. 오늘날 누군가 그런 것들을 굳이 기억하든 말든, 이 무너져 내리는 사원과 도시의 이름은 여전히 크르 머딘을 먼 옛날과 이어주었다.

내 자신을 과거와 이어주는 것이 이 여행의 목적이라는 걸 깨달았다. 내 이름, 고향, 부모를 찾는 것. 이 여행이 날 어디로 데려다줄지, 어디서 끝날지 몰랐지만, 어디서 이 여행을 시작해야 하는지 갑작스럽게 깨달았다.

바다, 바다로 돌아가야만 한다. 내가 5년 전에 뒹굴었던 바로 그 바위투성이 해안 말이다.

어쩌면 으스스한 해안에 도착했을 때, 내가 발견하는 건 울퉁불퉁한 바위와 시끄럽게 울어대는 갈매기와 고동치는 파도뿐일지도 모른다. 아니, 어쩌면 내가 찾는 것의 실마리를 찾을지도 모른다. 적어도 실마리의 실마리라도 찾을 수 있을 것이다. 그리 대단한 희망은 아니었지만, 내게는 그것만이 유일한 희망이었다.

몇 시간 동안 도시를 이리저리 방황했다. 좁은 뒷골목으로 다니며 복잡한 흐름에 걸려 넘어지지 않으려 했다. 내 시력의 한계를 알아차리지 못하고, 정말이지 실컷 걸려 넘어지며 비틀거렸다. 가죽 신발을 신은 발가락이 엄청나게 아팠다. 그래도 계속 걸었다. 많은 사람들이 나를 꼴사나운 시골뜨기라고 여기는 것 같았지만, 누구도 내 두 눈이 완전히 쓸모없다고 생각하지는 못한 것 같았다. 내가 가끔씩 받은 동정의 말은 상처에 대한 것이지 보지 못하는 눈에 대한 게 아니었으니까.

마침내 티위 강 옆으로 나 있는 길을 찾아냈다. 그 길을 따라 북쪽으로 쭉 가면, 내가 살던 옛 마을로 돌아갈 수 있다. 그곳에서 바다로 갈 수 있을 것이다.

드디어 도시의 성벽에 이르렀다. 성벽은 보폭 열 걸음 정도로 두텁고, 높이는 그 두 배로 높았다. 나는 널따란 다리를 건너며, 울퉁불퉁한 돌부리에 걸리지 않도록 조심했다. 이윽고 나무가 무성한 계곡 쪽으로 계속 걸어 들어갔다.

강 옆을 따라 터벅터벅 걸으며 한 발 한 발 발걸음에 집중했다. 조금이라도 한눈을 팔면 영락없이 넘어질 것이다. 사실 너무 자주 넘어졌다. 한 번은 마을 광장 한가운데에서 넘어졌는데, 하마터면 당나귀한테 등을 밟힐 뻔했다.

그러나 그럭저럭 잘 해냈다. 사흘을 걸으며 수녀 한 분이 건네주었던 둥그런 치즈조각과 나무딸기와 검은딸기를 먹었다. 그러는 동안 누구와도 대화를 나누지 않았다. 누구도 내게 말을 걸지 않았다. 어느 날 해질 녘에 양치기가 구덩이에 빠진 새끼 양을 끌어내는 걸 도와주었는데, 감사의 표시로 빵 한 조각을 받았다. 그것이 다른 사람과의 유일 접촉이었다.

이윽고 크르 베드위드를 통과하는 배 끄는 길이 나왔다. 강에서 거룻

배들이 오리와 백조 가족을 지나쳐 나아갔다. 마을에 가까워지자, 곧장 길로 들어서지 않고 계속 숲길로 숨어서 갔다. 그래서 사람들 눈에 띄지 않을 수 있었다. 가끔씩은 뿌리와 열매와 먹을 수 있는 잎사귀로 배를 채웠다. 예전에 내가 폭풍을 견뎌냈던 커다란 소나무 아래로 흐르는 개울물을 다시 한 번 마셨다. 그때 나무에서 내려오지 말걸 그랬나? 귀네드의 그 어떤 곳보다 거친 이곳 숲속에 있으니 이상하게도 고향에 온 느낌이 들었다.

그날 오후 늦게 크르 베드위드의 다리 근처에서 잠시 쉬었다. 나는 다리 저편에 서 있는 커다랗고 일그러진 모습의 뭔가를 흘끔 쳐다보았다. 좀 더 자세히 보려고 집중했다. 주변에서 바람이 일었다. 그건 늙어 빠진 나무처럼 보였다. 그런데 전에는 그곳에 나무가 있는 걸 한 번도 본 적이 없었다. 사람의 구부정한 몸이라는 느낌을 떨쳐버릴 수 없었다. 두 팔의 그루터기 말고는 아무것도 없는 사람……

나는 꾸물거리지 않았다. 장애물이 있었지만, 한참 동안 숲을 터벅터벅 걸어갔다. 몇몇 마을을 피해 갔다. 그림자가 점점 더 길어지자 눈이 흐릿해지고 발걸음이 느려졌다. 마침내 드넓은 목초지로 들어섰다. 넘어지고 긁히고 오랜 시간 걷느라 몹시 지쳤다. 나는 부드러운 풀밭 속 우묵한 곳에 몸을 웅크리고 이내 잠이 들었다.

얼굴에 햇빛이 닿아 잠을 깼다. 목초지를 가로질러, 강으로 이어진 곳 근처 길에 다시 올라섰다. 나이 지긋한 남자 하나가 지나갔는데, 그 노인의 덥수룩한 하얀 턱수염이 뺨에 스쳤다. 이 길에서 그 노인 말고는 아무도 마주치지 않았다. 그 노인의 모습을 바라보며, 나도 턱수염을 길러 이 끔찍한 상처를 숨길 수 있으면 좋겠다는 바람을 다시 한 번 품었다. 언젠가는 가능하겠지. 저렇게 오래 살아남을 수 있다면……

사람의 흔적은 드물었지만, 길을 잃은 것 같지는 않았다. 바다로 가는 길에 대한 기억이 놀라울 정도로 또렷하게 남아 있었다. 평생 이 길을 딱 한 번 지나쳤지만, 나는 꿈속에서 이 길을 수없이 걸었다. 느릿한 발걸음에 속도가 붙기 시작했다. 저 멀리서 찰싹거리는 파도 소리가 들려오는 것 같았다.

이따금 옷에 손을 뻗어 갈라토를 만져봤다. 갈라토에 대해 아는 건 거의 없었지만, 그것이 내게 있다는 사실을 아는 것만으로도 이상하게 마음이 편안했다. 어깨에 걸친 브랜웰의 작은 가죽 가방 또한 마찬가지였다.

옛 길은 점차 흐릿해졌다. 그저 풀이 무성한 흔적 이외에는 아무것도 없었다. 마침내 길은 무너져 내리는 절벽 틈으로 이어졌다. 공기 중에 소금 냄새가 희미하게 풍겼다. 난 이곳을 알았다. 속속들이 알 것만 같았다.

시커먼 바위가 내 키보다 스무 배나 높게 수직으로 솟구쳤다. 갈매기가 끼룩끼룩 울면서 바위 사이로 휙 내려앉았다. 길은 오른쪽으로 깎아지를 듯 꺾였다. 난 그게 어디서 끝나는지 알았다.

바다.

청회색 바다가 뻗어 있었다. 끝이 어딘지, 바닥이 어딘지 알 수 없었다. 해초 냄새가 콧구멍을 간지럽혔다. 파도가 밀려왔다 쓸려가며 바위를 모래로 만들고 있었다. 갈매기들이 해안 위를 빙빙 돌며 시끄럽게 울어댔다.

나는 시커먼 바위 장벽을 건너, 조수의 웅덩이와 떠다니는 나무 파편을 지나쳤다. 아무것도 변한 게 없다고 혼잣말을 했다. 파도가 내 다리를 씻어낼 때, 난 서쪽을 바라보았다. 내 눈의 희뿌연 안개가 바다 안개

와 합쳐졌다. 좀 더 또렷하게 보려고 애써보았지만, 보이지 않았다.

아무것도 변하지 않았다.

시커먼 바위, 소금기를 머금은 산들바람, 끝없이 들려오는 파도의 리듬. 예전과 똑같았다. 어디에 실마리가 숨어 있을까? 숨어 있다면, 어떻게 그걸 찾을 수 있을까? 바다는 너무나 광대하고, 나는 너무나…… 약했다. 나는 고개를 숙이고 무작정 걷기 시작했다. 가죽 신발이 차가운 바다에서 첨벙거렸다.

그때 뭔가 달라진 것이 느껴졌다. 여전히 엄청나게 커다랗기는 했지만, 늙은 참나무의 나무껍질 대부분이 떨어져 나갔다. 참나무는 뿌리가 쩍쩍 갈라졌다. 바위투성이 해변에는 부러지고 쪼개진 나뭇가지들이 널브러져 있었다. 내가 멧돼지의 공격을 견뎌냈던 나무둥치의 움푹 파인 곳에 구멍이 뻥 뚫렸다. 나무껍질은 갈라지고 휘었다. 고목은 마침내 말라죽고 말았다.

참나무 잔해로 다가가다 발이 걸리는 바람에, 뾰족한 바위에 정강이를 찧었다. 터져 나오는 고통의 신음을 애써 참았다. 근처에 있을지도 모를 멧돼지한테 들키고 싶지 않았으니까. 이곳에서 마주쳤던 멧돼지가 정말로 리타 고르든 아니든, 그놈은 분명 자신의 엄니에 피를 묻히고 싶어 했다. 만약 지금 멧돼지가 나타난다면, 숨을 곳이 없었다. 그리고 나를 구해줄 다그다도 분명 없을 것이다.

어깨가 아파왔다. 다리도 마찬가지였다. 난 생명 없는 나무뿌리에 주저앉아서, 움푹 파인 곳의 가장자리를 손으로 만져봤다. 멧돼지의 커다란 엄니 자국이 아직도 느껴졌다. 그때의 경험이 아주 생생하게 되살아났다. 마치 최근에 일어난 일 같았다. 당시에는 그 힘이 영원할 것 같더니 고목도 이제는 나뭇조각으로 변해버렸다.

난 나무껍질 조각을 발로 툭 찼다. 내 신세도 고목과 별반 다르지 않았다. 난 결국 이곳으로 돌아왔다. 아직 죽지는 않았지만, 죽은 것과 진배없었다. 눈이 거의 멀고 거의 모든 걸 잃었다.

그곳에 앉아 두 손으로 머리를 감싼 채, 해안선을 멍하니 바라보았다. 물살이 빠져나가기 시작했다. 거친 바위와 바다 사이의 경계가 점차 넓어지며 모래 흔적이 나타났다. 그 윤곽은 자그마한 산과 바다를 품고 있었다.

집게 한 마리가 이 모래 풍경을 가로질러 경쾌하게 나아갔다. 난 집게가 조수의 물웅덩이 가장자리에서 반쯤 파묻힌 조개껍질 하나와 씨름하는 모습을 지켜보았다. 수없이 할퀴고 두드리고 나서, 집게는 마침내 전리품을 얻었다. 그 고둥 껍데기는 줄무늬가 있었는데, 그 색은 희미하게나마 오렌지색을 떠오르게 했다. 나는 집게가 마침내 새로운 집을 직접 찾아낸 것을 축하하는 것이라고 상상했다. 하지만 그 성공을 맛보기도 전에 갑작스러운 바닷바람이 불어와 집게는 조개껍질을 놓치고 말았다. 조개껍질은 야트막한 물웅덩이 속으로 미끄러져 들어가더니, 마치 자그마한 뗏목처럼 그 위를 둥둥 떠다니며 잔물결에 출렁거렸다.

자신이 힘겹게 얻은 보물이 저 멀리 떠내려가는 걸 망연히 바라보는 집게를 보며, 내 얼굴에서 나도 모르게 냉소적인 미소가 지어졌다. 이것이 바로 세상의 이치다. 자신의 꿈을 찾았다고 생각하는 순간, 영원히 그 꿈을 잃는다. 자신의 집을 찾았다고 생각하는 순간, 그 집이 저 멀리 떠내려가는 모습을 보게 된다.

저 멀리 떠내려간다.

불쑥 어떤 생각이 떠올랐다. 격정적이고, 불가능하고, 말도 안 되는 생각이……

뗏목을 만들 거다! 어쩌면 바로 이 나무가, 예전에 나를 한 번 구해
준 이 나무가 다시 도와줄지도 모른다. 어쩌면 바로 이 파도가, 예전에
나를 이 해안가로 실어온 이 파도가 다시 나를 바다로 실어다줄지도 모
른다. 난 믿을 거다. 그저 믿을 거다. 이 나무를, 이 파도를⋯⋯.

이제 목숨 말고는 더 이상 잃을 게 없었다.

11

폭풍 속으로

부러진 참나무 가지에 나무껍질을 밧줄처럼 묶어 뗏목을 만들었다. 하지만 전적으로 투시력에 의지했기에, 때때로 나뭇가지를 제대로 묶을 수 없었다. 어쨌든 판자와 판자를 덧대어 뗏목을 만들어냈다. 뗏목 가운데에는 고목에서 가져온 커다랗고 넓적한 판을 놓아, 뗏목을 타고 갈 때 앉을 약간 굴곡진 자리를 마련했다. 마침내 바위틈에서 찾아낸 기다란 해초 가닥으로 모서리를 묶었다.

다 마치고 나니 해가 지기 시작했다. 초라한 작은 배를 파도 끝자락으로 끌고 갔다. 나는 뗏목을 바다로 띄우기 전에 고둥 껍데기가 표류하는 웅덩이로 불현듯 다시 돌아갔다. 집게가 집을 다시 찾을 수 있도록 고둥 껍데기를 모래 위로 옮겨주었다.

갈매기 떼가 울어댔다. 내겐 웃음소리처럼 들렸다. 차가운 파도 속으로 첨벙첨벙 걸어 들어갔다. 초라한 배에 오르기 전에 난 잠시 주저했다. 서로 다른 세상들이 날 잡아당겼다. 난 정확히 그 경계에 있었다. 땅과 바다, 과거와 미래……. 잠시 머뭇거렸다. 물이 내 넓적다리를 감쌌다. 예전에 날 거의 익사시키려 했던 바로 그 물. 어쩌면 내가 너무 경솔

한 건지도 몰랐다. 어쩌면 해안으로 돌아가 더 나은 계획을 생각해봐야 할지도 몰랐다.

바로 그때, 고목의 잔해 속에서 뭔가 반짝이는 황금빛이 보였다. 저녁 노을이 나무등치를 붉게 물들이고 있었다. 그 모습을 보니 다른 나무가 생각났다. 여전히 내 마음속 깊은 곳에서 나를 불태우고 있는 바로 그 나무. 난 내 질문에 대한 답을 찾기 위해 노력해야만 한다는 것을 깨달 았다.

나는 몸을 밀어 뗏목에 올라탔다. 움푹 들어간 가운데 자리에 앉아, 다리를 접었다. 시커먼 벼랑 쪽을 한 번 더 바라보고는 해안을 등졌다. 차가운 바닷물에 두 손을 담그고 노를 저었다. 마침내 두 팔이 너무 지 쳤다. 지는 해는 여전히 젖은 내 피부를 데워줄 만큼 강렬했고 바다를 형형색색으로 물들였다. 두 눈으로 직접 볼 수는 없었지만, 파도 바로 아래에서 거미줄처럼 얼키설키 춤추는 분홍색과 황금색 빛이 느껴졌다.

조류가 나를 해안에서 멀리 밀어냈다. 산들바람이 내 등을 밀어댔다. 바다가 나를 어디로 데리고 갈지, 알지 못했다. 내가 할 수 있는 거라고 는 그저 믿는 것밖에 없었다.

나는 축복받은 브랜, 오디세우스, 히브리의 예언자 요나와 같은 고대 의 바다 여행자들을 떠올렸다. 브랜웬에게서 이들의 이야기를 들은 적 이 있었다. 브랜웬 말고 누가 나의 바다 여행을 걱정해줄지 궁금했다. 언젠가 이 이야기를 브랜웬에게 자세히 전해줄 수 있으면 좋겠다. 하지 만 브랜웬을 두 번 다시 보지 못하리라는 점을 마음속으로는 알고 있 었다. 검은 머리 갈매기 한 마리가 갑작스레 내려와 수면을 스치고 지나 가며 먹이를 찾았다. 갈매기는 시끄럽게 울어대며 뗏목 쪽으로 방향을 틀어 뗏목 옆에 매달려 있는 해초 가닥에 내려앉았다. 그리고 부리로 미친 듯이 해초를 잡아당기고 비틀어댔다.

"저리 가!"

나는 두 손을 갈매기 코앞에서 흔들었다. 이 순간, 배고픈 갈매기 때문에 이 자그마한 뗏목을 산산조각 내고 싶지는 않았다.

갈매기는 해초를 떨어뜨리고 시끄럽게 울어대며 떠나갔다. 그러고는 뗏목 주변을 빙빙 돌았다. 잠시 뒤 갈매기가 다시 뗏목에 내려앉았다. 이번에는 내 무릎 위였다. 태양빛처럼 노랗게 보이는 갈매기의 눈이 나를 요리조리 살펴보았다. 쪼아 먹기에는 내가 너무 크거나 거칠다고 결론 내린 게 분명했다. 검은 머리를 추켜올리고는 해안을 향해 날아가버렸으니까.

갈매기가 날아가는 모습을 보며, 난 하품을 했다. 파도가 끊임없이 몰아쳐 어질어질했다. 게다가 크르 머딘에서 며칠을 걸어와서 더 어지러웠다. 하지만 어떻게 잠들 수가 있단 말인가? 뗏목에서 떨어질 수도 있었다. 설상가상으로 뭔가 중요한 걸 잃어버릴 수도 있었다.

나는 잠들지 않으려 부단히 노력했다. 등을 구부리고, 얼굴을 무릎 사이에 넣었었다. 깨어 있으려고 느릿느릿 지는 태양에 집중했다. 이제 이글거리는 커다란 둥근 물체는 수면 바로 위에서 쉬고 있었는데, 파도를 가로질러 어른거리는 빛의 띠를 뗏목 오른쪽으로 내보냈다. 그건 분명 황금의 길이었다. 물을 가로지르는 통로였다.

그 길이 어디로 이어질지 궁금했다. 내 자신이 어디로 이어질지 궁금했던 것만큼이나.

어깨 너머로 살펴보니, 이미 해안에서 상당히 멀리 떠내려왔다는 걸 알 수 있었다. 산들바람은 잦아들었다. 뗏목은 조류에 떠밀려 내려갔다. 뗏목은 파도 위에서 출렁거리며 연신 물보라를 일으켰다. 이렇게나 떠

내려갔는데도, 뗏목의 밧줄은 여전히 팽팽하고 나무도 여전히 튼튼해 보였다. 난 입술을 핥아 짭짜름한 물보라를 맛보았다. 머리를 다시 무릎 사이에 얹으니, 어쩔 수 없이 다시 하품이 나왔다.

이제 진홍색으로 크게 부푼 태양이 구름을 형형색색으로 붉게 물들였다. 나는 그 빛을 그저 희미하게 볼 수 있었다. 태양이 수평선에서 이글거리며 아름답게 불타는 동안, 나는 태양의 모습을 좀 더 분명하게 느낄 수 있었다. 잠시 뒤 마침내 터져버린 거품처럼 태양은 파도 아래로 사라져버렸다.

하지만 나는 갑작스레 닥친 어둠을 알아차리지 못했다. 잠이 들었기 때문이다.

차가운 물이 갑작스레 튀는 바람에 잠이 확 달아났다. 밤이 되었다. 엄청나게 많은 별이 얇은 초승달 주위에 모여 있었다. 내가 알던 달이었다. 끊임없이 들려오는 출렁이며 철썩거리는 소리, 뗏목에 부딪히는 파도 소리에 귀를 기울였다. 그날 밤, 난 더 이상 잠들 수 없었다. 추위에 벌벌 떨며 두 다리를 가슴에 꼭 끌어안았다. 바다가 보여주고 싶은 게 무엇이든, 그저 그걸 기다릴 수밖에 없었다.

태양이 등 뒤에서 떠올랐을 때, 귀네드의 해안선이 사라지고 없다는 걸 발견했다. 눈길을 끄는 벼랑조차 더 이상 보이지 않았다. 희미한 조각구름만이 기다란 삼각기처럼 뻗어 있었다. 그곳이 얼 위드바의 정상이라고 짐작했지만, 확신할 수는 없었다.

끈에서 빠져나온 나무 하나가 보이기에 재빨리 그걸 다시 묶었다. 날이 느릿느릿 지나갔다. 등과 다리가 뻣뻣하게 굳어 아플 지경이었다. 하지만 고꾸라지지 않고서는 일어서서 몸을 뻗을 수가 없었다. 파도는 뗏목과 나를 향해 끊임없이 몰아쳤다. 뜨거운 태양에 뒷목덜미가 탔다. 그러는 내내 내 입과 목은 더 심하게 타들어 갔다. 시간이 지날수록 점점 더 심해졌다. 이렇게 목이 마른 적은 평생 처음이었다.

해 질 녘이 되어서야 바다의 수면 위로 솟구친 커다란 유선형 물체를 알아차렸다. 일곱 내지 여덟 개의 물체가 함께 모여 있었는데, 마치 한 몸처럼 헤엄쳤다. 하나의 파도처럼 움직이며 솟구쳤다 가라앉기를 반복했다. 그러더니 뗏목 가까이 지나가며, 방향을 바꾸어 내 주위에서 완벽하게 원을 이루어 헤엄쳤다. 한 번, 두 번, 세 번, 나를 둥글게 둘러싸고는 자신들이 지나간 자국에서 이는 거품 안과 밖으로 날쌔게 움직였다.

돌고래일까? 아니, 어쩌면 바다 사람일까? 브랜웬은 그 사람들을 인어라고 불렀다. 반은 인간이고 반은 물고기라고 했던가? 제대로 분간할 수 있을 만큼 잘 보이지는 않았다. 하지만 언뜻 보는 것만으로도 호기심이 일었다. 저 멀리 헤엄쳐 가며, 저들의 몸이 황금빛 태양을 받아 반짝였다. 충분히 오래 살 수 있다면, 신비한 저 바다 깊숙한 곳을 탐험할 수 있다면, 난 뭐든 할 거라고 내 자신에게 약속했다.

또 하루가 지나갔다. 그 전날처럼 추웠다. 초승달은 자취를 감추었다. 갑작스레 별자리와 별자리의 기원에 대한 브랜웬의 이야기가 떠올랐다. 한참을 찾고 나서야 별자리 몇 개를 가까스로 찾을 수 있었다. 내가 가장 좋아하는 날개 달린 페가수스도 찾았다. 끊임없이 흔들리는 뗏목은 전속력으로 달리는 말이라고, 하늘을 가로지르며 전속력으로 달리는 말이라고 상상했다.

잠이 들었다. 나는 아주 커다란 날개 달린 물체의 등에 올라타고 높은 곳으로 날아가는 꿈을 꾸었다. 그것이 페가수스인지 아닌지는 확신이 서지 않았다. 갑작스레 우리는 전쟁 속으로 내던져졌다. 유령 같은 보초들이 지키고 있는 어둠의 성이 우리 앞에 솟아 있었다. 그래, 맞다!

성이 빙글빙글 돌고 있었다. 그 성이 우리를 아래로 아래로 잡아당겼다. 있는 힘껏 방향을 바꾸어보려 했지만 바꿀 수가 없었다. 성벽에 곧장 부딪힐 것 같았다.

그 순간, 잠에서 깨어났다. 몸이 벌벌 떨렸는데, 추위 때문만은 아니었다. 그날 내내 내 머릿속은 꿈으로 가득했다. 하지만 그 꿈의 의미가 잘 이해되지는 않았다.

그날 오후 늦게, 서쪽 수평선이 점점 어두워졌다. 파도가 전에 없이 높게 솟구치며 내 배를 이리저리 마구 흔들어댔다. 바람에 물보라가 몰아쳤다. 뗏목이 시끄럽게 삐걱거렸다. 해초 몇 가닥이 떨어져 나가고, 늙은 참나무의 움푹 파인 곳에서 가져온 커다란 나뭇조각이 갈라졌다. 어쨌거나 십중팔구 폭풍이 나를 스쳐간 듯했다. 어스름과 함께 파도가 다시 잠잠해졌다. 난 물에 흠뻑 젖었다. 무척이나 갈증이 났다. 하지만 나는 뗏목과 함께 무사히 살아남았다.

그날 밤에 난 최선을 다해 망가진 뗏목을 고쳤다. 그러고 나서 책상다리를 하고 앉아 있는데, 매서운 바람이 얼굴을 세차게 때렸다. 또 다른 그림자가, 전보다 훨씬 어두운 그림자가 하늘을 가로질러 빠르게 움직였다. 그림자는 순식간에 남쪽 하늘을, 내 위의 둥근 하늘 지붕을 뒤덮더니 마침내 하늘 전체가 시커멓게 변했다.

어둠이 나를 집어삼켰기에 투시력이 사라져버렸다. 그처럼 칠흑 같은 어둠 속에서는 투시력도 아무 쓸모가 없었다. 아무것도 보이지 않았다! 성당에 처음 도착한 날처럼 전혀 보이지 않았다.

엄청난 파도가 일며 소용돌이치기 시작했다. 뗏목이 약해 빠진 잔가지라도 되는 것처럼 힘없이 빙빙 돌았다. 온몸이 물에 흠뻑 젖었다. 그런데 이번에는 폭풍이 잦아들지 않았다. 오히려 폭풍은 더 거세지며, 시간이 지날수록 위력이 더 커져만 갔다. 몸을 푹 숙인 채, 최대한 몸을 둥글게 말았다. 생명의 위협을 느낀 고슴도치 같았다. 뗏목의 바깥쪽 모서리를 두 손으로 꽉 감쌌다. 나를 물에 떠 있게 해주는 나뭇조각에 힘껏 매달렸다.

내 능력! 순간적으로 내 능력을 불러낼 생각을 했다. 어쩌면 뗏목을 단단히 묶을 수 있을지도 모른다. 아니면 파도를 진정시킬 수 있을지도! 하지만 아니야. 쓰지 않기로 약속했으니까. 게다가 난 내 능력이 두려웠다. 이 끔찍한 강풍보다 훨씬 더 두려웠다. 사실, 끔찍한 결과를 초래한다는 것 말고는 마법에 대해 아는 게 없었다. 불에 타는 살 냄새, 누군가의 비명, 불타는 내 눈의 고통……. 내 능력이 나를 도와줬다 할지라도, 그 능력을 다시는 사용하지 않을 것이다.

어두컴컴한 밤 내내 폭풍은 사납게 몰아치며 으르렁거렸다. 장막 같은 물이 나를 덮쳤다. 거대한 파도가 내게 퍼부어졌다. 어느 순간, 난 바다에서 엄청난 폭풍을 뚫고 살아남은 축복받은 브랜의 이야기를 떠올렸다. 나도 살아남을 수 있으리라는 실낱같은 희망이 솟아났다. 하지만 이런 희망도 곧 바다에 잠겨버리고 말았다.

추위 때문에 두 손에 감각이 없었다. 하지만 어떻게든 손을 따뜻하게 하려고 뗏목 귀퉁이를 잡고 있는 손을 놓지 않았다. 끈이 끊어져 나갔다. 나무토막 하나가 부러지며 가라앉았다. 등이 아팠다. 심장은 더 아팠다. 이 폭풍이 내 여행을 끝장내버릴 것임을, 내 안의 무언가는 알고 있었다.

떠오르는 태양이 하늘을 약간 밝혀주었다. 하지만 그 빛만으로도 다시 사물을 느낄 수 있었다. 투시력이 살짝 되돌아왔다. 그때 강력한 파도가 아주 무시무시하게 몰아쳐 숨도 못 쉴 지경에 이르렀다. 뗏목이 뒤틀리더니 마침내 산산이 부서져버렸다.

그 끔찍한 순간, 난 거품이 이는 바다 속으로 던져지며 물살에 세게 부딪혔다. 다행히 물에 떠 있는 나뭇조각에 손이 닿아 그걸 꽉 잡았다. 또 한 차례 파도가 나를 덮쳤다. 또다시, 또다시······.

손아귀에 힘이 빠지기 시작했다. 거친 폭풍은 끊임없이 나를 두드려 댔다. 새로운 날이 밝았다. 내 마지막 날이 되리라 확신했다. 난 희한한 모양의 구름이 바다 위에 낮게 떠 있다는 걸 거의 알아차리지 못했다. 마치 안개로 만든 섬처럼 보였다.

나는 애처롭게 비명을 지르며 손을 놓았다. 폐 속으로 물이 마구 쏟아져 들어왔다.

2부

12

쓰러진 전사

더 이상 흔들리지 않았다.

더 이상 물에 빠지지도 않았다.

다시 한 번 깨어보니 어디인지 알 수 없는 바닷가에 있었다. 옛날과 똑같이 파도 소리가 내 두 귀를 가득 채웠다. 옛날과 똑같이 짭짤한 맛에 입안이 불쾌했다. 옛날과 똑같이 무시무시한 감정에 배가 뒤틀렸다.

귀네드에서의 고통스러운 시간들은 한낱 꿈이었을까? 끔찍하게 일그러진 꿈?

난 그 답을 알았다. 상처 난 두 뺨을, 쓸모없는 두 눈을 그리고 내 목에 대롱대롱 매달린 갈라토를 모래가 잔뜩 묻은 손으로 만져보지 않고도 알았다. 귀네드는 진짜였다. 이곳이 어디든 간에, 이곳의 공기를 물들이는 기괴하고 진한 향기만큼이나 진짜였다.

옆으로 몸을 돌렸다. 엉덩이 아래 깔린 조개껍질이 와자작 깨졌다. 나는 일어서서 공기를 들이켰다. 여름 목초지처럼 달콤하고 향긋한 맛이 났다. 하지만 거기엔 뭔가가 더 있었다. 더 날카롭고, 더 진짜 같은 무언가가.

그리 멀지 않은 곳에서 철썩이며 일렁이는 파도 소리가 들려왔지만, 투시력으로는 보이지 않았다. 형편없는 시력 때문이 아니었다. 파도는 넘실대는 안개 벽 뒤에 숨어 있었다. 안개가 너무 짙어서 그 뒤에 놓인 모든 걸 덮어버렸다.

안개 벽 안에 기괴한 형체들이 합체되어 있는 것처럼 보였다. 몇 초 간 함께 붙어 있다 이내 사라졌다. 커다란 아치 길처럼 생긴 무언가가 보였다. 문이 굳게 닫혀 있는 것 같았다. 그 형체가 사라지자, 그 자리에 뾰족한 꼬리가 나타났다. 용만큼이나 큼지막했다. 내가 지켜보는 가운데, 그 꼬리가 볼록한 코가 달린 거대한 머리로 바뀌었다. 안개로 만들어진 거인처럼, 그 형체는 나를 향해 천천히 돌아서더니 말을 할 듯 입을 움직였다. 이윽고 둥둥 떠다니는 구름 속으로 녹아들어갔다.

나는 뻣뻣한 등을 돌려 주위를 둘러보았다. 이 해변은 귀네드의 북쪽 해안과 달리, 땅과 바다가 완만하게 이어져 있었다. 해안에는 바윗덩이들이 들쭉날쭉하게 흩어져 있지도 않았다. 잘게 부서진 모래 위에는 분홍색과 흰색과 자주색의 조개껍질들이 흩뿌려져 있었다. 내 옆으로 잎이 무성한 덩굴이 해변을 가로질러 뻗어 있었다. 반짝반짝 빛나는 초록색 뱀처럼 보였다.

분홍색. 자주색. 초록색. 가슴이 뛰었다. 난 색을 구분할 수 있었다! 어쩌면 불이 나기 전의 기억만큼은 아닐지 모르지만, 바다가 뗏목을 박살내기 전보다는 훨씬 더 또렷하게 구별할 수 있었다.

하지만 잠깐만. 이건 진짜가 아닐지도 몰랐다. 내 피부와 내 옷자락을 살펴보고 나서, 전보다 더 밝은 색이 아니라는 걸 알았다.

해변을 흘끗 뒤돌아보고 나서야 비로소 깨달았다. 내가 예전보다 잘 볼 수 있게 되었기 때문이 아니다. 이곳의 풍경이 색을 내뿜고 있었기 때문이다. 조개껍질, 잎사귀 그리고 이곳의 모래조차도 웬일인지 더 밝고 짙게 느껴졌다. 투시력만으로 이처럼 선명하게 보일 정도라면, 정말 볼 수 있는 눈이라면 얼마나 더 선명하게 보일까!

나는 구불구불하게 생긴 조개껍질 하나를 들어 올렸다. 반짝이는 하얀색 몸체 주위로 자주색 선이 둘러져 있었다. 마치 친구를 만나기라도 한 것처럼 손에 닿은 느낌이 편안했다.

조개껍질을 귀에 가져다댔다. 바다 소리가 들려오리라 기대했다. 그런데 거친 숨소리와 뒤섞인 기괴한 소리가 들려왔다. 마치 저 멀리 있는 누군가의 목소리 같았다. 이해할 수 없는 언어로 내게 속삭이고 있었다. 내게 뭔가를 말하려 하고 있었다.

나는 숨을 죽였다. 조개껍질을 내려놓으며, 그 안을 들여다보았다. 아주 평범해 보였다. 상상에 빠졌던 게 분명했다. 조개껍질을 귀에 다시 가져다 댔다. 목소리가 다시 들렸다! 전보다 훨씬 더 또렷했다. 누군가 말하는 소리를 들은 것 같았다.

조심해…… 조심해.

난 조개껍질을 얼른 내려놓았다. 손바닥에 땀이 흥건했다. 배가 뒤틀렸다. 나는 자리에서 벌떡 일어섰다. 다리, 팔, 등이 뻣뻣하고 아팠다. 조개껍질을 내려다보았다. 그러고는 고개를 가로저었다. 귀에 바닷물이 들어갔기 때문이야. 아마 그래서 그랬나 보다.

물. 신선한 물을 구해야 해.

마실 물을 구할 수만 있다면, 기운이 좀 날 텐데.

나는 해안 위쪽에 있는 아치 모양의 모래언덕 능선으로 올라갔다. 눈에 보이는 모습에 숨이 멎었다.

빽빽이 우거진 숲이 서쪽으로 끝없이 뻗어 있었다. 알록달록 아름다운 새들이 우뚝 솟은 나무 꼭대기 사이에서 날갯짓을 했다. 지평선 근처에는 안개 낀 언덕이 물결치듯 솟아 있었는데, 그곳의 초록색 숲이 푸른색으로 짙어졌다. 이곳과 그곳 사이에, 푸릇푸릇한 계곡이 카펫처럼 부드럽게 펼쳐져 있었다. 햇빛이 비치는 개울은 숲 바깥쪽과 목초지 위로 폭포처럼 떨어지며, 바다를 향해 힘차게 흘러가는 커다란 강과 만났다. 저 먼 곳에 나무가 더 많이 자라고 있었다. 질서정연하게 늘어서 있었기에 숲보다는 훨씬 덜 험해 보였다. 마치 누군가 아주 오래전에 심어놓은 과수원 같았다.

계곡으로 내려가 갈증을 해결하려 했다. 그때 뭔가 다른 것이 내 주의를 끌었다. 강의 동쪽 강둑이 아주 조금밖에 보이지 않았지만, 다른 곳보다 초록색이 옅어 보였다. 오히려 그곳은 적갈색을 띠었다. 마른 잎사귀, 아니면 녹 비슷한 얼룩 같았다. 처음에는 어쩐지 불길했다. 하지만 어쩌면 뭔가 낯선 식물일지도 몰랐다. 아니면 동쪽 지평선 위로 떠 있는 짙은 구름 뭉치가 만들어낸 빛의 장난일지도 몰랐다.

목이 바짝바짝 탈 것 같았다. 나는 앞에 펼쳐진 푸릇푸릇한 계곡과 숲을 향해 돌아섰다. 물을 마실 시간이다! 그러고 나서 안개에 가려진 이 섬을 조사할 것이다. 이곳이 정말 섬이라면 말이다. 딱 꼬집어 말할 수는 없었지만, 이곳의 무언가가 머물러 탐험하도록 나를 부추겼다. 비록 이상한 조개껍질을 만났지만 말이다. 가슴 두근거리게 만드는 색 때문이었을지도 모르겠다. 아니면 내가 파도를 믿었고, 파도가 나를 이곳에 데려다주었다는 단순한 사실 때문이었을지도 모른다. 이유가 무엇이든, 잠시 이곳에 머무르기로 결심했다. 아주 잠시만. 과거에 대한 실마리를 찾지 못한다면, 즉시 떠날 것이다. 다시 배를 만들 것이다. 이번에는 지난번보다 더 튼튼하게 만들어, 모험을 계속할 것이다.

나는 모래언덕을 내려가기 시작했다. 모래는 곧 풀로 바뀌었는데, 가느다란 풀줄기는 향기로운 산들바람을 맞으면 허리를 숙였다. 오랜 여행 때문에 몸이 무척 뻣뻣했지만, 서둘러 언덕을 내려갔다. 곧 탁 트인 들판을 가로질러 달렸다. 얼굴에 바람을 느끼며, 크르 머딘을 떠난 이후 처음으로 달리고 있다는 사실을 문득 깨달았다.

투명한 강줄기에 이르러, 이끼 긴 돌 옆에 무릎을 굽혔다. 그러고는 곧장 머리를 물속에 푹 담갔다. 차갑고 깨끗한 물이 피부를 찰싹 때렸다. 처음에 이 땅의 색과 향에 충격을 받았던 것처럼, 이번에도 커다란 충격을 받았다. 나는 물을 들이켰다. 배가 빵빵해지고 트림이 나올 정도로. 그러고 나서 좀 더 들이켰다.

마침내 만족스럽게 팔꿈치로 몸을 기대어, 이제 물이 아니라 상쾌하고 향기로운 공기를 마셨다. 풀이 뺨을 간지럽혔다. 사방에 키 큰 풀이 무성했기에 누군가 그 곁을 지나간다면, 나를 강바닥에 놓인 갈색 통나무라고 여길 듯했다. 나는 꽃자루가 서로 부딪히며 은은하게 내는 바스락 소리, 숲에서 일렁이는 바람 소리, 춤추듯 흘러가는 강물 소리에 귀를 기울였다. 다리가 긴 붉은 딱정벌레가 내 옷자락을 가로질러 느릿느릿 기어갔다.

머리 위에서 갑작스레 휙 바람이 불어왔다. 깜짝 놀라 몽상에서 깨어났다. 그것이 무엇이었든, 화살의 속도로 순식간에 지나갔다. 하도 순식간에 지나가서 무엇이었는지 도저히 알 수가 없었다. 호기심에, 나는 몸을 쭉 뻗어봤다. 투시력이 강 하류 풀밭에서 어떤 움직임을 감지했다. 나는 자리에서 일어섰다.

불쑥 풀밭에서 날카로운 울음소리가 들려왔다. 뒤이어 씩씩거리며 으르렁거리는 소리가 들렸다. 내가 다가가자 그 성난 소리는 더 커져갔다. 몇 걸음 걸은 뒤, 난 깜짝 놀라 그대로 걸음을 멈추었다.

평생 처음 보는 엄청나게 커다란 쥐가, 그러니까 내 넓적다리만큼이나 두툼하고 튼튼한 다리와 단검의 끝처럼 날카로운 이빨의 쥐가, 눈앞에서 누군가와 싸움을 벌이고 있었다. 쥐의 적수는 자그마한 매였는데, 꼬리에는 갈색 띠가 둘러졌고 등은 회색이었다. 쇠황조롱이(Merlin,멀린)였다.[*] 쥐가 쇠황조롱이보다 몸집이 세 배 이상 컸지만, 둘의 싸움은 팽팽했다.

둘은 맹렬하게 싸웠다. 쇠황조롱이의 강력한 발톱이 쥐의 뒷목을 꽉 움켜쥐었다. 쥐는 몸부림치며 적의 머리를 물고 할퀴고 땅에 때려눕히려 했다. 하지만 쇠황조롱이의 용기가 쥐의 몸집보다 뛰어났다. 쇠황조롱이는 날카롭게 울어대며 발톱을 더 깊이 찔러 넣었다. 쥐의 단단한 가죽에서 피가 뿜어져 나왔다. 깃털이 허공을 날았다. 피가 풀밭에 튀었다. 둘은 할퀴고 물고 으르렁거리면서 미친 듯이 서로를 공격했다.

분명 승자를 가리지 못한 채 오랫동안 이어질 싸움이었다. 그런데 그때 개울 옆 덤불에서 쥐 한 마리가 또 나타났다. 동료에 대한 의리 때문인지 아니면 손쉬운 먹잇감에 대한 갈망 때문인지 모르겠지만, 새로 나타난 쥐가 싸움에 끼어들어 쇠황조롱이의 날개를 꽉 물고는 무지막지하게 잡아 뜯었다.

쇠황조롱이는 고통스럽게 울어댔다. 하지만 어떻게든 버텨냈다. 쇠황조롱이의 부리에 쪼여 얼굴이 찢어진 두 번째 쥐는 맞은편으로 빙글 돌아갔다. 그러는 사이 쇠황조롱이의 찢어진 날개는 옆으로 축 늘어지며 소용없는 날갯짓을 했다. 발톱 하나에 힘이 풀렸다. 두 번째 쥐는 승

---

[*]쇠황조롱이(merlin)가 처음 등장하는 장면이다. 1권에서는 이 쇠황조롱이가 주인공을 돕는 장면이 주로 나오고, 1권 말미에서야 주인공이 '멀린'이라는 이름을 얻게 된다. 새와 주인공을 구별하기 위해 멀린이 새를 가리킬 때는 쇠황조롱이로 옮겼다.

리를 예감하며, 이빨로 물어뜯은 깃털을 뱉어냈다. 쥐는 기운을 잃은 쇠황조롱이에게 달려들 태세를 갖추며 다리에 힘을 주었다.

그 순간 난 앞으로 달려가 두 번째 쥐의 가슴팍을 발로 힘껏 차버렸다. 아주 세게 찼기에 쥐는 덤불로 데굴데굴 굴러가버렸다. 이 모습을 본 첫 번째 쥐는 몸부림치다 말고, 시뻘건 두 눈으로 나를 노려보았다. 쥐는 쇠황조롱이를 풀밭으로 세차게 내동댕이쳤다. 쇠황조롱이는 등을 대고 누웠다. 너무 힘이 빠져 움직일 수조차 없었다.

난 찍찍 울어대는 쥐에게 한 발 더 가까이 다가갔다. 그러고는 한 대칠 기세로 손을 들어 올렸다. 싸움에 지쳐버린 쥐는 몸을 획 돌려 풀잎사귀 사이로 미끄러지듯 달아나버렸다.

나는 멈추어 쇠황조롱이를 살펴보았다. 검은 눈동자에 노란색 띠가 둘러쳐진 두 눈을 여전히 반쯤 뜬 채 나를 매섭게 바라보고 있었다. 내가 손을 뻗자, 쇠황조롱이는 마구 울어대며 발톱 하나를 휘둘러 내 손목의 살갗을 마구 할퀴었다.

"뭐하는 거야, 이 멍청한 새야? 널 도와주려고 하잖아. 해치려는 게 아니야."

나는 피가 나는 손목을 입으로 빨며 소리쳤다.

난 다시 한 번 쓰러진 전사를 향해 손을 내밀었다. 다시 한 번 새는 울음소리를 내며 발톱을 휘둘렀다.

"그만 좀 해!"

어쩔 수 없이 나는 고개를 절레절레 저으며 일어나 자리를 뜨려 했다. 그곳을 떠나며, 다시 한 번 쇠황조롱이를 흘끗 쳐다보았다. 쇠황조롱이는 마침내 두 눈을 꼭 감고 그곳 풀밭에 누워 몸을 떨었다.

나는 심호흡을 한 번 하고는 다시 돌아갔다. 조심스레 쇠황조롱이를 들어 올렸다. 새가 갑작스레 다시 살아날지도 몰라 발톱을 피하려 했다. 깃털 달린 따뜻한 몸을 손에 들었다. 그처럼 사나운 동물이 어떻게 그렇게 부드럽게 느껴질 수 있는지 의아할 정도였다. 상처 난 날개를 어루만져보았다. 피부와 근육이 갈기갈기 찢어졌지만, 뼈는 부러지지 않은 것 같았다. 브랜웬이 나한테 준 가죽 가방에 손을 넣어 마른 약초 한줌을 꺼내 강물 몇 방울을 섞었다. 나는 옷자락 끝으로 쥐의 이빨에 물려 생긴 상처를 닦아주었다. 날개의 위쪽 끝자락에 난 상처는 무척 깊었다. 약초를 찜질 약처럼 조심스레 발라주었다.

쇠황조롱이의 몸이 뻣뻣해지더니 눈을 떴다. 하지만 이번에는 나를 공격하지 않았다. 울음소리를 낼 만한 힘도 없어서, 그저 나를 경계의 눈초리로 바라볼 뿐이었다.

다 마치고 나서 자그마한 새를 들어 올린 뒤, 이제 어떻게 해야 하나 생각에 잠겼다. 강 옆에 그대로 남겨둘까? 아니, 쥐들이 분명 돌아와 하던 일을 끝마칠 거다. 데리고 갈까? 아니, 내게는 승객이 필요 없었다. 이처럼 위험한 승객은 더더욱 필요 없었다.

숲 끝자락에서 굵은 나뭇가지를 뻗친 참나무 한 그루를 보자마자 좋은 수가 떠올랐다. 나는 새를 바닥에 내려놓고 풀을 뭉쳐서 대충 잘라 만든 둥지 안에 넣었다. 그러고 나서 새와 둥지를 옆구리에 낀 채 낮은 나뭇가지에 올라갔다. 그곳에는 이끼가 잔뜩 끼어 있었다. 나뭇가지와 나무둥치가 만나는 곳에 둥지를 조심스레 올려놓은 뒤, 몸이 부자유스러운 새를 그 안에 넣어주었다.

나는 노란색 띠가 둘러쳐진 반항적인 두 눈을 잠시 바라보았다. 그러고 나서 나무에서 내려와 숲으로 성큼성큼 걸어 들어갔다.

13

나뭇잎 한 다발

어린 싹과 뒤엉킨 나뭇가지를 지나 걸어갔다. 오래된 숲에서는 스멀스멀 기이한 느낌이 스며들었다.

이 기이한 느낌은 투시력과는 아무 상관없었다. 이 짙은 숲에서는 빛이 정말로 희미하게 나타났다. 이곳에서는 이따금씩만 빛줄기가 숲 바닥으로 곧장 닿았다. 내가 맡아본 가장 진한 향기가 났는데, 얼 위드바의 커다란 소나무 위에서 폭풍을 견뎌냈던 그날의 기억이 나기는 했지만, 이 기이한 느낌은 공기를 가득 메우고 있는 송진과도 아무 상관없었다. 그리고 사방에서 들려오는 소리와도 아무 상관없었다. 잎사귀 사이로 바람이 휙 불어오고, 나뭇가지는 툭툭 부딪히고, 솔잎은 발아래에서 바스락거렸다.

기이한 느낌은 이런 것들 때문이 아니었다. 아니, 어쩌면 이 모든 게 한데 어우러져 나온 것일지도 몰랐다. 소리, 냄새, 희미하게 빛나는 숲, 그 무엇보다도 느낌, 내가 숲에 들어온 걸 누군가 알고 있는 느낌, 누군가 나를 지켜보는 느낌. 조개껍질에서 들었던 것과 아주 비슷한 그 이상한 속삭임은 이제 사방에서 들려왔다. 난 울퉁불퉁한 막대기 하나를 발견했다. 내 키 정도 되는 막대기가 늙은 향나무 나무둥치에 기대어 있었다. 이 쓸 만한 물건이 내가 희미한 빛의 숲을 헤쳐 나갈 수 있게 도와줄지도 몰랐다. 나는 그 막대기로 손을 뻗었다. 잔가지들이 툭 튀어 나온 막대기 한가운데를 손으로 움켜잡으려는 바로 그 순간, 깜짝 놀라서 뒤로 주춤주춤 물러섰다.

막대기가 움직인 것이다! 나무의 잔가지들이 위아래 다른 가지들과 함께 자그마한 다리처럼 마구 움직였다. 울퉁불퉁한 막대기가 휘더니 향나무의 나무껍질로 기어 내려왔다. 뿌리 위로, 고사리 밭 속으로 움직였다. 잠시 뒤 막대기가 사라졌다. 그 막대기를 지팡이로 삼으려는 내 열망 또한 사라졌다.

그러고 나서 난 익숙한 충동을 느꼈다. 이 나무 하나에 오르는 것! 꼭대기까지 곧장 오르는 게 아니라, 경치를 살펴볼 수 있게 나뭇가지의 캐노피까지만 오르는 것이다. 나는 호리호리한 보리수나무 하나를 골라 오르기 시작했다. 심장 모양의 나뭇잎들이 흐르는 강물의 수면처럼 흔들렸다. 다리와 손으로 잡을 수 있는 곳을 찾아가 재빨리 올라갔다.

땅에서 내 키보다 다섯 배 높은 곳에 올랐을 즈음 경치는 극적으로 바뀌었다. 촘촘한 나뭇가지 사이를 뚫고 훨씬 더 많은 빛이 들어와서 주변을 좀 더 잘 볼 수 있었다. 흔들리는 보리수나무 잎 사이로 내 머리 근처의 초록색 둥근 이끼 덩어리가 보였다. 이윽고 나뭇가지 사이를 날아다니는 오렌지색과 푸른색의 나비 한 쌍이 어렴풋이 보였다. 영롱한 이슬방울이 거미줄에 맺혀 있고, 거미 한 마리가 근처 나뭇가지에서 자유롭게 움직이고 있었다. 커다란 눈의 다람쥐들은 시끄럽게 재잘거렸다. 황금 깃털의 새는 이 나뭇가지에서 저 나뭇가지로 바삐 움직였다. 하지만 숲의 바닥에서 들리던 기이한 속삭임은 계속해서 들렸다.

숲 가장자리로 방향을 틀어보니, 풀이 무성한 들판이 보였다. 그곳은 쇠황조롱이를 마주친 곳이었다. 바로 그 너머에, 분명 내가 바다라고 알고 있는 그곳에, 안개 벽을 향해 흘러가는 거대한 강줄기가 보였다. 놀랍게도 급류에서 기이한 파도가 올라왔다. 거대한 손처럼 생긴 파도였다. 그것이 거대한 손일 리가 없다는 걸 알았다. 하지만 강에서 손처럼 생긴 물줄기가 나타나더니, 넓은 손가락 사이로 물이 뚝뚝 떨어지고 마침내 물을 튀기며 아래로 다시 들어갔다. 경이로움과 두려움이 동시에 밀려왔다.

문득 머리 위 저쪽에서 거대한 나뭇잎 한 다발이 우수수 떨어졌다. 하지만 아래로 곧장 떨어지지 않고, 밖을 향해 날더니 다른 나무로 건너갔다. 놀랍게도 두 번째 나무가 그 다발을 잡았다. 튼튼한 가지로 그걸 감싸 쥐고는 다시 밖을 향해 던졌다. 다른 나무가 그걸 잡았는데, 무게 때문에 나뭇가지가 휘었다. 그 나무 또한 그 다발을 다시 던졌다. 나뭇잎 다발은 공중에서 빙빙 돌며 나뭇가지 위, 나무둥치 사이를 날아다녔다. 춤추는 여자처럼 빙글빙글 돌았다. 마치 아이들이 실뭉당이를 던지며 노는 것처럼, 이 숲속의 나무들이 나뭇잎 다발을 던지며 잡기놀이를 하는 것 같았다.

이윽고 나뭇잎 다발은 나뭇가지 사이로 점점 낮게 떨어졌다. 마침내 숲 바닥에 구르며 갈색 솔잎 근처에서 멈추었다.

나는 숨을 몰아쉬었다. 나뭇잎 다발에서 잎이 무성한 기다란 나뭇가지 하나가 갑작스레 생겨났기 때문이다. 아니, 나뭇가지 하나가 아니었다. 덩굴을 엮어 만든 옷을 입은 팔 하나, 그러고는 또 하나. 다리 하나, 그러고는 또 하나. 머리 하나는 머리카락을 반짝이는 잎사귀로 장식했다. 눈 두 개는 너도밤나무 껍질처럼 회색에 파란빛이 돌았다.

나뭇잎을 걸친 형체가 일어나더니 깔깔 웃어댔다. 그 웃음은 종소리처럼 아름답고 청아하게 울려 퍼졌다.

　나는 나뭇가지 위에서 앞으로 몸을 숙여 좀 더 자세히 살펴보았다. 이 나뭇잎 다발이 사실은 여자아이라는 걸 알 수 있었다.

14

숲의 소녀, 리아

느닷없이 내가 올라서 있던 나뭇가지가 뚝 부러졌다. 나는 땅바닥으로 곤두박질쳤다. 곤두박질치며 나뭇가지에 연신 부딪혔다. 가슴, 등, 어깨, 넓적다리…… 마침내 솔잎이 두툼하게 깔린 땅바닥으로 쿵 하고 떨어졌다.

나는 끙끙거리며 옆으로 몸을 돌렸다. 오랜 여행으로 몸이 뻣뻣한 데다, 평상시 아프던 어깻죽지까지 더해 온몸이 다 아팠다. 나는 천천히 일어섰다. 여자아이가 내 앞에 서 있었다.

여자아이의 웃음이 뚝 그쳤다.

한참 동안 우리 둘 다 꼼짝하지 않았다. 빛이 희미하기는 했지만, 여자아이가 내 나이 또래라는 건 알 수 있었다. 여자아이는 나무처럼 곧게 서서 나를 바라보았다. 눈동자는 푸른빛이 돌고, 덩굴을 엮어 만든 옷은 초록색과 갈색이 섞여 있었다. 나무로 착각할 뻔했다. 두 눈은 화가 난 듯 반짝였다.

여자아이는 파리를 쫓아내는 것처럼 손을 흔들며 바스락거리는 기괴한 언어로 명령을 내렸다. 그러자 묵직한 솔송나무 가지가 곧장 내 팔과 다리, 허리를 감쌌다. 나뭇가지가 날 단단히 붙잡았는데, 내가 빠져나오려 몸부림치면 칠수록 더 꽉 움켜잡았다. 나뭇가지는 재빨리 나를 허공으로 들어 올렸다. 나는 허공에 대롱대롱 매달린 채 꼼짝할 수도 없었다.

"내려줘!"

"이제 다시는 떨어지지 않을 거야."

여자아이는 내가 알아들을 수 있는 언어이자 귀네드의 언어인 켈트어로 말했다. 하지만 억양이 약간 특이하면서도 가벼웠다. 여자아이의 표정은 분노에서 즐거움으로 바뀌었다.

"널 보니 큼지막한 갈색 열매가 생각나네. 맛있는 열매는 아니었지."

여자아이는 발밑 이끼에서 자라고 있는 포동포동한 보라색 열매 하나를 들어 올리고는 입에 집어넣었다. 하지만 눈살을 찌푸리고는 다시 뱉어냈다.

"윽, 단맛이 하나도 없네."

"내려줘!"

내가 소리쳤다. 나는 벗어나려 몸부림쳤다. 하지만 나뭇가지가 내 가슴을 너무 단단하게 감싸고 있어서 숨조차 쉴 수 없을 지경이었다.

"제발, 해칠 생각은…… 전혀 없었어."

나는 쉰 목소리로 말했다.

여자아이는 나를 매섭게 바라보았다.

"넌 드루마 숲의 규칙을 깼어. 이곳은 외부인 출입 금지야."

"하지만…… 난…… 몰랐어."

내가 헐떡거렸다.

"아니, 넌 알았어."

여자아이는 다른 열매를 따 먹었다. 분명 첫 번째 열매보다는 맛이 좋은 것 같았다. 허리를 굽혀 또 하나를 땄으니까.

"제발…… 날…… 내려줘."

내 말을 완전히 무시한 채, 여자아이는 연신 열매를 따서 곧장 삼켰다. 한참 있다가 여자아이는 나한테 눈길 한 번 주지 않은 채 숲속 빈터를 떠나려 했다.

"기다려!"

여자아이는 갑자기 멈추고는 귀찮다는 듯이 나를 바라보았다.

"널 보면 다른 누군가의 나무 열매를 훔치다 잡힌 다람쥐가 떠올라. 이제 넌 그걸 돌려주고 싶겠지. 하지만 너무 늦었어. 하루나 이틀 있다가 다시 올게. 까먹지 않으면 말이야."

여자아이는 돌아서서 재빨리 발걸음을 옮기며 가던 길을 갔다.

"기다려!"

나는 헐떡였다.

하지만 여자아이는 장막 같은 울창한 나뭇가지 뒤로 사라졌다.

나는 다시 한 번 몸을 흔들어 빠져나오려 버둥거렸다. 솔송나무는 날 더 단단히 옭아맸다. 옷 속에 있던 갈라토가 내 갈빗대를 꽉 눌렀다.

"기다려! 갈라토의…… 이름으로 명령한다."

여자아이의 얼굴이 다시 나타났다. 여자아이는 머뭇머뭇 숲으로 돌아왔다. 그 애는 튼튼한 솔송나무 아래 서서 한참 동안 나를 올려다보았다. 그러고는 손목을 가볍게 흔들며 내가 알아들을 수 없는 부스럭거리는 듯한 단어를 말했다.

즉각 나뭇가지가 나를 풀어주었다. 내 얼굴은 곧장 땅바닥에 처박혔다. 나는 입에서 솔잎 한 움큼을 빼내고 버둥거리며 일어섰다.

여자아이는 내게 손을 내밀었다. 다시 나뭇가지의 포로가 되기 싫어서 나는 순순히 따랐다.

"갈라토에 대해 뭘 알고 있는데?"

나는 주저했다. 이렇게 외진 땅까지 알려질 정도라면 갈라토가 분명 유명하긴 유명한가 보다. 나는 조심스레 살짝 내비쳤다.

"어떻게 생겼는지 알아."

"나도 알아. 적어도 전설은 알고 있으니 말이야. 그것 말고 또 뭘 아는데?"

"아주 조금."

"쯧쯧!"

여자아이가 말했다. 나한테 말하는 게 아니라 혼잣말을 하는 것 같았다. 여자아이는 좀 더 가까이 다가오더니 호기심 어린 눈으로 나를 유심히 살펴보았다.

"눈이 왜 그렇게 흐리멍덩해 보이는 거지? 구름 뒤에 숨은 별 두 개가 생각나네."

그 애의 말에 내 몸이 굳어졌다. 난 방어적으로 차갑게 대꾸했다.

"눈은 눈이야."

다시 한 번 여자아이는 나를 유심히 살펴보았다.

그러더니 말없이 보라색 열매를 내 손에 쥐여주었다.

확신이 서지 않아, 난 코를 킁킁거리며 냄새를 맡아보았다. 열매 냄새를 맡으니 얼마나 허기진지 깨달았다. 그래서 이것저것 생각할 것도 없이 열매 하나를 입속에 집어넣었다. 갑작스레 강렬한 달콤함이 혀를 자극했다. 나머지 열매도 삼켰다.

여자아이는 골똘히 생각에 잠겨 나를 관찰했다.

"꽤 고생했나 보군!"

나는 얼굴을 찡그렸다. 여자아이는 내 상처를 눈치챘다. 누구나 내 얼굴을 보면 알 수 있으리라. 게다가…… 여자아이는 겉모습 말고 무언가를 본 것 같았다. 왠지 모르게 숲에 사는 이상한 여자아이에게 내 자신에 대해 털어놓고 싶은 충동을 느꼈다. 하지만 그 충동을 꾹 억눌렀다. 난 이 여자아이에 대해 아는 게 없다. 조금 전까지만 해도, 여자아이는 나를 나무에 묶어두었다. 그 애를 믿는 바보 같은 짓은 하지 않으리라.

여자아이는 고개를 살짝 돌려, 멀리서 들리는 나뭇가지의 속삭임에 귀를 기울였다. 나는 여자아이의 곱슬거리는 갈색 머리카락에 달린 잎사귀의 얽히고설킨 장식을 눈치챘다. 숲속의 희미한 빛이라 확신할 수는 없었지만, 여자아이의 귀가 삼각형으로 보였다. 내 귀처럼 끝이 뾰족했다.

그건 그러니까, 나와 마찬가지로 저 여자아이도 귀가 악마를 닮았다는 아이들의 놀림을 견뎌왔다는 뜻일까? 아니면…… 이 이상한 땅에 살고 있는 모든 사람의 귀가 뾰족한 걸까? 이 여자아이와 내가 실제로 같은 종족일 수 있을까?

나는 생각을 떨쳐내고 현실로 돌아왔다. 그럴 가능성은 천사들에게 뾰족한 귀가 있을지 모르는 것과 비슷했다. 아니면 악마들에게 사랑스러운 하얀 날개가 있을지 모르는 것과 비슷하거나!

뭔가를 귀담아듣고 있는 여자아이를 계속 지켜보았다.

"뭘 듣는 거야?"

여자아이의 청회색 눈이 나를 향했다.

"내 친구들의 말소리. 외부인이 이 숲에 있다고 말하네. 하지만 난 그걸 이미 알고 있지."

여자아이가 말을 멈추었다.

"친구들이 내게 조심하라고 말해. 내가 조심해야 하나?"

나는 긴장하며 조개껍질의 목소리를 떠올렸다.

"모든 인간은 항상 조심해야 해. 하지만 나를 겁낼 필요는 없어."

여자아이는 뭔가 즐거운 것 같았다.

"내가 겁먹은 것처럼 보여?"

"아니, 내 생각에, 그렇게 무섭지는 않아."

나는 나 자신 또한 빙그레 웃고 있다는 걸 느꼈다.

"아주는 아니지."

"네가 말하는 네 친구들이 혹시…… 나무를 말하는 거니?"

"응, 그래."

"그리고 넌 나무들하고 말하고?"

다시 한 번 종소리 같은 웃음소리가 숲속에 울려 퍼졌다.

"물론이지! 내가 새와 짐승과 강과 대화를 나누는 것과 마찬가지로 말이야."

"그리고 조개껍질과도?"

"당연하지. 너도 알다시피, 모든 생명체에게는 각자의 언어가 있어. 그 언어를 듣는 법만 배우면 되는 거야. 왜 그렇게 말귀를 못 알아듣니?"

여자아이는 눈썹을 치켜떴다.

"난…… 아주 멀리에서 왔거든."

"그래서 넌 드루마 숲과 숲의 규칙에 대해 아무것도 모르는구나."

여자아이가 얼굴을 찡그렸다.

"그런데도 갈라토에 대해서는 알고 있고."

"아주 조금, 이미 말했듯이 말이야."

나도 얼굴을 찡그리며 덧붙였다.

"저 끔찍한 나뭇가지가 날 내려놓게 할 수 있다면 무슨 말이든 했을 거야."

머리 위쪽의 굵은 솔송나무가지가 약간 흔들렸다. 그 모습에 난 움츠러들었다.

"넌 갈라토에 대해 뭔가 더 알고 있어. 언젠간 내게 털어놓겠지."

여자아이가 확신에 차서 말했다. 그러고는 걷기 시작했다. 내가 자신을 따라갈 거라고 확신하는 것 같았다.

"하지만 먼저 네 이름을 말해줘."

나는 쓰러진 나뭇가지 위를 조심스레 걸어갔다.

"어디 가는 건데?"

"당연히 뭐 좀 먹으러."

여자아이는 왼쪽으로 엉덩이 높이의 고사리 밭 사이를 헤치고 나아갔고 난 희미한 오솔길을 따라 앞으로 나아갔다.

"이제 네 이름을 말해줄래?"

"엠리스."

여자아이는 나를 흘끗 쳐다보았다. 내 말을 도저히 믿을 수 없다는 표정이었다. 하지만 아무 말도 하지 않았다.

"네 이름은 뭔데?"

여자아이는 너도밤나무 아래서 발걸음을 멈추었다. 그 나무는 늙고 배배 비틀렸지만, 나무껍질은 어린 묘목처럼 부드러웠다. 여자아이는 우아한 나뭇가지를 향해 한 손을 들어 올리며 말했다.

"내 친구가 대답해줄 거야."

늙은 너도밤나무의 잎사귀가 부드럽게 바스락거리며 흔들렸다. 처음에는 그 소리가 아무런 의미도 없었다. 나는 여자아이를 미심쩍은 표정으로 바라보았다. 그런데 특정한 억양이 서서히 들려오기 시작했다.

리-아. 리-아. 리-아.

"네 이름이 리아야?"

리아는 다시 걸음을 옮겼다. 기다란 잎이 달린 튼튼하고 곧은 소나무 숲 사이를 지나갔다.

"내 진짜 이름은 리아논이야. 그런데 이유는 모르겠지만, 나무들은 날 리아라고 불러."

호기심이 생겨서 리아한테 질문을 던졌다.

"너도 그 이유를 모른다고? 부모님이 말해주지 않았어?"

리아는 졸졸 흐르는 개울을 폴짝 건너뛰었다. 그곳 갈대 사이에 포동포동한 청둥오리 한 마리가 노닐고 있었다.

"부모님은 어릴 때 돌아가셨어. 아주 어릴 때. 날아오르기도 전에 둥지에서 떨어져버린 어린 새가 생각나네."

리아는 뒤돌아보지도 않은 채 이렇게 덧붙였다.

"그리고 네가 생각나."

난 발걸음을 뚝 멈추고 리아의 손을 꽉 잡았다. 나뭇가지가 위협적으로 아래로 휘는 모습을 보고, 손에 힘을 풀었다.

"왜 그런 식으로 말하는 거지?"

리아는 날 똑바로 바라보았다.

"너도 그래 보여서. 그게 다야."

우리는 아무 말 없이 숲속으로 성큼성큼 걸어 들어갔다. 붉은 꼬리 여우 한 마리를 지나쳤다. 여우는 갓 잡은 들꿩을 먹어 치우느라 우리가 지나가도 꼼짝하지 않았다. 땅이 경사지기 시작하더니 이내 가파른 언덕으로 이어졌다. 갈수록 걷는 것이 힘들어졌지만, 리아는 걸음걸이를 늦추지 않았다. 사실, 리아의 발걸음은 점점 더 빨라지는 것 같았다. 나는 숨을 헐떡이며 리아를 따라잡으려 안간힘을 썼다.

"넌 마치…… 아탈란타 같아."

리아는 걸음을 약간 늦추고 말했다. 호기심이 나는 표정이었다.

"그게 누군데?"

"아탈란타는 여자 영웅이야. ……그리스 전설에서…… 달릴 수 있었어…… 아주 빨리……. 아무도…… 아탈란타를 따라잡을 수 없었어. 그러다 누군가가…… 마침내 아탈란타를 속였어. 그러니까…… 황금 사과로 말이야."

나는 숨을 헐떡이며 대답했다.

"그 이야기 맘에 든다. 그런 이야기는 어디서 들었어?"

"음…… 그런 사람이 있어. 그런데…… 나한테…… 그런 사과…… 몇 개가…… 지금 당장…… 있었으면 해."

난 시무룩하게 말했다.

리아는 미소를 지었지만 걸음을 늦추지는 않았다.

언덕을 올라가자 거대한 바위들이 커다란 버섯처럼 솟아올라 있었다. 바위는 쩍쩍 금이 가고 분홍색과 자주색 이끼로 덮여 있었다. 나무 사이의 간격이 넓어지며, 나뭇가지의 캐노피를 통해 더 많은 햇빛이 들어왔다. 여기저기 꽃이 널브러져 있었고, 더 많은 고사리들이 거대한 나무뿌리와 쓰러진 나무둥치 주위에 빼곡했다.

어느 순간 리아는 절벽에서 툭 튀어나온 바위 옆에 있는 흰색 껍질의 나무 아래에서 잠시 멈추어 나를 기다렸다. 내가 힘겹게 따라잡자, 리아는 손을 입에 둥글게 모으더니 후후 기이한 소리를 냈다. 잠시 뒤 자그마한 올빼미 세 마리가 나무둥치 중간쯤에 난 구멍 밖으로 삐죽 고개를 내밀었다. 커다란 오렌지색의 납작한 눈에 깃털이 풍성한 올빼미들이 우리를 유심히 지켜보았다. 그러더니 다 함께 두 번 울어대고는 구멍 안으로 다시 사라져버렸다.

리아는 나를 돌아보며 미소 지었다. 이윽고 다시 언덕을 오르기 시작했다. 마침내 산마루에 이르러 걸음을 멈추고는 허리에 두 손을 얹고 경치를 감상했다. 공기 중에 향긋한 향기가 새롭게 피어올랐다. 마침내 나는 숨이 차 헉헉대며 리아 옆에 섰다. 눈앞에 펼쳐진 광경을 보고 그나마 남아 있던 숨이 멎는 것 같았다.

눈앞에 펼쳐진 둥그런 빈터에 각양각색의 나무들이 짝을 이루어 언덕의 정상을 뒤덮고 있었다. 열매가 묵직하게 달린 나뭇가지가 풀밭까지 축축 늘어졌다. 열매가 엄청났다! 반짝이는 나비와 벌의 날개 사이에서 밝은 오렌지색의 둥그런 열매, 가느다란 초록색의 반달 열매, 노란색과 파란색 다발의 열매가 지천으로 널려 있었다. 둥근 것, 네모난 것, 큼지막한 것, 길쭉한 것, 생전 처음 보는 온갖 열매, 전에 꿈조차 꾸어본 적 없는 열매였다. 입에 자꾸 침이 고였다.

"내 정원이야."

리아가 알려주었다.

잠시 뒤 우리는 열매를 실컷 먹었다. 턱, 목, 손, 팔로 과즙이 줄줄 흘렀다. 씨가 내 머리카락에 달라붙었다. 반쯤 씹다 만 껍질이 내 옷에 달라붙었다. 멀리서 보면, 내가 과일나무처럼 보일지도 몰랐다.

오렌지색 둥근 열매는 톡 쏘는 향을 내뿜었다. 그래서 다른 열매를 먹어보기도 전에, 나는 껍질을 벗기고 잔뜩 먹었다. 항아리처럼 생긴 열매는 씨가 많아도 너무 많아 그냥 퉤퉤 뱉어버렸다. 그런 내 모습을 보고 리아는 쿡 웃음을 터뜨렸다. 그러고 나서 가운데에 구멍이 나 있는 둥근 열매도 먹어봤는데, 다행히도 달콤한 우유 맛이 났다. 게다가 씨도 없었다. 그러고 나서 달걀 모양의 회색 열매를 반쯤 삼켰다. 아무 맛도 나지 않았지만 왠지 모르게 슬퍼졌다. 내 삶에서 부족한 모든 걸 갈망하게 만들었으니까.

그 특이한 열매를 먹으려는 내 모습을 보고, 리아가 뾰족한 열매를 손으로 가리켰다. 흐릿한 자주색이었다. 그걸 한 입 깨물었더니, 입안에 보랏빛 햇살 같은 향이 톡 터졌다. 어쩐 일인지 그 열매는 내 아픈 감정을 말끔히 씻어내주었다.

반면, 리아는 줄기 하나에서 대여섯 개의 다발로 자라고 있는 자그마한 빨간 열매를 게걸스레 씹어 먹었다. 나도 하나 먹어보려 했지만, 불쾌할 정도로 달았다. 그래서 더 이상 먹고 싶은 마음이 싹 가셨다.

나는 리아가 한꺼번에 그 열매를 쭉 들이켜는 모습을 놀라서 바라보았다.

"어떻게 그렇게 많은 걸 한꺼번에 먹을 수 있지?"

리아는 내 말을 못 들은 체하고 계속 먹기만 했다.

마침내 배가 차왔다. 아니, 배부른 것 그 이상이었다. 나는 큼지막한 나무둥치에 기대앉았다. 오후의 햇살이 잎사귀와 열매를 비추었다. 부드러운 산들바람이 언덕 위로 불어왔다. 리아는 마침내 달콤한 빨간 열매를 더 이상 먹지 못하고, 내 곁에 앉았다. 리아의 어깨가 내 어깨를 툭 가볍게 밀쳤다.

리아는 우리 주위에 줄지어 서 있는 경이로운 나무를 향해 두 팔을 벌렸다.

"이 나무들은 모두 하나의 씨앗에서 나왔어."

리아는 기분 좋게 말했다.

내 눈이 커졌다.

"씨앗 하나라고? 말도 안 돼."

"그래, 맞아! 소모라 나무 씨앗이 수많은 나무를 낳았어. 단 하나의 열매가 아니라 수백 개의 열매를 맺게 했지. 소모라 나무가 그렇게 많은 걸 낳았음에도, 희귀한 나무로 전설이 되었다는 사실이 정말 괴로워. 옛날부터 이런 말이 전해오지. 소모라 나무처럼 진귀하게. 드루마 숲 어디든 오직 이 나무만 있어."

나는 이곳 빈터의 향기로운 공기를 깊이 들이마셨다.

"여기는 내 고향이 아니야. 하지만 이곳에 아주 오랫동안 기꺼이 머물 수 있으리라는 느낌이 들어."

"네 고향은 어딘데?"

나는 한숨을 지었다.

"나도 몰라."

"그럼, 넌 고향을 찾아가는 중이야?"

"그것도 이유 중 하나지."

리아는 소매에서 덩굴 하나를 만지작거렸다.

"어디에 있든, 네가 있는 곳이 고향이 아니니?"

"정말 그렇게 생각해? 고향은 자신이 태어난 장소를 말해. 네 부모님이 사는 곳, 네 과거가 숨어 있는 곳 말이야."

난 조롱하듯 말했다.

"숨어 있다고? 도대체 그게 무슨 말이야?"

"난 내 과거에 대한 기억이 하나도 없어."

리아는 호기심이 이는 것 같았지만, 더 이상 질문하지는 않았다. 대신 또다시 빨간 열매 송이에 손을 뻗어 그걸 입으로 집어넣었다. 입안 가득 열매를 넣은 채, 리아가 말했다.

"어쩌면 네가 찾고 있는 건 네가 아는 것보다 훨씬 가까이 있을지도 몰라."

"그럴지도. 난 이곳을 좀 더 살펴볼 거야. 하지만 내 과거에 대해 아무것도 찾아낼 수 없다면, 배를 새로 만들어 멀리 떠날 거야. 저 멀리 수평선까지, 그게 내가 가야 할 길이라면."

나는 팔과 어깨를 쭉 뻗었다.

"그렇다면 이곳에 오래 있지 않겠네?"

"그렇겠지. 그런데 이곳은 도대체 어디니? 이곳에 이름이 있어?"

"있지."

"이름이 뭔데?"

리아의 표정이 어두워졌다.

"이곳은, 그러니까 이 섬은 핀카이라라고 불러."

15

트러블

나는 마치 회초리에 맞기라도 한 것처럼 펄쩍 뛰었다.

"핀카이라라고?"

리아는 흥미롭다는 듯이 나를 쳐다보았다.

"들어본 적 있니?"

"응, 누가 나한테 살짝 말해줬어. 하지만 그게 진짜로 있는 곳이라고 는 생각하지 못했어."

리아는 시무룩하게 한숨지으며 말했다.

"핀카이라는 진짜로 있어."

'정말 존재하는 곳이구나!'

나는 혼자 생각했다. 얼 위드바처럼 진짜다. 올림포스 산처럼 진짜다. 브랜웬한테 알려줄 수 있다면! 난 브랜웬이 핀카이라에 대해 했던 말을 기억해내려 애썼다.

경이로움이 가득한 곳. 완전히 이 세상도 아니고 완전히 천국도 아니 지만, 이 두 세계를 연결하는 다리라고 할 수 있지.

브랜웬은 그렇게 말했었다.

브랜웬은 이곳의 화려한 색깔에 대해서도 말했었다. 내가 아는 한 그 부분은 진짜였다! 그리고 다른 것도 말했었다. 거인에 대한 것.

각자 생각하느라 침묵에 빠져 있을 때, 어둠이 소모라 나무의 정원을 담요처럼 감싸기 시작했다. 시간이 지나자 색깔은 그림자가 되고 형체는 실루엣이 되었다.

마침내 리아가 움직이며 나무둥치에 대고 등을 긁었다.

"벌써 밤이네! 우리 집까지 가려면 서둘러야 해."

실컷 먹고 났더니 졸음이 몰려왔다. 나는 나무 아래 푹신한 풀 침대에 몸을 낮추었다.

"이보다 더한 곳에서도 자봤는걸."

"저기 봐."

리아는 하늘을 가리키며 말했다. 열매가 주렁주렁 달린 나뭇가지 사이로, 하늘에는 벌써 첫 번째 별이 어렴풋이 보이기 시작했다.

"하늘을 날 수 있으면 얼마나 좋을까 생각해본 적 없어? 바람과 함께 별 사이를 나는 것 말이야! 난 날개가 있으면 좋겠어. 진짜 날개 말이야!"

"나도 그래."

난 페가수스의 흔적을 찾으며 대답했다.

리아가 나를 보았다.

"그것 말고 또 바라는 거 있어?"

"음…… 책."

"정말?"

"응! 난 정말, 정말, 정말, 책으로 가득 찬 방 안에 푹 파묻혀 있고 싶어. 모든 사람들, 모든 시대의 이야기가 가득한 책. 난 그런 방에 대해

한 번 들어본 적이 있어."

리아는 날 잠시 바라보았다.

"네 엄마한테서?"

난 숨을 들이마셨다.

"아니, 자신이 내 엄마라고 주장하는 어떤 여자한테서."

리아는 어리둥절한 표정이었지만, 아무 말도 하지 않았다.

"그 방에는 우리가 상상할 수 있는 온갖 책이 다 있어. 사방에 책이 나를 둘러싸고 있어. 그런 방에 있으면 날아가는 기분일 거야, 너도 알다시피 말이야. 난 이 책 저 책 사이를 날아다닐 수 있어. 내가 원하는 곳은 어디든 말이야."

나는 계속 말을 이었다.

리아는 낄낄거리며 웃었다.

"차라리 진짜 날개가 있으면 좋겠다! 특히 이런 밤에는 말이야. 저기 보여? 금발의 그위리가 보일 거야."

리아는 나뭇가지 사이를 올려다보았다.

"처음 들어보는 별자리인데. 어디에 있는 거야?"

"바로 저기."

투시력으로 찾아보려 했지만, 리아가 가리키는 하늘 방향에서는 페가수스의 날개 일부처럼 보이는 별 하나밖에는 아무것도 보이지 않았다.

"안 보이는데."

"처녀자리 안 보여?"

"응, 안 보여."

리아는 내 팔을 잡고는 위를 가리켰다.

"지금도?"

"안 보여. 보이는 건 페가수스의 일부분이야. 그리고 저기. 페가수스의 또 다른 별이 보여."

리아는 나를 어리둥절한 표정으로 바라보았다.

"별이라고? 별자리라고?"

나도 어리둥절한 표정으로 되물었다.

"그럼 뭐가 있는데?"

"내가 말하는 별자리는 별로 만들어진 게 아니야. 별 사이의 공간으로 만들어졌지. 어두운 공간. 열린 공간. 그곳에서 우리 마음은 영원히 여행할 수 있어."

그 순간 이후, 나는 하늘을 예전처럼 볼 수 없었다. 마찬가지로 내 옆에 있는 여자아이를 예전과 같은 방식으로 볼 수 없었다.

"저기 위에서 뭘 보는지, 좀 더 말해줘."

리아는 갈색 곱슬머리를 뒤로 넘겼다. 그러고는 경이로운 핀카이라 하늘에 대해 경쾌한 목소리로 설명하기 시작했다. 밤하늘 한가운데를 가로지르는 한 무리 별들이 사실은 두 개의 시간을 꿰맨 솔기인데, 절반은 항상 시작하는 시간이고, 다른 절반은 항상 끝나는 시간이라고 한다. 어둠의 가장 긴 조각은 사실은 이 세계를 다른 세계와 이어주는 신들의 강이다. 별들이 빙글빙글 도는 원은 사실은 커다란 바퀴인데, 그 바퀴가 끝없이 돌면서 삶을 죽음으로, 죽음을 삶으로 바꾼다고 했다.

우리는 밤늦게까지 하늘에 그림을 그리며 이야기를 주고받았다. 마침내 우린 깊은 잠에 빠졌다. 따뜻한 햇볕이 우리를 깨웠을 때, 이곳을 떠나고 싶지 않다는 생각이 들었다. 아직은 아니었다.

그래서 우리는 그 다음날 낮과 밤 동안 풍요로운 언덕 꼭대기에서 꾸물거리며 열매와 대화로 만찬을 즐겼다. 비록 여전히 내 깊은 감정을 속 시원히 꺼내지는 못했지만, 나는 리아가 내 생각을 읽을 수 있다는 사실을 한 번 이상 알아차렸다. 마치 내 생각이 자기 생각이라도 되는 것처럼 말이다.

우리는 과일이 무성하게 달린 캐노피 아래 앉아, 나는 톡 쏘는 맛이 도는 오렌지색 둥근 열매를, 리아는 달콤한 빨간 열매를 아침으로 실컷 먹었다. 뾰족한 열매 하나를 나눠 먹는 것으로 식사를 마치고 나자, 리아가 내게 물었다.

"그 여자, 자기가 네 엄마라고 주장한 그 사람 말이야. 어땠어?"

나는 깜짝 놀라 리아를 바라보았다.

"키가 크고, 아주 푸른……."

"아니, 아니, 아니, 외모에는 관심이 없어. 어땠어?"

잠시 나는 브랜웬을 떠올렸다.

"음, 나한테 무척 친절했어. 과분할 만큼 친절했지. 대부분의 시간 동안, 어쨌든. 자신이 믿는 신과 나에 대한 믿음이 깊었어. 그리고 조용했어. 너무 조용했지. 내게 이야기를 들려줄 때만 빼고 말이야. 이야기를 무척 많이 알고 있었어. 내가 기억할 수 없을 정도로 많이."

리아는 잠시 열매 하나를 뚫어져라 바라보고는, 그걸 자기 입안에 넣으며 말했다.

"책으로 가득 찬 방에서 그 이야기를 알게 된 게 틀림없어."

"맞아."

"그리고 그 여자가 네 친엄마가 아니라 해도, 그 여자가 거기, 네 옆에 있었기에 뭔가 다르다는 느낌이 들지는 않았어? 덜 외롭다거나 뭐 그런 거? 약간…… 안전하다고 느꼈다거나?"

나는 침을 꼴깍 삼켰다.

"그랬던 것 같아. 왜 그 여자한테 이렇게 관심이 많은 거야?"

여느 때처럼 웃음기 가득하던 리아의 얼굴은 진지한 표정으로 바뀌었다.

"엄마가 어떤 존재인지 그냥 궁금했을 뿐이야. 진짜 엄마 말이야."

나는 시선을 떨구었다.

"나도 알고 싶어."

리아는 고개를 끄덕였다. 그러고는 열매의 무게로 축 처진 나뭇가지에 손을 뻗었다. 그 나뭇가지를 지나쳐 멀리 내다보는 것 같았다. 저 먼 곳, 저 먼 시간을 말이다.

"그럼 넌 네 엄마 기억하지 못하는 거야?"

"엄마를 잃었을 때, 난 아주 많이 어렸어. 그 느낌밖에는 기억나는 게 없어. 안전하다는 느낌, 그리고 포근하다는 느낌, 그리고…… 보호받고 있다는 느낌. 내가 그 모든 걸 정말 기억하는 건지도 잘 모르겠어. 어쩌면 그런 것에 대한 간절함 때문인지도 모르지."

"아빠는? 언니, 오빠, 동생은?"

"모두 잃었어. 전부 다."

리아는 머리 위의 나뭇가지로 팔을 쭉 뻗었다.

"하지만 드루마 숲을 찾아냈지. 여기가 이제 내 가족이야. 비록 진짜 엄마는 없지만, 나를 지켜주고 보호해주는 존재가 있어. 엄마와 마찬가지야."

"그게 누군데?"

리아가 미소를 지었다.

"나무. 아바사라는 이름의 나무."

난 굵고 튼튼한 나뭇가지에 앉아 있는 리아의 모습을 상상해보았다.

미소가 절로 지어졌다.

그러고 나서 브랜웬을 떠올렸다. 내게 엄마와 같은 존재. 내 가슴을 가득 채워주던 낯선 온기. 브랜웬은 아주 멀리 있었지만, 때로는 아주 가까이 있었다. 나는 브랜웬이 들려준 이야기, 치유 작업, 슬픔에 잠긴 눈을 떠올렸다. 수수께끼 같은 나의 과거는 물론이고 브랜웬 자신의 싸움에 대해 브랜웬이 더 많이 말해주기를 바랐다. 언젠가 브랜웬을 다시 볼 수 있기를 바랐다. 하지만 그렇게 될 수 없다는 걸 알고 있었다. 주저하며, 나는 조용히 신께 기도했다. 브랜웬이 그렇게나 자주 기도하던 그 신께. 브랜웬이 그토록 갈망하던 평화를 찾을 수 있기를……

갑작스레 우리 머리 위 허공에서 날카로운 울음소리가 들려왔다. 고개를 들어보니 눈에 익은 모습이 나뭇가지에 앉아 있었다.

"세상에, 믿을 수가 없어."

"쇠황조롱이네."

리아가 알아차렸다.

"어린 수컷이야. 저기 봐봐. 날개가 찢어졌어. 깃털도 많이 빠졌고."

리아는 목을 길게 늘이고는, 매가 종종 그러는 것처럼 날카롭게 울음소리를 냈다.

새는 머리를 치켜 올리고는 울음소리로 받아쳤다. 이번에는 약간 떨리는 울음소리가 쉰 음색과 뒤섞여 있었다.

리아는 짙은 눈썹을 치켜뜨고는 나를 바라보았다.

"내게 말했어. 아주 정중하지는 않았다고 덧붙일게. 얼마 전에 네가 자기 생명을 구해줬다는데……"

"정말 그렇게 말했어?"

"아니야?"

"맞아, 맞아, 사실이야. 녀석이 싸움에 말려들어서 내가 수습했지. 그런데 새랑 대화하는 법을 어떻게 배운 거야?"

리아는 마치 대답이 필요 없다는 듯이 어깨를 으쓱해 보였다.

"나무와 대화하는 것하고 별반 다르지 않아."

그러고는 약간 슬픈 듯 덧붙였다.

"어쨌거나 쇠황조롱이가 누구랑 싸웠는데?"

"녀석의 용기가 도저히 믿기지 않아. 아니면 어리석은 거겠지. 녀석은 거대한 쥐 두 마리하고 싸웠어. 둘 다 자기 덩치보다 세 배나 컸다니까."

"거대한 쥐라고? 어디서? 드루마 숲에서?"

리아의 온몸이 뻣뻣하게 굳었다.

나는 고개를 가로저었다.

"아니, 숲 바로 근처에서. 숲 사이로 흐르는 자그마한 개울가 말이야."

리아는 쇠황조롱이를 신중하게 바라보았다. 쇠황조롱이는 뾰족한 모양의 열매를 게걸스럽게 쪼아대고 있었다.

"킬러 쥐가 강 너머까지 왔다니. 녀석들은 드루마 숲에 들어오지 못하게 되어 있어. 녀석들이 이렇게 가까이 왔다는 이야기는 처음 들어봐. 네 친구 쇠황조롱이는 예의가 좀 없는 것 같아. 하지만 킬러 쥐들을 공격한 건 정말 잘한 일이었어."

리아는 고개를 절레절레 저으며 중얼거렸다.

"내가 볼 때, 저 새는 그냥 싸움을 좋아하는 것 같아. 녀석은 우리도 공격할 수 있어. 그리고 녀석은 내 친구가 아니야."

내 말에 이의를 제기하려는 듯이 쇠황조롱이는 날개를 퍼덕거리며 열매에서 내려와 내 왼쪽 어깨에 내려앉았다.

리아가 깔깔 웃었다.

"네 말에 동의하지 않는 것 같은데? 너도 알다시피, 저 새가 너한테 온 이유가 분명 있을 거야."

리아는 생각에 잠긴 듯 골똘히 쇠황조롱이를 바라보았다.

나는 얼굴을 찡그렸다.

"이유가 있다면, 그건 바로 어디든 날 따라다니는 불운이라고 할 수 있어."

"잘은 모르겠지만, 내가 볼 때 저 새는 그렇게 불운하게 보이지는 않는데."

리아는 가볍게 휘파람을 불며 친근하게 쇠황조롱이를 향해 손을 쭉 뻗었다.

쇠황조롱이는 날카롭게 울어대며 발톱 하나를 휘둘러댔다. 리아는 재빨리 뒤로 물러섰다. 하지만 발톱이 리아의 손등을 가로지르며 상처를 내버렸다.

"아얏!"

리아는 얼굴을 찡그리며 상처에서 흐르는 피를 입으로 핥았다. 그러고는 꾸짖듯 날카롭게 휘파람을 불었다.

쇠황조롱이는 지지 않고 맞받아쳤다.

"그만해!"

내가 소리쳤다. 내 어깨에 앉은 쇠황조롱이를 떨쳐내려 했지만, 녀석이 발톱을 단단히 움켜쥐고서 옷을 뚫고 들어와 내 살갗을 파고들었다.

"내게 오지 못하게 해줘. 저 새는 문제만 일으키는 것 같아."

"내가 그렇다고 말했잖아."

"그렇게 잘난 체하지 마! 그냥 저 녀석한테서 떨어지자."

리아는 일어나 가버렸다.

나도 일어섰다. 하지만 원치 않는 승객은 내 어깨에 짝 달라붙어 있었다.

"어떻게 나 좀 도와줄 수 없어?"

"네 친구잖아."

리아는 성난 발걸음으로 성큼성큼 걸어 언덕 아래를 향했다.

다시 한 번 쇠황조롱이를 떼어내려 시도해보았다. 하지만 녀석은 꼼짝하지 않았다. 내게 시선을 고정한 채, 화난 듯 꽥꽥 울어댔다. 마치 내가 협조하지 않으면 내 귀청을 찢어버리겠다고 위협하는 것 같았다.

나는 실망스러워 투덜거리며 리아를 쫓아 달려갔다. 리아는 숲으로 사라졌다. 새는 내 어깨에 찰싹 달라붙은 채 날개를 퍼덕거렸다. 마침내 리아를 따라잡았을 때, 리아는 네모나게 생긴 나지막한 바위 위에 앉아 상처를 핥고 있었다.

"네 친구 날개를 고쳐준 것처럼, 내 손도 고쳐주면 좋겠는데."

"내 친구 아니라니까!"

나는 왼쪽 어깨를 흔들었지만, 쇠황조롱이는 계속 달라붙어서 매서운 눈으로 나를 쳐다보기만 했다.

"봤지? 마치 자기가 주인이고 내가 녀석의 노예인 것 같다니까. 떨쳐버릴 수가 없어."

나는 새를 노려보았다.

리아가 날 안쓰럽게 바라보았다.

"미안해. 내 손이 너무 아파서 그랬어."

"어디 한번 보자."

나는 리아의 손을 잡고, 깊은 상처를 유심히 살펴보았다. 피가 계속 흘러나왔다. 나는 재빨리 가죽 가방에 손을 넣어 약초 가루를 찾아 찢어진 상처에 조금 뿌렸다. 근처 숲에서 넓적한 잎 하나를 뜯어 상처 위에 올리고는 조심스레 눌렀다. 브랜웬이 이렇게 하는 걸 수십 번도 더보았다. 그러고 나서 리아의 소매에 있는 덩굴로 손을 단단하게 감쌌다.

리아는 기분 좋게 손을 들어 올렸다.

"이런 건 어디서 배웠어?"

"브랜웬한테서. 내게 이야기를 들려준 여자 말이야. 치료법을 많이 알고 있었어. 하지만 피부의 상처만 치유할 수 있었지."

나는 가죽 가방을 닫았다.

리아는 고개를 끄덕이며 말했다.

"마음의 상처는 치료하기가 훨씬 어렵지."

"이제 어디로 갈 거야?"

"우리 집으로. 너도 같이 가면 좋겠다."

리아는 쇠황조롱이를 향해 손을 흔들었다. 쇠황조롱이는 즉시 날카로운 발톱을 들어 올렸다.

"아, 너도. 너도 같이 가자."

"참 친절도 하셔라."

내가 짜증스레 대답했다. 새가 귀찮기는 했어도, 이곳과 리아에 대해좀 더 알고 싶다는 호기심이 강하게 일었다.

"나도 가보고 싶어. 하지만 오래 있지는 않을 거야."

"괜찮아. 네가 떠날 때 저 새도 함께 데리고 간다면 말이야."

"내게 뭐 선택의 여지가 있겠어?"

그렇게 대답하고 나서, 우리는 숲으로 터벅터벅 걸어 들어갔다. 그날아침 내내 그리고 오후가 다 될 때까지 우리는 리아의 눈에만 보이는오솔길을 따라 걸었다. 언덕을 돌아 개울을 건너뛰고, 습지를 힘겹게 지나갔다. 습지에는 온갖 종류의 곤충이 공중에서 윙윙거렸다.

습지 하나를 건너다 말고, 리아는 말라죽은 나무 한 그루를 가리켰다. 마치 나무를 선홍색으로 칠한 것 같았다. 리아가 손뼉을 한 번 치자, 잠시 뒤 말라죽은 나뭇가지에서 진홍색 구름이 굽이쳤다. 수백 마리, 아니 수천 마리의 나비 떼가 허공에 날아오르더니 나무를 해골처럼 휑뎅그렁하게 남겨두었다.

나는 진홍색 구름이 일어나는 모습을 지켜봤다. 태양빛을 받은 나비 날개는 무척이나 밝게 빛났다. 태양의 조각들이 나비 안에 보석처럼 박힌 게 아닌지 놀랍기만 했다. 투시력이 계속 나아지기를 간절히 바랐다. 이처럼 놀랄 만큼 아름다운 색의 향연을 두 눈으로 똑똑히 볼 수 있다면, 그러면 언젠가, 어쩌면 불이 나기 전에 그랬던 것처럼, 세상의 모든 색을 또렷하게 볼 수 있을지도 몰랐다.

우리는 엉덩이 높이까지 오는 고사리의 빈터를 걸어 나무둥치와 나뭇가지가 땅속으로 스며드는 나무를 지나, 굉음을 내며 떨어지는 폭포 아래를 지나갔다. 잠시 걸음을 멈추어 열매를 모으거나 물을 마실 때가 유일한 휴식 시간이었다. 그래도 그런 순간에 날렵하게 달아나는 짐승의 흔적을 흘끗 보거나 향기로운 꽃향기를 맡거나 시냇물의 소리를 충분히 들을 수 있었다.

나는 리아의 뒤를 쫓아가려고 최선을 다했다. 하지만 리아의 빠른 걸음걸이와 그늘진 곳에서 사물을 분간하기 어려운 시력 때문에 난 연신 숨을 헐떡이고, 정강이를 부딪쳤다. 그러는 내내 쇠황조롱이는 내 어깨에 착 달라붙어 있었다. 매의 발톱이 나를 영원히 놓아주지 않을지도 모른다는 의심이 들기 시작했다.

늦은 오후의 햇살이 나뭇가지 사이로 빛줄기처럼 엮였다. 리아는 갑작스레 걸음을 멈추었다. 나는 헉헉거리며 가까이 다가갔다. 리아는 보리수 나무둥치를 올려다보고 있었다. 반짝반짝 빛나는 뾰족한 황금 화환 하나가 나무둥치 한가운데에 걸려 있었다.

"저게 뭐야?"

내가 감탄하며 물었다.

리아는 나를 보고 미소를 지었다.

"겨우살이야. 황금가지라고도 하지. 태양빛을 머금은 모습이 보이지? 겨우살이 외투를 걸친 사람은 정령들이 사는 사후 세계로 가는 비밀의 길을 찾을 수 있다는 말이 있어."

"정말 아름답다."

리아가 고개를 끄덕였다.

"긴 꼬리 새 알리아 다음으로 아름답지. 알리아는 이 숲에서 가장 아름다운 구경거리야."

나는 빛나는 화환을 유심히 살펴보았다.

"다른 식물들과는 많이 달라 보이는데."

"맞아! 식물도 아니고 나무도 아니지. 하지만 어떤 면에서 둘 모두라고 할 수 있어. 둘 사이에 존재한다고도 할 수 있지."

둘 사이에 존재한다.

나는 리아의 말을 따라했다. 문득 언젠가 브랜웬이 그 말을 하면서 특별한 장소에 대해 했던 설명이 기억났다. 이를테면 그리스의 올림포스 산에서는 신과 인간이 나란히 함께 살 수 있다고 했다. 그리고 특별한 물질, 이를테면 안개는 공기와 물과 같은 각각의 요소들이 합쳐져 자신과 같기도 하고 다르기도 한 뭔가를 만들어낸다. 둘 사이에 존재하는 것을.

리아가 손짓했다.

"어두워지기 전에 집에 도착하려면 서둘러야 해."

우리는 우뚝 솟은 나무 사이를 걸어갔다. 빛이 점점 희미해졌다. 볼 수 있는 내 능력도 점점 약해졌다. 부딪히고 긁힌 상처도 점점 더 심해졌다. 리아가 여러 차례 재촉했지만, 어둑어둑해진 숲속에서는 속도가 영 나지 않았다. 나는 점점 더 자주 비틀거리며 나무뿌리와 돌부리에 걸려 넘어졌다. 넘어질 때마다 쇠황조롱이는 발톱을 내 어깨에 깊이 파고들어가면서 사납게 울어댔다. 너무 시끄러워서 어깨만큼이나 귀도 아팠다. 걷는 것이 점점 고문이 되어갔다.

어느 순간 나는 나뭇가지를 미처 보지 못하고 곧장 걸어갔다. 나뭇가지가 잘 보이지 않는 내 눈 하나를 곧장 찔렀다. 나는 아파서 끙끙거렸다. 리아는 너무 멀리 떨어져 있어서 내 신음 소리를 듣지 못했다. 몸의 균형을 다시 잡으려다 동물이 있는 굴을 미처 보지 못하고 밟는 바람에 발목이 꼬이고 말았다.

나는 땅에 떨어진 나무둥치에 부딪혔다. 눈은 따끔거리고 발목은 시큰거렸다. 나는 주저앉았다. 차라리 그대로 밤이 끝나기를 기다리고 싶었다.

놀랍게도 쇠황조롱이가 마침내 날아가버렸다. 잠시 뒤 녀석은 발톱에 쥐 한 마리를 움켜잡고 쥐의 목을 물어뜯더니, 하늘 높이 날아올랐다. 잠시 뒤 내 옆 나무둥치에 내려앉아 먹이를 먹어 치우기 시작했다. 쥐한테는 미안한 생각이 들었지만, 나는 감사의 마음으로 아픈 어깨를 문질렀다. 하지만 안도의 한숨도 잠시였다. 쇠황조롱이는 먹이를 먹어 치우면서도 내게서 눈을 떼지 않았다. 곧 자신이 가장 좋아하는 자리로 돌아오리라고 확실히 느꼈다. 이 숲의 그 많은 곳을 다 마다하고, 하필이면 가엾은 내 어깨를 선택할 게 뭐람?

"엠리스!"

"여기야."

나는 힘없는 목소리로 대답했다. 리아의 목소리에도 전혀 기운이 없었다. 눈이 잘 보이지 않아서 그날 밤에 더 이상 걸어갈 수 없다고 말하고 싶지는 않았다.

잔가지들이 뚝뚝 부러지는 소리가 들리더니, 리아가 어둠 속에서 나타났다. 난 리아가 혼자 돌아온 게 아니라는 걸 갑작스레 깨달았다. 리아 옆에는 호리호리한 형체가 하나 서 있었다. 어린 나무 만큼이나 가느다랬는데, 기다란 얼굴은 여전히 그림자 속에 숨어 있었다. 확신할 수는 없었지만, 그 모습은 강한 향기를 내뿜고 있는 것 같았다. 봄에 피어나는 사과 꽃처럼 달콤했다.

나는 자리에서 일어나 리아 일행을 맞이했다. 발목이 왠지 튼튼해진 느낌이었다. 하지만 여전히 불안정하게 비틀거렸다. 밤이 깊어가며, 내눈은 점점 더 어두워졌다.

리아는 자신의 호리호리한 동료를 가리켰다.

"이쪽은 크웬이라고 해. 내 오랜 친구지. 크웬은 내가 어렸을 때부터 날 돌봐주었어."

"넌 너-무 어려 말-할 수 없었어. 아니면 스스로 먹-을 수 없었든가."

크웬은 속삭였다. 마치 바람이 마른 풀밭에서 바스락거리는 소리 같았다. 생각에 잠긴 듯한 목소리로 이렇게 덧붙였다.

"넌 그때 너-무 어렸어. 난 지금 너-무 늙었고."

크웬은 가늘고 울퉁불퉁한 팔을 내게 가리켰다.

"그런데 이-건 누구지?"

그 순간 귀를 먹먹하게 만드는 울음소리와 퍼드덕거리는 날갯짓이 허공을 가득 채웠다. 뒤이어 크웬의 비명 소리가 들려왔다. 리아는 뭔가를 찰싹 때리고는 자기 친구를 멀리 끌어당겼다. 날카로운 발톱이 다시 한번 내 왼쪽 어깨를 움켜쥐는 바람에 난 소리쳤다.

"아-악! 저 녀석이 나-를 공격했어!"

크웬이 쇠황조롱이를 노려보며 씩씩거렸다.

리아가 몹시 화를 내며 쇠황조롱이에게 휘파람을 불었다. 하지만 매는 그저 리아에게 머리를 추켜올릴 뿐, 아무런 반응도 하지 않았다.

리아가 나를 노려보았다.

"저 새는 문제만 일으켜! 트러블이야!"

내 어깨를 흘끗 바라보며, 나는 침울하게 고개를 끄덕였다.

"나도 이 녀석을 떨쳐내는 법을 알았으면 좋겠어."

"꼬-챙이로 찔-러버려. 녀-석 깃-털을 뽑-아버려."

크웬이 거리를 유지한 채 다그쳤다.

쇠황조롱이가 뾰족한 날개를 곤두세우자 크웬이 입을 다물었다.

리아는 생각에 잠긴 듯 턱을 긁었다.

"이 새를 보니까 그림자가 생각나. 꼭 그림자처럼 너한테서 떨어지지 않잖아."

"녀석은 저주를 생각나게 해."

내가 투덜거렸다.

"내 말 잘 들어. 네가 저 새를 길들일 수 있는 가능성이 있을까? 아무리 사소한 것이라도 말이야."

리아가 받아서 말했다.

"너 제정신이야?"

"진지하다고!"

"하지만 왜 내가 저 녀석을 길들여야 하는데?"

"만약 저 새를 조금이라도 알 수 있게 된다면, 저 새가 정말로 원하는 게 뭔지 분명 알아낼 수 있을 테니까. 그러면 저 새한테서 벗어날 방법을 찾을 수 있을 거야."

크웬이 콧방귀를 뀌었다.

"말-도 안 돼."

어둠이 가까워졌다. 난 아무런 희망도 느낄 수 없었다.

"절대 안 될 거야."

"뭐 더 좋은 수라도 있어?"

나는 고개를 저으며 대답했다.

"내 생각에, 만약 녀석을 길들이려면, 제일 먼저 녀석한테 이름을 지어주어야 할 거야. 차라리 용을 길들이는 게 더 나을지도 모르겠지만 말이야."

"맞아. 하지만 이름은 신중하게 잘 지어야 해. 아주 딱 맞는 이름이 되어야 할 테니까."

리아가 맞장구를 쳤다.

나는 끙 투덜거렸다.

"그거야 쉽지. 벌써 네 입으로 말했잖아. 녀석은 문제야. 정말 트러블이라니까!"

"좋아. 이제 저 넌 새를 훈련시킬 수 있겠다."

나는 내 어깨에 올라앉은 시커먼 물체를 물끄러미 바라보았다.

"자, 서두르자. 우리 집까지 이제 몇백 걸음만 가면 돼."

리아가 크웬의 호리호리한 팔을 잡으며 말했다.

나는 약간 기운이 났다.

"정말?"

"응, 넌 환영받을 거야. 저 새가 지나치게……"

"문제를 일-으키지 않-는다면."

크웬이 마저 말을 마쳤다.

16

아바사의 문

리아는 우리를 이끌고 깊은 숲에서 빠져나와 근처 빈터로 들어섰다. 갑작스레 밤하늘이 밝아진 것 같았다. 거미줄처럼 촘촘하던 나뭇가지가 사라지자, 우리 머리 위로 별 하나가 폭발해 하늘을 빛으로 가득 채운 게 아닐까 의심이 들 정도였다. 하지만 빛은 별에서도, 하늘에서도 나오는 게 아니라는 걸 곧 깨달았다.

그 빛은 리아의 집에서 흘러나오고 있었다. 빈터 한가운데 큼지막한 참나무 한 그루가 서 있었다. 지금껏 그렇게 큰 나무는 처음이었다. 우람한 나뭇가지가 나무둥치에서 사방으로 쭉쭉 뻗어 나왔다. 나무둥치는 무척 두툼해서 마치 줄기 여러 개가 합쳐진 것처럼 보였다. 나뭇가지 한가운데에 거대한 횃불처럼 빛나는 무언가가 놓여 있었다. 바로 허공에 매달린 자그마한 나무집이었다. 나무집의 기둥과 벽과 창문에는 비비 꼬인 가지들이 구불구불 감겨 있었다. 두툼한 잎사귀가 나무집 위를 덮고 있어서, 창문에서 흘러나오는 불빛이 장막처럼 다양한 초록빛으로 물들었다.

"아바사."

리아는 그렇게 말하며 두 팔을 들어 올렸다.

그러자 리아의 머리 위쪽 나뭇가지들이 세차게 흔들리며, 리아의 얼굴 위에 이슬 같은 빗방울이 가볍게 떨어져 내렸다.

나는 리아가 나무 밑동으로 다가가는 모습을 지켜보았다. 가슴이 다시 뜨거워졌다. 리아는 질긴 나무껍질로 만든 앙증맞은 신발을 벗더니 컵 모양처럼 생긴 커다란 뿌리 안으로 발을 들여놓았다. 리아가 침착하게 바스락 소리를 내며 무슨 말을 하자 나무뿌리가 리아의 발 가까이로 다가왔다. 마침내 리아와 나무가 하나의 몸이라도 되는 것처럼 함께 붙어 섰다. 리아는 두 팔을 쭉 뻗어 큼지막한 나무둥치를 꼭 껴안았다. 하지만 나무둥치의 아주 적은 부분에만 리아의 팔이 닿을 뿐이었다. 동시에 굵은 나뭇가지 하나가 고사리 잎처럼 펴지더니, 리아의 등을 감싸 안았다.

잠시 뒤 나뭇가지는 위로 올라가고 뿌리는 옆으로 물러섰다. 쩍쩍 소리를 내며 나무둥치에 주름이 생기더니, 쩍 하고 자그마한 출입구가 생겼다. 리아는 고개를 숙이며 안으로 들어갔다. 뻣뻣하게 걷던 크웬도 리아 옆으로 미끄러져 들어갔다.

"들어와."

리아가 내게 손짓하며 들어오라고 말했다.

하지만 내가 출입구를 향해 발걸음을 옮기자, 나무가 부들부들 떨더니 나무껍질 테두리의 입구가 닫히기 시작했다. 리아가 앙칼진 목소리로 명령했지만, 나무는 리아의 명령을 무시하고 계속 몸을 닫았다. 나는 리아에게 소리쳤다. 그러는 사이 트러블은 신경질적으로 날개를 퍼덕거렸다. 리아가 항의했지만 입구는 굳게 닫혀버렸다.

나는 무기력하게 나무 앞에 서 있었다. 이것이 무엇을 의미하는지 알지 못했다. 이제 어찌해야 하는지도 알지 못했다. 하지만 한 가지는 분명했다. 나는 거절당했다. 내 어깨에 앉은 문제 덩어리 새 때문이라는 건 의심의 여지가 없었다.

바로 그때 나무둥치가 다시 갈라지더니 문이 열렸다. 고래고래 소리치느라 얼굴이 시뻘겋게 달아오른 리아가 내게 들어오라고 손짓했다. 나는 안절부절못하는 트러블을 미심쩍게 바라보며 컴컴한 문 안으로 들어갔다.

리아는 아무 말도 하지 않았다. 그저 몸을 돌려 나무둥치 안, 구불구불 위로 이어지는 회전계단을 오르기 시작했다. 나는 그 뒤를 따라가며, 트러블이 아무 문제도 일으키지 않기를 바랐다.

울퉁불퉁한 층계는 나무둥치 안쪽 벽에서 곧장 뻗어 올라갔다. 층계에서는 비 온 뒤 숲속의 빈터처럼 물기 머금은 냄새가 짙게 났다. 높이 올라갈수록 계단은 점점 더 좁아지고, 복잡하게 조각된 글자가 모습을 드러냈다. 글자 수천 개가 안쪽 벽을 뒤덮고 있었다. 글자를 읽어낼 수는 없었지만, 무척 아름다웠다. 뭐라고 적혀 있는지 읽을 수 있으면 좋을 텐데.

마침내 우리는 마지막 층계에 도착했다. 리아는 휘장처럼 늘어진 잎사귀를 밀어 열고는 자기 집 안으로 들어섰다. 나는 그 뒤를 바짝 따라갔다. 트러블은 넓적한 나뭇잎이 자신의 깃털에 닿자 발톱으로 잎사귀를 사납게 할퀴었다.

바닥은 단단하게 맞물린 굵은 나뭇가지들로 되어 있었는데, 튼튼했지만 평평하지는 않았다. 방 한가운데에 놓인 벽난로에서는 불이 타오르고 있었다. 하도 밝아서 그 안에서 타고 있는 연료가 뭘까 궁금했다. 굵은 나뭇가지들이 주위에 구불구불 엮여 있었는데, 바닥만큼 촘촘하지는 않았다. 창문이 사방으로 열려 있었다.

방 하나짜리 나무 집에 놓인 가구는 모두 나뭇가지에서 자라나 있었다. 나무둥치에서 나뭇가지가 뻗어 나온 것처럼 자연스러웠다. 난로 옆에 놓인 나지막한 탁자 하나, 수수한 의자 한 쌍, 조각한 나무에 밀랍을 발라 가재도구를 담아놓은 장식장 하나. 이 모든 건 살아 있는 나뭇가지를 꼬아서 모양을 만들었다. 장식장 옆에서 크웬이 뭔가를 휘휘 젓고 있었다.

나는 리아 옆으로 다가가 물었다.

"저 아래에서 무슨 일 있었던 거야?"

리아는 내 어깨 위에 앉은 발톱이 날카로운 새를 경계하듯 바라보았다.

"내 친구 아바사가 너를 안으로 들여보내길 싫어했어."

"그 정도는 나도 알고 있어."

"아바사가 그러는 건 딱 한 가지 이유밖에 없어. 나한테 엄청난 해를 입힐 수 있는 누군가를 우리 집에 들어오지 못하게 하려는 거야."

나는 트러블에게 새삼 화가 치밀어 올랐다. 그 존재 자체만으로도 내가 리아의 집에 들어오는 게 방해가 될 뻔했다면, 녀석은 내 과거, 내 정체성을 찾는 데에도 방해가 되지 않을까?

"이 빌어먹을 새를 만나지 않았으면!"

리아가 얼굴을 찡그렸다.

"그래, 나도 알아."

리아는 장식장 위로 몸을 숙이고 있는 크웬을 향해 손을 흔들었다.

"이리 와. 저녁 먹자."

크웬은 자신이 휘휘 저어 만든 음식 위에 꿀처럼 보이는 무언가를 따라 부었다. 잎사귀를 돌돌 말아 만든 커다란 접시 위에는 적갈색 나무

169

열매가 가득 담겨 있었다. 먹음직스러운 냄새가 솔솔 풍겼다. 크웬이 커다란 접시를 난로 옆의 나지막한 탁자 위로 들고 오면서 트러블을 날카롭게 흘끗 쳐다보았다.

"저 사-악한 짐-승한테 줄 저-녁은 없어."

문득 난 크웬이 인간이라기보다는 사실 나무에 가깝다는 걸 깨달았다. 울퉁불퉁하고 쩍쩍 갈라진 피부는 나무껍질과 꼭 닮았다. 뒤얽힌 갈색 머리카락은 덩굴 뭉치를 닮았다. 뿌리를 닮은 다리는 맨발이었고, 마디가 많은 손가락 열두 개 중 새끼손가락에 긴 은반지 말고는 아무런 장식품도 없었다. 하얀 천으로 만들어진 옷 아래에서 크웬의 몸은 바람에 휘는 나무처럼 움직였다. 하지만 나이는 상당히 많은 게 틀림없었다. 한겨울 눈의 무게에 짓눌린 나무둥치처럼, 등이 굽고 목과 팔다리가 꼬이고 허약해 보였기 때문이다. 그래도 크웬의 곁에는 사과 꽃향기가 맴돌았다. 그리고 움푹 들어간 갈색 눈은 가느다란 눈물방울처럼 생겼는데, 불빛처럼 밝게 빛났다.

크웬은 나를, 특히 내 승객을 멀찍이 피하면서 커다란 접시를 아슬아슬하게 내려놓았다. 뒤이어 참나무로 만든 물병 하나를 탁자 위에 내려놓다가 그만 엎지르고 말았다.

"이-놈의 손, 미치-겠어 정말!"

크웬은 병을 장식장으로 가져가 물을 다시 담았다. 크웬이 중얼거리는 소리가 들렸다.

"세월이 야-속해, 세월이 야-속해."

크웬은 물병을 탁자 위에 다시 가져오며 계속 투덜거렸다.

리아는 의자에 앉더니, 내게도 앉으라고 고갯짓을 했다. 그러고는 말린 잎사귀 하나를 집어 들고는 커다란 접시에 놓인 꿀 병에 푹 담갔다.

리아는 미안한 듯 내게 미소를 지어 보였다.

"인간은 언제나 꿀이 부족하다니까!"

나는 씩 웃었다. 그리고 크웬을 향해 고개를 기울이며 속삭였다.

"크웬은 인간이 아니야. 너랑 나랑은 달라, 안 그래?"

리아는 호기심 어린 눈빛으로 나를 바라보았다.

"인간이야, 분명히 인간이야. 하지만 우리 같은 인간은 아니야. 크웬은 트릴링 종족의 마지막 생존자야. 반은 나무고, 반은 인간인 종족. 한때는 핀카이라에서 흔했던 종족이야. 거인들이 이 땅의 주인이었던 시절에 말이야. 하지만 이제 크웬만 빼고 모두 사라졌어."

리아는 음식에 꿀을 듬뿍 찍어 꾸역꾸역 먹어 치우고는 물병을 향해 손을 뻗었다. 몇 모금 꿀꺽꿀꺽 마시더니 물병을 내게 건넸다. 나는 음식을 먹어보려 했지만, 말린 잎사귀가 너무 찐득찐득해서 씹기가 무척 힘들었다. 그래서 물을 기꺼이 받아 마셨다.

물병을 탁자에 놓으며, 난롯불이 아주 밝게 타오르는데도 연기나 열이 전혀 나지 않는다는 걸 알아차렸다. 순간적으로 이 불이 진짜가 아니라는 걸 깨달았다. 자그마한 딱정벌레 수천 마리가 빛을 밝히며 난로 한가운데에 놓인 둥근 자갈 무더기 위를 기어 다녔다. 마치 벌이 벌집을 드나드는 것처럼, 딱정벌레가 돌 위아래를 끊임없이 기어 다녀서 마치 자갈이 딱정벌레의 집인 것 같았다. 딱정벌레 한 마리는 점 같은 빛을 낼 뿐이지만, 이렇게 함께 모여 있으니 불빛이 무척 강했다. 이 불빛이 나무집 전체를 환하게 밝혀주고 있었다.

내가 마침내 찐득찐득한 음식을 다 먹자, 트러블이 내 어깨 위에서 움직이며 내 피부 깊숙이 발톱을 밀어 넣었다. 나는 비명을 지르며 화난 표정으로 트러블을 바라보았다.

"나한테 왜 이렇게 못되게 구는 거야? 내 어깨에서 내려와. 명령이야! 내려오라고!"

트러블은 눈 하나 깜빡이지 않고 그저 나를 멀뚱멀뚱 바라보았다.

나는 리아를 바라보았다.

"어떻게 녀석을 길들일 수 있다는 거야? 제 아무리 갈라토라 할지라도 녀석을 길들일 수는 없을 거야!"

창문 근처에 서 있던 크웬의 몸이 순간적으로 굳었다.

나는 본능적으로 내 가슴 위의 옷을 만져보며, 그 아래 펜던트가 걸려 있나 확인했다. 문득 내가 무슨 짓을 했는지 깨달았다. 나는 그 동작을 애써 감추려 했다. 손을 더 높이 올려 아무것도 없는 한쪽 어깨를 쓰다듬었다. 나는 평상시의 목소리로 리아에게 말했다.

"갈라토처럼 뭔가 신비한 물건을 발견하면 멋지지 않겠어? 하지만 설령 그런 걸 발견한다 해도, 난 그걸 새한테 낭비하지는 않을 거야. 성하지 않은 내 몸을 치료하는 데 써먹겠어."

리아는 동정적으로 고개를 끄덕였다.

"어디가 아픈데?"

"다리가 정말 아파. 하지만 어깻죽지도 정말 아파. 기억도 안 날 정도로 아주 오래전부터 아팠어."

리아가 눈썹을 치켜떴지만, 아무 말도 하지 않았다. 난 왠지 리아가 자신이 한 말보다 훨씬 더 많은 걸 알고 있다는 느낌이 들었다.

리아는 탁자 아래로 손을 뻗어 자그마한 은빛 담요 두 장을 꺼냈다. 생전 처음 보는 아주 부드러운 리넨으로 만든 담요였다. 담요 한 장을 자기 허벅지 위에 덮더니 다른 한 장은 내게 건네주었다.

"한숨 푹 자고 나면 좀 괜찮아질 거야."

나는 은은하게 빛나는 담요를 불빛에 비춰보며 물었다.

"이 천은 뭐야?"

"실크야. 나방에서 뽑아낸 거지."

"나방이라고? 지금 농담하는 거지?"

리아가 미소를 지었다.

"실크는 가벼울 뿐만 아니라 따뜻하기도 해. 직접 덮어봐."

트러블한테서 안전한 거리를 유지한 채, 크웬이 다가왔다.

"노-래가 네 마음을 누-그러뜨릴까?"

"제발 그래줘. 노래를 들으면 어렸을 때 네가 노래를 불러주던 게 생각나."

리아가 대답했다.

크웬은 고개를 끄덕였다. 눈물방울처럼 생긴 두 눈에는 표정이 없었다.

"네가 잠-들도록 도-와주었던 노-래를 불-러줄게."

크웬이 반짝이는 딱정벌레 위로 가느다란 손을 흔들자 빛이 희미해졌다. 이윽고 마치 고목이 바람에 흔들리는 것처럼, 크웬이 은쟁반에 구슬이 구르는 것 같은 소리를 내며 노래하기 시작했다. 그 소리는 커졌다작아졌다 하며, 계속해서 위안이 되는 가락을 뽑아냈다. 사람의 목소리에 가까웠지만, 그렇다고 해서 딱히 목소리라고 하기는 뭐했다. 그 소리가 우리 주위를 휘감았다. 우리를 편안하게 달래며 잠들게 만들었다. 나는 가슴 위로 담요를 끌어당기고 의자에 몸을 기대었다. 눈꺼풀이 무거워졌다. 리아는 이미 잠이 들었다. 심지어 트러블의 머리도 내 가슴팍까지 축 처져 있었다. 나는 흐느적거리는 크웬의 움직임을 잠시 바라보았다. 하지만 나도 이내 잠에 빠져들었다.

나는 꿈을 꾸었다. 나 혼자 깊은 숲속에 누워 잠들어 있었다. 키 큰 나무들이 바람에 흔들리며 내 주위를 에워싸고 있었다. 어디선가 내 입 안으로 꿀이 똑똑 떨어졌다. 그러더니 불쑥 적들이 나타났다. 적의 모습을 볼 수는 없었지만 느낄 수는 있었다. 적들은 나무에 숨어 있었다. 아니면 나무 그 자체였을지도 모른다! 끔찍하게도, 아무리 애를 써도 잠에서 깨어날 수가 없었다. 내 자신을 보호하는 것은 차치하더라도 말이다. 근처에 있던 호리호리하고 비비 꼬인 나무 하나가 잠자는 내 위에서 몸을 천천히 구부리더니, 옷 안으로 손가락처럼 생긴 나뭇가지 하나를 집어넣었다.

갈라토. 녀석은 갈라토를 원하고 있다.

나는 가까스로 잠에서 깨어났다.

나는 여전히 희미하게 빛나는 난로 옆의 의자에 앉아 있었다. 실크 담요는 바닥에 떨어져 있었다. 나는 갈라토에 손을 뻗었다. 갈라토는 다행히 옷 속에 그대로 있었다. 귀 기울여보니, 밖에서 지저귀는 새소리가 이따금씩 들려왔다. 태양이 뜨려면 아직 한 시간 정도 남은 것 같다. 리아는 몸을 둥글게 만 채 의자에서 잠들어 있었다. 크웬은 장식장 옆의 바닥 위에서 코를 골며 누워 있었다. 트러블은 누런 눈을 크게 뜬 채 내 어깨 위에 앉아 있었다.

나는 아바사도 잠이 드는지 궁금했다. 우리를 자신의 팔에 감싼 채, 여전히 트러블을 유심히 지켜보고 있을까? 핀카이라에 내 궁금증에 대한 답이 있는지, 커다란 나무한테 직접 물어볼 수 있었으면 했다. 드루마 숲을 떠나 이 섬의 다른 곳을 탐험해야 하는 걸까? 아니면 배를 만들어 완전히 다른 곳을 탐험해야 하는 걸까?

나는 한숨을 내쉬었다. 새벽이 오기 전에, 정말 아는 게 거의 없다는 걸 다시 한 번 깨달았다.

17

행운의 새, 알리아

리아가 갑자기 비명을 질러댔다. 의자에서 몸을 꼿꼿하게 세운 채, 움직이지도 숨을 쉬지도 않았다. 창문으로 쏟아지는 황금빛 태양조차 리아의 얼굴에서 두려운 표정을 감출 수 없었다.

나는 의자에서 튀어나갔다.

"무슨 일이야?"

리아의 커다란 눈이 나를 뚫어지게 바라보았다.

"전부 다."

"그게 무슨 뜻이야?"

리아는 풍성한 곱슬머리를 마구 흔들었다.

"꿈. 너무 생생해. 정말로 일어난 일 같아. 깜짝 놀랐어."

리아는 숨을 깊이 들이쉬었다.

나는 리아를 지켜보며 내 꿈을 떠올렸다.

크웬의 호리호리한 몸이 다가와 물었다.

"무-슨 꿈-이었는데?"

리아가 크웬을 바라보았다.

"매일 밤 난 드루마 숲에 대한 꿈을 꿔, 항상."

"그-래? 나도 마-찬가지야."

"항상 안전해. 항상 위안이 되고. 항상…… 집이야. 내가 핀카이라의 다른 지역 문제를 걱정하며 잠이 들 때도, 점점 더 자주 그러는데 언제나 드루마 숲의 꿈에서 마음의 평화를 얻을 수 있어."

크웬은 자신의 울퉁불퉁한 손을 단단히 쥐었다.

"지-금은 그-다지 평화로워 보이지 않-은데?"

"맞아! 어젯밤에 난 드루마 숲 전체가, 그러니까 나무며 고사리며 동물이며 돌이 피를 흘리는 꿈을 꿨어! 엄청나게 많은 피를 흘렸어! 아무리 해봐도 피를 멈출 수가 없었어. 숲이 죽어가고 있었어! 하늘이 시커멓게 변했어. 모든 게 시커멓게 말라비틀어진 피 색깔로 변했어. 그 색은……."

리아의 눈은 다시 공포로 가득 찼다.

"적갈색. 강 저쪽과 같은 적갈색이었어."

내가 마무리했다.

리아가 섬뜩한 표정으로 고개를 끄덕였다. 그러더니 의자에서 몸을 일으켜 동쪽 벽으로 성큼성큼 걸어갔다. 그곳에는 연보라색과 분홍색 광선이 이제 황금색과 뒤섞였다. 창문 양쪽을 두 손으로 받친 채 리아는 여명을 바라보았다.

"몇 달간, 난 확신을 가지려고 노력했어. 마르지 않는 강 건너편의 질병이 드루마 숲에는 절대 들어오지 않을 거라고. 마름병의 땅만 무너질 뿐 핀카이라는 전부 괜찮을 거라고."

"틀-렸어. 내 평-생, 그러니까 지금껏 아-주 오래 살았는데, 난 드루마 숲이 이-처럼 위험에 빠진 걸 느껴본 적이 없어, 한 번도! 우리가 살-아남으려면, 새로운 힘-이 필요해. 어-디서든 뭐-로부터든 말이야."

크웬이 말했다. 왜 그런지는 모르겠지만, 마지막 문장이 의미심장하게 울려 퍼졌다.

리아의 얼굴에 주름이 잡혔다.

"그것도 내 꿈의 일부였어."

리아는 생각에 잠겨 잠깐 말을 멈추었다.

"숲에 낯선 사람이 하나 왔어. 완전한 이방인. 그 사람한테 어떤 능력이 있었어……."

리아는 갑자기 몸을 휙 돌려 나를 바라보았다.

"그리고 그 이방인은, 오직 그 이방인만이 드루마 숲을 구할 수 있었어."

나는 얼굴이 창백해졌다.

"나를 말하는 거야?"

"잘 모르겠어. 그 이방인의 얼굴을 보기 전에 잠에서 깨어났거든."

"음, 난 네 구원자가 아니야. 그것만은 확실해."

리아는 나를 잠자코 지켜볼 뿐, 아무 말도 하지 않았다.

트러블의 발톱이 내 어깨를 더 단단히 감싸쥐었다.

나는 리아에게서 크웬을 바라보고, 다시 리아를 바라보았다.

"틀렸어! 틀려도 한참 틀렸어! 한때 난…… 하지만 난 할 수 없어……. 난 그런 일은 전혀 할 수 없어. 할 수 있다고 해도 내 코가 석 자라고. 난 찾아갈 곳이 있어."

나는 왼쪽 팔을 흔들며 말했다.

"이 새가 내게 딱 달라붙어 있을지라도 말이야."

"찾-아갈 곳이라고? 그-럼 넌 다-른 것은 전혀 신-경 쓰지 않-는다는 거야?"

크웬이 따져 물었다.

"그런 뜻이 아니야."

"아니, 그렇게 말했어. 넌 네 자신의 여정만 신경 써. 드루마 숲에 대해서는 전혀 신경 쓰지 않아!"

리아가 나를 노려보며 말했다.

"네가 그런 식으로 말한다면, 그래, 맞아. 이해 못하겠어? 난 내 과거를 찾아야 한다고! 내 자신의 이름을! 난 이곳에서 일어나는 일에 절대로 엮이지 않을 거야. 네가 나쁜 꿈을 꾸었다는 이유만으로 내 발길을 막을 수는 없어!"

내 두 뺨이 붉게 타올랐다.

리아가 나를 노려보았다.

"만약 드루마 숲이 너한테 친절을 베풀지 않았다면, 네 여정이 어디까지 갈 수 있었을 것 같아?"

"충분히 멀리. 난 여기 내 힘으로 왔어, 안 그래?"

"널 보고 있으니 스스로 먹을 걸 찾아 먹을 수 있다고 말하는 갓난아기가 생각나."

"난 갓난아기가 아니야!"

리아는 숨을 몰아쉬었다.

"잘 들어. 이 숲에는 나 말고 우리 종은 살고 있지 않아. 다른 여자나 남자나 아이는 이곳에서 찾을 수 없어. 너처럼 몰래 스며든 희귀한 이방인을 제외하고는 말이야. 하지만 한순간이라도 내가 이곳에 혼자 살고 있다고 생각하는 줄 알아? 내가 아바사나 크웬이나 알리아 새와 같은 다른 생명체 없이 살아남을 수 있다고 생각하는 줄 알아? 만약 드루마 숲이 문제에 빠진다면, 이들 모두가 문제에 빠지게 될 거야. 나도 문제에 빠지게 될 테고."

리아는 마치 애원이라도 하는 것처럼, 두 팔을 내게 활짝 벌렸다.

"제발, 도와주지 않을래?"

나는 시선을 돌려 먼 곳을 바라보았다.

"저-아이는 우-리를 도와주지 않-을 거야."

크웬이 내뱉듯이 말했다.

리아가 계단 입구로 성큼성큼 걸어갔다.

"이리 와. 드루마 숲이 죽으면 뭐가 죽는지 보여줄 테니까."

리아는 아바사의 나무둥치 안에 있는 계단을 내려가기 시작했다. 나는 마지못해 그 뒤를 따라 내려갔다. 내 자신의 여정이 나를 다른 곳, 핀카이라의 다른 곳, 어쩌면 그 너머로 데리고 갈 거라는 느낌이 마음속에서 자라고 있었다. 어떤 경우든, 드루마 숲에서 멀리 떨어진 곳이었다. 설령 내가 이곳에 잠시 머문다 할지라도, 금지된 내 자신의 능력을 불러내고 싶은 유혹을 느끼지 않고 어떻게 리아를 도와줄 수 있단 말인가? 나는 고개를 가로저었다. 단언하건대, 우리의 새로운 우정은 이미 깨졌다.

나는 어깨 너머로 크웬을 흘끗 쳐다보았다. 크웬은 내가 발걸음을 옮겨도 아무런 감정도 보이지 않았다. 단 한 가지 예외는 있었다. 눈물방울처럼 생긴 크웬의 눈은 트러블을 노려보며 성질 더러운 새가 가버리는 모습에 매우 분명한 기쁨을 드러냈다. 그런 크웬의 태도에 반응하듯, 트러블은 다리 하나를 들어 올리고는 크웬 쪽으로 발톱을 포악하게 긁어댔다.

계단을 빙그르르 돌아 내려오는데, 친숙한 이끼 향이 났다. 그러는 내내 내가 이곳에, 이 큼지막한 나무 안에 다시 들어올 수 있을까 의심이 들었다. 나는 잠시 발걸음을 멈추고 아바사의 벽을 뒤덮은 기이한 문

179

자를 유심히 살펴보았다.

이미 바닥에 내려선 리아가 나를 불러세웠다.

"가자."

"이 글씨 좀 마지막으로 보고."

계단으로 비치는 희미한 빛만으로도 리아의 당혹스러운 표정이 역력히 보였다.

"글씨라고? 무슨 글씨?"

"이곳 벽에 말이야. 넌 안 보여?"

리아는 내게로 다시 올라왔다. 내가 가리키는 곳을 뚫어지게 바라보고 나서, 리아는 어리둥절한 표정을 지었다. 마치 아무것도 보이지 않는 것처럼…….

"이거 읽을 수 있어?"

"아니."

"하지만 볼 수는 있지?"

"응."

리아는 잠시 나를 빤히 쳐다보았다.

"넌 뭔가 좀 다르게 보는 것 같아, 안 그래?"

나는 고개를 끄덕였다.

"넌 눈 없이도 볼 수 있어."

나는 고개를 또 끄덕였다.

"그리고 넌 내가 두 눈으로 볼 수 없는 무언가를 볼 수 있어. 내가 널 처음 만났을 때보다 지금이 더 낯설어."

리아는 입술을 깨물었다.

"어쩌면 내가 이방인으로 남아 있는 게 너한테는 더 좋을지도 몰라."

트러블이 두 날개를 신경질적으로 퍼덕거렸다.

"저 새는 이곳에 있기 싫은가 보네."

리아가 알아차리고는 계단 아래로 향했다.

나는 그 뒤를 따라갔다.

"저 녀석은 분명 아바사가 자기를 어떻게 생각하는지 알고 있는 것 같아."

잠시 말을 멈춘 뒤, 나는 덧붙였다.

"내가 자기를 어떻게 생각하는지도 알고 있고."

출입문이 삐걱거리며 열렸다. 우리는 출입문을 지나 머리 위쪽의 무성한 나뭇가지로 쏟아지는 아침 햇살 속으로 들어섰다. 우리 뒤로 문이 쾅 하고 닫혔다.

리아는 아바사의 굵은 나뭇가지를 흘끗 올려다보았다. 그러더니 재빨리 숲속으로 나아갔다. 나는 그 뒤를 따라갔다. 그런데 내 걸음걸이 때문에 트러블의 심기가 불편한 것 같았다. 녀석의 발톱이 그 어느 때보다 내 어깨를 깊이 파고들었으니까.

머지않아 리아는 커다란 너도밤나무에 이르렀다. 회색 나무껍질은 오랜 세월을 거치며 들쭉날쭉 결이 잡혔다.

"이리 와. 너한테 보여줄 게 있어."

리아가 날 불렀다.

내가 다가가자, 리아는 자신의 손바닥을 나무둥치에 똑바로 올려놓았다.

"너도밤나무 고목만큼은 말할 준비가 충분히 되어 있어. 잘 들어봐."

리아는 나뭇가지를 응시하며, 느릿느릿 바스락거리는 소리를 내기 시작했다. 즉시 나뭇가지가 그 소리에 대한 반응으로 흔들리더니 부드럽게 속삭였다. 리아가 소리의 속도와 박자, 음량에 변화를 주며 말하자, 나무가 부드럽게 뭐라고 대답하는 것 같았다. 곧 리아와 나무는 활기찬 대화에 푹 빠졌다.

한참이 지난 뒤, 리아는 내게로 돌아서서 우리 언어로 다시 말을 했다.

"이제 너도 해봐."

"내가?"

"응, 먼저 나무둥치에 손을 올려."

미심쩍어하면서도 나는 리아의 말에 따랐다.

"이제 말하기 전에, 먼저 들어."

"난 벌써 나뭇가지 소리를 들었거든."

"귀로 듣는 것 말고. 네 손으로 들어봐."

난 손바닥으로 나무둥치의 결을 꼭 눌렀다. 차갑고 부드러운 나무껍질에 손을 얹었다. 곧 손가락 끝으로 맥박이 살짝 느껴졌다. 맥박이 점점 내 손 전체로 움직이더니 내 팔을 타고 올라왔다. 공기와 대지의 미묘한 리듬이 나무 몸통을 타고 흐르는 게 느껴졌다. 파도의 거친 힘과 자그마한 아이의 부드러운 호흡이 섞인 것 같은 리듬…….

자연스럽게 나는 리아처럼 바스락거리는 소리를 내기 시작했다. 경이롭게도, 나뭇가지가 반응하듯, 내 머리 위에서 우아하게 흔들렸다. 어떤 속삭임이 허공을 휘저었다. 나는 살짝 미소를 지었다. 그 말을 이해하지는 못했지만, 나무가 정말로 내게 말을 하고 있다는 걸 알았으니까.

나는 리아와 늙은 너도밤나무 모두에게 말했다.

"언젠가 이 언어를 배우고 싶어."

"드루마 숲이 죽으면 아무 소용없을 거야. 핀카이라에서 나무들이 말할 수 있을 만큼 깨어 있는 곳은 이곳이 유일해."

나는 어깨를 으쓱해 보였다.

"너한테 뭘 해줄 수 있을까? 말했잖아. 네 꿈에 나온 사람이 내가 아니라고 말이야."

"내 꿈은 잊어! 너한테는 뭔가 범상치 않은 게 있어. 뭔가…… 달라."

리아의 말에 내 몸이 훈훈해졌다. 나는 리아의 말을 정말로 믿지 않았지만, 리아는 자신의 말을 믿은 게 분명했다. 아주 오랜만에 처음으로, 나는 풀밭에 앉아 꽃에 집중하며 꽃잎을 하나씩 하나씩 피웠던 내 자신을 떠올렸다. 그러고 나서 그것이 나를 어디로 데려왔는지 떠올렸다. 몸서리가 쳐졌다.

"한때 뭔가 특별한 게 있기는 했지. 하지만 그건 이미 내게서 사라져 버렸어."

리아의 청회색 눈빛이 더 깊어졌다.

"네가 가진 게 무엇이든, 그건 지금 너랑 함께 있어."

"내겐 오직 내 자신과 내 여정만 함께 있을 뿐이야. 그것이 분명 여기서 먼 곳으로 날 데리고 갈 거야."

리아는 단호하게 고개를 가로저었다.

"네가 가진 건 그게 전부가 아니야."

불현듯 리아가 무슨 이야기를 하는지 깨달았다. 리아는 지금 갈라토 이야기를 하고 있었다! 결국 리아가 원하는 건 내가 아니었다. 리아는 내 목에 걸린 펜던트를 원했다. 나는 그 펜던트의 힘을 아직 제대로 알지 못했다. 내가 갈라토를 가지고 있다는 걸 리아가 어떻게 알아냈는지는 중요하지 않았다. 어쨌든 리아가 알고 있다는 바로 그 사실이 중요했다. 잠깐이라도 리아가 내게서 뭔가 특별한 걸 보았다고 믿었다니 바보스럽기는! 리아는 지금 내가 아니라 내 펜던트를 말하는 것이다.

"넌 날 정말로 원하는 게 아니야."

내가 으르렁거렸다.

리아의 얼굴이 야릇하게 변했다.

"정말 그렇게 생각해?"

내가 미처 대답하기도 전에 트러블의 발톱이 내 어깨로 갑작스레 파고들었다. 아픔을 느껴서 몸을 움츠렸다. 새의 발길질에서 나 자신을 막아내는 것이 내가 할 수 있는 전부였다. 녀석이 개울가에서 거대한 쥐를 공격했던 것처럼 사납게 날 공격할지도 몰랐다. 내가 할 수 있는 건 고통을 견디는 것뿐이었다. 녀석이 자신의 횃대로 날 선택한 걸 체념하면서 말이다. 그런데 왜 녀석은 날 선택한 걸까? 녀석이 정말로 원하는 게 뭘까? 도저히 감이 안 잡혔다.

"저기 봐! 알리아 새야!"

리아가 나무 사이로 사라져가는 붉은색과 자주색의 눈부신 무지개 빛깔을 가리켰다.

리아는 그 새를 따라가기 시작했다. 그러더니 멈추어서 나를 흘끗 뒤돌아보며 말했다.

"어서 와! 더 가까이 가보자. 알리아 새는 행운의 징조야! 몇 년간 이 새를 보지 못했는데……."

리아는 그렇게 말하고는 새를 따라 황급히 뛰어갔다. 바로 그 순간 나무 사이로 바람이 지나며 나뭇가지가 사납게 소리 내는 걸 난 알아차렸다. 나뭇가지가 무슨 말을 했지만, 리아는 정말로 아무런 관심도 두지 않았다. 나는 서둘러 리아를 따라갔다.

우리는 쓰러진 나뭇가지 위로, 고사리 밭 사이로 새를 따라갔다. 좀더 잘 볼 수 있을 정도로 가까이 다가갈 때마다, 새는 밝은 빛을 내뿜으며 날아가버렸다. 오직 꼬리의 깃털 장식만 보였다. 우리는 그 새를 좀 더 가까이에서 보고 싶었다.

마침내 알리아 새는 말라죽은 나지막한 나뭇가지에 앉았다. 바람을 맞아 척척 늘어지는 나뭇가지가 온갖 군데에서 요란스럽게 흔들렸다. 이 새는 이곳을 횃대로 선택한 것 같았다. 처음에는 어떤 잎사귀도 새의 밝은 깃털을 숨기지 못했다. 리아와 나는 달려오느라 숨을 헐떡이면서 불타는 듯한 자주색 볏과 진홍색 꼬리를 유심히 살펴보았다.

리아는 흥분을 감추지 못했다.

"얼마나 더 가까이 갈 수 있는지 보자."

리아는 죽은 나뭇가지들을 밀쳐내며 가까이 기어갔다.

갑자기 트러블이 날카롭게 울어댔다. 귀청이 찢어질 듯해서 움츠러들 수밖에 없었다. 그 순간 트러블은 퍼드덕 날아갔다. 녀석이 아름다운 새를 공격하려는 걸 알아차리고 심장이 멎는 줄 알았다.

"안 돼!"

내가 소리쳤다.

리아가 두 팔을 사납게 흔들어댔다.

"멈춰! 멈춰!"

하지만 쇠황조롱이는 신경 쓰지 않았다. 또 한 차례 사납게 울어대며, 화살처럼 곧장 자신의 먹잇감을 향해 날아갔다. 알리아 새는 눈치채지 못했다. 트러블이 발톱을 부드러운 목 깊숙이 집어넣고는 두 눈을 쪼아댔다. 알리아 새는 고통스럽게 꽥꽥 울어댔다. 알리아 새는 놀라울 정도로 잔인하고 강력하게 맞섰다. 나뭇가지가 우지끈 부러졌다. 깃털이 흩날리고, 새 두 마리는 땅으로 꼬꾸라졌다.

리아는 앞으로 달려 나갔다. 나도 바짝 뒤쫓았다. 그곳에 이르자 우리는 둘 다 그대로 얼어붙었다.

우리 앞에 있는 갈색 잎사귀 위에 트러블이 발톱에 피를 흥건히 묻힌 채, 아무 움직임 없는 먹잇감의 몸통을 밟고 서 있었다. 알리아 새는 다리가 하나밖에 없었다. 공격받았을 때 다리 하나가 떨어져 나간 게 분명했다. 찢어져 나간 깃털, 다시는 날지 못할 빛나는 날개를 보자 토할 것 같았다.

우리가 놀라서 지켜보는 사이, 알리아는 변하기 시작했다. 몸이 변하면서 예전의 피부가 벗겨졌는데, 허물을 벗는 뱀과 무척 비슷했다. 바스락거리는 껍질을 남겼는데, 투명한 피부 같았다. 깃털이 있던 곳에는 등줄기가 우뚝 솟아났다. 새의 날개는 사라지고, 깃털 달린 꼬리는 비늘로 뒤덮인 기다란 뱀 꼬리로 변했다. 머리는 점점 커지더니 들쭉날쭉한 이빨로 가득 찬 커다란 턱이 자라났다. 손 하나 정도는 거뜬하게 물어뜯을 수 있을 것 같았다. 다만 비늘만큼이나 빨간색인 두 눈은 변하지 않고 그대로 남아 있었다. 뱀처럼 생긴 동물이 꼼짝없이 누워 있었다. 예전 몸통의 가느다란 피부는 옆에 착 달라붙어 있었다.

나는 리아의 팔을 꽉 잡았다.

"도대체 저게 뭐야?"

리아의 얼굴이 새하얗게 질리더니, 나를 향해 천천히 돌아섰다.

"네 매가 우리의 생명을 구했다는 뜻이지."

"그게 무슨…… 말이야?"

"저건 속임수의 유령이야. 아니, 유령의 속임수였다고 말하는 게 맞겠군. 원하는 대로 무엇으로든 변할 수 있어. 그러니 특히 더 위험한 거지."

"저 턱주가리는 정말이지 위험해 보이는걸."

리아는 막대기로 허물 벗은 피부를 단호하게 쿡 찔렀다.

"속임수의 유령은 무엇으로든 변할 수 있다고 말했잖아. 하지만 항상 뭔가 결함이 있지. 아주 가까이서 본다면 말이야."

"새의 다리가 하나밖에 없었어."

리아는 죽은 나무 뒤에서 여전히 속삭이고 있는 나뭇가지를 향해 손짓했다.

"나무가 우리에게 경고하려 했어. 하지만 나는 귀담아듣지 않았어. 드루마 숲에 속임수의 유령이라니! 전에는 이런 일이 한 번도 없었어. 아, 엠리스…… 내 꿈이 눈앞에서 진짜로 벌어지고 있어!"

나는 몸을 숙여 쇠황조롱이를 향해 손을 뻗었다. 쇠황조롱이는 이제 부리로 두 날개를 다듬고 있었다. 쇠황조롱이는 한쪽으로 고개를 기울이고는, 다시 다른 쪽으로 기울였다. 그러고는 내가 내민 손목 위로 폴짝 뛰어올랐다. 재빨리 옆으로 걸음을 옮기며, 녀석은 내 팔에 기어오르더니 다시 한 번 내 어깨에 자리를 잡았다. 하지만 이번에는 녀석이 그다지 무겁게 느껴지지 않았다.

나는 리아를 똑바로 바라보았다. 불길한 생각 때문인지, 리아가 얼굴을 찡그렸다.

"우리 모두 이 자그마한 싸움꾼에 대해 잘못 생각하고 있었어. 아바사조차도 틀렸어."

리아는 고개를 저었다.

"아바사는 틀리지 않았어."

"하지만……."

"아바사가 문을 닫았을 때, 그건 쇠황조롱이를 못 들어오게 하려고 그랬던 게 아니었어. 널 못 들어오게 막으려는 거였어."

나는 뒤로 물러섰다.

"그 나무는 내가 너한테 위험할지도 모른다고 생각했다는 거야?"

"그래, 맞아."

"넌 그걸 믿어?"

"응, 하지만 어쨌든 난 널 들여보내주기로 결정했어."

"왜? 그건 네가 꿈꾸기 전의 일이잖아?"

리아는 나를 호기심 어린 눈으로 유심히 살펴보며 의미심장하게 말했다.

"언젠가, 어쩌면, 말해줄게."

18

스탕마르

내 투시력은 마른 잎사귀처럼 부서지기 쉬운 속임수의 유령에서 살아서 속삭이는 드루마 숲의 나뭇가지로 옮겨갔다.

"핀카이라에서 무슨 일이 벌어지고 있는지 말해줘."

리아는 얼굴을 찡그렸다. 무척 자연스럽지 못한 표정이었다.

"나도 아주 조금밖에 몰라. 나무들한테 들어서 알게 된 것뿐이야."

"네가 알고 있는 걸 말해줘."

리아는 내게 손을 뻗어 손가락 하나를 내 손가락에 걸었다.

"달콤한 열매가 담긴 바구니가 떠올라. 결국은 시큼해진 열매. 너무 시큼해서 먹을 수 없을 정도지."

리아는 한숨을 푹 내쉬었다.

"몇 년 전부터 이상한 일들이, 불길한 일들이 벌어지기 시작했어. 한때는 이 숲만큼이나 녹음이 무성하고 생명이 가득했던 동쪽 땅에 마름병이 퍼졌어. 땅이 시커멓게 썩어가자 하늘도 시커멓게 변해갔지. 하지만 드루마 숲은 언제나 안전했어. 드루마 숲의 힘은 너무 강력해서, 적들도 감히 쳐들어올 엄두를 못 냈지. 지금까지는 말이야."

"거기에 유령이 얼마나 많이 있는데?"

트러블은 날개를 퍼덕이더니 다시 잠잠해졌다.

"나도 몰라."

리아의 찡그린 얼굴이 깊은 생각에 잠겼다.

"하지만 속임수의 유령들이 우리의 가장 큰 적은 아니야. 고블린 전사들도 우리 적이야. 고블린 전사들은 보통 땅 밑 동굴 속에서 살았어. 하지만 이제 모두 동굴 밖으로 나와 그저 재미삼아 목숨을 빼앗고 있어. 골리안트도 우리 적이야. 이들은 슈라우디드 성을 지키는 불멸의 전사야. 그리고 그 모두에게 명령을 내리는 왕, 스탕마르가 있어."

리아가 그 이름을 말하자, 말라죽은 나무를 둘러싸고 있던 살아 있는 나뭇가지들이 부들부들 몸을 떨며 떠들어대기 시작했다. 이윽고 나뭇가지가 잠잠해지고 나서 내가 물었다.

"도대체 그 왕이 누군데?"

리아가 입술을 깨물었다.

"스탕마르는 정말 끔찍한 자야. 너무 끔찍해서 차마 말로 설명할 수가 없어. 믿기 어렵겠지만, 나는 나무들이 하는 말을 들었어. 스탕마르가 처음 권력을 잡았을 때까지만 해도 그렇게 사악하지는 않았대. 당시에는 가끔씩 커다란 검은 말을 타고 드루마 숲에 왔다고 해. 잠깐 멈추어서 숲의 목소리에 귀 기울이기도 했다지. 그런데 스탕마르한테 어떤 일이 일어났어. 어쩌다 그렇게 변했는지 아무도 몰라. 스탕마르는 음악과 우정의 아지트인 자신의 성을 파괴했어. 그 대신 잔인함과 공포의 장소, 슈라우디드 성을 세웠지."

리아는 잠시 심각한 표정으로 앉아 있었다.

"그 성은 동쪽 끝에 있어. 어둠의 언덕 중에서도 가장 어두운 곳에 말이야. 그곳은 언제나 어둠에 싸여 있어. 왕의 부하를 빼고 그곳에 간 사람은 한 명도 살아서 돌아오지 못했다고 해. 아무도 말이야! 그러니까 진실을 알기는 어렵지. 하지만…… 성은 언제나 어둡다고 해. 그리고 항상 빙글빙글 돌아. 너무 빨리 돌아서 아무도 그곳을 공격할 수가 없대."

내 몸이 뻣뻣하게 굳었다. 바다에서의 꿈이 떠올랐다. 꿈속에서 보았던 그 끔찍한 성이 지금도 생생하게 느껴졌다.

"스탕마르는 그동안 핀카이라의 여러 곳을 파괴했어. 드루마 숲의 동쪽 땅 전부와 남쪽 땅 일부는 정화되었어. 스탕마르한테 충성을 바치는 사람들의 말을 인용하자면 그렇다는 말이야. 정화라는 말은 두려움이, 선뜩하고 죽은 듯한 두려움이 모든 걸 뒤엎었다는 걸 뜻해. 마치 눈과 같아. 눈은 아름답기라도 하지. 마을들이 묻혔어. 나무와 강은 조용해. 동물과 새들도 죽었어. 그리고 거인들도 사라졌어."

"거인들이라고?"

리아의 눈이 분노로 이글이글 타올랐다.

"가장 오래된 최초의 종족. 어디에 있든 거인들은 핀카이라를 자기 조상의 고향이라고 불러. 산에서 강이 흘러내리기 전부터, 거인이 핀카이라에 발자국을 남겼지. 아바사가 묘목으로 처음 싹을 틔우기 한참 전에, 거인의 우렁찬 노랫소리가 산마루와 숲에 울려 퍼졌어. 지금도 수많은 아기들이 처음으로 듣는 노래는 거인들의 가장 오래된 노래, 예드라라는 노래야."

예드라.

그 이름을 전에 들어본 적이 있나? 왠지 친숙하게 들렸다. 하지만 어떻게 그럴 수 있지? 브랜웬이 들려준 노래 중 하나가 아니라면 불가능했다.

"거인들은 나무보다 더 높이 자랄 수 있었어. 아니, 웬만한 언덕보다 더 높이. 오랫동안 거인들은 평화롭게 지냈지. 아주 오래전 벌어졌던 공포의 전쟁 때를 빼고. 당시에는 고블린이 거인의 오래된 도시 바리갈을 침략해 들어가려고 했어. 누가 화를 돋우지 않으면, 보통 거인들은 나비만큼이나 온순해."

리아는 발로 땅을 쾅쾅 굴렀다.

"하지만 얼마 전 스탕마르가 명령을 내렸어. 왜 그런 명령을 내렸는지는 아무도 몰라. 왕은 눈에 띄는 거인들을 모조리 잡아 죽이라고 했어. 그 뒤로 스탕마르의 병사들은 거인들을 무자비하게 사냥했어. 거인 하나를 죽이려면 병사 스무 명 이상 필요했지만, 병사들은 거의 언제나 성공을 거두었어. 거인의 도시 바리갈은 이제 완전히 폐허가 되었다고 들었어. 몇몇 거인들이 아직도 살아 있을지 모르지. 절벽이나 우뚝 솟은 바위로 변장해서 말이야. 하지만 항상 숨어서 지내야만 해. 그러지 않고서는 목숨을 부지하기 힘드니까. 드루마 숲을 여행하는 내내, 난 단 하나의 거인도 보지 못했어."

나는 속임수 유령의 시체를 흘끗 바라보았다.

"그 왕을 막을 방법이 전혀 없어?"

"있다 해도 아직 아무도 찾아내지 못했어! 스탕마르 왕의 힘은 엄청나. 막강한 군대는 물론이고, 핀카이라의 보물을 거의 다 모았어."

"그게 뭔데?"

"마법과 같은 거야. 강력한 거. 보물은 항상 이 땅과 이 땅의 모든 생명체를 이롭게 하는 데 쓰였어. 단 한 사람을 위한 게 아니라고. 하지만 이제는 아니야. 이제 그 보물은 전부 왕의 소유가 되었어. 불의 고리, 꿈의 소환자, 현명한 도구 일곱 개……. 디퍼컷이라는 칼은 날이 두 개인데, 하나는 영혼을 곧장 벨 수 있고, 다른 하나는 어떤 상처든 치유할 수 있어. 보물 중에서 가장 아름다운 건 바로 꽃 피는 하프야. 꽃 피는 하프의 음악은 어디든 봄을 불러오거든. 가장 꼴 보기 싫은 것은 바로 죽음의 가마솥이고."

리아의 목소리가 작아졌다.

"전설의 보물 중 딱 하나만 아직 왕의 손에 들어가지 않았어. 그 보물의 힘은 나머지 것들을 다 합친 것보다 더 강하다고 들었어. 바로 갈라토라는 거야."

내 옷 아래서 펜던트에 닿은 심장이 고동쳤다.

리아가 자기 손가락으로 내 손가락을 단단히 걸었다.

"나는 나무들이 하는 말을 들었어. 스탕마르가 갈라토 찾는 걸 포기했다고, 갈라토는 몇 년 전에 핀카이라에서 사라졌다고 말이야. 하지만 이런 말도 들었어. 스탕마르가 자신의 힘을 완성하게 해줄 뭔가를 아직도 찾고 있다고. 스탕마르는 그걸 마지막 보물이라고 부른대. 그게 무엇을 말하는지는 너무나 분명해."

"갈라토?"

리아는 천천히 고개를 끄덕였다.

"갈라토를 어디에 숨겨두었는지 아는 사람은 큰 위험에 빠진 거야."

나는 그 경고를 흘려들을 수 없었다.

"내가 그걸 가지고 있다는 걸 너도 알잖아?"

"그래, 알아."

리아가 차분하게 대답했다.

"그리고 넌 그게 드루마 숲을 구하는 데 도움을 줄 수 있다고 생각하고 있고."

리아는 입을 다물고 생각에 잠겼다.

"그럴 수도, 아닐 수도. 오직 갈라토만이 말해줄 수 있겠지. 하지만 난 여전히 네가 도움이 될 수 있다고 믿어."

나는 뒤로 물러서다 부러진 나뭇가지에 목이 찔렸다. 트러블이 나를 꾸짖듯 날카롭게 울어댔다.

하지만 내 목덜미가 아픈 건, 내 귀가 아픈 것과 마찬가지로, 별 문제가 되지 못했다. 리아의 목소리에서 그동안 들어보지 못했던 확신 같은 게 느껴졌기 때문이다. 리아는 정말로 나를 높이 평가했다! 나는 리아가 착각하고 있다고 생각했다. 하지만 리아의 신념은 그 자체로 보물과 같은 것이었다. 내 목에 걸려 있는 목걸이처럼, 그 자체로 소중한 것이었다.

그 말이 불쑥 튀어나왔다.

내 목에 걸려 있는 목걸이처럼 소중한 것.

갑자기 나한테 실마리가 있다는 걸 깨달았다! 내가 찾고 있던 그 실마리가!

지금까지 나는 갈라토가 핀카이라에 진정으로 속한 것이 아니라, 단지 핀카이라에서 알려진 것이라고 생각했다. 하지만 이제 확실히 깨닫게 되었다. 갈라토는 이 땅의 오래된 보물 중에서도 가장 강력한 보물이었다. 그리고 브랜웬과 내가 파도에 떠밀려 귀네드의 해안에 도착했을 즈음에 그것도 함께 사라졌을 것이다. 브랜웬이 갈라토를 어떻게 갖게 되었는지 알아낼 수만 있다면, 아니, 적어도 갈라토의 비밀을 좀 더 알 수 있다면, 내 자신의 비밀도 알아낼 수 있을지 몰랐다.

"갈라토에 대해 또 아는 거 없어?"

내가 물었다.

리아가 내 손을 놓았다.

"없어. 그리고 이제 난 가야 해. 너랑 가든 혼자 가든."

"어디로?"

리아는 말하다 말고 이내 얼어붙어서 귀를 쫑긋 세웠다. 내 왼쪽 어깨 위에 가만히 달라붙어 있던 트러블도 얼어붙었다.

리아의 헝클어진 갈색 머리카락이 마치 나뭇가지처럼 흔들렸다. 또 한 차례 바람이 숲을 훑고 지나갔다. 집중하느라 리아의 표정이 굳어졌다. 종소리 같은 리아의 웃음소리가 이 숲에서 다시 울려 퍼질 수 있을까 난 문득 궁금했다. 바람 소리가 점점 커져갔다.

바람이 잦아들었다. 리아가 나를 향해 몸을 기울였다.

"고블린이 숲에 나타났어! 꾸물거릴 시간이 없어."

리아는 내 옷자락을 꽉 잡았다.

"나랑 같이 갈래? 내가 드루마 숲을 구할 방법을 찾도록 도와줄래?"

나는 머뭇거렸다.

"리아…… 미안해. 갈라토, 난 갈라토에 대해 좀 더 알아내야 해. 내 말 이해 못하겠어?"

리아의 눈이 가늘어졌다. 잘 가라는 말도 없이 리아는 휙 돌아섰다. 나는 리아에게 성큼성큼 걸어가 소매 덩굴을 꽉 잡았다.

"무사하기를 빌게."

"너도 무사하기를 빌게."

리아가 냉정하게 말했다.

우리 뒤쪽의 덤불에서 갑작스럽게 요란한 소리가 들려왔다. 휙 몸을 돌려보니, 갈색 머리 위에 뿔이 막 자라기 시작한 어린 수사슴 한 마리가 보였다. 수사슴은 쓰러진 나무 위를 뛰어가며, 뭔가로부터 도망치려 버둥거렸다. 짙고 깊은 갈색 눈에는 두려움이 가득 차 있었다.

나는 긴장했다. 예전에 수사슴을 보았던 때가 떠올랐다. 그때는 내 두 눈에 두려움이 가득했다. 그리고 그때는 수사슴이 온 힘을 다해 나를 도와주었다.

리아는 내 손을 뿌리치더니 걸어가기 시작했다.

"기다려! 나도 같이 갈게."

리아의 얼굴이 환해졌다.

"같이 간다고?"

"응…… 하지만 길이 갈라질 때까지만."

리아가 고개를 끄덕였다.

"그럼, 잠깐 동안만."

"그런데 넌 어디로 가는데?"

"드루마 숲에서 무엇을 해야 할지 알 수 있는 유일한 존재, 그랜드 엘루사를 찾아갈 거야."

무슨 이유인지는 몰라도, 난 그 이름이 그다지 마음에 들지 않았다.

19

숲의 슬픔

리아는 수사슴처럼 재빠르게 껑충껑충 뛰어갔다. 나는 다리가 여전히 뻣뻣했지만, 최선을 다해 리아의 뒤를 쫓아 우거진 덤불 사이, 이끼 낀 강둑의 개울을 건넜다. 그런데도 리아는 이따금 멈추어서 나를 기다려야 했다.

태양이 우리 머리 위로 높이 떠올랐다. 숲 바닥에 한 조각 빛이 비추었기에, 전날 밤보다 장애물들이 훨씬 더 잘 보였다. 그럼에도 나는 자주 넘어졌다. 마침내 트러블이 내 어깨에서 벗어나더니 이 나뭇가지에서 저 나뭇가지로 날아다니며 내 옆을 맴돌았다. 감사하게도 내 어깨가 쉬는 동안, 녀석의 경계하는 눈초리가 예전처럼 원망스럽게 느껴지지 않았다.

온갖 동물들이 바삐 움직이고 있었다. 자그마한 잿빛 몸통, 연두색 날개, 커다란 노란 부리의 새들이 때로는 무리 지어, 때로는 혼자 머리 위로 날아갔다. 커다란 눈의 다람쥐, 비버, 새끼 사슴과 함께 있는 어미 사슴 한 마리, 황금빛 뱀 한 마리도 움직이고 있었다. 저 멀리서 늑대들이 울어댔다. 어느 순간, 어둠처럼 시커멓고 커다란 형체가 나무 사이를 한가로이 걷고 있었다. 나는 두려움에 얼어붙었다. 마침내 바로 그 뒤에서 약간 더 자그마한 형체 둘이 나타났다. 곰 가족과 마주친 것이다. 이 모든 동물들은 내가 수사슴에게서 본 것과 똑같은 두려운 표정을 짓고 있었다. 그리고 모두가 리아와 내가 가는 방향과 정반대 방향으로 향하고 있었다.

아침 늦게 나는 그늘진 숲속 빈터로 발걸음을 옮겼다. 이마에서 땀이 뚝뚝 떨어졌다. 꽤 늙어 보이는 향나무가 동그랗게 원을 그리며 깔끔하게 서 있었다. 나무껍질은 무척 거칠어서, 처음에는 구부정한 몸 위로 기다란 머리털과 턱수염이 흘러내리는 늙은이들이 모여 있는 게 아닐까 착각이 들 정도였다. 부드럽게 흔들리는 나뭇가지 소리조차 다른 나무의 속삭임과는 다르게 들렸다. 마치 장례식에 온 사람들이 경건하고 구슬프게 한탄하는 것 같았다.

그러고 나서 숲속 빈터 한가운데 흙으로 된 좁은 둔덕이 있다는 것을 알아차렸다. 내 몸 정도의 넓이였다. 내 키보다 적어도 두 배나 넓게 뻗어 있었다. 둔덕은 새파란 얼음처럼 반짝반짝 빛나는 둥근 돌로 둘러싸여 있었다. 나는 조심스레 가까이 다가갔다.

트러블이 내 어깨로 다시 날아왔다. 하지만 평상시처럼 앉아 있지 않고, 머뭇거리는 발걸음으로 이리저리 배회했다.

나는 숨을 죽였다.

이곳에 와본 적이 있어.

순식간에 그런 확신이 들었다. 불쑥 피어났다 어디서 왔는지 미처 알아보기도 전에 이내 사라진 꽃향기처럼, 어떤 희미한 기억이 나를 잠깐 스치더니 후다닥 달아나버렸다. 어쩌면 단지 꿈에 불과할지도 몰랐다. 아니면 꿈의 기억이든지. 하지만 나는 그 느낌을 떨쳐버릴 수 없었다.

제대로 확인할 수는 없었지만, 향나무가 둥글게 둘러싸고 있는 이 둔덕은 왠지 낯이 익었다.

"엠리스! 이리 와!"

리아가 소리치는 바람에 정신이 번쩍 들었다. 둔덕과 슬픔에 잠긴 향나무를 마지막으로 한 번 더 보고 나서, 나는 그곳을 떠났다. 이상한 웅얼거림은 더 이상 들려오지 않았다. 하지만 그 소리는 내 마음의 가장 어두운 구석에서 계속 떠올랐다.

땅은 점점 축축해졌다. 개구리가 너무 시끄럽게 울어대는 바람에 때로 내 숨소리조차 들리지 않았다. 백로, 두루미 그리고 온갖 물새들이 으스스한 소리로 서로를 불러댔다. 공기에서 뭔가 썩은 냄새가 풍겼다. 마침내 짙은 땅 끝자락, 키 큰 풀 옆에 서 있는 리아의 모습이 보였다. 그곳은 습지였다.

리아가 조급하게 손짓했다.

"빨리 가자."

나는 의심스럽게 습지를 바라보았다.

"여길 건너가야 하는 거야?"

"여기가 지름길이야."

"확실해?"

"아니, 하지만 우리에게는 시간이 별로 없어. 짐승들이 죄다 달아나는 거 못 봤어? 잘하면 한 시간 이상을 벌 수 있어. 습지 맞은편이 바로 그랜드 엘루사의 언덕이야."

리아는 몸을 돌려 습지를 건너려 했다. 하지만 나는 리아의 팔을 붙잡았다.

"그랜드 엘루사가 뭔데?"

리아는 팔을 잡아 뺐다.

"나도 정확히 몰라! 진짜 정체는 비밀이야. 아바사한테조차도. 내가 아는 거라고는, 전설에 의하면 그랜드 엘루사는 안개 긴 언덕의 살아 있는 바위 사이에 살고 있어. 그랜드 엘루사는 아무도 모르는 것을 알고 있대. 아직 일어나지 않은 일까지도 말이야. 그리고 나이가 아주 많다고 들었어. 다그다가 산허리에서 첫 번째 거인을 만들어냈을 때에도 살고 있었다는 이야기를 들었거든."

"지금…… 살아 있는 바위라고 말했어?"

"다들 그렇게 불러. 왜 그렇게 부르는지는 나도 몰라."

나는 어둠 속을 흘끗 바라보았다. 죽은 나무들과 물이 고여 있는 웅덩이가 보였다. 저 멀리서 두루미 한 마리가 시끄럽게 울어댔다.

"그랜드 엘루사가 우리를 도와줄 거라 확신해?"

"아니…… 하지만 도와줄지도 몰라. 그러니까, 그랜드 엘루사가 우리를 먼저 먹어 치우지 않는다면 말이야."

나는 발뒤꿈치에 체중을 실으며 뒤로 물러섰다.

"우리를 먹어 치운다고?"

"전설에 따르면 그랜드 엘루사는 늘 배가 고프대. 그리고 궁지에 몰린 거인보다 더 사납다고 했어."

트러블이 리아를 향해 머리를 치켜세웠다. 트러블은 평소와 달리 나지막하고 길게 울음소리를 냈다.

리아가 눈썹을 치켜떴다.

"왜 그래?"

"트러블이 우리를 안전하게 지켜주겠다고 약속했어. 그런데 녀석의 목소리에서 근심 가득한 가락을 듣는 건 이번이 처음이야."

내가 말했다.

"그랜드 엘루사가 안됐다. 만약 그랜드 엘루사가 트러블을 먹어 치우려 한다면 말이야. 이 새는 두려움 따위는 전혀 모르거든."

"그래서 녀석이 근심 어린 소리를 내는 게 걱정스러운 거야."

그렇게 말하면서, 리아는 다시 습지를 향해 돌아섰다. 리아는 진흙 더미에 발을 올리더니, 바위 위로 껑충 뛰었다. 나는 그 뒤를 따랐다. 진흙에 우리 발자국이 남았다. 하지만 흔적이 남는 건 그다지 신경 쓰이지 않았다. 우리는 이미 숲에 너무 깊이 들어왔다. 흔적 따위는 아무 문제도 아니었다.

우리는 바위에서 통나무로 그리고 다시 바위로 껑충껑충 뛰면서 습지를 천천히 건너갔다. 물에 가라앉은 나무들이 말라비틀어진 기다란 팔을 우리를 향해 쭉 뻗었다. 새나 개구리의 울음소리와는 뭔가 다른 기이한 목소리가 어둑어둑한 물 위로 울려 퍼지며, 이따금씩 울어대는 트러블의 울음소리와 뒤섞였다. 가끔 우리가 좀 더 얕은 쪽으로 버둥거리며 계속 나아가려 할 때, 뭔가 수면을 찰싹 때리거나 그 깊은 물속에서 흔들리는 것처럼 보였다. 뭐가 그런 소동을 불러일으키는지 제대로 분간할 수 없었다. 딱히 알고 싶지도 않았다.

한참을 가다 보니, 습지가 사라지고 회색 안개가 짙어졌다. 우리는 물기 머금은 웃자란 풀밭에 들어섰다. 그곳은 마른 땅으로 이어졌다. 앞에는 바위투성이 가파른 언덕이 솟아 있었다. 자욱한 안개가 우리를 향해 팔뚝처럼 펴져 있었다.

리아가 걸음을 멈추었다.

"안개 낀 언덕이야. 달콤한 열매를 먹을 수 있으면 좋을 텐데! 어쨌든 좀 더 힘내서 올라가보자! 뭐가 있을지는 모르겠지만."

리아는 나를 불안한 표정으로 응시했다.

우리는 언덕을 오르기 시작했다. 트러블은 내 어깨에서 벗어나 우리 머리 위쪽의 하늘을 빙글빙글 천천히 배회했다. 뭔가 위험한 게 있나 살펴보는 것 같았다. 하늘 높이 솟구치는 자유를 만끽하면서 즐기고 있는 것처럼 보이기도 했다.

리아의 집만큼이나 커다란 바위가 나무 사이로 여기저기 듬성듬성 나타났다. 옹이투성이의 울퉁불퉁한 나무뿌리가 언덕의 경사면에 쫙 달라붙어 있었다. 그런데 나무둥치 사이가 꽤 넓었는데도, 숲은 전혀 밝아질 기미가 없었다. 어쩌면 커다란 바위 그림자 때문인지도 몰랐다. 아니면 바위를 휘감고 있는 안개 때문이거나. 아니면 뭔가 다른 것 때문일지도……. 어쨌거나 숲은 점점 더 어두워지는 느낌이었다.

힘겹게 비탈길을 오를 때, 의심이 안개처럼 스멀스멀 피어올랐다. 그랜드 엘루사가 어떻게 생겨 먹은 존재든, 손님이 찾아오는 게 좋아서 이런 곳을 고른 것 같지는 않았다. 만약 고블린들이 우리를 먼저 찾아내면 어쩌지? 나는 옷 아래 있는 갈라토를 꽉 붙잡았다. 그렇다고 기분이 나아지지는 않았다.

갑작스레 큼지막한 회색 바위 하나가 우리 앞에 불쑥 나타났다. 나는 그 자리에 얼어붙었다. 안개의 장난 때문에 투시력이 혼란을 일으킨 것인지도 모르겠지만, 그건 바위라기보다는 험상궂고 비밀스러운 얼굴처럼 보였다. 얼굴 하나가 나를 똑바로 바라보았다. 더불어 소리도 들렸다. 아니, 들리는 것 같았다. 귀에 거슬리는 소리. 누군가 목을 가다듬는 것 같은 소리.

나는 다음에 무슨 일이 벌어질지 알려고 굳이 기다리지 않고 언덕 위로 잽싸게 뛰어갔다. 나무뿌리와 바위뿐만 아니라 내 발에도 걸려 비틀거렸다.

마침내 언덕 꼭대기에 올라섰다. 헐떡이는 내 숨소리 너머로 화난 듯 윙윙거리는 소리가 들려왔다. 꿀벌이었다. 꿀벌 수천 마리가 말라죽은 나무둥치 주위를 윙윙거리며 떼 지어 날아다녔다. 안개 속이라 분명하지는 않았지만, 나무가 쓰러진 것 같았다. 어쩌면 얼마 전의 폭풍 때문인지도 몰랐다. 꿀벌이 폭풍을 그다지 달가워하지 않는다는 것만은 쉽게 알아차릴 수 있었다.

리아는 허리에 두 손을 얹은 채, 꿀벌들이 사납게 윙윙거리는 모습을 흥미롭게 지켜보았다.

나는 리아의 생각을 읽으면서 고개를 가로저으며 헐떡였다.

"설마 저기 꿀을 먹으려는 건 아니겠지…… 그렇지?"

리아는 장난스럽게 웃었다.

"인간은 언제나 꿀이 부족해! 꿀 좀 가져오는 건 얼마 안 걸릴 거야. 우리 속도에도 지장이 없어."

"그러면 안 돼! 저 벌들 좀 보라고."

바로 그때 트러블이 마지막 비행을 즐기고는 내 어깨에 내려앉았다. 이 새는 나를 좋아하는 게 분명했다. 내 어깨에 앉으며 녀석은 만족스럽게 찍찍 울어댔다. 녀석이 거기에 있는 게 얼마나 친숙하고 얼마나 자연스러운지, 깜짝 놀랐다. 어제와는 완전히 달랐다! 녀석은 등 위로 붕대를 감은 날개를 접으며, 나를 향해 고개를 치켜세웠다.

불현듯 나는 트러블에게 한쪽 눈을 깜빡여 보였다.

트러블도 내게 눈을 깜빡여 보였다.

리아는 부러진 나무둥치를 연신 들여다보았다.

"벌의 관심을 돌릴 방법을 찾을 수 있으면 좋을 텐데. 아주 잠깐이면 되는데. 잠깐으로 충분해."

트러블이 갑작스럽게 울어대며 다시 날아올랐다. 녀석은 벌 떼를 향해 곧장 날아갔다. 벌 사이를 급습해 뛰어들며, 자신의 날개로 벌을 후려쳤다. 그러더니 안개 속으로 쏜살같이 사라져버렸다. 벌 떼가 그 뒤를 전속력으로 따라갔다.

"끝내준다! 저 녀석은 싸움을 엄청 좋아해. 마치 네가……."

나는 말을 굳이 끝마치지 않았다. 리아가 이미 나무둥치를 밀치며 벌이 모아놓은 꿀을 찾고 있었기 때문이다. 웡웡거리는 소리에 귀 기울여봤지만, 아무 소리도 들리지 않았다. 나도 얼른 리아와 합세했다. 내가 나지막한 나뭇가지 하나에 다가가자, 나무둥치는 삐걱 소리를 내며 밑동이 불안정하게 흔들거렸다.

"조심해, 리아! 언제든 전부 다 무너져 내릴 수 있어."

내가 소리쳤다.

하지만 리아는 내 목소리가 들리지 않는 것 같았다. 완전히 정신이 팔려서 나무둥치의 들쭉날쭉한 꼭대기 위로 이미 몸을 기울였기 때문이다.

나는 나뭇가지 위에 올라서서 리아 옆으로 몸을 기울였다. 내 가슴만큼이나 두툼한 벌집 안에 황금빛 꿀 웅덩이가 보였다. 부러진 나뭇가지 조각과 나무껍질 그리고 벌집 덩어리가 끈적끈적한 꿀 위에 둥둥 떠 있었다. 나는 손을 쑥 집어넣어 한 손 가득 퍼 올렸다. 그러고는 끈적끈적하고 달콤한 액체를 들이켰다. 평생 이렇게나 맛있는 꿀을 먹어본 적이 없었다. 리아도 분명 그런 것 같았다. 리아는 한꺼번에 두 손으로 분주하게 꿀을 먹어 치웠으니까. 두 뺨과 턱에서 꿀이 툭툭 떨어졌다.

"이제 가야 해. 마지막으로 마셔."

마침내 리아가 딱 잘라 말했다.

커다란 벌집 덩어리가 내 바로 아래에 떠다니는 걸 보고, 나는 그것을 움켜잡았다. 세게 잡아당겨보았지만, 벌집은 꼼짝도 하지 않았다. 나는 있는 힘껏 버티며 꽉 쥐고 잡아당겼다.

그 순간 귀청이 찢어질 듯한 요란한 소리가 들리더니 어떤 물체가 꿀웅덩이 밖으로 솟구쳤다. 내가 쥐고 있는 게 벌집이 아니라 거대한 주먹코의 끝자락이라는 걸 불현듯 깨달았다. 리아는 비명을 질렀다. 나는 잽싸게 옆으로 몸을 틀어, 꿀로 뒤범벅이 된 채 내 머리를 향해 올라오는 머리를 피했다. 바로 그때 두툼한 나무둥치 밑동이 쩍 갈라지더니 완전히 두 동강이 났다. 나무둥치는 언덕 옆으로 쓰러지며 우리 모두를 덮쳤다.

20

작은 거인, 심

리아와 나는 언덕 아래로 폭포처럼 굴러 떨어졌다. 우리 앞으로 묵직한 통나무가, 꿀 속 깊숙한 곳에서 불쑥 튀어나온 정체 모를 무언가를 싣고, 점점 속도를 내며 산마루를 데굴데굴 굴러 내려갔다. 그러다 결국 커다란 바위에 부딪혀 산산조각 나버렸다.

마침내 나도 멈추었다. 주변 세상이 한동안 계속 빙글빙글 돌았다. 어질어질 핑핑 도는 머리로, 나는 가까스로 일어났다.

"리아!"

"여기!"

리아가 바로 내 아래쪽 풀밭에서 고개를 들었다. 갈색 머리카락에는 꿀과 잔가지가 덕지덕지 달라붙었다.

산산조각 난 나무둥치에서 끙끙거리는 신음 소리가 들렸다. 우리는 둘 다 한꺼번에 그쪽을 돌아보았다. 리아가 손을 뻗어, 자신의 집게손가락을 내게 걸었다. 우리는 일어서서 조심스레 다가갔다.

꿀과 나뭇가지, 잎사귀로 뒤덮인 자그마한 둔덕이 보였다. 자그마한 둔덕은 바위 아래 누워 있었다. 문득 둔덕이 구르더니 세차게 몸을 털어내며 자리에 앉았다.

"사람이잖아. 아주 자그마한 사람이야."

난 깜짝 놀라 말했다.

"소인이야. 핀카이라에 아직도 소인이 남아 있는지는 나도 몰랐어."

리아가 내 말을 고쳐주었다.

분홍색 눈 두 개가 꿀 가면에서 툭 튀어나왔다.

"너희 둘 다 틀렸어. 완전히, 지독히, 지극히 틀렸어! 난 소인이 아니라고."

리아가 미심쩍은 표정으로 바라보았다.

"아니라고? 그럼 넌 누군데?"

작은 사람은 주먹코에서 꿀을 팽 풀어냈다. 꿀이 턱밑으로 줄줄 흘렀다. 작은 사람은 손가락과 손바닥과 손목을 핥았다. 두 손을 다 핥은 뒤, 이쪽저쪽을 신경질적으로 두리번거렸다.

"너희들, 왕의 친구 아니지, 안 그래?"

리아가 얼굴을 찡그렸다.

"물론 아니지."

"그럼 저기 있는 네 검은 머리 친구는? 남의 코를 잡아당기는 사람 말이야."

"물론 아니고말고."

"확실히, 분명히, 완전히?"

리아는 빙그레 미소 지었다.

"확실히, 분명히, 완전히 아니야."

"그럼 됐어."

작은 사람은 땅에서 자신을 잡아떼려 버둥거렸다. 드디어 자리에서 일어섰다. 이윽고 리아에게 성큼성큼 걸어갔다. 리아의 무릎 정도까지밖에 오지 않았지만, 작은 사람은 당당하게 고개를 뒤로 젖혔다.

"난 소인이 아니야. 난 거인이야."

"뭐라고?"

나는 하하 웃으며 큰 소리로 물었다.

작은 사람은 나를 노려보았다. 분홍색 눈동자가 반짝였다.

"난 거인이라고."

하지만 이내 작은 사람의 자존심이 녹아내리는 것 같았다. 고개를 숙이고, 어깨를 축 늘어뜨렸다.

"나는 그저 아주, 아주, 아주 작은 거인이야. 난 내가 자랐으면 좋겠어, 정말로. 진짜 거인처럼 말이야."

"도저히 믿을 수 없어. 넌 전혀 거인처럼 보이지 않아. 아주 작은 거인으로도 보이지 않아."

나는 몸을 숙여 좀 더 자세히 바라보았다.

"맞다니까!"

"네가 거인이면 난 버섯이다."

"그럼 왜 버섯이 다른 사람의 코를 잡아당기고 그러냐?"

리아가 갑자기 웃음을 터뜨렸다. 리아의 덩굴 옷에 붙은 잎사귀들이 죄다 흔들렸다.

"그냥 내버려둬, 엠리스. 자기가 거인이라고 말한다면, 음, 그렇다면, 난 그 사람 말 믿어."

의심이 풀린 것처럼 작은 거인은 자신의 불룩한 배를 토닥거렸다.

"난 식사를 근사하게 했어. 아무도 신경 쓰지 않고. 방해받기 전까지는 말이야."

"난 리아라고 해. 넌 이름이 뭐니?"

어깨 너머를 신경질적으로 흘끗 바라보더니, 작은 거인이 중얼거렸다.

"요즘에는 아주 조심해야 한다니까."

그러고는 조금 더 가까이 다가와 말했다.

"난 심이라고 해."

나는 심을 의심의 눈초리로 바라보았다.

"그럼 우리한테 말해줘, 심. 넌 항상 헤엄치며 꿀을 마시니?"

"확실히, 분명히, 완전히! 벌들한테 쏘이고 싶지 않다면, 그게 최선의 방법이야."

흥겨워하는 리아가 미소를 지었다.

"네 말도 일리가 있네. 하지만 다시 나오려면 정말 어렵잖아?"

작은 거인이 잽싸게 말했다.

"넌, 넌, 날 놀리고 있는 거지?"

"전혀. 넌 하나도 웃기지 않아."

나는 작은 거인을 놀려댔다. 그러면서 웃음을 참으려 최선을 다했다. 하지만 나도 모르게 불쑥 웃음이 튀어나오고 말았다. 나는 옆구리를 잡고 크게 웃어댔다.

작은 거인은 내게 쏜살같이 달려들어 있는 힘껏 나를 발로 찼다. 웃음이 싹 가셨다. 나는 씩씩거리며 작은 거인의 뒤를 따라갔다.

"안 돼, 멈춰! 제발, 멈춰!"

심이 리아의 다리 뒤로 숨으며 소리쳤다.

"널 아프게 할 생각은 아니었어. 정말로, 진짜로, 솔직히."

"아니, 분명히 그랬어!"

나는 리아 뒤에 숨은 끈적거리는 작은 덩어리를 잡으려 했다.

"잡히기만 해봐. 아주 세게 코를 비틀어줄 테니까."

"그만둬!"

리아가 명령하듯 말하며 내 어깨를 잡았다.

"이러고 있을 시간이 없어. 우리는 벌써 시간을 충분히 낭비했던 말이야!"

나는 마지못해 뒤로 물러섰다.

"네 말이 맞아. 어쨌든, 벌 떼가 곧 다시 돌아올 거야. 언제든 벌침으로 공격할 준비를 하고 말이야."

나는 심을 노려봤다.

"내가 너라면, 벌 떼가 너한테 달려들기 전에 깨끗이 몸을 씻겠다."

분홍색 눈동자가 놀라움에 휘둥그레졌다.

"나한테?"

"확실히, 분명히, 완전히."

나는 심의 말투를 따라했다.

작은 거인이 헐떡거렸다.

"난 침에 쏘이는 거 정말 싫어한다고!"

그 말과 동시에 작은 거인은 바위로 소용돌이치는 안개 속으로 후다닥 줄행랑쳤다. 하지만 이내 겁에 질린 비명이 튀어나왔다. 리아와 나는 후다닥 달려가서 무슨 일이 벌어졌는지 살펴보았다.

그러나 잠시 뒤, 우리도 비명을 질렀다. 우리는 함정에 빠져 땅 속으로 곧장 떨어졌다. 몸이 완전히 고꾸라진 채 빙글빙글 돌았다. 이윽고 구르던 몸이 멈추었지만, 세상이 완전히 시커멓게 변했다.

"아이고, 머리야."

내가 투덜거렸다.

뭔가가 내 뒤에서 꿈틀거렸다.

"내게서 떨어져, 이 멍청아!"

끈적끈적한 흙과 잎사귀가 덕지덕지 붙은 팔 하나와 다리 하나가 내 얼굴을 정통으로 때렸다.

"아야! 조심해, 이 허둥대는 꿀 덩어리야!"

"그만해, 여기서 빠져나갈 방법을 빨리 찾아내야 한다고."

리아가 소리쳤다.

"도대체 여기가 어디야? 구덩이에 빠진 게 분명해. 아주 깊은 구덩이. 너무 깊어서 저 위의 빛이 하나도 안 보여. 그리고 바닥 좀 만져봐! 너무 좁잖아. 평범한 바위 같지는 않아."

내가 물었다.

"난 네 질-문에 대-답할 수 없-다. 넌 내 은-신처를 찾-아냈다."

어둡고 깊숙한 곳에서 천둥 같은 목소리가 울려 퍼졌다.

"누구 은신처요?"

리아와 나는 동시에 물었다.

한참 동안 침묵이 이어졌다.

"그-랜드 엘-루사의 은-신처."

21

그랜드 엘루사의 은신처

목소리가 어찌나 큰지 벽이 쩌렁쩌렁 울리는 듯했다.

리아는 내 옆에 바짝 붙었다. 나는 앞을 살펴보려 해봤지만, 내 투시력은 이렇게 완전히 깜깜한 곳에서는 아무 쓸모가 없었다. 즉각 나는 크르 머딘에서의 약속을 깨고 내게 여전히 있을지 모를 능력을 꺼내볼 생각을 해보았다. 우리를 보호하기 위해 써먹을 수 있는 능력을…….하지만 바로 그 생각이 내 오래된 두려움에 다시 불을 붙였다. 그래서 난 그 자리에 꼼짝 않고 있었다.

"당신이, 모든 걸 먹어 치우는 바로, 바로, 바로 그 생명체인가요?"

심이 어둠에 대고 속삭였다.

"난 내-가 선-택한 걸 모-조리 먹어 치운다. 이-제 너-희가 누-구인지 내-게 말-해라, 너-희를 잡아-먹기 전-에."

굵은 목소리가 울려 퍼졌다. 그 떨림이 계속해서 우리를 호되게 내리치는 것 같았다.

나는 용기를 내어 목청을 가다듬었다.

"저는…… 엠리스라고 해요."

"어-디에서 온 엠-리스냐?"

이번에는 내 목소리가 좀 더 약해졌다.

"저도 몰라요."

"저는 리아라고 해요. 드루마 숲에서 왔어요."

침묵에 뒤이어 그랜드 엘루사의 목소리가 울려 퍼졌다.

"너-희 말고 또 여-기 온 자-는?"

아무 대답도 없었다.

"너-희 말고 또 여-기 온 자-는?"

목소리가 어찌나 큰지, 우리 머리 위로 흙이 후드득 떨어져 내렸다.

아무 대답도 없었다. 헐떡이는 소리만 들렸다. 깜짝 놀란 작은 거인이 내는 소리 같았다.

"저쪽은 심이라고 해요. 심도 드루마 숲에서 왔어요."

리아가 대답했다. 그러고는 숨을 깊이 들이켰다.

"제발 우리를 먹지 마세요. 우린 당신 도움이 필요해요."

"무-엇 때-문에?"

"드루마 숲을 구하기 위해서요! 제 고향 말이에요!"

나도 덧붙였다.

"당신 고향이기도 하지요."

잠시 아무도 말하지 않았다.

이윽고 느닷없이 방에 빛이 가득했다. 우리는 깜짝 놀라 서로를 바라보았다. 우리가 있는 곳은 바위에서 떨어져 나온 틈, 커다란 굴속이었다. 우리를 둘러싸고 있는 사방의 벽이 환하게 빛났다. 하지만 빛이 어디서 오는 건지는 도무지 알 수 없었다. 더 신비스러운 점은 그랜드 엘루사의 흔적은 어디에도 없다는 것이다. 빛나는 동굴은 텅 빈 것처럼

213

보였다.

"어디 있지?"

나는 빛나는 동굴 벽을 훑어보며 물었다.

리아가 얼굴을 찡그렸다.

"나도 모르겠는데."

그러는 사이, 심은 얼굴을 손에 파묻고 앉아 덜덜 떨고 있었다.

"이 빛은…… 저기 봐! 바윗덩이에서 빛이 나오고 있어!"

나는 벽에 손을 가져다대며 말했다.

"수정이야. 빛나는 수정 동굴."

리아가 놀라워하며 말했다.

정말로 동굴의 벽과 천장과 바닥이 어른거리는 빛을 환하게 뿜어내고 있었다. 수정이 사방에서 빛을 내며 반짝거렸다. 마치 잔물결을 일으키며 흘러가는 강 위에서 빛나던 햇살이 이 땅 위로 쏟아져 들어온 것처럼……. 내 얼굴 또한 붉게 상기되었다. 내 두 눈으로 직접 볼 수 있던 시절, 그러니까 색깔이 더 깊게 흐르고 빛이 더 밝게 빛나던 때에도, 난 이 수정 동굴처럼 아름다운 건 한 번도 본 적이 없었다.

그때 나는 가슴에 뭔가 따뜻함이 밀려오는 걸 느꼈다. 내 옷의 목깃 안을 살짝 들여다보고, 나는 깜짝 놀랐다. 갈라토가 동굴 벽처럼 밝게 빛나고 있었다! 보석이 박힌 펜던트 한가운데에서 초록빛이 생생하게 흘러나왔다. 고개를 들어보니 리아가 나를 지켜보며 미소를 짓고 있었다.

"내 동굴이 마음에 드나?"

자그마하고 경쾌하고 새로운 목소리가 벽 한쪽에서 두둥실 흘러나왔다.

심이 여전히 두려움에 덜덜 떠는 동안, 리아와 나는 목소리가 흘러나오는 쪽으로 바짝 몸을 기댔다. 그곳, 엄청난 수정 밭 한가운데에 정교한 거미줄이 걸려 있었다. 거미줄 가닥은 중앙에서 사방으로 퍼져 나왔다. 마치 별에서 빛이 흘러나오는 것 같았다. 거미줄 위에는 엄지손가락 손톱 크기만 한 거미 한 마리가 대롱대롱 매달려 있었다. 자그마한 머리와 등에는 아주 자그마한 솜털이 덮여 있었다. 털은 수정만큼이나 환하게 빛났다.

"정말 맘에 들어요."

내가 대답했다.

"이곳을 보니, 내가 지금껏 보아온 별이 전부 떠올라."

리아가 말했다.

나는 거미를 지켜보았다. 거미가 거미줄을 따라 높은 곳으로 올라갔다. 등에 달린 둥근 혹이 따라 움직였다.

"당신은……."

"난 그랜드 엘루사야."

거미가 분명하게 말했다.

"하지만 당신 목소리는…… 좀 전까지만 해도 훨씬 더 컸잖아요?"

내 말을 무시한 채, 하얀 거미는 거미줄 가닥에 비단 같은 줄 하나를 걸었다. 찢어진 거미줄 위로 줄을 던지고는 낮은 곳으로 재빨리 내려왔다. 여덟 개의 팔 중 두 개가 순식간에 줄을 단단히 묶었다. 거미줄 수리를 완전히 다 마치고 나서, 다시 가운데로 서둘러 돌아왔다.

"어떻게 그렇게 큰 소리를 낼 수 있었지요?"

내가 다시 물었다.

"아, 난 내킬 때면 언제든 커질 수 있어."

거미가 심에게 손짓을 보냈다.

"저기 저 벌벌 떠는 먹거리를 한입에 먹어 치울 수 있을 정도로 커질 수 있다고."

작은 거인은 여전히 두 손으로 얼굴을 가린 채 낑낑거렸다.

"내가 손님들을 먹어 치울 기분이 아니라면, 내 몸을 작게 만들지. 내 배는 줄어들어. 내 식욕은 줄어들지 않지만 말이야. 어쨌든 이미지와 현실이 똑같은 경우는 거의 없어. 엠리스, 이제는 분명히 알았겠지만 이것이 마법의 첫 번째 규칙이란다."

거미는 활기찬 목소리로 자그맣게 말을 이었다.

나는 숨을 죽였다.

"난 마법에 대해 아무것도 몰라요! 마법이 위험하다는 것, 아주 위험하다는 것 말고는요."

"그렇다면 넌 마법에 대해 상당히 알고 있는 거야."

"그게 내가 아는 전부예요."

"안됐군. 넌 분명 미래에 마법이 꽤 유용하다는 걸 알게 될 거야."

"전 아니에요. 제 미래에 마법 따위는 존재하지 않아요. 적어도 제 자신이 마법을 만들어내지는 않을 거예요."

거미는 나를 잠시 살펴보는 것 같았다.

"네가 그렇다면 그런 거겠지."

거미는 자기보다 몸집이 두 배나 되는 딱정벌레 한 마리가 거미줄로 날아온 걸 눈여겨보았다. 그러다 갑자기 달려들어 목을 와락 물어뜯더니 딱정벌레가 잠잠해지기를 기다렸다. 순식간에 거미줄 하나로 딱정벌레를 단단히 묶었다. 그러고는 딱정벌레 다리 하나를 잡아 뽑더니 우적우적 씹어 먹기 시작했다.

"난 먹는 게 좋아. 이미지의 상당 부분이 현실이 되거든."

"우릴 도와줄 수 있어요? 드루마 숲이…… 곤경에 처했어요."

리아가 간청했다.

그랜드 엘루사는 딱정벌레 다리 하나를 또 잡아당겼다.

"당연히 곤경에 처했겠지. 핀카이라의 다른 곳과 마찬가지로 말이야! 이 불쌍한 딱정벌레만큼이나 큰 곤경에 처했어. 한 입씩 한 입씩 잡아먹히고 있지. 이제야 그걸 깨달은 거야?"

리아는 고개를 숙였다.

"난…… 그걸 믿고 싶지 않았어요."

"하지만 이제 마름병이 실제로 네 집 앞에 왔어! 넌 너무 오래 기다렸어."

"나도 알아요! 하지만 어쩌면 아직 시간이 있을지도 몰라요. 도와줄 거예요?"

거미는 다시 한 입 물고는 열심히 씹어댔다.

"정확히 내가 뭘 해주기를 바라는 거냐?"

"왜 이런 일이 일어나고 있는지 당신은 설명해줄 수 있잖아요?"

"왜냐고? 너한테 모든 걸 말해주려면 시간이 너무 오래 걸릴 거야. 그러면 내 음식이 다 떨어질 거고. 그러면 너희 모두를 먹어 치워야 할지도 몰라."

거미는 계속 먹이를 씹으며 말했다.

"이걸 멈출 수 있는 방법만 말해주세요. 뭐든요!"

리아는 나를 흘끗 바라보더니 덧붙였다.

"아니면 누구든요!"

거미는 다리 하나를 들어 올려 등에 난 털투성이 혹을 긁어댔다.

"이건 말해주지. 드루마 숲도 마찬가지인데, 핀카이라는 죽을 운명에 처해 있어. 네가 스탕마르라고 부르는 왕을 무찌르지 않는 한 말이야."

"무찌른다고요? 그게 가능해요?"

"그건 전적으로 스탕마르가 마지막 보물이라고 부르는 것에 달려 있지. 그자가 한때 가지고 있었지만, 오래전에 잃어버린 보물 말이야."

거미가 선언하듯 말했다.

나는 내 옷을 내려다보았다. 그 아래에서 갈라토가 빛나고 있었다.

"그 보물의 힘이 무엇인지 말해줄 수 있나요?"

거미는 그 질문을 잠시 생각하더니 대답했다.

"마지막 보물은 엄청난 힘이 있어. 네가 아는 것보다 훨씬 더 큰 힘을 지녔지."

거미는 다리 하나를 또 잡고 반을 씹어 먹었다.

"스탕마르는 확신하고 있어. 그걸 찾으면 자신의 힘이 완성될 거라고."

리아가 한숨을 지었다.

"스탕마르 생각이 맞아요."

"아니! 그자는 틀렸어. 완성되는 건 그자의 힘이 아니야. 그자의 노예 상태지."

"노예 상태라고요?"

"정령 중에서 가장 무시무시한 정령, 리타 고르로 알려진 정령이지."

내 몸이 뻣뻣하게 굳었다.

"너희 왕은 리타 고르의 원대한 목표를 위한 도구에 불과해."

거미는 딱정벌레의 무릎을 한 입 물더니 기분 좋게 입술을 쩝쩝거렸다.

"이 세상, 이 땅, 사후 세계 전체를 지배하는 것. 그자가 진짜 원하는 건 바로 그거야."

거미는 다시 입술을 쩝쩝거렸다. 그러고는 관절을 오도독 씹어 먹었다.

"그자의 최고 적수, 다그다는 수많은 전선에서 그자와 싸우고 있어. 너무 많아서 일일이 나열할 수 없을 정도지. 하지만 리타 고르는 이미 스탕마르에게 승리를 거두었어. 그리고 왕을 이용해 핀카이라의 많은 곳에 대한 통제력을 얻었지. 이제 그자 앞을 가로막는 건 얼마 없어. 그 중에서 가장 중요한 건 바로……."

또 한 번 들리는 쩝쩝 소리, 그리고 오도독 소리.

"마지막 보물이지. 만약 마지막 보물도 그자의 손에 들어간다면, 그 자는 분명 핀카이라를 완전히 손에 넣을 거야. 그러면 리타 고르는 이 세상과 사후 세계 사이의 다리를 마음대로 주무를 수 있어. 그자는 이 세상도 거머쥘 거야. 딱딱하지만 맛나군, 아, 이 다리 말이야. 그리고 만 약 그런 일이 일어나면, 모든 걸 잃게 되겠지."

얼굴을 찡그리며, 나는 그 말을 이해하려 노력해보았다.

"왕은 자신이 이런 식으로 이용당하고 있다는 걸 아나요?"

"알고 있지. 하지만 왕은 아주 오래전에 리타 고르한테 매수당했어."

거미는 다리의 마지막 부분을 꿀꺽 삼켰다. 그러고는 머리에서 가장 가까이 있는 팔 두 개로 조심스레 입을 닦았다.

"스탕마르는 스스로 선택할 능력을 잃었어."

"하지만 어떻게든 왕을 권좌에서 끌어내릴 수 있다면, 리타 고르를 막을 수 있을지도 몰라요."

"어쩌면."

리아는 낙담한 표정으로 빛나는 수정 벽에 몸을 기대며 물었다.

"하지만 어떻게요?"

그랜드 엘루사는 딱정벌레의 배를 깨물었다.

"음, 정말 부드러워."

"어떻게요?"

리아가 다시 물었다.

거미가 먹이를 삼켰다.

"이제 딱 한 가지 가능성만 남았어. 아니, 아니, 사실은 전혀 가능성이 없어."

"그게 뭔데요?"

"왕의 성을 파괴해야 해."

리아가 눈을 깜빡였다.

"슈라우디드 성 말인가요?"

"그래, 그 성은 리타 고르가 지었지. 그리고 그 성벽을 통해 악령의 힘이 스탕마르와 그 군대로 흘러들어가. 너도 알겠지만, 골리안트가 그 성을 지키고 있지."

거미는 다시 딱정벌레의 배를 깨물었다.

"음. 아주 맛나군. 내가 어디까지 말했지? 아, 그래, 골리안트. 그래서 저들이 성벽 밖으로 위험을 무릅쓰고 절대 나오지 않는 거야. 성을 파괴할 수 있다면, 골리안트 또한 파괴할 수 있어."

"그럴 수는 없어요! 슈라우디드 성은 항상 빙빙 돈다고요. 늘 어두컴컴해요. 성을 공격하는 건 불가능해요. 파괴는커녕 공격도 불가능하다고요."

리아가 절규하듯 외쳤다.

"방법이 하나 있지."

거미는 여전히 먹이를 씹어 먹으며 우리를 향해 돌아섰다.

"앞을 보지 못하는 인간이 다시 볼 수 있는 방법이 있는 것과 마찬가지로 말이야."

나는 입을 열었다.

"그걸 어떻게 알았어요?"

"다른 사람들이 두 눈으로 볼 수 없는 걸 네가 투시력으로 볼 수 있는 것과 같은 방법으로."

그 말에 나는 리아에게 시선을 돌렸다.

"아바사의 안쪽 벽에 적힌 글자들! 그래서 그게 너한테는 보이지 않았던 거야."

"그리고 만약 네가 살아남는다면, 투시력이 더 좋아질 수 있어. 언젠가 넌 볼 수 있을 뿐만 아니라 이해할 수 있게 될 거야."

그랜드 엘루사는 말을 이었다.

"그러니까, 당신 말은 그것이 내가 글씨를 읽는 데 도움이 될 수 있다는 뜻인가요?"

"네가 살아남는다면."

"정말이죠?"

"네 투시력을 과소평가하지 마! 언젠가 넌 투시력에 의존하게 될 거야. 네 투시력을 사랑하게 될 거야. 어쩌면 네 자신의 눈을 사랑했던 것보다 훨씬 더 많이."

그랜드 엘루사는 한참 동안 말없이 딱정벌레의 이마를 우적우적 씹어 먹었다.

"난 내 눈을 사랑하지만 말이야."

리아가 거미한테 물었다.

"방법이 있다고 말했잖아요?"

하얀 거미는 팔 세 개로 딱정벌레의 나머지 부분을 움켜쥐고는 배를 좀 더 먹어 치웠다. 천천히 씹으며 그 맛을 음미했다.

"너한테 그걸 설명할 시간이 없을 것 같구나. 사실, 넌 가능한 한 빨리 이곳을 떠나야 할 거야. 난 이 맛난 음식을 곧 다 먹어 치우게 될 거거든. 그러고 나면 왕성한 식욕 때문에 널 잡아먹을지 몰라."

다시 한 번 손으로 가린 심의 입에서 신음 소리가 끙 흘러나왔다.

"그 방법이 뭐예요?"

"죽음의 가마솥은 알고 있겠지?"

거미가 팔 하나를 깨끗이 핥아내며 물었다.

리아가 무뚝뚝하게 고개를 끄덕이며 대답했다.

"그 안으로 던져진 사람은 누구나 곧장 죽는다고 알고 있어요."

"분명한 사실이야. 하지만 죽음의 가마솥에 치명적인 결함이 있다는 것도 사실이지. 만약 누군가 그 안으로 억지로가 아니라 자진해서 기어들어간다면, 가마솥이 파괴되고 말지."

"자진해서 그 안으로 기어들어간다고요? 누가 그런 멍청한 짓을 하겠어요?"

"살아서 다른 날을 보고자 하는 사람은 아니겠지. 하지만 마찬가지로, 성 그 자체에도 결함이 있어. 어쩌면 아주 자그마한 결함이지만, 그래도 결함은 결함이지."

거미는 좀 더 우적 씹어 먹더니 입술을 쩝쩝거렸다.

"그게 뭔데요?"

"오래전부터 내려오는 예언이 있어. 거인의 존재만큼이나 오래된 예언이야."

이 말에 심은 손가락을 살짝 벌려 빼꼼 내다보았다.

거미는 다른 줄에 매달리더니, 어떤 희생자가 남겨둔 오래된 더듬이 하나를 잡아당겼다. 그러고는 그 더듬이를 한 입에 게걸스럽게 먹어 치웠다. 거미는 거의 다 먹어 치운 딱정벌레가 있는 곳으로 돌아오며 노래를 불렀다.

어둠 속에서 성이 빙글빙글 도는 곳,
작은 것이 커지며, 끝이 시작이 될 것이다.
거인들이 방에서 춤을 출 때,
모든 장벽이 허물어져 내릴 것이다.

"그게 무슨 뜻이에요? 거인들이 방에서 춤을 출 때……."

리아가 물었다.

"모든 장벽이 허물어져 내릴 것이다. 그 말은, 거인들이 그곳에서 춤을 추면 성벽이 허물어진다는 말인가요?"

나는 검은 머리카락을 얼굴 뒤로 밀며 마저 물었다.

딱정벌레의 배를 다 먹어 치운 다음, 거미는 딱정벌레의 날개 하나를 찢었다.

"예언은 그래."

리아의 표정이 어두워졌다.

"스탕마르가 거인들을 모조리 찾아다닌 게 그 때문이군요! 스탕마르도 그 예언을 들은 게 분명해요. 그 예언이 절대로 실현되지 못하도록 모든 조치를 취하고 있는 거예요."

거미는 날개의 나머지 부분도 와자작 씹었다.

"거인의 가장 오래된 도시 바리갈을 파괴하는 것도 포함해서."

"아, 내가 컸으면 하고 바란다고 말한 건 사실이 아니에요. 사실이 절대 아니에요. 정말로, 진짜로, 솔직히."

심이 끙끙거리며 말했다.

그랜드 엘루사는 온몸이 흙과 잔가지와 꿀로 범벅이 된 채 벌벌 떠는 심에게 눈길을 주었다.

"불쌍하군, 쪼그라든 존재여. 네 부모가 거인 종족 출신이라도, 넌 크다는 게 단지 뼈의 크기보다 훨씬 더 많은 걸 의미한다는 사실을 배우지 못했구나."

"하지만 난 작아서 행복하다고요! 커지고 싶다는 건 그저 바보스러운 변덕에 불과해요. 크면 죽는단 말이에요! 난 작게 사는 게 행복해요."

"그렇다면 그런 거겠지. 난 너희 모두에게 경고해야겠다. 이 보잘것없는 먹이가 이제 날개 하나 그리고 머리 일부밖에 남지 않았거든."

거미가 말했다. 거미는 날개를 잡아당겨 자기 입속에 구겨 넣고는 몇 번 씹었다.

"음, 이제 머리만 남았네. 난 그래도 배가 엄청 고파. 그리고 이렇게 자그마한 몸집에 싫증이 나. 내 수정 동굴에서 재빨리 나가지 않으면 어쩔 수 없이 너희들 팔과 다리를 먹어 치울 수밖에 없어."

리아가 내 팔을 꽉 잡았다.

"거미 말이 맞아. 빨리 이곳에서 나가자."

"하지만 어떻게?"

"나도 잘 몰라. 하지만 수정 동굴 밖으로 기어나갈 수 있을 거라 생각하는데."

거미가 대답했다.

"물론이지요! 가자."

리아가 소리쳤다.

리아는 두 손과 발로 큰 수정을 꽉 잡고서 빛나는 벽 위로 허둥지둥 기어오르기 시작했다. 심은 리아를 밀치고 위로 올라갔다. 땅딸막한 팔과 다리로 최대한 빠르게 가파른 벽을 기어올랐다. 수정 위에 끈적끈적한 시럽 흔적이 남았다.

리아는 내가 아래에 그대로 서 있는 걸 보고는 소리쳤다.

"서둘러! 안 그러면 넌 딱정벌레 꼴이 될 거야."

나는 머뭇거렸다. 그랜드 엘루사에게 한 가지 더 물어볼 게 있었다.

"서둘러!"

"먼저 가, 금방 따라갈게."

나는 대답했다.

"빨리 가는 게 좋을 거야."

거미가 딱정벌레의 머리에 다리를 뻗었다. 이제 텅 빈 거미줄 올가미만 남았다.

"그런데 말이야, 넌 말라빠졌지만 먹음직스럽군."

"제발 한 가지만 말해주세요. 제 고향에 대해서요. 제 진짜 고향, 그곳이 어딘지 말해줄 수 없나요? 여기 빛나고 있는 이 갈라토가 유일한 실마리예요."

내가 애원했다.

"아, 갈라토! 가까이 와서 내게 보여줘봐."

"그럴 수는 없어요. 당신은 분명……."

"이런, 넌 생각보다 훨씬 더 통통해 보이는데."

"제발요! 그럼 제 어머니를 찾을 수 있는 방법을 말해줄 수 있어요? 아버지는요? 진짜 내 이름은요?"

내가 소리쳐 물었다.

거미가 딱정벌레를 마지막으로 삼키며 대답했다.

"난 말할 수 없어. 그건…… 감히 말하는데, 넌 엄청나게 흥미로운 냄새가 나는군. 가까이 와봐, 소년아. 더 가까이 와. 그래! 좀 더 자-세히 보-자꾸나!"

거미의 목소리가 부풀어 올랐다. 거미의 몸집도 부풀어 올랐다. 하지만 나는 그 자리에 남아 그 변신을 지켜보지 않았다. 있는 힘껏 동굴 밖으로 달아났다.

22

안개 속의 조우

나는 동굴을 빠져나와 이리저리 휘감기는 안개 속으로 들어섰다. 몇 발 앞에 있는 리아도 제대로 알아볼 수 없을 정도였다. 리아 옆에는 심이 서 있었는데, 막대기와 흙과 잎사귀로 뒤덮여 있어서 자그마한 사람이라기보다는 자그마한 산에 더 가까워 보였다. 갈라토를 흘끗 내려다봤다. 갈라토는 더 이상 빛나지 않았다.

리아는 자그마한 느릅나무 숲에 앉아 있었는데, 느릅나무 주위로 어린 묘목 다섯 그루가 자라고 있었다. 리아는 동굴을 빠져나오는 내 모습을 지켜보며, 분명 안심하는 것 같았다. 이윽고 작은 숲 한가운데 있는 오래된 느릅나무에 가까이 몸을 기대었다. 그러더니 바스락거리는 목소리로 나지막이 나무와 대화를 시도했다. 그러자 나무뿌리가 천천히 흔들리며 끔찍할 정도로 슬픈 목소리로 쌕쌕 소리를 냈다.

마침내 리아가 내게 돌아섰다. 눈은 안개가 낀 것처럼 흐릿했다.

"이 나무는 드루마 숲에서 봄을 200번 넘게 보아왔어. 그런데 이제 이 숲의 최후를 보고 있는 게 분명해. 이 나무는 자기 아이들의 미래 때문에 매일 눈물을 흘려. 내가 나무한테 희망을 잃지 말라고 말했는데도, 나무는 이제 딱 한 가지 희망밖에 남지 않았다는 거야. 충분히 오래 살아서 드루마 숲을 고블린 전사들로부터 안전하게 지킬 수 있도록 뭔가 자그마한 힘을 보태는 것. 하지만 이 나무는 그저 슬퍼하다가 죽을지 모른다고 예상하고 있어."

심은 리아 옆에 서서 지저분한 코를 문지르며 땅바닥을 내려다보았다.

나는 그저 슬프게 고개를 끄덕이며 떠도는 안개를 바라볼 수밖에 없었다. 갑작스레 달콤한 사과 꽃향기가 코를 찔렀다.

"아-주 침-울해 보-이는군."

친숙한 목소리가 들려왔다.

"크웬! 어떻게 여기까지 왔어? 요즘은 거의 밖으로 나오지 않잖아?"

리아가 벌떡 일어섰다.

얼굴 앞에 나뭇가지 손을 흔들어대며 크웬이 안개 속에서 나타났다.

"널 따-라오지 말았어야 해. 날 용-서해줄 수 있-니?"

크웬은 머뭇거렸다. 눈물방울처럼 생긴 눈에 두려움의 흔적이 스쳐지나갔다.

리아의 눈이 가늘어졌다.

"너 뭔가 끔찍한 일을 저질렀구나?"

그 순간 거대한 고블린 전사 여섯이 안개 속에서 불쑥 나타났다. 재빨리 고블린 전사들은 우리를 에워쌌다. 뾰족한 헬멧 아래에서 가늘게 찢어진 눈이 번들거렸다. 우락부락한 팔이 어깨에서 튀어나오고, 손가락 세 개 달린 손이 넓적한 칼자루를 꽉 잡고 있었다. 푸르스름한 피부에 땀방울이 맺혀 있었다.

팔꿈치 위에 붉은 완장을 찬 고블린이 크웬에게 칼을 겨누고 귀에 거슬리는 목소리로 씩씩거리며 물었다.

"어느 녀석이 갖고 있지?"

크웬은 수상쩍은 태도로 리아를 흘끗 바라보았다. 리아는 깜짝 놀라 크웬을 노려보았다.

"저-들은 내가 다시 젊-어지게 갈라토를 쓸-수 있게 해주겠다고 약-속했어. 이거 안 보-여? 내 손-은 곧 시-들어버릴 거야."

크웬은 쩍쩍 갈라진 자신의 손가락을 흔들어대며 말했다.

리아는 움츠러들었다.

"네가 이런 짓을 하다니 도저히 믿기지 않아. 그 오랜 시간 동안……."

"어느 녀석이냐?"

완장을 찬 고블린이 귀에 거슬리는 거친 말투로 물었다.

크웬은 울퉁불퉁한 손가락으로 나를 가리켰다.

완장 찬 고블린은 느릅나무 숲으로 들어서더니 칼을 내 가슴에 겨누었다.

"당장 그걸 내놓아라. 안 그러면 먼저 널 아주 고통스럽게 만들어주겠다."

"나한테 한 말-을 기억해. 저들을 해치지 않-겠다고 약-속했잖아?"

크웬이 따졌다.

완장을 찬 고블린은 몸을 휙 돌려 늙은 나무 종족을 바라보았다. 비뚤어진 입에서는 가느다란 미소가 가늘게 퍼졌다.

"내가 깜빡했군. 그런데 내가 너한테 무슨 약속이라도 했던가?"

크웬은 깜짝 놀라 눈이 휘둥그레져서는 뒤로 주춤주춤 물러섰다.

"안 돼!"

리아가 소리쳤다.

하지만 이미 늦었다. 완장 찬 고블린의 칼이 허공을 가르더니 크웬의 팔 하나를 잘라버렸다.

크웬은 비명을 지르며 갈색 피가 쏟아져 나오는 팔을 움켜잡았다.

"이런, 이제 넌 늙어빠진 손을 더 이상 걱정하지 않아도 되겠군!"

완장을 찬 고블린의 쌕쌕거리는 웃음이 허공을 가득 메웠다. 고블린은 크웬을 향해 다가갔다.

"이제 다른 팔마저 잘라야겠구나."

팔에서 피를 쏟으면서 놀라 비명을 지른 크웬은 안개 속으로 비틀거리며 사라졌다.

"가게 내버려둬. 우리한테는 해야 할 더 중요한 일이 있으니까."

완장을 찬 고블린이 귀에 거슬리는 목소리로 거칠게 말했다. 그러더니 갈색 피가 뚝뚝 떨어지는 칼을 내 목에 겨누었다.

"자, 어디까지 이야기했더라?"

나는 침을 꼴깍 삼켰다.

"날 죽이면, 그것이 어떻게 작동하는지 절대 알 수 없을 거야."

완장을 찬 고블린의 얼굴에 사악한 표정이 가득 지어졌다.

"아, 그걸 상기시켜주었군. 내 주인님이 그걸 갖고 있는 자를 산 채로 데려오라고 명령하셨지. 하지만 네 친구들을 살려두라고는 말하지 않았거든."

나는 숨을 꿀꺽 삼켰다.

"하지만 네 친구들의 목숨을 살려둔다면, 넌 작동법을 말해주겠지."

완장 찬 고블린은 다른 고블린에게 눈짓을 했다.

"그러면 난 우리 주인님과 뭔가 거래할 게 생기는 거야."

완장 찬 고블린은 두려움에 벌벌 떨고 있는 심을 향해 휙 돌아섰다. 그러고는 있는 힘껏 발로 세게 심을 찼다. 심은 숲 건너편으로 날아가버렸다.

"이 지저분한 소인부터 시작할까? 아니, 난 그렇게 생각하지 않아."

완장 찬 고블린은 리아를 향했다. 고블린의 가느다란 눈이 빛났다.

"숲의 소녀라! 정말 예상치 못한 즐거움이로군!"

리아는 뒤로 주춤거리며 물러섰다.

완장 찬 고블린이 고개를 끄덕이자, 무리 중 둘이 리아에게 달려들어 잎사귀를 걸친 리아의 팔을 하나씩 잡았다.

"이리 내놔."

완장을 찬 고블린이 명령했다.

나는 리아를 흘끗 바라보고는 고블린을 바라보았다. 어떻게 갈라토를 포기할 수 있단 말인가?

"어서!"

나는 꼼짝하지 않았다.

"좋다. 네가 마음을 정하는 동안 우리는 좀 즐겨야겠어."

완장을 찬 고블린은 자신의 손목을 리아를 향해 가볍게 쳤다.

"먼저 팔 두 개를 부러뜨려."

즉각 고블린들이 리아의 팔을 등 뒤로 비틀었다. 그러자 리아가 비명을 질렀다.

"그러지 마, 엠리스! 그러지……."

리아는 고통에 비명을 질러댔다.

"안 돼! 놔줘."

나는 애원했다. 나는 옷에서 갈라토를 잡아당겼다. 보석이 안개 속에서 희미하게 반짝였다.

완장을 찬 고블린이 잔인한 미소를 지었다.

"먼저 그걸 내놔."

리아를 잡고 있는 고블린들은 리아의 팔을 더 세게 비틀었다. 리아가 다시 비명을 질렀다.

나는 목에 걸린 줄을 풀었다. 숲은 조용했다. 늙은 느릅나무의 슬픈 삐걱거림밖에 아무 소리도 들리지 않았다. 나는 소중한 펜던트를 들어 올려 건네주었다.

완장을 찬 고블린은 그걸 내게서 낚아챘다. 보석이 박힌 물건을 바라보며 흥분한 고블린은 숨을 헐떡거렸다. 그러는 사이 고블린의 푸르스름한 혓바닥이 입술 주위로 춤을 추듯 이리저리 움직였다. 그러고는 나를 바라보며 헤벌쭉 웃었다.

"마음을 바꿨다. 먼저 네 친구들을 죽이고 나서, 너한테 그 작동법을 물어보지."

"안 돼!"

고블린들이 한꺼번에 웃음을 터뜨렸다. 대장의 농담에 고블린의 거대한 가슴이 들썩였다. 그러는 동안 리아는 고통으로 몸을 움츠렸다.

"좋다, 어쩌면 인정을 베풀어줄지도 모르지. 작동법을 보여라, 지금!"

완장을 찬 고블린이 거친 소리로 말했다.

나는 주저했다. 어떻게 해야 할지 몰랐으니까. 맹세를 깨뜨리고 내 능력을 소환해야만 하는 순간이 있다면, 지금이 바로 그때였다. 정말 내 능력을 소환해야 할까? 하지만 내가 내 자신에게 그 질문을 했을 때에도 내 마음은 활활 타올라 끓어오르는 불꽃으로 가득 찼다. 디나티우스의 비명. 내 살이 타는 냄새.

해봐, 이 겁쟁이야! 해보란 말이야!

내 안의 목소리가 외쳤다. 하지만 다른 목소리가 다급하게 대답했다.

절대 안 돼! 지난번에는 네 눈을 망쳤어. 이번에는 네 영혼을 망치게 될 거야. 다시는 안 돼!

"그 방법을 보여라!"

완장을 찬 고블린이 명령했다. 짙은 안개 속에서도 고블린의 근육이 단단해지는 게 보였다. 고블린은 리아의 목에 칼날을 겨누었다.

여전히 나는 머뭇거렸다.

바로 그때, 기이한 바람이 숲 한가운데 서 있는 늙은 느릅나무 가지를 흔들어댔다. 바람은 시간이 지날수록 점점 거세졌다. 나무의 삐걱거리는 소리가 점점 비명으로 커졌다. 완장을 찬 고블린이 고개를 들어 위를 쳐다보자, 나무가 뿌리째 뽑혀 그대로 쓰러졌다. 나무가 그 위로 덮칠 때, 고블린은 고통에 울부짖을 시간밖에 없었다.

나는 바닥에 떨어져 있는 갈라토를 향해 손을 내밀었다. 그러고는 목에 가죽 끈을 걸었다. 다른 손으로, 쓰러진 고블린의 칼을 움켜잡고 다른 녀석을 향해 휘둘렀다. 나보다 훨씬 더 힘이 센 고블린은 재빨리 쓰러진 나무둥치로 나를 몰아붙였다.

고블린은 박차고 일어나 나를 때려눕혔다. 그런데 갑작스레 고블린이 얼어붙었다. 고블린의 얼굴에는 공포의 표정이 역력했다. 전에 내가 딱 한 번 봤던, 불꽃이 자신을 집어삼킬 때 디나티우스의 얼굴에서 봤던 바로 그 공포였다.

나는 휙 둘러보았다. 그러고 나서 나 또한 얼어붙었다. 칼이 내 손에서 떨어져나갔다. 휘몰아치는 안개 속에서 거대한 흰 거미 한 마리가 나타났다. 거미의 턱에서는 군침이 질질 흘러내렸다.

"배-고프다. 난 배-가 고-프다."

거대한 거미가 피를 얼어붙게 만드는 목소리로 으르렁거렸다.

무슨 일이 벌어지고 있는지 미처 알아차리기도 전에, 리아는 내 손목을 잡고 나를 얼른 잡아당겼다. 구석에 몰린 고블린은 째질 듯 고함을 질렀다. 우리는 언덕을 내달려 내려갔다. 심은 우리 뒤를 바짝 쫓아왔다. 작은 거인은 우리만큼이나 빨리 뛰었다. 심의 발걸음에 먼지와 잎사귀가 구름처럼 일었다.

고블린 전사 둘이 괴물에게서 재빨리 몸을 피하더니, 동료들은 알아서 살길을 찾도록 내버려두고 우리 뒤를 쫓아왔다. 씩씩거리며 욕을 퍼부었다. 고블린 전사들은 허공에 칼을 휘두르며 안개로 뒤덮인 바위 사이로 우리를 쫓아왔다. 우리는 있는 힘껏 언덕 아래로 달렸지만, 고블린 전사들은 우리를 계속해서 따라잡았다. 곧 작은 거인의 뒤에 바짝 다가왔다.

갑작스레 안개 속에서 강이 나타났다. 리아가 소리쳤다.

"물이다! 물속으로 뛰어들어!"

질문할 틈도 없이, 심과 나는 리아가 시키는 대로 했다. 우리는 빠르게 흐르는 물속으로 몸을 내던졌다. 고블린 전사들도 강으로 뛰어들더니, 급류 속에서 칼을 휘둘러댔다.

"우리 좀 도와줘!"

리아가 소리쳤다. 누구한테 하는 말인지 나는 알지 못했다. 순간, 리아는 두 손으로 수면을 철썩철썩 두드려댔다.

그 즉시 강 한가운데 물마루가 일기 시작했다. 반짝반짝 빛나는 커다란 물의 팔이 솟아나더니 리아와 심과 나를 그 손바닥 안에 품어주었다. 손이 폭포처럼 물을 떨어뜨리며 수면 위로 우리를 들어 올릴 때, 투명한 손가락들이 우리 위에서 갈라졌다. 무지개로 반짝이는 물보라가 우리를 둘러쌌다. 물의 팔은 우리를 강 하류로 데려다주었다. 우리를 쫓아오는 고블린 전사들은 저 멀리 뒤로 남겨졌다.

　잠시 뒤 팔은 다시 강으로 녹아들었다. 우리는 모래톱 위에 털썩 떨어졌다. 우리는 강에서 나왔다. 흙투성이가 되었지만 그래도 무사했다. 심으로 말하자면, 전보다 훨씬 깨끗해졌다.

23

너무나 큰 손실

리아는 강둑에 털썩 주저앉았다. 축축하게 젖은 리아의 잎사귀 옷이 햇빛에 반짝였다. 강 표면이 평상시로 돌아오자, 물의 가느다란 손가락이 리아의 손을 가로질러 물을 튀겼다. 물은 그곳에 잠시 붙어 있다, 모래로 스며들었다.

하지만 리아는 알아차리지 못하는 것 같았다. 리아는 시무룩한 표정으로, 강의 끝자락에 자란 에메랄드 빛 갈대를 발로 툭툭 찼다.

나는 리아 옆에 앉았다.

"우릴 구해줘서 정말 고마워."

"내가 아니라 강한테 고마워해. 마르지 않는 강은 이 숲에 있는 오래된 내 친구야. 갓난아기 때 날 목욕시켜주고, 어릴 때에는 내게 물을 주었어. 이제 우리 모두를 구해줬고."

나는 강줄기를 보고 나서 심을 흘끗 쳐다보았다. 심은 벌러덩 드러누워 햇빛을 받고 있었다. 심의 옷에 흙과 꿀이 붙어 있지 않은 모습을 본 건 처음이었다. 이제 보니, 심의 헐렁한 셔츠는 누런 나무껍질 같은 걸로 짜서 만든 것이었다.

갑작스레 검은 눈동자에 노란색 띠가 둘러쳐진 트러블의 눈이 떠올랐다. 그 용감한 매가 꿀벌 떼를 무사히 피했을까? 성난 벌한테서 무사히 살아남았을까? 만약 살아남았다면, 나를 다시 찾아낼 수 있을까? 트러블이 내 어깨에 앉아 있지 않으니, 이상하게도 허전한 느낌이 들었다.

나는 다시 리아를 돌아보았다. 리아는 나보다 훨씬 더 침울해 보였다.

"별로 기뻐 보이지 않는데?"

"어떻게 기뻐할 수 있겠어? 난 오늘 친구 둘을 잃었어. 오랜 친구 하나와 새로운 친구 하나."

리아의 눈은 내 얼굴을 훑었다.

"크웬이 아주 오래전에 버려진 나를 발견한 뒤로, 난 크웬을 줄곧 알고 지냈어. 내가 몇 분 전에 만난 그 늙은 느릅나무는 우리를 구해주려다 쓰러졌어. 둘은 참 달라. 하나는 굽고 뒤틀렸고, 하나는 곧고 키가 컸어. 하나는 내 애정과 믿음을 저버렸고, 하나는 내 생명을 구해주었어. 어쨌거나 난 둘 모두 때문에 몹시 슬퍼."

나는 한숨을 내쉬었다.

"그 느릅나무는 자신의 묘목들을 다시는 못 보겠지."

리아가 턱을 살짝 들어 올렸다.

"아바사는 그 말에 동의하지 않을 거야. 아바사는 이렇게 말할걸. 사후 세계에서 다시 만나게 될 거라고. 우리 모두 언젠가 그렇게 될 거라고 말이야."

"너 정말 그 말을 믿는 거야?"

리아는 숨을 깊이 들이마셨다.

"난…… 나도 잘 모르겠어. 하지만 그 말을 믿고 싶어. 우리의 긴 여정 이후에 우리가 정말로 만나게 될지 아닐지, 난 정말 몰라."

"긴 여정이 뭔데?"

"핀카이라에서 죽은 뒤, 사후 세계로의 여행을 그렇게 불러. 아바사가 그러는데, 인간이 자기가 언제 죽을지 알 필요가 있다면 여정은 더 길어진다고 했어."

"그렇다면 설령 사후 세계가 진짜로 존재한다 할지라도, 내가 그곳에 가려면 영원이 걸릴 거라는 말이잖아!"

"아닐지도 몰라."

리아는 빠르게 흐르는 강물을 흘끗 보고는 이내 나를 바라보았다.

"아바사는 이렇게도 말했어. 언젠가 가장 용맹하고 진실한 영혼들이 긴 여정을 완벽하게 줄여줄 거라고 말이야. 그들이 아주 큰 희생을 해서 죽는 순간 바로 사후 세계로 이르게 된대."

나는 이 말에 콧방귀를 뀌었다.

"그렇다면 죽는 대신, 그저…… 사라지는 거란 말이잖아? 한순간은 이곳에서 고통에 몸부림치다 다음 순간에 사후 세계에서 흥겹게 춤을 춘다고? 그럴 리가 없어."

리아가 고개를 숙였다.

"믿기 어려울 거야."

"믿기 어려운 게 아니라 아예 불가능해! 어쨌든 그런 희생을 할 수 없다면 말이야."

"그게 무슨 말이야?"

"만약 용기가 없다면! 리아, 난…… 널 도와주기 위해 훨씬 더 많은 걸 할 수도 있었어."

나는 입술을 깨물었다.

리아는 나를 안타깝게 바라보았다.

"네가 뭘 어떻게 더 할 수 있었는데?"

"음, 내게는 남다른 능력이 있어. 갈라토와 관계없는 능력이야. 난 그 능력을 아직 제대로 알지도 못해. 그 힘이 엄청나다는 것만 빼고는. 아주 엄청나지."

"네 투시력 같은 능력을 말하는 거야?"

"그래, 그것보다 훨씬 강력해. 더 난폭하고, 더 사나워."

잠시 나는 마르지 않는 강의 휘몰아치는 물소리에 귀를 기울였다.

"난 그런 능력을 달라고 한 적이 전혀 없어! 그냥 내게로 온 거야. 한번은 엄청 화가 나서, 그 능력을 나쁘게 사용하고 말았어. 그 대가로 나는 시력을 잃었어. 그리고 다른 아이는 훨씬 더 큰 희생을 치렀고. 그 능력은 인간을 위한 게 아니야! 난 그 능력을 다시는 사용하지 않겠다고 약속했어."

"누구한테 약속했는데?"

"신. 브랜웰이 기도하는 위대한 치유자. 나는 약속했어. 다시 볼 수 있게 된다면, 내 능력을 영원히 포기하겠다고. 그리고 신은 내 간청을 들어주었어! 하지만 여전히…… 그래도 그때 그 능력을 사용했어야 했어. 널 구하기 위해서 말이야! 약속을 지킬 것이냐 약속을 지키지 않을 것이냐, 그것이 문제야."

리아는 얽힌 곱슬머리 사이로 나를 빼꼼 바라보았다.

"네가 그 능력을 사용하기를 원하지 않은 이유가 그 약속 때문만은 아닌 것 같은데?"

내 입술은 바짝 말랐다.

"사실대로 말하면, 난 내 능력이 두려워. 진심으로 내 능력이 두려워."

나는 야트막한 물에서 갈대 하나를 잡아당겨 마구 주물렀다.

"브랜웬이 한 번은 내게 말했어. 신은 그 능력을 사용하라고 내게 주신 거라고. 내가 그 능력을 완전히 익힐 수 있다면 말이야. 브랜웬이 그랬어. 지혜와 사랑으로 그 능력을 잘 사용하는 법을 배워야 한다고. 하지만 만지는 것조차 두려운데 어떻게 현명하게 사용할 수 있겠어? 자신의 눈과 생명, 영혼을 파괴할 수 있는 뭔가를 어떻게 사랑스럽게 사용할 수 있겠냐고? 그건 불가능해!"

리아는 한참을 가만히 있었다. 그러고 나서 하얀 거품을 일으키며 흐르는 강물을 향해 손을 흔들었다.

"마르지 않는 강은 그저 하나의 물줄기처럼 보여. 이곳에서 저곳으로 흐르는 강줄기. 하지만 사실은 그 이상이야. 강에게는 무언가가 있어. 그것이 무엇이든, 수면 아래 숨어 있는 것을 포함해서 말이야."

"그게 나랑 무슨 상관인데?"

"아주 많이 상관있지. 난 브랜웬 말이 맞다고 생각해. 만약 누군가, 그게 신이든 다그다든 또는 누구든, 네게 특별한 능력을 주었다면, 그건 네가 그 능력을 사용하도록 하기 위한 거야. 마르지 않는 강이 자신의 능력을 사용하는 것처럼 말이야. 너에게는 무언가가 있어."

나는 고개를 가로저었다.

"그럼 약속을 무시해야 한다는 말이야?"

"무시하라는 말이 아니야. 하지만 네 자신에게 물어봐. 그것이 정말 그 신이 원하는 것인지 말이야."

"신은 내게 시력을 돌려주었어."

"신은 네게 능력을 돌려주었어."

"말도 안 돼! 넌 아무것도 몰라……."

나는 소리쳤다.

근처 어디선가 커다란 콧바람 소리가 들려왔다. 난 말을 멈췄다. 깜짝 놀랐다. 멧돼지 소리 같았다. 그때 콧바람 소리가 다시 들렸다. 그 소리는 멧돼지 소리가 전혀 아니라는 걸 깨달았다. 심이 내는 소리였다. 심은 모래톱에서 잠이 들었던 거다.

리아는 작은 거인을 바라보았다.

"진짜 거인처럼 큰 소리로 코를 고네."

"적어도 심의 경우, 넌 그냥 한번 보기만 해도 심이 정말로 누군지 알 수 있어. 내 경우에, 그건 그렇게 단순하지 않아."

리아는 다시 나를 바라보았다.

"넌 네 자신이 누군지 너무 많이 걱정하고 있어. 그냥 네 자신이 되어 봐. 그러면 결국에는 알게 될 거야."

"어쨌거나 내 삶에 대해 이러쿵저러쿵 말하려 하지 마. 정 원한다면, 네 삶이나 신경 써."

나는 화가 나 자리를 박차고 일어섰다.

리아도 따라 일어서며 내 얼굴을 바라보았다.

"네 자신의 삶 말고 다른 사람의 삶에 대해 생각하면 너한테 도움이 될 거야! 난 자신에 대해 이렇게 몰두하는 사람은 처음 봐. 너처럼 이렇게 이기적인 인간은 처음 본다고! 설령 네가……."

리아는 말을 하다 말고 잠시 멈칫했다.

"됐어. 그냥 꺼져버려. 가서 너 자신이나 걱정해."

"나도 막 그럴 참이었어."

나는 마르지 않는 강 옆, 우거진 숲속으로 성큼성큼 걸어 들어갔다. 너무 화가 나서 어디로 향하는지도 신경 쓰지 않았다. 그러다 큰 나무 밑의 덤불에 부딪혀 정강이가 멍들고 넓적다리가 긁혔다. 이 때문에 더 화가 났다. 나는 큰 소리로 욕을 내뱉었다. 마침내 나는 썩어가는 나무 둥치에 앉았다. 그 나무둥치는 이미 흙더미가 다 되어 있었다.

갑작스레 걸걸한 목소리로 외치는 소리가 들려왔다.

"저 녀석 잡아라!"

고블린 전사 둘이, 우리가 상류에서 도망쳤던 바로 그 고블린 전사들이, 덤불에서 뛰어나와 나를 땅으로 내동댕이쳤다. 그중 하나는 내 가슴에 칼을 겨누었다. 다른 녀석은 얼키설키 기운 갈색 천으로 만든 커다란 부대를 꺼냈다.

"이제 어떤 속임수를 써도 전혀 안 통할 거야."

칼을 든 고블린이 으르렁거렸다. 그러더니 옆에 있는 고블린에게 푸르죽죽한 우람한 손으로 신호를 보냈다.

"녀석을 이 부대에 담아."

그 순간 날카로운 새 울음소리가 하늘에서 불쑥 들려왔다. 칼을 든 고블린이 고함을 지르며 쫘당 소리를 내며 넘어졌다. 뾰족한 발톱에 할퀸 고블린의 팔에 피가 흘렀다.

"트러블!"

나는 이 난리법석에서 빠져나와 벌떡 일어섰다.

트러블은 고블린의 얼굴을 발톱으로 난도질하고 날개를 퍼덕이며, 고블린을 몇 발자국 뒤로 몰아세웠다. 고블린이 칼을 휘두를 때마다, 트러블은 고블린의 얼굴에 달려들어 뾰족한 헬멧 아래 보이는 두 눈을 잡아 찢었다. 고블린의 큰 덩치는 싸움에 유리했지만 자그마한 매의 포악성이 엄청난 능력을 발휘했다.

하지만 트러블은 다른 고블린이 싸움에 합류하리라는 걸 계산에 넣지 못했다. 내가 큰 소리로 경고하기도 전에, 두 번째 고블린 전사가 우락부락한 손을 허공에 휘저었다. 고블린한테 달려들던 트러블은 두 번째 고블린이 휘두르던 손에 맞아 나무둥치에 정통으로 부딪히며 정신을 잃고 말았다. 트러블은 양 날개를 활짝 편 채 그대로 누워 꼼짝하지 못했다.

내가 마지막으로 본 건 첫 번째 고블린이 칼을 높이 들어 올려 트러블을 조각내버리는 장면이었다. 이윽고 무언가가 내 머리를 세게 내리쳤다. 그리고 낮이 밤으로 바뀌었다.

24

바꿔치기

다시 정신을 차린 뒤, 나는 벌떡 일어나 앉았다. 머리가 여전히 어질 어질했지만, 사방의 큼지막한 나뭇가지를 알아볼 수 있었다. 나는 향긋 하고 축축한 공기를 깊이 들이켰다. 그러고는 나뭇가지의 조용한 속삭임에 귀를 기울였다. 그 소리는 이상할 정도로 음산하게 들렸다. 내가 아직도 드루마 숲에 있다는 사실은 분명했다.

고블린의 흔적은 어디에도 없었다. 트러블의 흔적도 역시나 없었다. 그 모든 게 악몽이었을까? 그렇다면 왜 머리가 이렇게 심하게 아픈 것일까?

"이제 깨어난 것 같군."

나는 깜짝 놀라 돌아보았다.

"심! 어떻게 된 거야?"

작은 거인은 나를 조심조심 살펴보며 말했다.

"넌 나한테 아주 친절한 적이 없어. 내가 말해주면 날 해칠 거지?"

"아니, 아니야. 내 말 믿어도 돼. 난 널 해치지 않아. 무슨 일이 있었는지 어서 말해줘."

심은 여전히 신중하게 생각에 잠긴 채 둥글둥글한 코를 비벼대며 말했다.

"널 해치지 않아. 확실히, 분명히, 완전히."

"알았어."

심은 나와의 거리를 유지한 채 이끼 긴 땅을 이리저리 오갔다.

"그 멋진 여자애, 그 애는 네가 싸우는 소리를 들었어. 그 애는 고블린들이 널 잡아서 화가 났어. 그 애는 널 찾고 싶었어. 하지만 난 미친 짓이라고 말해줬지. 진짜 그러려고 했어, 진짜로!"

이 지점에서 심은 코를 쿵쿵거리며 냄새를 맡았다. 평상시보다 훨씬 더 분홍빛이 감도는 두 눈으로 나를 흘끔 바라보았다. 뺨에 눈물이 흘러내리며 코 둘레를 둥글게 적셨다.

"하지만 그 애는 심 말을 듣지 않았어. 나도 그 애를 따라갔지. 하지만 난 무서웠어. 아주, 아주, 아주 무서웠다고. 우리는 숲을 지나 네가 고블린들과 싸우는 곳을 찾아냈어."

나는 심의 팔을 움켜잡았다. 작기는 했어도, 선원처럼 근육질이었다.

"매를 봤어? 그 작은 매 말이야?"

작은 거인은 팔을 잡아 뺐다.

"그 애가 나무 옆에서 피투성이 깃털을 찾아냈어. 하지만 매는 없었어. 그 애는 슬펐어. 심은 알 수 있어. 그 매, 네 친구야?"

친구.

나는 친구라는 말을 듣고 깜짝 놀랐다. 그 말을 들으니 슬펐다. 맞다. 하루 전까지만 해도 사라지기만 해준다면 뭐든 다 주겠다고 생각했던 그 새는 정말 내 친구가 되었다. 나를 떠난 바로 그 순간에. 다시 한 번 방금 찾아낸 것을 잃어버린 것이다. 고통스러웠다.

"너도 슬프네."

"그래."

내가 재빨리 대답했다.

"그럼 너는 나머지 이야기를 좋아하지 않을 거야. 멋지지 않아, 전혀."

"그래도 말해줘."

심은 커다란 솔송나무의 튼튼한 뿌리 위로 걸어와 낙심한 듯 앉았다.

"그 애는 네 흔적을 따라갔어. 심도 같이 갔지. 하지만 나는 점점 더 무서웠어. 우리는 고블린들이 야영하는 곳을 찾아냈어. 고블린들은 서로 싸우고 있었지. 서로 밀치고 고함쳤어. 그러더니…… 그 애가 바꿔치기했어."

나는 깜짝 놀라 물었다.

"바꿔치기했다고?"

심의 뺨에 또 한 번 눈물이 흘러내려 코 둘레를 둥글게 적셨다.

"난 그 애한테 그러지 말라고 했어! 말했단 말이야! 하지만 그 애는 나한테 조용히 하라고 하더니 네가 들어 있는 부대로 몰래 다가갔어. 그러고는 부대를 풀어서, 널 꺼내고 이 관목 숲으로 왔어. 그 애는 노력했어, 우리 둘 다 노력했어. 널 깨우려고 말이야. 하지만 넌 마치 죽은 것 같았어. 그래서 그 애는 직접 부대 안으로 기어 들어갔어! 나는 그 애를 말리려고 했어. 근데 그 애가 말하기를……."

"뭐라고? 어서 말해줘!"

"그 애는 자기가 꼭 그렇게 해야 한다고 말했어. 왜냐하면 네가 드루마 숲의 유일한 희망이기 때문이래."

내 심장은 납처럼 굳어졌다.

"그때 고블린들이 싸움을 멈추었어. 부대 안을 확인해보지도 않고,

그 애를 데리고 가버렸어."

"안 돼! 안 돼! 그렇게 해서는 안 되는 거였어!"

심은 겁을 먹고 움츠러들었다.

"네가 좋아하지 않을 거라는 거 나도 알았어."

"녀석들이 리아를 발견하는 즉시 녀석들은…… 아, 너무 끔찍해!"

"정말 끔찍해, 그래."

리아의 모습이 내 마음을 가득 채웠다. 소모라의 달콤한 나뭇가지 밑에서 열매를 잔뜩 따먹던 모습. 밤하늘의 가장 어두운 곳에 있는 별자리를 내게 알려주던 모습. 얼굴에 비처럼 쏟아져 내리는 이슬을 맞으며 아바사를 맞이하던 모습. 내 손가락에 자기 손가락을 걸던 모습. 수정 동굴 안에서 나와 반짝이는 갈라토를 바라보던 모습…….

"내 유일한 친구 둘이 같은 날 사라져버렸어."

나는 이끼로 덮인 잔디를 주먹으로 내리쳤다.

"난 항상 이 모양이야! 내가 찾는 것마다 다 잃고 말아."

심의 자그마한 어깨가 축 처졌다.

"이것을 멈추기 위해 우리가 할 수 있는 건 아무것도 없어."

나는 심을 향해 얼굴을 휙 돌렸다.

"아, 그래. 방법이 있어. 리아를 찾아 나설 거야."

다리에 힘이 없었지만, 나는 억지로 일어섰다.

심은 움찔했다. 나무뿌리에서 뒤로 자빠질 뻔했다.

"너 완전 미쳤어!"

"그럴지도 몰라. 하지만 싸워보지도 않고 하나 남은 친구마저 잃고 싶지는 않아. 리아를 어디로 데리고 갔든, 난 녀석들을 끝까지 쫓아갈 거야. 슈라우디드 성으로 가야 한다고 해도 말이야."

"미쳤어. 넌 완전히 미쳤어."

심이 되풀이해서 말했다.

"그 녀석들이 어느 길로 갔어?"

"강 아래로. 아주 빨리 걸어갔어."

"그럼 나도 갈 거야. 잘 가."

"기다려. 나도 완전히 미쳤어."

심이 내 무릎을 꽉 잡았다.

작은 거인의 의지가 놀랍긴 했지만, 나는 고개를 가로저었다.

"안 돼. 널 데리고 갈 수는 없어, 심. 넌 방해만 될 뿐이야."

"난 전사가 아니야. 그건 사실이야. 난 거의 모든 걸 무서워해. 하지만 나도 완전히 미쳤어."

한숨이 나왔다. 나 자신이 대단한 전사가 아니라는 걸 나도 알았다.

"안 돼."

"부탁이야, 제발."

"안 돼."

"그 애. 그 애는 내게 달콤하게 대해줬어. 꿀처럼 달콤하게! 난 그 애를 도와주고 싶단 말이야."

잠시 동안 나는 내 무릎에 매달려 위를 올려다보는 심의 얼굴을 유심히 내려다보았다.

"알았어. 따라와도 좋아."

마침내 내가 말했다.

3부

25
지팡이와 단검

우리는 몇 시간 동안 마르지 않는 강을 따라 반들반들한 돌과 낮은 나뭇가지 위를 기어올랐다. 마침내 강이 남쪽으로 굽이쳤다. 우리는 드루마 숲의 동쪽 끝에 이르렀다. 가느다란 나무 숲 사이로 밝은 강줄기와 그 너머 마름병 땅의 그늘진 평야가 보였다. 이 좋은 위치에서 보니, 마르지 않는 강은 내가 핀카이라에 온 첫날에 모래언덕에서 어렴풋이 보았던 그 반짝이는 강줄기였다는 사실이 분명했다.

저 멀리 강 하류 쪽에 달걀 모양의 바위가 모여 있는 게 보였다. 바위는 양쪽에 아무렇게나 뻗어 있었다. 적어도 바위 하나는 강줄기 한가운데에 놓여 있었다. 그쪽 강줄기가 더 넓고 얕아 보였다. 그렇다면 거기가 강을 건너기에 안성맞춤이었다. 반대편 강둑 위에는 나무들이 줄지어 자라고 있었다. 마치 과수원 같았다. 하지만 그곳이 과수원이라면, 내가 지금껏 본 것 중에서 가장 들쭉날쭉한 과수원이었다.

뒤에서 잔가지가 탁탁 소리를 냈다. 돌아보니 심이 있었다. 심은 고사리 밭 사이를 힘겹게 빠져나왔다. 녹색 고사리 줄기가 심의 땅딸막한 다리를 감싸고 있었다. 심은 고사리 밭에서 몸을 비틀고 펄쩍 뛰었다.

251

펄럭이는 노란색 셔츠, 털이 덥수룩한 다리, 톡 튀어나온 코가 결합되어 사람이라기보다는 옷을 엉망으로 입은 꼭두각시에 더 가까워 보였다. 하지만 심의 거친 갈색 머리카락(여전히 꿀과 흙먼지와 나뭇가지들이 뭉쳐 있었다)과 불타는 듯한 분홍색 눈은 아직 살아 있다는 사실을 여실히 보여주었다. 더불어 몹시 화가 나 있다는 것도.

"미친 짓이야. 이건 미친 짓이야!"

심은 마침내 고사리 밭에서 벗어나더니 중얼거렸다.

"돌아가고 싶으면 돌아가."

내가 제안했다.

심은 주먹코를 긁었다.

"네 생각을 다 알아! 넌 내가 안 갔으면 좋겠지? 흥, 난 갈 거야. 가서 리아를 구해낼 거야."

심은 내 곁에 바짝 다가왔다. 그래 봤자 내 무릎보다 약간 더 높을 뿐이었다.

"너도 알겠지만, 쉽지 않을 거야."

작은 거인은 팔짱을 낀 채 내게 이마를 찡그렸다.

나는 투시력으로 강 건너편 땅을 다시 한 번 바라보았다. 심어놓은 나무들을 비롯해 모든 것이 내가 드루마 숲에서 보았던 색보다 훨씬 활기가 없어 보였다. 핀카이라가 보여준 그 생동감은 우리가 강을 건너자마자 사라질 것이다. 나는 숲에서 밝은색을 보는 데 점차 익숙해졌다. 심지어 투시력이 향상되었다는 희망을 품기도 했다. 하지만 이제 진실을 알게 되었다. 내 앞의 풍경이 희미해진 것처럼, 내 투시력 또한 예전처럼 희미해져갔다.

그리고 예전처럼, 적갈색이 저 너머 평원을 기이하게 칠해놓았다. 동

쪽 땅 모두, 특히 저 멀리 시커먼 산 능선에서 리아가 '말라비틀어진 피'
라고 말했던 바로 그 색이 보였다.

나는 향기로운 숲속 공기를 깊이 들이마셨다. 어쩌면 마지막이 될지
도 모른다는 생각에 나뭇가지의 끊임없는 속삭임에 귀를 기울였다. 나
는 나무가 들려주는 이 복잡하고 다양한 언어를 이제 막 알아차리기
시작했을 뿐이다. 뭔가 미묘하고 뭔가 압도적이었다. 나무가 지금 내게
뭐라고 말하는지 궁금했다. 저 목소리를 제대로 이해할 수 있으면 좋으
련만. 나는 스스로에게 조용히 다짐했다. 이 숲에 다시 돌아올 수만 있
다면, 꼭 배울 것이다. 그리고 그 비밀을 소중히 간직할 것이다.

내 머리 바로 위에서 솔송나무 가지가 흔들렸다. 향기로운 냄새가 공
기 중에 가득 찼다. 팔을 위로 뻗어, 엄지와 검지로 납작한 솔잎을 문질
렀다. 이렇게 하면 왠지 손에서 평생 숲의 냄새가 날지도 모른다. 충동
적으로 나는 큰 가지 한가운데를 손으로 감쌌다. 그러고는 다른 사람의
손을 쥐는 것처럼 손에 힘을 꽉 쥐고 잡아당겼다. 나뭇가지가 흔들리는
게 느껴졌다.

나뭇가지가 갑작스레 톡 부러졌다. 나뭇가지를 꼭 쥔 채, 나는 고사
리 밭에 심 위로 굴러 넘어졌다.

"이 멍청한 바보야!"

작은 거인이 일어서더니 내 팔을 한 대 치려 했다. 하지만 잘못 치는
바람에 고사리 밭으로 다시 넘어졌다.

"도대체 뭐하는 짓이야? 날 뭉개버릴 뻔했잖아!"

작은 거인은 초록색 잎에 얽힌 채 소리쳤다.

"미안. 나뭇가지가 부러졌어."

나는 진지한 표정을 지어 보이며 대답했다.

큼지막한 코 뒤에서, 분홍색 눈동자 두 개가 나를 향해 이글이글 타올랐다.

"심도 거의 부러질 뻔했다고!"

"미안하다고 했잖아."

심은 다시 일어나서 사납게 으르렁거렸다.

"네가 더 미안하게 해주지."

심은 주먹을 꽉 쥐고는 다시 휘두를 태세를 갖추었다.

바로 그때, 내 손에 쥔 나뭇가지를 보았다. 깜짝 놀랐다. 나무껍질이 벗겨지기 시작한 것이다. 동시에, 큰 가지에 붙어 있던 잔가지들이 떨어져 나갔다. 하나씩하나씩 내 무릎에 솔잎이 떨어졌다. 벗겨진 나무껍질이 도르르 말리면서 떨어져 나갔다. 마치 눈에 보이지 않는 칼이 스치고 지나간 것 같았다.

심은 이 모습을 지켜보며 주먹을 풀었다. 심의 얼굴에는 경이로운 표정이 가득했다.

이제 내 무릎에 있는 나뭇가지는 더 이상 나뭇가지가 아니었다. 튼튼하고 곧은 막대기였다. 윗부분은 두툼하고 옹이가 있었다. 아래로 갈수록 점점 가늘어졌다. 막대기를 높이 들어 올려보니, 나보다 머리 하나는 더 컸다. 나는 막대기를 두 손으로 어루만져봤다. 부드러운 나뭇결이 느껴졌다. 순간, 나는 깨달았다.

나는 막대기를 지지대 삼아 고사리 밭에서 일어났다. 향기로운 솔송나무 앞에 서서, 내가 이 숲에 처음 들어섰을 때 지팡이를 찾으려 했던 어설픈 시도를 기억해냈다. 나는 고개를 숙여 나무에게 감사의 인사를 했다. 이제 나는 지팡이를 손에 쥐었다. 나는 숲의 경계를 넘어가는 여행을 함께할 드루마 숲의 작은 나뭇가지를 무엇보다 소중하게 쥐고 있었다.

"설마 그 막대기로 날 때리려는 건 아니겠지?"

심이 약간은 얌전하게 물었다.

나는 심을 매섭게 바라보았다.

"네가 날 안 때리면, 나도 널 안 때릴 거야."

작은 거인의 몸이 굳어졌다.

"널 때릴 생각은 아니었어."

나는 눈썹을 치켜뜨고 아무 말도 하지 않았다. 새로운 지팡이를 손에 쥔 채, 강 하류 달걀 모양의 바위를 향해 성큼성큼 걸어갔다. 심은 관목 사이를 힘겹게 헤치며, 내 뒤를 바짝 따라왔다. 전처럼 투덜거렸지만 그렇게 큰 소리를 내지는 않았다.

잠시 뒤 우리는 달걀 모양의 바위에 도착했다. 여기서 강은 상당히 넓어지며 하얀색 돌무더기 위를 흘러갔다. 물은 여전히 빠른 속도로 흘렀지만, 예상했던 대로 퍽 얕아 보였다. 바위 아래의 강둑 위에 있는 진흙에 커다랗고 묵직한 발자국이 보였다.

"고블린들이야."

심이 발자국을 살펴보고는 말했다.

"마르지 않는 강이 저들을 쉽게 건너지 못하게 만든 게 분명해."

심은 나를 흘끗 쳐다보았다.

"난 강 건너기 싫어. 정말로, 진짜로, 솔직히."

나는 지팡이 끝을 꼭 쥐고 기댔다.

"넌 건널 필요 없어. 너 하고 싶은 대로 해."

"얼마나 멀리 갈 건데?"

"리아가 있는 곳이라면 어디든! 고블린들은 자신들이 갈라토를 자루에 담았다고 생각하고 있으니까, 분명 스탕마르의 성으로 향하고 있을 거야. 저들이 그곳에 도착하기 전에 우리가 따라잡을 수 있을지 모르겠어. 하지만 따라잡도록 해봐야지. 그게 우리의 유일한 희망이자 리아의 유일한 희망이야."

나는 투시력으로 저 멀리 그림자가 드리워진 언덕을 훑어보았다. 지금껏 보았던 그 어떤 폭풍우보다 더 시커먼 구름 벽이 언덕 위에 솟아 있었다. 그로 인해 동쪽 끝 언덕은 완전히 칠흑 같았다. 슈라우디드 성의 위치에 대한 리아의 설명이 떠올랐다.

"그 성은 동쪽 끝에 있어. 어둠의 언덕 중에서도 가장 어두운 곳에 말이야. 그곳에서는 밤이 절대 끝나지 않아."

리아가 그 언덕에 이르기 전에 내가 먼저 리아를 찾아야만 한다!

밤이 절대 끝나지 않는 곳.

그런 어둠 속에서라면 나는 아무것도 보지 못할 것이다. 그렇다면 거의 희망이 없었다.

심은 침을 꼴깍 삼켰다.

"좋아, 나도 가. 성 끝까지 가지 못할지도 몰라. 그래도 나도 가."

"확실해? 저기에는 꿀이 많이 없을지도 몰라."

심은 강물 속으로 걸어 들어가는 것으로 대답을 대신했다. 심은 물살에 맞서 힘겹게 몇 발 걸어갔다. 하지만 물에 반쯤 잠긴 바위에 거의 다가갔을 즈음, 심이 허우적거렸다. 심은 갑작스레 자신이 아주 깊은 물속에 있다는 사실을 깨닫고는 자그마한 팔을 마구 휘저으며 소리쳤다. 나는 얼른 달려가 심이 물속에 가라앉기 전에 구해주었다. 심을 내 어깨 위로 잡아당기고 나서, 나는 강을 건넜다.

"고마워. 이 물은 아주 축축해."

심이 헐떡거리면서 고개를 절레절레 저었다. 내 얼굴 여기저기에 물이 마구 튀겼다.

조심스레 나는 물결치는 강에 발을 들여놓고 나서 지팡이를 지지대 삼았다.

"내 코에서 네 두 손을 치워주면 정말 고맙겠어."

"하지만 난 꽉 잡고 있을 손잡이가 필요하다고."

"그럼 네 코를 잡아!"

나는 큰 소리로 말했다. 심을 따라오게 한 게 실수였다는 생각이 들었다.

"좋아."

심은 코맹맹이 소리로 대답했다. 심이 진짜로 자기 코를 잡고 있었다.

빠르게 흐르는 강으로 한 발 한 발 내디딜 때마다, 뭔가가 내 가죽 신발을 밀쳐내며 나를 숲으로 잡아당기는 느낌이 들었다. 물살이 잡아당기는 게 아니었다. 오히려 보이지 않는 손 수백 개가 드루마 숲을 떠나는 날 막으려는 것 같았다. 그 손이 물속에 있는 것인지 아니면 내 마음속에 있는 것인지 알 수 없었다. 하지만 내가 반대쪽 강둑에 다가갈수록 내 다리는 점점 무거워졌다.

마음속에 불길한 예감이 부풀어 올랐다. 동시에 어떤 그림이 떠올랐다. 그건 내 투시력이 아닌 다른 원천에서 나오는 이미지였다. 갑작스레 내 숨은 능력이 작동하고 있다는 걸 깨달았다. 이것은 미래에 펼쳐질 이미지다!

"안 돼."

나는 소리쳤다. 내가 머리를 아주 세차게 흔드는 바람에 심은 떨어지지 않으려 내 머리카락을 꽉 붙잡아야 했다.

이미지가 사라졌다. 내 능력도 흐려졌다. 하지만 불길한 예감만큼은 여전히 남아 있었다. 전보다 훨씬 강렬했다.

동쪽 강둑 위를 건널 때, 심은 내 어깨에서 꿈틀꿈틀 내려왔다. 그러면서 내 귀를 후려갈긴 후 소리쳤다.

"아얏! 왜 그래?"

"오는 내내 내 코를 잡고 있게 만든 벌이야."

심을 강물 속에 처박으려는 생각이 머릿속에 스쳐 지나갔다. 하지만 어쨌든 그 충동을 꾹 참았다. 그런데 과수원의 풍경을 가까이서 보자 화가 치밀어 올랐다. 제대로 자라지 못해 가느다란 나무들은 드루마 숲의 가장 오래된 나무들보다 훨씬 더 앙상해 보였다. 사실 강에서 이렇게 멀리 와보니 무척 병약해 보였다. 살아 있는 유령에 불과했다. 드디어 마름병의 땅에 들어선 것이다.

나는 그나마 튼튼한 나무로 가까이 다가갔다. 나뭇가지가 강 위로 드리워져 있었다. 나는 팔을 뻗어 시들어 말라빠진 자그마한 열매 하나를 잡아당겼다. 손으로 열매를 돌려 땄다. 질긴 딱딱함, 녹슨 것 같은 갈색, 쭈글쭈글한 표면에 무척 당혹스러웠다. 냄새를 맡으니, 의심이 확신으로 변했다. 그건 사과였다. 그렇게나 말라빠진 사과는 처음이었다.

난 그 사과를 심한테 던져주었다.

"저녁식사야."

작은 거인은 사과를 잡았다. 그러면서 미심쩍은 표정으로 사과를 입에 가져다 댔다. 마침내 한입 베어 물었다. 찡그린 얼굴 표정이 모든 걸 말해주었다.

"퉤! 날 독살할 생각이야?"

나는 싱글거리며 말했다.

"아니, 설마 그걸 먹을 줄은 몰랐지."

"그럼 날 속이려고 한 거야?"

"그건 부인할 수 없지."

심은 옆구리에 손을 얹었다.

"그 여자아이가 여기 있으면 좋으련만!"

나는 무겁게 고개를 끄덕였다.

"나도 그래."

그 순간 뭔가 보였다. 저 멀리 한 줄로 늘어선 나무의 마지막 줄 너머, 동쪽 평원에서 여섯 개의 형체가 무리지어 걸어 나왔다. 놈들은 곧장 과수원으로 향하는 것 같았다. 고블린 전사들이었다! 들고 있는 칼, 갑옷의 가슴받이, 뾰족한 헬멧은 늦은 오후의 햇살을 받아 반짝반짝 빛났다. 나는 고블린 전사들이 언덕 뒤로 사라지는 모습을 지켜보았다. 비록 언덕 때문에 보이지 않았지만, 우락부락한 목소리는 점점 크게 들려왔다.

고블린을 본 심은 그 자리에 굳어버렸다.

"우리 이제 어쩌면 좋지?"

"어딘가 숨어야지."

하지만 어디로? 우리가 서 있는 곳에서는 뒤에 숨어 몸을 웅크릴 만한 바위 하나 보이지 않았다. 시들어버린 식물은 전혀 보호막이 되어주지 못했다. 강둑을 따라 나 있는 언덕은 나지막하고 완만했다. 자그마한 도랑조차 없었다.

고블린 전사들은 언덕 꼭대기에 이르렀다. 목소리가 더 커져갔다. 묵직한 발소리도 커져갔다. 심장이 요동쳤다. 나는 주변을 두리번거리며 숨을 곳이 있는지 찾아보았다.

"여기! 이리로 와!"

어떤 목소리가 속삭였다.

뒤돌아보니 과수원 저쪽 끝에 있는 나무뿌리 사이에서 머리 하나가 톡 튀어나와 있었다. 심과 나는 그곳으로 쏜살같이 달려갔다. 판 지 얼마 안 되는 깊은 도랑 하나가 있었다. 아직 강으로 이어지지 않은 도랑이었는데, 그 안에는 어깨가 넓고 볕에 까맣게 그을린 남자 하나가 서 있었다. 턱이 다부지고 머리는 갈색이었는데, 머리에는 흙이 덕지덕지 묻어 있어 더욱 갈색이 되었다. 맨 가슴 아래에는 헐렁한 갈색 각반을 차고 있었다. 그 남자는 삽을 꼭 움켜쥐고 있었다. 잘 훈련받은 군인이 칼을 쥐고 있는 것 같았다.

그 남자가 우리에게 삽을 흔들었다.

"이리 들어와, 젊은이들. 빨리."

우리는 즉시 시키는 대로 했다. 나는 지팡이를 한쪽으로 던지고는 도랑 안으로 뛰어들었다. 심도 나를 따라 뛰어들어왔다. 고블린 전사들은 언덕 위로 행진해 과수원으로 들어섰다. 재빨리 그 남자는 우리를 흙과 잎사귀로 덮어주었다. 우리가 각자 숨 쉴 수 있는 자그마한 구멍만 남겨주었다.

"너 거기!"

고블린 전사의 목소리가 들렸다. 흙더미 아래에서 들으니, 그 목소리는 드루마 숲에서 무리를 이끌던 고블린의 목소리보다 조금 더 날카롭게 들렸다. 어쨌거나 불쾌하게 들리기는 마찬가지였다.

"저요?"

도랑 파는 남자가 대답했다. 하던 일을 멈춰야 해서 당황한 듯한 목소리였다.

"우린 위험한 죄수를 찾고 있다. 오늘 아침에 탈출했어."

"누구한테서요?"

도랑 파는 남자가 물었다.

"간수들한테서, 이 어릿광대야! 그러니까, 예전 간수들. 죄수를 놓치는 바람에 머리도 잃어버렸지. 이 강을 건너는 사람 본 적 있어? 어서 바른 대로 말해봐!"

고블린 전사는 쌕쌕거렸다.

도랑 파는 남자는 한참 동안 가만히 있다 대답했다. 나는 그 남자가 우리를 그냥 고블린한테 넘겨버리지는 않을지 의심이 들기 시작했다.

"음, 누굴 보긴 봤어요."

도랑 파는 남자가 마침내 입을 열었다.

난 흙더미 아래에서 배가 뒤틀렸다.

"누구?"

"그러니까…… 어린 남자아이였어요."

흙과 뒤섞인 땀이 입술을 찔렀다. 내 심장은 두근거렸다.

"어디서, 언제?"

고블린 전사가 큰 소리로 물었다.

다시 도랑 파는 남자는 가만히 있었다. 나는 밖으로 튀어나가 고블린 전사들에게서 달아나야 하나 고민했다.

"몇 시간 전에, 강 하류 쪽으로 갔어요. 바다 쪽으로요."

도랑 파는 남자가 대답했다.

"거짓말 아니지?"

고블린 전사가 거친 목소리로 물었다.

"정말이에요. 난 늦었어요. 해 질 녘까지 이 도랑을 다 파야 해요."

"하! 이 오래된 과수원을 구하고 싶다면 도랑 말고 더 많은 게 필요할 거다."

또 다른 고블린 전사의 목소리가 들려왔다. 다른 고블린에 비해 말이 느리고 목소리가 묵직했다.

"나무를 좀 베어서 이 불쌍한 녀석의 일 좀 덜어주면 어떨까?"

그 말에 고블린 전사들이 모두 웃어댔다.

"아니, 해 질 녘까지 죄수를 잡으려면 꾸물거릴 시간 없어."

첫 번째 고블린 전사가 단호하게 말했다.

"그 멍청한 여자아이는 어떻게 했대?"

떼거지들이 땅을 쾅쾅 걸어 행진해 가는 동안, 또 다른 고블린 전사가 귀에 거슬리는 목소리로 물었다.

나는 흙더미에서 머리를 내밀었다. 하지만 저들이 저만치 가버리는 바람에 대답을 제대로 듣지는 못했다. 내가 들을 수 있는 말이라고는 '왕'이라는 단어와 약간 뒤에, '차라리 죽는 게 낫지.'라는 말뿐이었다.

나는 옷에 묻은 흙을 털어냈다. 고블린의 걸걸한 목소리가 마침내 휘휘 도는 강의 물소리에 묻혀 사라지고 난 뒤, 나는 도랑에서 기어나와 그 남자를 마주 보았다.

"감사합니다. 정말 감사합니다."

그 남자는 흙에 삽을 푹 꽂고는, 우람한 손을 내밀었다.

"난 혼이라고 해, 젊은이. 도랑 파는 그저 평범한 사람이야. 하지만 누가 좋은 사람이고 누가 나쁜 놈인지 정도는 알고 있지. 두꺼비 같은 덩치들의 적은 누구든 내 친구야."

나는 손을 잡고 악수를 했다. 혼의 손은 내 손을 거의 집어삼킬 듯했다.

"전 엠리스라고 해요. 그리고 여기 제 용감한 동료는 심이고요."

나는 발 옆 흙더미를 가볍게 밀었다.

심이 툭 튀어나왔다. 심은 입에서 흙을 퉤퉤 뱉으며 나를 노려보았다.

"우린 이제 가야 해요. 갈 길이 멀어요."

내가 말했다.

"어디로 가는 건데?"

나는 숨을 깊이 들이쉬었다.

"왕의 성으로요."

"슈라우디드 성은 아니겠지, 젊은이?"

"그 성 맞아요."

혼은 믿을 수 없다는 것처럼 고개를 저었다. 그러자 귀가 드러났다. 삼각형 모양이었다. 푸석푸석한 갈색 머리카락 아래, 귀 끝이 뾰족했다.

"슈라우디드 성. 아주 오래전에 만든 현명한 도구 일곱 개가 보관되어 있는 곳이지. 사람들이 그 보물을 전부 가지고 있던 때를 기억하고 있어. 하지만 이제 그것들은 그저 왕의 물건에 지나지 않아! 밭을 갈던 쟁기…… 씨앗을 키우던 괭이…… 필요한 만큼만 나무를 자르던 톱……."

혼은 중얼거렸다. 그러더니 이내 하던 말을 뚝 그쳤다.

"거긴 왜 가려는데?"

"누구 좀 찾으려고요. 친구요."

마치 내가 제정신이 아닌 것처럼 혼은 나를 쳐다보았다.

"그 성이 어디에 있는지 알려줄 수 있어요?"

혼은 삽을 들어 올리더니 어둠의 언덕 방향의 허공에 대고 찔렀다.

"저쪽이야. 더 이상은 말해줄 수 없어, 젊은이. 하지만 이것만은 말해줄게. 계획을 바꾸는 게 현명할 거야."

"그럴 수는 없어요."

혼은 얼굴을 찡그리며 나를 유심히 살펴보았다.

"엠리스, 널 처음 보지만 핀카이라에 행운이 남아 있다면, 너한테 행운을 빌게."

혼은 도랑 옆에 놓아둔 셔츠에 손을 뻗었다. 그러고는 닳아빠진 길쭉한 단검 하나를 꺼냈다. 자기 손에 그걸 한 번 만지작거리더니 내게 건넸다.

"여기. 이건 나보다 너한테 더 필요하겠다."

26

음유시인의 마을

나는 물결치듯 솟아오른 어둠의 언덕을 향해 툰드라*를 성큼성큼 걸어갔다. 약초가 든 작은 가죽 가방은 묵직했다. 혼이 준 단검이 그 안에 들어 있었다. 신발 소리가 바싹 마른 딱딱한 땅에서 터벅터벅 울려 퍼지고, 지팡이가 탁탁 땅에 부딪히는 소리가 났다. 옹이 진 지팡이 끝에 어깨가 스칠 때마다 솔송나무 향이 은은하게 퍼졌다.

심은 미친 짓이라며 혼자서 투덜거리면서도 나와 보조를 맞추려 부단히 애썼다. 하지만 지체할 시간이 없었기에, 나는 심을 위해 속도를 늦추지는 않았다. "차라리 죽는 게 낫지."라는 고블린 전사의 말이 계속해서 머릿속에 맴돌았다.

이 툰드라에도 가까스로 살아남은 뾰족한 풀, 고사리 덤불 그리고 숲이 듬성듬성 있기는 했지만, 어두운 지평선까지 쭉 뻗어 있는 이 평원은 주로 흐리멍덩한 잿빛과 녹슨 빛으로 물들어 있었다. 나는 희미해져 가는 드루마 숲의 초록 언덕을 어깨 너머로 몇 차례 돌아보았다. 그곳

---

*지하에 일 년 내내 녹지 않는 땅이 있고, 강수량이 적은 지역.

의 푸르름을 떠올리려 노력했다. 태양이 나무껍질 위로 낮게 가라앉자, 우리 그림자는 더 길고 짙어졌다.

저 멀리 잎사귀 하나 없는 시커먼 나무들이 보였다. 가까이 다가가면서 나는 현실을 깨달았다. 나무둥치와 나뭇가지처럼 보였던 건 실제로는 집과 축사의 골격이었다. 그곳은 크르 베드위드 정도 크기의 마을이었는데, 사람이나 동물은 하나도 남아 있지 않았다. 건물은 완전히 불에 타버렸고, 돌벽은 무너져 내렸다. 재투성이 길옆에, 한때는 아이의 침대였을 나무 요람이 산산조각 나 있었다. 왜 이 마을이 이렇게 파괴되었는지, 말해줄 사람이 아무도 남아 있지 않았다.

우리는 어둠의 언덕을 향해 계속 움직였다. 두 귀를 쫑긋하고 투시력을 발휘해 고블린 전사의 흔적을 찾아보았지만, 아무것도 보이지 않았다. 그렇다고 안심할 수가 없었다. 해가 지고 있다는 첫 번째 표시가 이미 하늘을 물들이고 있었다. 한 시간만 지나면 밤이 찾아올 것이다. 어두워지고 나면 이 땅에 뭐가 돌아다닐지 알 수 없었다.

그러는 내내 심은 내 뒤에 한참 뒤처져 있었다. 심은 연신 멈추어서 쉬었다. 나는 계속 재촉할 수밖에 없었다. 심은 기운이 다 빠졌다. 내 시력도 마찬가지였다. 어쩔 수 없이 날이 저물기 전에 우리가 쉴 곳을 찾아야겠다는 결론을 내렸다. 하지만 어디에서? 이 황폐한 평원에서는 선택의 여지가 그리 많지 않았다.

우리는 점점 가팔라지는 언덕과 움푹한 땅을 따라 계속 걸어갔다. 그림자가 길어지자 두려움도 커져갔다. 반은 늑대 울음, 반은 바람 소리 같은 기이한 소리가 들려왔다. 여러 번이나 재촉했는데도 심은 점점 더 뒤처졌다.

마침내 언덕 꼭대기에 올라서서, 저 아래 마을을 흘끗 내려다보았다.

포근해 보이는 노란색 횃불이 거리를 수놓았다. 진흙 벽돌로 지은 나지막한 집에서 화롯불이 타고 있었다. 나무 타는 냄새에 곡식 익는 냄새가 섞여 있다는 걸 깨닫자, 입에서 침이 고였다.

심은 내 곁에 다가와 나와 눈빛을 교환했다. 심은 기쁨에 넘친 환호성을 내지르며 마을 입구를 향해 내달리기 시작했다. 어색하지만 그래도 희망을 가득 품은 채 나도 그 뒤를 따라 달려 내려갔다.

우리가 가까이 다가가자, 문 옆에 앉아 있던 남자 하나가 갑작스레 벌떡 일어섰다. 그 남자는 키가 크고 삐삐 말랐는데, 손에는 창을 들고 있었다. 옷은 수수하고, 빽빽하고 시커먼 턱수염이 얼굴 대부분을 덮고 있었다. 유별나게 크고 짙은 두 눈이 눈에 띄었다. 희미한 불빛 속에서도, 눈이 무시무시하게 번들거렸다. 그 눈빛이 두려움 때문이라는 느낌을 떨쳐낼 수 없었다. 사실 그 남자의 눈은 광인처럼, 죽음의 문턱에서 겁을 먹고 있는 동물처럼 보였다.

결의를 다진 채, 그 남자는 내 가슴에 창을 겨누었다. 아무런 말도 하지 않았지만, 그 남자의 표정은 섬뜩했다.

"우리는 싸우러 온 게 아니에요. 우리는 여기 처음 온 사람들이에요. 하룻밤 묵을 곳을 찾고 있을 뿐이에요."

남자는 커다란 눈을 부릅뜬 채 아무 말도 하지 않았다. 대신 창을 더 가까이 밀어붙였다. 그 바람에 창이 내 지팡이에 부딪히며 가까스로 내 손을 비껴갔다.

"우리 배고파. 배고프고 졸려."

심이 투덜거렸다.

남자는 아무 말 없이 우리를 향해 자신의 창을 다시 밀어붙였다. 그때서야 나는 그 남자 뒤, 문기둥에 비스듬히 매달려 있는 글귀를 알아차렸다. 비바람을 맞아 낡을 대로 낡은 표지판에 글귀가 새겨져 있었다.

음유시인의 마을, 크르 네이단에 오신 걸 환영합니다.

그 아래에는 '이곳에서 노래는 영원하리라'라는 글이 새겨져 있었다. 하지만 그 뒤에 적힌 문구는 제대로 보이지 않았다. 확신할 수는 없었지만, 닳아서 지워져버린 것 같았다.

문틈으로 한 여자가 보였다. 그 남자와 마찬가지로 키가 크고 표정이 어두웠는데, 마을 광장을 서둘러 지나가고 있었다. 여자는 집 안으로 들어가기 전에 잠깐 멈추어서 아이 둘을 손짓으로 불렀다. 아이들은 네댓 살 정도 되어 보였는데, 검은 머리카락이 어깨까지 흘러내렸다. 아이들이 그 여자에게 달려가자 문이 쾅 닫혔다. 아이들이 맨발로 걸어가는 소리는 들렸지만 목소리는 전혀 들리지 않았다. 뭔가 석연치 않은 느낌이 들었다. 여자와 아이들도 창을 든 남자와 마찬가지로 아무 말이 없었다.

순간, 이 마을 어디에서도 목소리가 들리지 않는다는 걸 깨달았다. 갓난쟁이도 울지 않았다. 친구들도 웃지 않았다. 이웃들은 밀 가격이 얼마나 되는지, 이가 왜 들끓는지, 비가 올지 안 올지를 두고 떠들어대지 않았다. 그 어떤 분노와 기쁨과 슬픔의 소리도 없었다.

목소리가 전혀 없었다.

남자는 창을 다시 겨누었다. 이번에는 내 옷자락에 거의 닿을 뻔했다. 나는 천천히 뒤로 물러섰다. 남자의 무시무시한 눈빛을 떠올렸다. 눈살을 찌푸린 채 나는 그 남자한테 말했다.

"당신과 당신 마을에 무슨 일이 있었는지는 모르겠지만, 정말 유감입니다."

창은 허공을 가르며 다시 내 가슴 가까이 다가왔다.

"이봐, 심. 우리는 여기에서 환영받지 못해."

작은 거인은 훌쩍거렸지만, 몸을 돌려 나를 따라왔다. 우리는 툰드라를 가로질러 터벅터벅 발걸음을 옮겼다. 음유시인의 마을만큼이나 아무 말 없이……. 아른거리는 횃불을 뒤에 남겨두고 왔지만, 슬픔에 잠긴 침묵은 계속해서 우리를 따라왔다.

우리 뒤에 저녁노을이 드루마 숲 위로 짙은 보라색 커튼을 드리웠다. 우리 앞에 어두운 밤이 갑작스레 깊어갔다. 나는 단조로운 이 평원 위에서 쉴 곳을 찾으려는 희망을 어쩔 수 없이 포기해야만 했다. 하지만 코앞의 내 지팡이도 보이지 않을 때까지 계속 찾아봐야 한다는 걸 알았다. 그렇지 않으면 저 멀리서 배고픔에 으르렁거리는 정체 모를 형체처럼, 심과 나는 밤을 허허벌판에서 지내야 할 거다.

그 순간, 앞에 뭔가가 보였다. 바위처럼 보였는데 바위 위에 사람이 하나 있었다.

다가가 보니, 놀랍게도 여자아이였다. 리아보다 몇 살 어려 보였다. 여자아이는 바위에 앉아 맨발을 흔들며 어두워지는 하늘의 보랏빛과 푸른빛 줄무늬를 바라보고 있었다. 자신에게 다가오는 여행자들을 보고도 전혀 무서워하는 기색이 없었다.

"안녕."

여자아이는 허리까지 찰랑찰랑 내려오는 갈색 곱슬머리를 툭 쳐 넘겼다. 장난기 가득한 미소가 얼굴에 번졌다.

나는 조심스레 가까이 다가갔다.

"안녕."

"나랑 같이 저녁노을 볼래?"

"고마워. 하지만 안 돼. 너, 집에 돌아가봐야 하지 않을까? 시간이 좀 늦은 것 같은데."

나는 여자아이의 밝고 활기 넘치는 눈동자를 유심히 살펴보았다. 우리가 방금 떠나온 그 남자의 눈과는 달라도 너무 달랐다.

"아니, 싫어. 난 여기서 저녁노을 보는 게 정말 좋아."

여자아이는 종알거리듯 말했다.

나는 좀 더 가까이 다가갔다.

"집은 어디니?"

여자아이는 수줍은 듯 낄낄거렸다.

"어디 가는지 말해주면 나도 말해줄게."

여자아이의 친근한 태도 때문인지, 아니면 그 여자아이를 보니 리아가 떠올라서인지 모르겠지만, 나는 이 발랄한 여자아이가 마음에 들었다. 아주 잠깐만이라도 여자아이와 대화를 나누고 싶었다. 내 마음 저 멀리 한구석에서 다시 한 번 리아와 대화를 나누는 듯한 착각이 들었다. 게다가 만약 여자아이가 사는 마을이 이 근처에 있다면, 하룻밤을 보낼 보금자리를 찾게 될지도 몰랐다.

"어디 가는 거야?"

여자아이가 다시 물었다.

나는 미소 지으며 대답했다.

"음, 내 그림자가 이끄는 곳이라면 어디든."

다시 한 번 여자아이가 낄낄 웃었다.

"네 그림자는 곧 사라져버릴 거야."

"네 그림자도 마찬가지일걸. 더 어두워지기 전에 집에 가보는 게 좋겠어."

"걱정 마. 우리 마을은 저기 저 언덕 위에 있으니까."

우리가 대화를 나누는 동안, 심은 여자아이가 앉아 있는 바위에 좀 더 가까이 다가갔다. 분명 심은 내가 그랬던 것과 같은 이유로, 그 여자아이한테 아주 깊이 끌린 것 같았다. 여자아이는 심이 다가오는 걸 눈치채지 못한 것 같았다. 그런데 어찌된 영문인지, 심이 문득 멈추어 서더니 천천히 뒤로 물러나기 시작했다.

심의 움직임을 대수롭게 생각하지 않고, 나는 여자아이한테 물었다.

"오늘 밤에 우리가 너희 마을에 머물러도 괜찮겠니?"

여자아이는 고개를 뒤로 젖히며 크게 웃어 젖혔다.

"물론이지."

내 마음이 한결 가벼워졌다. 우리는 마침내 쉴 곳을 찾아냈다.

그런데 바로 그 순간, 심이 내 옷 끝자락을 잡아당겼다. 내가 고개를 숙이자, 작은 거인이 속삭였다.

"확실하지는 않지만, 여자아이 손이 좀 이상한 것 같아."

"뭐가?"

"손이."

나는 여자아이의 손을 무심코 흘긋 쳐다보았다. 처음에는 이상한 걸 발견하지 못했다. 그런데…… 뭔가 좀 이상해 보였다. 그런데 그게 정확히 뭔지 몰랐다. 갑작스러운 깨달음이 머리를 스쳤다.

손가락. 손가락에 물갈퀴가 있었다.

알리아! 속임수의 유령은 항상 어떤 결함을 보여준다는 리아의 경고! 나는 혼이 내게 준 단검에 손을 뻗었다.

너무 늦었다. 여자아이는 벌써 뱀의 모습으로 변하기 시작했다. 갈색 눈동자는 붉게, 피부는 비늘로, 입은 무자비한 턱으로 변했다. 속임수의 유령이 내 얼굴을 향해 달려들었다. 벗겨져 나간 피부의 얇은 허물이 땅바닥 위로 펄펄 날렸다.

뱀이 나를 뒤로 넘어뜨리려 할 때, 나는 때마침 단검을 꺼내 휘둘렀다. 심은 비명을 질렀다. 우리는 툰드라 위에서 굴렀다. 이빨과 꼬리, 팔과 다리. 유령의 발톱이 내 오른쪽 팔을 파고들었다.

문득 시작했던 것처럼 아주 순식간에 싸움이 멈추었다. 우리의 얽힌 몸 두 개가 땅에 완전히 꼼짝 않고 누워 있었다.

"엠리스? 너 죽었어?"

심이 얌전히 물었다.

나는 천천히 움직여서 뱀에게서 몸을 빼냈다. 뱀의 목은 단검에 잘려 나갔다. 피가 고약한 냄새를 풍기며 상처에서 뿜어져 나와 비늘 덮인 배로 흘러내렸다. 나는 상처 입은 팔을 붙잡은 채 바위 위로 비틀비틀 힘겹게 올라가 누웠다.

심은 감탄의 눈빛으로 나를 바라보았다.

"네가 우리를 살렸어."

나는 고개를 저었다.

"그냥 운이 좋았을 뿐이야. 행운과…… 그리고 조심성 있는 작은 거인이……"

27

음유시인 카이르프레

그나마 남아 있던 희미한 빛도 금세 사라져버렸다. 우리는 밤을 보낼 자리를 잡았다. 여기저기 흩어진 '속임수의 유령' 잔해에서 수백 걸음 떨어진, 거의 말라버린 개울가였다. 우리는 각자 생각에 사로잡혀 있었다. 아무도 말을 하지 않았다. 심이 쓸려 나간 강둑을 유심히 살펴보며 그곳에 치명적인 존재가 숨어 있지 않은지 확인하는 사이, 나는 작은 가죽 가방에서 꺼낸 약초로 찜질 약을 만들었다.

약초에서 사향초 냄새가 살짝 났다. 너도밤나무 뿌리 냄새, 그리고 브랜웬 냄새도⋯⋯. 조심스레 찜질 약을 팔에 난 발톱 자국에 대고 가볍게 두드렸다. 브랜웬이라면 이보다 훨씬 잘했을 것이다. 나는 브랜웬의 감미로운 노래를 흥얼거려보려 했다. 하지만 몇 소절밖에 기억나지 않았다.

이제 곧 어둠이 덮치면 내 투시력은 아무런 쓸모가 없을 것이다. 나는 지팡이를 내려놓고 썩어가는 나무 그루터기에 기대었다. 손에 단검을 꽉 쥐었다. 유령을 찔러 죽인 길쭉한 칼날을 들어 올렸다. 혼이 일할 때 이 칼을 사용했을까? 아니면 자신을 보호하기 위해 가지고 다녔을

273

까? 어느 쪽이든 나는 혼에게 두 번이나 빚을 졌다.

별이 머리 위로 희미하게 나타났다. 나는 리아의 별자리를 찾아보려 했다. 별로 이루어진 별자리가 아닌, 별 사이의 공간으로 만들어진 별 자리를, 열매가 주렁주렁 열린 소모라 나무를, 아바사의 벽에 적힌 글 귀를, 사방이 반짝반짝 빛나던 수정 동굴을 떠올렸다. 이 모든 게 까마 득히 먼 옛날처럼 느껴졌다.

실망스럽게도 별은 너무 적고 여기저기 흩어져 있어서 아무런 무늬 도 읽어낼 수 없었다. 순간, 하늘이 어두워지자 이 별들도 밝게 빛나지 않는다는 걸 깨달았다. 별은 뭔가에 가려진 것처럼 보였다. 구름은 아니 었다. 적어도 평범한 구름은 아니었다. 뭔가가 별들을 뒤로 잡아두고 이 땅에 빛을 내리지 못하게 하고 있었다.

그 순간, 공기 중에 희미한 연기 냄새가 피어올랐다. 근처에서 불이 타고 있는 것 같았다. 나는 똑바로 일어나, 투시력을 최대한 모아보았다. 어디서도 불꽃이 보이지 않았다.

그런데 이상하게도, 뭔가 모를 막연한 둥그런 빛이 우리가 누워 있는 자리를 밝히고 있었다. 그 빛은 희미하게 빛나는 별에서 나오는 게 아니 었다. 어딘가 다른 곳에서 나오고 있었다. 도대체 우리를 비추는 게 뭘 까? 궁금해서 자세히 살펴보았다.

갑작스러운 깨달음이 머릿속을 스쳐 지나갔다. 부드러운 빛은 위쪽이 아닌 아래쪽에서 올라왔다. 사실, 그 빛은 썩어가는 나무 그루터기에서 흘러나오고 있었다!

나는 후다닥 물러났다. 조심스럽게 그루터기를 자세히 살펴보았다. 그루터기 꼭대기에서 둥글게 빛이 흘러나왔다. 나무에 문이 나 있기라 도 한 것처럼, 둥그런 빛이 그사이로 살짝 비쳤다.

"이것 좀 봐, 심."

심은 성큼성큼 걸어왔다. 빛이 흘러나오는 그루터기를 바라보며, 심은 숨을 몰아쉬었다.

"분명해. 우리가 좋지 않은 곳에 머물고 있는 거야."

"나도 알아. 하지만 이 빛은 왠지 느낌이 좋은데."

심은 이마를 찌푸렸다.

"그 뱀 같은 여자아이도 처음에는 느낌이 좋았지."

그때 느닷없이 문이 벌컥 열렸다. 문에서 털투성이 머리 하나가 불쑥 튀어나왔다. 눈썹이 길고, 눈동자는 짙고 빈틈없어 보였다. 남자의 머리였다.

웅덩이보다 깊은 눈이 심과 나를 아주 오랫동안 바라보았다.

"좋아. 들어와도 돼. 하지만 이야기를 들려줄 시간은 없어."

낯선 남자는 낭랑한 목소리로 나지막하게 말했다.

이윽고 머리가 나무둥치 속으로 사라졌다. 심과 나는 당혹스러운 눈길을 주고받았다. 이야기라고? 그게 무슨 뜻이지?

잠시 뒤 내가 단호하게 말했다.

"난 저기로 내려갈래. 나를 따라오든가, 여기 있든가 네 맘대로 해."

"여기 있을 거야! 너도 그따위 바보짓은 잊고 여기 있는 게 좋을걸."

심이 단호하게 말했다.

"위험을 무릅쓸 가치가 있어. 우리가 이 허허벌판에서 밤을 보내지 않아도 된다면 말이야."

내 주장을 뒷받침이라도 하듯, 저 멀리서 울부짖는 소리가 다시 들려왔다.

"그 남자도 교묘한 뱀으로 변하면 어떡해? 네가 그 남자의 함정에 갇

히면 어떡해?"

나는 대답하지 않고 대신 문 사이 좁은 터널 안을 살짝 들여다보았다. 불이 밝혀져 있어 투시력이 돌아왔지만, 그 자리에서는 아래쪽으로 이어진 투박한 사다리 하나밖에 보이지 않았다. 나는 주저하며 심의 경고를 곰곰이 생각했다.

울부짖는 소리가 더 커졌다.

한 손으로는 단검을 꼭 잡고, 나는 입구에 발을 들여놓고 아래로 내려가기 시작했다. 아래로 내려가보니, 나무 사다리의 가로장이 심하게 닳아 있었다. 마치 수백 개의 손과 발이 그 안으로 드나든 것 같았다.

나는 한 발 한 발 아래로 내려갔다. 곰팡내 나는 가죽 냄새가 터널 안을 둥둥 떠다녔다. 그 냄새에 뭔가가 떠올랐다. 예전에 딱 한 곳에서 그 냄새를 맡아본 적이 있었다. 바로 크르 머딘에 있는 성 베드로 성당에서였다. 아래로 내려가면 갈수록 그 냄새는 더 진해졌다. 그건 바로 책 냄새였다.

마침내 바닥에 도착했을 때, 나는 깜짝 놀라 멍하니 바라보았다. 수백, 수천 권의 책이 사방에 가득했다. 지하 방의 벽과 바닥을 온통 책이 뒤덮고 있었다. 끝에서 끝까지, 바닥에서 천장까지 온통.

사방이 책이었다! 갖가지 두께, 색상, 크기, 언어로 된 책. 표지에 적힌 다양한 문자와 기호로 어림짐작할 수 있었다. 가죽으로 제본된 책도 있었다. 어떤 책은 너무 너덜너덜해서 표지가 남아 있지 않았다. 나일강의 파피루스 두루마리로 만든 책도 있었다. 그리스와 아나톨리아, 소아시아와 로마에서 온 양피지로 만든 책도 있었다.

책은 벽을 따라 늘어선 선반에 나란히 꽂혀 있었다. 바닥에도 수북이 쌓여 있었다. 책이 너무 많아서 방 한쪽에서 다른 쪽으로 이어지는 통로가 무척 비좁았다. 묵직한 나무 탁자 아래에도 책이 무더기로 쌓여 있었다. 탁자 위에는 종이와 쓰기 도구들이 어지럽게 놓여 있었다. 심지어 모퉁이에 놓인 양피지 침대 대부분도 책으로 덮여 있었다.

침대 맞은편의 작지만 적당한 식료품 저장실에 열매와 곡물, 빵과 치즈가 놓인 선반이 있었다. 한쪽에는 나지막한 스툴 두 개가 있고, 다른 쪽에는 화로가 하나 있었다. 화로는 탁탁 불꽃을 내며 타고 있었는데, 거실 공간은 물론이고 위쪽 그루터기에 이르는 터널에 빛을 밝힐 만큼 밝았다. 불 옆에는 쇠 가마솥이 하나 있었다. 음식 찌꺼기로 더러워진 접시들이 가마솥 옆에 쌓여 있었다.

한쪽 구석 벽 옆에 놓인 등받이가 높은 의자에 앉아, 머리가 긴 남자가 책을 읽고 있었다. 남자의 헝클어진 눈썹은 회색빛이 돌았는데, 눈 위에 마치 가시나무 관목이 무성하게 있는 것 같았다. 남자는 하늘하늘한 하얀색 옷을 입었다. 옷깃이 높아서 거의 턱에 닿을 것 같았다. 잠깐 동안 남자는 내가 곁에 있다는 걸 눈치 채지 못하는 것 같았다.

나는 작은 가죽 가방 안에 단검을 도로 집어넣었다. 남자는 움직이지 않았다. 어색함이 감도는 가운데 나는 목청을 가다듬었다.

여전히 그 남자는 책에서 눈을 떼지 않았다.

"초대해줘서 감사합니다."

이 말에 남자는 약간 움직였다.

"환영한다. 이제 우리 집 현관문 뚜껑을 닫아주지 않으련? 외풍이 불어서 말이야. 밤에 돌아다니길 좋아하는 무시무시한 괴물들은 두말할 것도 없고. 거기 자물쇠가 보일 거다."

남자는 잠시 말을 멈추더니 뭔가를 알아차리고는 말했다.

"그리고 네 자그마한 친구한테 말해주거라. 우리한테 끼는 데 전혀 감사할 필요 없다고 말이야. 전혀 어색해할 필요가 없어. 물론 네 친구가 내 신선한 클로버 꿀을 놓치게 되면 무척 안타까울 거야."

갑작스레 터널 위에서 쿵 하는 소리가 들려왔다. 잠시 뒤 심이 내 옆에 서 있었다.

"나 마음 바꿨어."

심이 부끄러운 듯이 말했다.

남자는 책을 덮더니, 그 책을 의자 뒤에 있는 선반 위에 다시 꽂아두었다.

"좋은 책으로 하루를 마감하는 것만큼 좋은 건 없지."

나도 모르게 미소를 지었다.

"이렇게 많은 책은 처음 봐요."

남자는 고개를 끄덕였다.

"이야기가 날 도와주지. 살아가도록, 일하도록. 모든 꿈, 모든 잎사귀, 모든 이슬방울에 숨어 있는 의미를 찾도록."

나는 얼굴이 새하얗게 질렸다. 브랜웰이 언젠가 이와 비슷한 말을 하지 않았던가?

"난 책을 즐겁게 읽을 수 있게 시간이 더 많이 있었으면 하고 바랄 뿐이란다. 요즈음 너도 분명히 알겠지만, 우리 마음을 심란하게 만드는 일이 있지."

남자는 말을 이어갔다.

"고블린 같은 거 말씀하시는 건가요?"

"그래, 맞다. 하지만 '같은 거'라는 말은 내가 제일 싫어하는 거야."

남자는 고개를 침착하게 저었다. 그러면서 다른 책을 꺼냈다.

"그러니까 지금 당장은 내가 가장 좋아하는 이야기를 읽을 시간이 거의 없어. 나는 책에서 답을 찾으려 해. 핀카이라의 이야기가 예정보다 일찍 끝나지 않도록 말이야."

나는 고개를 끄덕였다.

"마름병이 퍼지고 있어요."

남자는 책에서 눈을 떼지도 않은 채 대답했다.

"그래, 맞다! 그리스의 극작가 소포클레스는 놀랄 만큼 멋진 문장을 썼어. 내 기억이 맞는다면 『오이디푸스』였지. *녹이 싹을 먹어 치우는구나.* 그게 바로 우리 땅에서 지금 일어나고 있는 일이란다. 녹이 싹을 먹어 치우고 있지. 모든 걸 먹어 치우고 있어."

남자는 다른 책을 한 권 더 꺼내더니 무릎에 놓인 책 위에 그 책을 올려놓았다.

"하지만 희망을 버려서는 안 돼. 대답은 분명 잊힌 책 안에 숨어 있을 테니까. *책을 모두 다 뒤져볼 가치가 있어.*"

남자는 고개를 들었다. 약간 당혹스러운 표정이었다.

"운율을 용서해다오. 그 말이 그냥 불쑥 튀어나온 것 같구나. 그 말을 멈추려 했을지라도, 나는 할 수 없을 거야. 내가 말했듯이 *책에는 지혜가 깃들어 있으니까.*"

남자는 목을 가다듬었다.

"하지만 지금은 그걸로 충분해."

남자는 식료품 저장실을 향해 손을 흔들었다.

"배고프니? 배 좀 채우려무나. 꿀은 왼쪽, 자두 옆에 있어. 저쪽에는 빵이 여러 종류 있고, 두 번 구웠어. 북쪽 슬란토스의 방식을 따라서 말이야."

"처음 들어보는 곳인데요?"

나는 솔직하게 물었다.

"놀랄 일도 아니지. 저 북쪽 지역 대부분은 가본 사람이 없을 뿐만 아니라 지도에도 안 나오니까. 그리고 잃어버린 땅을 생각해봐! 그곳에 사람들이 살지도 몰라. 대부분 독특한 사람들, 누구의 방문도 받지 않은 사람들이지."

남자는 다시 책장을 넘기며 말했다.

남자는 몸을 숙여 책을 가까이 들여다보며, 어떤 페이지에서 깊이 생각에 잠겼다.

"네 이름을 물어봐도 될까?"

"엠리스라고 불러요."

남자는 고개를 들더니 나를 이상한 시선으로 살펴보았다.

"라고 부른다고? 마치 그게 네 진짜 이름인지 확신하지 못한다는 말투로구나."

나는 입술을 깨물었다.

"네 동료 이름은 어떻게 되지?"

나는 작은 거인을 흘끗 바라보았다. 심은 이미 식료품 저장실에 들어가서, 빵에 신선한 클로버 꿀을 듬뿍 발라 게걸스럽게 먹어 치우고 있었다.

"심이에요."

"난 카이르프레란다. 보잘것없는 시인이지. 책에 정신없이 푹 빠져 있느라 훌륭한 주인 노릇을 하지 못한 걸 용서해다오. 하지만 난 언제나 손님이라면 환영한단다."

남자는 책을 덮고, 계속 나를 관찰했다.

"특히 아주 소중한 친구를 떠올리게 해주는 손님이라면 말이다."

나는 이상하게 두려움이 몰려오는 느낌을 받으며 물었다.

"어떤 친구를 말하는 건가요?"

"난…… 네 엄마와 아주 친했단다."

그 말이 모루*의 무게만큼이나 무겁게 나를 덮쳤다.

"제…… 엄마라고요?"

카이르프레는 무릎에 놓인 책을 의자에 내려놓고 일어났다. 내게 걸어오더니 내 어깨에 한 손을 올렸다.

"오너라. 우리 할 이야기가 많겠구나."

---

*대장간에서 불린 쇠를 올려놓고 두드릴 때 받침으로 쓰는 쇳덩이.

28

숨겨진 과거 이야기

카이르프레는 나를 데리고 식료품 저장실 옆에 놓인 스툴로 갔다. 가죽으로 제본한 책들을 치우고 나서, 우리는 자리에 앉았다. 심은 이미 식료품 저장실 선반에 기어올라 가 있었는데, 아주 편안해 보였다. 저녁으로 먹을 넉넉한 음식에 둘러싸여 있었으니까 그럴 만도 할 테지.

시인은 잠시 동안 나를 조용히 들여다보았다.

"마지막으로 본 뒤로 많이 변했구나. 아주 많이! 첫눈에 알아보지 못할 정도로 말이다. 내 생각에, 너도 나랑 같은 말을 할지도 모르겠구나. 벌써 5, 6년이 다 되었으니 말이다."

나는 흥분을 감출 수 없었다.

"전에 절 만났다고요? 그리고 우리 엄마도요?"

시인의 표정이 어두워졌다.

"기억 안 나니?"

"어린 시절은 하나도 기억나지 않아요! 제가 해안가에 떠밀려 가기 전 생활은 완전히 기억을 잃었어요."

나는 시인의 흰옷 소맷자락을 움켜잡았다.

"하지만 당신이 절 도와줄 수 있어요! 제 질문에 대답해줄 수 있어요! 저한테 전부 말해주세요. 먼저, 제 엄마에 대해서요. 제 엄마는 누구인가요? 어디 있어요? 왜 친구였다고, 다 지난 일처럼 말씀하시는 거예요?"

카이르프레는 스툴에 등을 기대더니, 두 손으로 무릎을 감싸 안았다.

"결국 너한테 이야기를 모두 해주어야 할 것 같구나."

잠시 말을 멈추고 나서 이어 말했다.

"언젠가 어떤 여자가, 인간 여자가 이 섬의 해안가에 왔단다. 그 여자는 켈트의 땅에서 왔지. 귀네드라는 이름의 땅에서."

의심의 물결이 갑작스레 몰아쳤다. 내가 브랜웬에 대해 그동안 잘못 생각했던 걸까? 나는 머뭇머뭇 물었다.

"이름이 뭐였는데요?"

"엘런."

나는 안도의 한숨을 내쉬었다.

"음, 엘런은 핀카이라에 사는 우리들하고는 아주 달라 보였어. 피부는 정말 뽀얬어. 아주 부드럽고 매끈했지. 눈도 아주 다르게 생겼는데, 삼각형이라기보다는 둥글게 생겼어. 정말로 아름다웠지. 하지만 가장 눈에 띈 건 눈동자였단다. 이 땅에서는 한 번도 본 적 없는 색이었는데, 반짝반짝 빛이 났지. 완벽할 정도로 푸르렀어. 회색이나 갈색은 전혀 섞여 있지 않았어. 사파이어처럼 푸르렀단다. 그래서 사파이어 빛 눈동자의 엘런이라고 불렸단다."

나는 몸서리를 쳤다.

"엘런이 이곳에 온 이유는 핀카이라의 피를 이어받은 남자를 사랑해서였어. 자기 세계의 남자가 아닌 이 세계의 남자. 하지만 이곳에 도착하자마자 새로운 사랑을 발견하게 되었지."

카이르프레는 방 안을 휙 둘러보았다.

"책! 엘런은 책을 정말 사랑했어. 세상 모든 곳, 모든 언어로 적힌 책들. 사실, 우리는 책 때문에 만나게 되었단다. 엘런은 내가 빌려온 책을 찾아가려고 이곳에 왔어. 그건 내가 약간, 그러니까 10년 정도 연체한 책이었지. 어쨌든 그 뒤로 이곳에 자주 와서 책을 읽고 대화를 나누었단다. 네가 지금 앉아 있는 바로 그 자리에 앉아서 말이다! 특히 엘런은 수세대 동안 이어져온 치유의 기술에 관심이 많았어. 엘런은 사람들을 치유하는 데 상당한 재능이 있었지."

나는 다시 한 번 몸서리를 쳤다.

카이르프레는 뭔가를 기억해내며 혼자 미소를 지었다.

"하지만 엘런이 가장 좋아한 책은 그리스 이야기였어."

"그 말이 사실이에요? 사실이라고 맹세할 수 있어요?"

내가 다그쳤다.

"사실이란다."

"그 여자는 제게 거의 말해주지 않았어요. 이름조차 말이에요! 그저 자신을 브랜웬이라고만 불렀어요."

카이르프레는 높은 책꽂이로 몸을 돌렸다.

"전설에서 이름을 선택한 모양이로구나. 아주 비극적인 이름을 선택했다니 무척 슬프구나."

"*아, 슬프다, 내가 태어났다는 사실이.*"

나는 브랜웬이 해준 말을 인용해서 말했다.

시인은 나를 물끄러미 바라보았다.

"너도 그 전설을 알고 있니?"

"네, 알아요. 하지만 난 그 여자를 몰랐어요, 전혀. 자신에 대해 거의 말해주지 않았어요. 그리고 저는 거부했어요……."

내 아랫입술이 떨렸다.

목이 메었다. 나는 조용히 흐느끼기 시작했다. 시인은 연민을 느끼는 듯한 시선으로 나를 지켜보았다. 하지만 나를 위로해주려 하지는 않았다. 그저 내가 흘려야 할 눈물을 흘리게 내버려두었다.

마침내 나는 잠긴 목소리로 자그맣게 문장을 끝맺었다.

"저는 거부했어요……. 그 여자를 엄마라고 부르는 것을요."

카이르프레는 한동안 아무 말도 없었다. 드디어 입을 열며 간단한 질문을 던졌다.

"그 여자가 널 사랑했니?"

나는 고개를 들어 천천히 끄덕였다.

"네."

"네게 도움이 필요할 때, 그 여자가 널 돌봐주었니?"

"네."

"그렇다면 넌 그 여자를 안 거야. 그 여자의 영혼 깊은 곳까지 모조리 다."

나는 옷으로 뺨을 훔쳐냈다.

"어쩌면요. 하지만 잘 모르겠어요. 음, 저한테 말해줄 수 있어요? ……우리 아빠에 대해서요?"

카이르프레의 눈동자에 꿈꾸는 듯한 표정이 나타났다.

"네 아빠는 아주 인상적인 젊은이였지. *강인하고, 고집이 세고, 열정적이었어. 열정으로 똘똘 뭉쳤어, 정열의 추구자였지. 이런,* 운율이 형편없군. 다시 해볼게. *깨어 있었어! 살아 있었어! 놀라운 추진력의 소유자*

였지. 음, 이게 훨씬 낫군. 우리의 가장 오래된 언어로 말하자면, 네 아빠 이름은 '나무를 오르는 사람'이라는 뜻이란다. 어릴 적에 나무에 오르는 걸 무척 좋아했기 때문이지. 때로는 높은 나무 꼭대기까지 올라가서 그곳에서 엄청나게 불어대는 폭풍을 견뎌내곤 했어."

나는 큰 소리로 웃었다. 그 점은 이 시인보다 내가 훨씬 더 잘 알고 있었으니까.

"하지만 네 아버지의 어린 시절은 결코 즐겁지 않았어. 소년의 어머니 올웬은 바다의 딸이었단다. 이 세상 사람들은 인어라고 부르는 존재 말이야. 핀카이라 사람들은 바다에서 온 사람들을 좋아했지. 그래서 그 소년은 뼛속부터 바다의 오묘한 깊이를 지니고 태어났지. 너처럼 말이야. 그런데 올웬의 긴 여정이 너무 일찍 찾아왔어."

"저도 그 긴 여정에 대해서 들어본 적이 있어요."

카이르프레가 한숨을 지었다.

"정말 길지. 또한 영광스러운 다그다의 말에 따르면, 견디기 어렵기도 하고. 물론 죽음의 순간에 곧장 사후 세계로 들어가는 극소수의 사람은 예외란다. 하지만 그건 드물어. 아주 드물고말고."

"지금 우리 아버지에 대해 이야기하고 있는 중이었는데요."

"아, 그래. 네 아버지. 네 아버지가 갓난아이였을 때 소년의 엄마가 죽었어. 그래서 네 할아버지가 네 아버지를 길렀단다. 네 할아버지는 투아하라는 이름의 핀카이라 사람이야. 핀바라의 아들이지. 투아하는 뛰어난 마법사이자 막강한 능력을 지닌 사람이란다. 위대한 영혼 다그다조차도 때로는 그의 집에 가서 중요한 문제를 상의한다고 들었다. 하지만 이 마법사는 자기 아들과 함께할 시간이 거의 없었어. 자기 아들이 마법을 창조할 재능이 없다는 사실을 발견했을 때에도, 투아하는 시간이 거의 없었어. 네 아버지가 지금의 네 나이 정도 되었을 때였지. 투아하는 그런 재능을 뛰어난 능력이라고 불렀지."

나는 침을 꼴깍 삼켰다. 그런 능력은 재능이 아니라 저주라는 걸 잘 알고 있었기 때문이다. 나는 할아버지의 예언을 떠올렸다. 브랜웬이, 아니, 우리 엄마 엘런이 내게 말해준 예언. 어느 날 아들을 얻게 될 것이며, 그 아이가 엄청난 능력을 갖게 될 것이다. 그 아이의 마법은 깊디깊은 근원에서 나올 것이다. 이 얼마나 어리석은가! 할아버지는 위대한 마법사였을지 모르지만, 틀려도 단단히 틀렸다.

"하지만 네 아버지의 삶은 완전히 바뀌었어. 이 땅을 여행하던 중에 엘런을 만났거든. 둘은 깊이 사랑에 빠졌지. 비록 그런 일은 흔하지 않았고 지금까지 성공적으로 이루어진 경우도 거의 없었지만, 각기 다른 세계에 속한 두 사람은 결혼을 했단다. 엘런은 핀카이라에 와서 살게 되었어. 그리고 엘런의 사랑 때문에 네 아버지의 마음속에 새로운 능력이 생겨났어. 눈에는 새로운 차분함이 생겨났지. 사랑의 유대는 때로 그 한계를 뛰어넘기도 한단다. 두 사람은 정말 행복했어. 잠깐이지만 말이야. 그 시간이 너무 짧았다는 게 유감스럽단다."

우리 엄마가 아주 오래전에 앉았던 스툴 끝부분을 꽉 움켜쥔 채, 나는 몸을 앞으로 숙였다.

"무슨 일이 있었는데요?"

카이르프레의 얼굴은, 이미 너무나도 진지했는데, 더욱 진지해졌다.

"네 아버지는……."

카이르프레는 말을 꺼냈다가 잠시 멈추어 목을 가다듬었다.

"네 아버지는 스탕마르 왕의 충복이 되었어. 오랫동안 핀카이라에 대해 음모를 꾸며온 사악한 정령 리타 고르가 스탕마르 왕을 유혹하기 시작했을 때, 네 아버지도 그 자리에 있었단다. 그리고 네 아버지는 왕의 충복 대부분과 마찬가지로, 점점 문제에 빠져들게 되었지. 핀카이라 전부는 물론이고 결국 왕을 타락하게 만든 문제 말이야."

"우리 아버지가 리타 고르에 저항하려 하지 않았나요? 왕이 아버지의 조언을 듣도록 하려고 노력하지 않았나요?"

"그랬는지는 모르겠지만, 실패했단다. 넌 이해해야 해. 리타 고르의 기만으로 수많은 훌륭한 이들이 바보가 되었으니까. 네 아버지도 그중 하나였다고 해."

카이르프레가 한숨을 지었다.

바윗덩이보다 더 무거운 것이 내 마음을 짓눌렀다.

"그렇다면 우리 아버지가 핀카이라에 마름병을 가져오는 데 일조했다는 거군요."

"사실이야. 하지만 잘못은 우리 모두한테 있어."

"그게 무슨 말이에요?"

카이르프레가 주춤했다. 기억이 너무나 고통스러웠기 때문이다.

"너도 알겠지만, 그 모든 일은 서서히 일어났어. 너무 서서히 일어나서, 무슨 일이 일어나고 있는지 누구도 제대로 알아차리지 못했단다. 마침내 깨달았을 때는 너무 늦어버렸지. 스탕마르 자신을 빼고는 누구도 어쩌다 이렇게 되었는지도 이해하지 못했지. 우리가 아는 건 그저, 어찌 된 영문인지 왕이 필요할 때 리타 고르가 왕을 보호해주기로 제안했다는 거야. 이런 도움을 거절하는 것은 당연히 왕과 핀카이라를 위험에 빠뜨리는 게 되는 거지. 리타 고르는 이 모든 걸 아주 조심스럽게 계획한 게 틀림없어. 왜냐하면 왕이 자신의 도움을 받아들일 수밖에 없게 만들었으니까. 스탕마르 왕은 그 제안을 바로 받아들였어."

카이르프레는 잠시 말을 멈추고 자그마한 갈색 나방을 자신의 하얀 색 옷깃에서 떼어내 스툴 옆에 쌓인 책 위에 살짝 내려놓았다.

"그 자그마한 하나의 결정으로 비극이 폭포처럼 연달아 일어났단다. 비극은 차례차례 일어났어. 리타 고르가 스탕마르에게 적들이 자신을 폐위시키기 위해 음모를 꾸미고 있다는 확신을 주었기에, 왕은 고블린 전사들과 속임수의 유령들과 모종의 결탁을 맺었어. 그들은 어두운 크 레바스에서 기어 나왔어! 이윽고 핀카이라의 가장 오래된 종족인 거인 들이 위험한 존재라는 소문이 급속히 퍼졌어. 왕뿐만 아니라 우리 모두 그 소문을 들었지. 그래서 스탕마르가 거인들을 모조리 사냥하라고 명 령을 내렸을 때 반대하는 사람이 거의 없었단다. 거인들은 항상 대부분 의 사람들과 아주…… 달라 보였거든. 왕의 명령에 반대한 사람들은 조 롱을 당하거나 침묵을 강요받았어. 그리고 나서 스탕마르 왕은 적의 땅 을 모조리 정화하고, 핀카이라의 보물을 거두어들이기 시작했어. 그 보 물들이 적의 수중에 들어가지 않도록 말이야."

"아무도 왕의 명령을 막으려고 하지 않았나요?"

"몇몇 용감한 영혼들이 시도했지. 하지만 수적으로 열세였을 뿐만 아 니라 시기적으로 너무 늦기도 했어. 스탕마르는 어떤 반대도 짓밟아버 렸단다. 반란의 의심이 조금이라도 들기만 하면 마을 전체를 모조리 불 태워버렸지. 그래도 그런 게 차라리 나았어. 크르 네이단 마을에 저지 른 짓에 비한다면 아무것도 아니었지."

나는 깜짝 놀랐다.

"그러니까…… 음유시인의 마을을 말씀하시는 건가요?"

"그곳을 알고 있니? 아, 엄청난 손실이지. 우리 세상은 물론이고 다른 모든 세상에 말이야! 기억할 수 없을 정도로 오랫동안 그 마을은 음악

289

과 노래의 분수와 같은 곳이었어. 우리 대부분이 영감을 받은 이야기꾼들의 고향이자 수세대에 걸쳐 음유시인들을 키운 곳이지. 라온과 레임도 그곳에서 태어났어! 프윌은 그곳에서 첫 번째 시를 썼어! *환상의 배*도 그곳에서 탄생했단다! 이루 헤아릴 수 없을 정도야. *이곳에서 노래는 영원하리라, 이야기는 회전 계단으로 올라가리라.*"

나는 고개를 끄덕였다.

"표지판에 적힌 문구로군요."

"맞다. 거기에 진실이 적혀 있단다. 비록 지금은 비웃음거리에 불과하지만 말이야. 나는 알아. 내가 직접 썼으니까."

카이르프레는 한숨을 내쉬었다.

"크르 네이단은 내가 태어난 곳이기도 해."

"그곳에 무슨 일이 있었던 건가요?"

카이르프레는 잠시 동안 슬픈 눈으로 나를 유심히 바라보았다.

"스탕마르가 전설적인 보물들을 모두 훔쳐갔어. 영혼까지 벨 수 있는 디퍼컷, 봄을 부를 수 있는 꽃 피는 하프, 어떤 생명이든 끝장내버릴 수 있는 죽음의 가마솥까지. 음유시인들이 오랜 시간 가장 찬양해 마지않던 건 꿈의 소환자였어. 그건 삶의 경이로운 꿈을 불러올 수 있는 뿔이란다. 그리고 수세기 동안 그것은 아주 드물게, 아주 현명하게 사용되어 왔어. 하지만 리타 고르의 도움으로, 스탕마르는 그 뿔을 크르 네이단을 처벌하는 데 사용해버렸단다. 감히 자신의 정책에 반대하는 사람을 숨겨주었다는 이유로 말이야. 스탕마르는 그 어떤 음유시인도 본 적이 없는 끔찍한 꿈을 소환했어. 그리고 그것 때문에 마을 전체가 고통 받았지."

창을 들고 있던 반쯤 미친 남자의 눈을 떠올리며, 나는 겁을 잔뜩 집어먹고 물었다.

"그게 무슨 꿈이었는데요?"

시인의 얼굴에 그늘이 드리워졌다.

"그 마을의 남자와 여자와 아이들이 모두 다시는 말을 할 수도, 노래 하거나 글을 쓸 수도 없게 되는 꿈. 영혼의 도구, 그러니까 목소리가 영 원히 침묵을 지키는 꿈."

시인의 목소리는 속삭이는 듯했다.

"리타 고르가 스탕마르에게 성을 파괴하라고 닦달했을 때, 저항할 사 람이 아무도 없었어. 그 성은 어떤 왕이라도 탐낼 만한 곳이었어. 그 성 안에는 내 서재보다 수천 배나 더 큰, 책으로 가득한 도서관도 있었지. 그런데 왜 그런 장대한 성을 파괴하라고 한 줄 알아? 공격에서 안전하 지 않다는 이유 때문이었어! 대신 리타 고르는 스탕마르에게 새로운 성 을 지어주었어. 확실한 우정의 표시라면서 말이야. 그건 리타 고르의 사 악한 힘이 깃든 성이었어. 이렇게 해서 슈라우디드 성이 솟아났지. 바닥 부터 끊임없이 빙빙 도는 성. 그곳에서 뚫고 들어갈 수 없는 구름이 뻗 어 나와. 이제 그곳에서 우리의 하늘을 어둡게 물들이고, 우리의 영혼 을 질식시키는 끔찍한 마름병이 퍼져 나오고 있어."

시인은 턱을 쓰다듬었다.

"성은 리타 고르의 불멸의 전사, 골리안트가 지키고 있어. 골리안트의 삶은, 그걸 삶이라고 부를 수 있다면, 절대 끝나지 않을 거야. 골리안트 의 몸은 리타 고르가 죽인 사람들로부터 자라지. 골리안트는 절대 죽일 수 없는 존재야. 골리안트의 삶은 슈라우디드 성의 회전으로 유지되기 때문이야! 그러니까 성이 계속 도는 한, 골리안트는 그곳에 그대로 남아 서 슈라우디드 성 그 자체보다 더 사악한 짓거리를 할 거야."

나는 리아 때문에 마음이 아팠다. 리아가 지금껏 살아 있다면, 분명 바로 그 성의 깊숙한 곳에 붙잡혀 있을 것이다! 리아는 골리안트 앞에서나 스탕마르 앞에서 속수무책일 것이다. 마지막 보물 갈라토를 손에 넣는 데 리아가 아무 도움이 되지 않는다고 스탕마르가 판단하면, 리아는 어떻게 될까? 그 생각에 몸서리가 쳐졌다. 그리고 스탕마르를 꺾을 수 있는 유일한 방법은 슈라우디드 성을 파괴하는 것이라는 그랜드 엘루사의 생각에 절망했다. 날개가 있으면 얼마나 좋을까!

"이제 너도 알겠지. 스탕마르는 리타 고르의 포로에 불과해. 그리고 스탕마르가 이렇게 갇혀 있는 한, 우리 모두도 마찬가지야."

카이르프레가 덧붙였다.

"왜 다그다는 나서서 이 모든 걸 멈추지 않는 건가요? 다그다는 다른 전장에서 리타 고르를 쳐부수었잖아요, 안 그래요?"

"그래, 이 세계에서뿐만 아니라 사후 세계에서도. 하지만 다그다는 궁극적인 승리를 거두기 위해서는 사람들의 자유의지를 존중해야 한다고 믿고 있어. 다그다는 우리에게 선과 악 중에서 선택하라는 거야. 그러니 만약 핀카이라가 구원받으려면, 핀카이라 사람이 직접 구원해야 하는 거란다."

29

잃어버린 날개

카이르프레는 선반으로 다가가 심 너머로 손을 뻗었다. 거친 곡물 빵을 반으로 찢어 한 조각을 손에 쥐고 나머지 조각을 내게 건넸다.

"자, 네 작은 친구가 모두 먹어 치우기 전에."

심은 눈치채지 못한 것 같았다. 꾸역꾸역 배를 채우고 있었으니까.

나는 살짝 미소를 지으며 딱딱하고 두꺼운 빵 조각을 받아들었다. 나무처럼 딱딱했다. 몇 번 씹고 나니 입안에서 약간 부드러워졌다. 그런데 깜짝 놀랍게도 빵은 순식간에 액체가 되더니, 톡 쏘는 박하 향으로 내 입안을 가득 채웠다. 삼키자마자, 몸 안에 파도처럼 영양분이 퍼졌다. 나는 등을 곧게 폈다. 평상시 아프던 어깻죽지의 고통도 좀 누그러졌다. 나는 다시 한입 베어 물었다.

"암브로시아*가 마음에 드나 보구나."

카이르프레가 빵을 입안 가득 씹으며 말했다.

"슬란토스에서의 가장 멋진 성과라고 할 수 있지. 아직까지 다른 지

---

*신들이 먹는, 먹으면 불로불사가 된다고 하는 음식.

역에서 온 사람 중에서 슬란토스의 가장 특별한 빵을 먹어본 사람은 없단다. 그들이 이 특별한 조리법을 목숨을 걸고 지키고 있으니까."

나는 방 안의 벽과 바닥을 찬찬히 살펴보았다. 책이 빽빽이 들어차 있었다. 이곳에 있으니 책만 가득 실은 배에 탄 느낌이 들었다. 나는 책으로 가득 찼던 방 이야기를 하며 생각에 잠겼던 브랜웬의 표정을 떠올렸다. 이 방이 틀림없었다. 제아무리 마름병이 확산되었다 할지라도, 브랜웬이 이 방, 이 땅을 영원히 떠나는 건 분명 힘겨웠을 것이다.

나는 카이르프레에게 몸을 돌렸다.

"브랜웬, 그러니까 우리 엄마는 당신의 책이랑 같이 여기에 있는 걸 무척 좋아했던 게 틀림없어요."

"정말 좋아했지. 네 엄마는 핀카이라 사람들, 드루이드, 켈트인, 유태인, 기독교인, 그리스인들의 가르침을 모두 읽고 싶어 했어. 자신을 내 제자라고 불렀지만, 사실은 내가 네 엄마한테서 많은 걸 배웠단다."

카이르프레는 사다리 아래 놓인 한 무더기 책을 흘끗 바라보았다. 맨 꼭대기에 놓인 가죽 표지 책 위, 황금 잎사귀 초상화에는 날렵한 마차를 몰고 가는 인물이 그려져 있었다. 그 인물은 벽난로 불빛을 받아 반짝반짝 빛났다.

"기억나는구나. 우리는 밤새도록 경이로운 장소에 대해 대화를 나누었단다. 죽을 운명의 육체의 존재와 죽지 않는 영혼의 존재가 나란히 살고 있는 곳. 시간이 일직선으로뿐만 아니라 순환해서 흐르는 곳. 신성한 시간과 역사적 시간이 함께 공존하는 곳. 네 엄마는 그곳을 중간 지대라고 불렀단다."

"올림포스 산 같은 곳 말인가요?"

시인은 고개를 끄덕였다.

"핀카이라와 같은 곳이기도 하지."

"그게 엄마가 핀카이라를 떠난 것과 무슨 관계가 있나요? 뭔가 이유가 있지 않았나요?"

시인은 나를 이상하다는 듯 쳐다보았다.

"네가 의심할 만도 하지. 다른 이유가 있었지."

"그게 뭔데요?"

"바로 너 때문이란다."

나는 얼굴을 찡그렸다.

"무슨 말인지 이해가 안 돼요."

"설명해주지. 그리스의 델로스 섬을 알고 있니?"

"아폴로가 태어난 곳이잖아요. 하지만 그게 저랑 무슨 상관이지요?"

"그곳은 또 다른 중간 지대였단다. 신성한 것과 역사적인 것이 공존하던 곳. 그래서 그리스인들은 델로스에서 누가 태어나는 걸 절대 그냥 내버려두지 않았던 거야. 그리스인들은 우선적으로 신들에게 속하는 땅을 죽을 운명의 인간이 태어난 곳이라고 우기게 내버려두고 싶지 않았어. 그래서 거역하는 멍청한 자들을 죽이거나 추방했지."

"그게 저랑 무슨 관련이 있는지 아직 모르겠는데요?"

그 순간 심이 엄청나게 큰 소리로 트림을 했다. 그렇게 자그마한 사람이 그렇게 크게 트림을 할 수 있다는 게 도저히 믿어지지 않았다. 하지만 작은 거인은 그걸 알아차리지 못한 것 같았다. 카이르프레와 나의 존재에 대해서도 까맣게 잊은 것 같았다. 심은 그저 배를 두드리고는 신선한 클로버 꿀을 다시 먹기 시작했다.

카이르프레의 텁수룩한 눈썹이 흥미롭다는 듯 위로 올라갔지만, 이내 표정이 어두워졌다.

"델로스 섬에서와 마찬가지로, 핀카이라 섬에서는 인간의 피를 물려받은 사람이 태어나서는 안 된다고 엄격하게 금지하고 있어. 이곳은 이세상의 땅도 아니고 사후 세계의 땅도 아니야. 그 둘을 이어주는 다리라고 할 수 있지. 양쪽 세계에서 방문객들이 이곳에 와. 때로는 수년 동안 머물기도 하지. 하지만 누구도 이곳을 고향이라고 부를 수는 없단다."

나는 가까이 몸을 숙였다.

"전 제 고향을 찾고 있어요. 그러니 제가 이해할 수 있도록 도와주세요. 우리 엄마가 나를 낳으려 핀카이라를 떠나야 했다면, 도대체 어디로 갔단 말이에요? 제가 태어난 곳을 알고 계세요?"

"알지. 네가 태어나서는 안 되는 곳이었어."

시인은 대답했다. 목소리가 진지했다.

나는 숨을 죽였다.

"제가 핀카이라에서 태어났다는 말인가요? 인간의 피를 물려받았는데도요?"

시인의 얼굴이 모든 걸 말해주었다.

"그러니까 제가 위험하다는 뜻인가요?"

"네가 알고 있는 것보다 훨씬 더 위험해."

"어떻게 그런 일이 있을 수 있어요? 그건 엄격히 금지되었다고 말했잖아요?"

"무슨 일이 있었는지 설명할 수는 있어. 하지만 그 이유는 모른단다."

카이르프레는 머리를 긁적였다.

"들어보렴. 네 부모님은 핀카이라의 오래된 규칙을 알고 있었어. 그래서 엘런이 다른 섬으로 가 아이를 낳아야 한다는 사실을 잘 알고 있었지. 하지만 핀카이라에서 배를 타고 나가면, 다시 돌아올 수 있을지 누

296

구도 확신할 수 없다는 것도 잘 알고 있었단다. 이곳의 항해는 기이해. 너도 그건 잘 알고 있을 거다. 때로는 문이 열려 있어. 때로는 그렇지 않고. 이 섬을 떠난 많은 사람들이 다시 돌아오기를 간절히 바랐지만, 물 위에 떠 있는 안개 조각만 발견했을 뿐이야. 폭풍우 치는 바다에서 죽음을 맞이한 사람들도 있었고. *우리가 혼자 항해한다는 것 말고는 알려진 게 없어.*"

카이르프레는 고개를 저었다.

"네 부모님은 서로를 무척 사랑했어. 헤어지고 싶어 하지 않았지. 만약 네 할아버지가 네 아버지한테 남아 있으라고 하지 않았다면, 분명 네 엄마와 함께 항해하려 했을 거야. 게다가 네 엄마는 뭔가 문제가 생기기 시작했다는 걸 알아차렸던 것 같아. 그래서 네 아버지를 남겨두고 싶어 하지 않았지. 그래서 두 사람은 헤어지기 전에 한참을 망설였어. 너무 오랫동안 망설였지. 마침내 항해에 나섰을 때 네 엄마는 이미 만삭이 다 되었단다."

가슴속에서 무언가 뜨거워졌다. 나는 옷을 내려다보았다. 옷자락 사이 내 심장 위에서 갈라토가 동그랗게 희미한 초록빛을 뿜었다. 재빨리 나는 그곳을 손으로 가렸다. 카이르프레가 갈라토를 알아차려서 이야기를 멈추게 하고 싶지는 않았다.

"배가 출발하자마자, 바다에 엄청난 폭풍이 몰아쳤지. 오디세우스 이후로 살아남은 자가 거의 없는 그런 폭풍이었어. 배는 산산조각 나서 거의 침몰 직전이었어. 배가 해안으로 밀려왔지. 그날 밤, 부서진 배에 몸을 웅크리고 앉아 네 엄마가 아이를 낳았단다."

카이르프레는 잠시 말을 멈추더니 생각에 잠겼다.

"그러고는 아이 이름을 엠리스라고 지었어. 자신이 태어난 켈트의 이름으로."

"그럼 그게 제 진짜 이름이란 말인가요?"

"꼭 그런 건 아니야! 네 진짜 이름은 그게 아닐지도 모르지."

나는 이해한다는 듯 고개를 끄덕였다.

"제 진짜 이름이 엠리스라고 생각해본 적이 없었어요. 하지만 어떻게 하면 제 진짜 이름을 찾을 수 있나요?"

움푹 들어간 두 눈이 나를 면밀히 들여다보았다.

"살다 보면 알게 될 거야."

"무슨 말인지 잘 모르겠어요."

"운이 따라주면, 제때 찾을 거야."

"음, 제 진짜 이름은 정말 미스터리예요. 하지만 이제 적어도 제가 핀 카이라 사람이라는 건 알게 되었어요."

카이르프레는 회색 머리를 가로저었다.

"그럴 수도, 그렇지 않을 수도 있지."

"하지만 제가 여기서 태어났다고 말했잖아요!"

"태어났다고 해서 그곳 사람이라고 할 수 있는 건 아니란다."

좌절감이 몰려왔다. 나는 갈라토를 옷에서 꺼냈다. 희미하게 빛을 뿜어내던 갈라토의 한가운데 박힌 보석이 난로 빛을 받아 너울거렸다.

"엄마가 저한테 이걸 줬어요! 이걸로 제가 이곳 사람이란 걸 증명하지 못하나요?"

새로운 슬픔이 카이르프레의 눈에 그늘을 드리웠다.

"갈라토는 이곳의 것이야. 맞아. 하지만 네가 이곳 사람인지 그렇지 않은지는 나도 잘 모르겠다."

불끈 화가 치밀어, 나는 힘주어 말했다.

"제가 성과 왕과 왕의 군대를 파괴해야지만 이곳 사람이라고 말해줄 건가요?"

"언젠가 너한테 그렇게 말할지도 모르지. 만약 네가 지금과 똑같이 물어본다면 말이야."

시인은 차분하게 대답했다.

시인의 표정을 보고 나니 마음이 어느 정도 가라앉았다. 나는 펜던트를 옷 안에 다시 넣었다. 어깻죽지가 아파왔기에 팔을 쭉 뻗었다.

카이르프레는 다 알고 있다는 듯 나를 유심히 지켜보았다.

"너도 고통을 느끼는구나. 그걸 보니, 넌 분명 핀카이라의 아들이야."

"제 어깨의 고통이요? 그게 무슨 관련이 있는데요?"

"엄청난 관련이 있지."

당혹스러워하는 내 얼굴을 바라보며, 시인은 다시 한 번 자신의 스툴에 몸을 기대고 무릎을 꼭 감싸 안았다. 시인이 이야기를 계속했다.

"아주 오래전 핀카이라 사람들은 땅 위에서 걸어 다녔어. 지금처럼 말이다. 하지만 다른 것도 할 수 있었지. 하늘을 날 수 있었으니까."

내 눈이 왕방울만 해졌다.

"그들은 하늘을 나는 재주를 갖고 있었어. 사랑스러운 하얀 날개가 있었어. 오래된 전설에 따르면, 어깻죽지에서 날개가 돋아났다고 해. 그래서 독수리와 함께 하늘로 치솟을 수도, 구름과 함께 날 수도 있었어. 하얀 날개로 끝없이 올라갔지. 핀카이라 땅 위 높은 곳까지 또는 그 너머의 땅까지 모험을 떠날 수도 있었어."

일순간 내 어깨 위에 내려앉기 직전에 하늘을 급강하하던 성마른 매의 날갯짓이 느껴졌다. 트러블은 하늘을 나는 재능을 그렇게 즐겼던 거다! 트러블이 보고 싶었다. 리아가 보고 싶은 것만큼이나 많이…….

나는 카이르프레를 보고 쓸쓸한 미소를 지었다.

"그렇다면 핀카이라 사람들은 악마의 귀와 천사의 날개를 모두 갖고 있었군요."

카이르프레는 유쾌한 표정으로 나를 바라보았다.

"정말 시적인 표현이구나."

"날개는 어떻게 되었는데요?"

"날개를 잃어버렸지. 어떻게 잃어버렸는지는 분명하지 않아. 알려지지 않았으니까. 그 이야기를 알 수 있다면 난 내 책 절반을 기쁘게 내놓을 거야. 무슨 일이 있었든, 아주 오래전 일인 것만은 틀림없어. 핀카이라 사람들 대부분은 자기 조상이 하늘을 날 수 있었다는 말을 들어보지 못했으니까. 아니, 만약 들었다 할지라도 사실이 아니라고 그저 부인했겠지."

나는 시인을 바라보았다.

"하지만 당신은 그게 사실이라고 믿잖아요?"

"난 믿지."

"그 말을 믿을 사람을 알고 있어요. 제 친구 리아. 리아는 하늘을 날 수 있다면 정말 좋아할 거예요. 하지만 먼저, 리아를 구해야 해요! 아직 살아 있다면 말이에요."

나는 입술을 깨물었다.

"그 아이한테 무슨 일이 있었니?"

"고블린한테 끌려갔어요! 나 대신 자기를 잡아가도록 고블린을 속였어요. 고블린이 진짜 원했던 건 바로 갈라토였는데 말이에요. 리아는 지금 슈라우디드 성에 갇혀 있을 거예요."

카이르프레는 고개를 갸우뚱하며 이마를 찌푸렸다. 이 각도에서 보니, 시인의 얼굴은 꽤 엄한 조각상처럼 보였다. 살이 아니라 돌로 만들어진 것 같았다. 마침내 카이르프레가 입을 열었다. 낭랑한 목소리가 책으로 가득 찬 방에 울려 퍼졌다.

"거인의 춤에 대한 예언을 알고 있니?"

나는 기억해내려 애썼다.

"*거인들이 방에서 춤을 출 때, 모든······.*"

"장벽."

"*모든 장벽이 허물어져 내릴 것이다.* 하지만 저는 성을 파괴할 꿈 같은 건 없어요. 제 희망은 오로지 제 친구를 구하는 거예요."

"그러기 위해서 슈라우디드 성을 파괴해야 한다면 어떻게 하겠니?"

"그렇다면 모든 걸 잃게 되겠지요."

"네 말은 분명 옳아. 성을 파괴하면 핀카이라에서 리타 고르의 존재를 파괴하는 게 될 테니까. 리타 고르는 물론이고 스탕마르도 그런 일이 일어나게 내버려두지 않을 거야! 헤라클레스와 같은 위대한 전사도 그것이 불가능하다는 걸 알게 될 거야. 제아무리 엄청난 위력의 무기가 있다 해도 말이야."

불현듯 뭔가가 떠올랐다.

"어쩌면 갈라토가 열쇠일지도 몰라요! 결국 갈라토는 마지막 보물이잖아요. 스탕마르가 그렇게 찾아다니고 있는 보물 말이에요."

카이르프레의 덥수룩한 머리털이 이리저리 옆으로 흩날렸다.

"우리는 갈라토에 대해 아는 게 별로 없어."

"갈라토에 어떤 힘이 있는지 말해주실 수는 없나요?"

"아니, 고대 문헌에 의할 것 같으면 갈라토는 우리가 상상할 수 없을 만큼 어마어마한 힘이 있다고 해. 그것 말고는 나도 모른단다."

"그런 말은 전혀 도움이 되지 않아요."

"그래 맞다. 하지만 난 갈라토에 대한 내 이론을 알려줄 수는 있단다."

카이르프레의 슬픈 얼굴이 아주 약간 밝아졌다.

"말해주세요!"

"난 갈라토는 사랑에 반응한다고 믿는단다."

"사랑이라고요?"

"그래."

시인의 눈은 책 선반 너머로 뻗어갔다.

"그렇게 놀랄 필요는 없어! 사랑의 힘에 대한 이야기는 수없이 많이 있으니까."

시인은 자신의 턱을 쓰다듬었다.

"우선 난 갈라토가 사랑 앞에서 빛난다고 믿는다. 네 옷 아래에서 빛이 나기 시작했을 때, 우리가 어떤 이야기를 하고 있었는지 기억나니?"

나는 머뭇거렸다.

"음…… 제 엄마 이야기였나요?"

"그래, 사파이어 빛 눈동자의 엘런. 자신의 삶에서 모든 걸 포기할 만큼 널 사랑했던 여인. 네 목숨을 구하기 위해서! 네가 정말로 진실을 알고 싶다면 말해주지. 그게 바로 엘런이 핀카이라를 떠난 이유란다."

한참 동안 나는 무슨 말을 해야 할지 몰랐다. 마침내 나는 안타깝게 말했다.

"전 정말 멍청했어요! 절대로 엄마라고 부르지도 않았어요. 제 고통보다 그 여자의 고통을 먼저 생각해본 적도 없어요. 얼마나 미안한지 직접 말할 수 있었으면 좋겠어요."

카이르프레는 시선을 떨구었다.

"네가 핀카이라에 머무르는 한, 넌 결코 그런 기회를 얻을 수 없을 거야. 엘런은 이곳을 떠나면서 다시는 돌아오지 않겠다고 맹세했으니까."

"저한테 갈라토를 주지 말았어야 해요. 그것이 어떻게 작동하는지, 그것이 무엇을 할 수 있는지 전 아는 게 하나도 없어요."

"내가 방금 내 이론을 말해줬잖니."

"당신의 이론은 말도 안 돼요! 당신은 사랑 앞에서 갈라토가 빛난다고 했어요. 음, 전 갈라토가 빛나는 걸 한 번 본 적이 있었어요. 제가 핀카이라에 돌아왔을 때요. 그건 바로 피에 굶주린 거미 앞이었다고요!"

카이르프레는 얼어붙었다.

"설마…… 그랜드 엘루사는 아니겠지?"

"그랜드 엘루사 맞아요."

시인은 웃음을 겨우 참았다.

"그건 내 이론을 한층 더 강화시켜주는 거야! 그랜드 엘루사의 엄청난 외모에 속아서는 안 돼. 사실, 그랜드 엘루사의 사랑은 그 식욕만큼이나 엄청나게 크단다."

나는 어깨를 으쓱했다.

"당신의 이론이 맞다고 해도, 무슨 소용이 있나요? 그건 내가 리아를 구하는 데 아무런 도움이 되지 않아요."

"리아를 따라가기로 마음먹은 거냐?"

"네."

시인은 얼굴을 찡그렸다.

"성공할 가능성이 거의 없다는 걸 알고는 있지?"

"제게 생각이 있어요."

"하지만 가망이 없어!"

카이르프레가 일어서더니 책이 수북이 쌓여 있는 곳 사이의 좁은 통로를 걸어갔다. 넓적다리가 책에 부딪히는 바람에 책이 바닥으로 뚝 떨어졌다. 그러자 먼지가 폭탄이 떨어진 것처럼 일었다. 시인은 몸을 숙여 책을 집어 들며 나를 바라보았다.

"널 보고 있으니 프로메테우스가 떠오르는구나. 프로메테우스는 신들의 불을 훔칠 수 있다고 확신했었지."

"전 그렇게 확신은 없어요. 어떻게든 해봐야 한다는 것만 알 뿐이죠. 게다가 프로메테우스는 결국 성공했어요. 안 그런가요?"

"그래! 고문의 대가로 바위에 영원히 묶였지. 그곳에서 독수리가 프로메테우스의 간을 영원토록 갉아먹었지."

카이르프레는 큰 소리로 말했다.

"헤라클레스가 구해줄 때까지요."

카이르프레의 얼굴이 붉어졌다.

"내가 네 엄마를 아주 잘 가르쳤구나! 네 말이 맞다. 프로메테우스는 결국 자유를 찾았으니까. 하지만 만약 네가 그렇게 운이 좋으리라고 잠시라도 생각한다면, 넌 틀렸어. 그곳, 스탕마르가 지배하는 땅에서는 사람들이 스스로를 드러내 보이는 것만으로도 위험에 처하게 돼! 내 말을 반드시 새겨두어야 한다. 만약 네가 슈라우디드 성에 간다면, 네 엄마의 희생은 모두 물거품이 되고 말 테니까."

나는 팔짱을 꼈다. 내가 용감하다고 확신하지는 않았지만, 결심이 섰다.

"리아를 구해야 해요."

시인은 걸음을 멈추었다.

"넌 네 엄마처럼 고집이 세구나!"

"칭찬처럼 들리네요."

시인은 어쩔 수 없다는 듯 고개를 저었다.

"그렇다면, 좋다. 넌 내 경고를 무시하는구나. 호흡이 시들면, 죽음이 다가오는 법. 그렇다면 적어도 너한테 조언이라도 좀 해야 할 것 같구나. 아마 도움이 될 거다."

나는 내가 앉은 스툴을 밀쳐냈다.

"뭔데요?"

"하지만 그게 네 죽음을 재촉할지도 몰라."

"제발 말해주세요."

"핀카이라를 통틀어 네가 성에 들어갈 수 있도록 도와줄 수 있는 사람은 딱 한 명밖에 없어. 성에 들어가는 것 말고 그 여자가 또 도와줄 수 있는 게 있을지는 잘 모르겠지만 말이다. 그 여자의 힘은 아주 오래되었어. 암, 오래되고말고. 최초의 거인이 태어나게 만든 바로 그 고대에서 나왔단다. 그래서 스탕마르가 그 여자를 두려워하는 거야. 리타 고르조차도 그 여자를 안 건드리려고 하니까."

카이르프레는 가까이 다가와 책의 바다를 걸어갔다.

"그 여자가 널 도와주려고 할지는 나도 모르겠다. 아무도 모르지! 그 여자의 방식은 신비하고 예측 불가능하니까. 그 여자는 선도 악도 아니야. 친구도 적도 아니지. 그저 존재할 뿐이란다. 전설에 따르면, '돔누'라고 불려. '어두운 운명'이라는 뜻이지. 그 여자의 진짜 이름은 아무도 몰라."

시인은 심을 흘끗 바라보았다. 심은 이제 텅 빈 꿀통에 손을 담근 채 식료품 저장실 선반에서 곤히 잠들어 있었다.

"하지만 너와 네 작은 친구는 그 여자를 만나는 기쁨을 누리지 못할지도 몰라. 그 여자의 은신처에 들어가는 건 아주 위험하거든."

시인은 숨을 한 번 쉬고 숨죽인 채 덧붙였다.

"거기서 다시 나오는 건 훨씬 더 위험하지."

나는 약간 움찔했다.

"그 여자를 찾으려면 태양이 떠오르기 전에 떠나야 한단다. 동틀 녘의 빛이 짙은 어둠 속에서 창백하게 빛날지라도, 그 빛이 네게는 최고의 길잡이가 되어줄 거다. 태양이 떠오르는 곳 북쪽에 협곡이 보일 거야. 쭉 뻗어 있는 언덕 가장 높은 산마루 한가운데에 깊게 파인 곳 말이야."

"협곡을 향해 가야 하는 건가요?"

카이르프레는 맞다는 듯이 고개를 끄덕였다.

"제대로 가지 못하면 큰 위험에 빠지게 될 거야. 만약 협곡 북쪽의 산마루로 들어서면, 고블린들이 대규모로 진을 치고 있는 한가운데로 들어가게 되니까."

나는 숨을 몰아쉬었다.

"문제없어요."

"만약 협곡의 남쪽 산마루로 가면, 훨씬 더 심각한 상태가 될 거야. 유령의 늪에 들어서게 될 테니까."

"그것도 문제없어요."

그 순간 심이 요란스레 코를 골아댔다. 선반에 놓인 책이 화들짝 놀란 듯했다. 카이르프레와 나도 마찬가지였다.

시인은 이마를 찌푸렸지만 말을 이어갔다.

"협곡을 통과하는 일은 쉽지 않단다. 고블린 전사들이 지키고 있으니까. 몇 명이나 되는지는 모른다. 하지만 단 한 명이라 할지라도 충분히 문제가 될 수 있지. 그래도 요즘에는 고블린들이 여행자를 만나는 일이 그리 흔하지 않다는 사실에 그나마 희망을 걸어야지. 너도 그 이유는 잘 알겠지. 고블린들의 경계가 느슨할 수도 있어. 몰래 지나갈 수 있는 기회가 분명 있을 거다."

"그다음에는 어떻게 하면 돼요?"

"협곡을 통과한 다음에는 산마루 아래로 곧장 내려가야 할 거야. 가파른 계곡에 도착할 때까지, 이리저리 방향을 바꾸지 않도록 조심해야 해. 그곳은 한때 독수리들이 벼랑에서 솟아오르던 곳이었단다. 하지만 지금은 아니야. 이제 계곡은 늘 칠흑같이 어둡거든. 남쪽으로 방향을 틀어 따라가다 보면 유령의 늪 가장자리가 나와. 거기까지 잘 갔다면, 돔누의 은신처를 만나게 될 거야. 하지만 그전에 돔누만큼이나 기이한 다른 생명체를 만나게 될 거다."

나는 기운이 빠져서 스툴에 몸을 기댔다.

"은신처가 어떻게 생겼는데요?"

"나도 모른다. 너도 알겠지만, 떠났던 이들 중에 돌아와서 그곳을 설명해준 사람이 없단다. 네게 말해줄 수 있는 거라고는, 전설에 의하면 돔누는 확률과 내기를 엄청 좋아한다고 해. 지는 걸 끔찍이도 싫어한다고 하더구나."

카이르프레는 바닥에 몸을 숙여 책 무더기를 한쪽으로 밀치고는 그 자리에 양가죽을 펼쳤다. 시인이 깊은 슬픔에 잠겨 말했다.

"길을 나서기로 마음먹었다면, 지금은 좀 쉬는 게 좋을 거야. 머지않아 태양이 떠오를 테니까."

카이르프레는 내 얼굴을 들여다보았다.

"네 뺨에 난 상처와 네 기이한 눈빛을 통해 알 수 있단다. 이번이 네가 처음으로 용기를 보여준 게 아니라는 사실을. 어쩌면 내가 널 과소평가하고 있는 건지도 모르겠구나. 어쩌면 넌 네 선조들의 힘을 뛰어넘는 능력을 가졌을지도 몰라."

나는 그 말에 손을 내저었다.

"절 좀 더 아신다면, 제가 제 조상들과 다르다는 걸 알게 될 거예요! 제게는 특별한 능력이 없어요. 적어도 그중 어떤 것도 사용할 수 없어요. 제가 갖고 있는 거라고는 고집스러운 생각뿐이에요. 그리고 목에 걸고 있는 갈라토하고요."

카이르프레는 생각에 잠겨 자기 턱을 문질렀다.

"때가 되면 알 수 있겠지. 하지만 이것만은 말해야겠구나. 네가 우리집에 처음 들어왔을 때, 난 잊고 지냈던 책 속에서 답을 찾고 있었단다. 난 이제 내가 그동안 잊고 지내던 사람에게서 답을 찾아야 하는 게 아닐까 하는 생각이 드는구나."

나는 피곤해서 양가죽 위에 몸을 뉘였다. 눈을 뜬 채 그곳에 누워, 책으로 가득한 벽, 파피루스 두루마리, 필사본 더미에 비친 벽난로 불빛이 춤추듯 아른거리는 모습을 바라보았다. 카이르프레는 등받이가 높은 자기 의자로 다시 돌아가 책 읽기에 푹 빠졌다.

엄마는 이곳에서 이야기를 읽었어.

난 책으로 가득 찬 이 방에 며칠이고 머물며, 책이 이끄는 곳으로 여행을 떠나고 싶다는 욕망이 솟구쳤다. 어쩌면 언젠가 그렇게 할 수 있을지도 모르겠다. 하지만 그전에 어딘가로 가야 한다는 걸 알았다. 동트기 전에 출발해야 한다는 걸 잘 알았다.

30

정원사 부부, 테일린과 갈라타

심은 당혹스러운 표정으로 둥글 넙적한 코를 만지작거렸다.

"그 여자 이름이 똥누라고? 희한한 이름이네."

"돔누야. 난 아는 대로 다 얘기했어."

나는 양피지에서 몸을 일으키며 대답했다.

카이르프레를 흘긋 바라보았다. 카이르프레는 무릎에 책 세 권을 펼쳐놓은 채 잠이 들어 있었다. 회색의 긴 머리카락이 폭포처럼 얼굴에 쏟아져 내렸다.

"이제 가야 할 시간이야."

심의 눈길이 식료품 저장실로 향했다. 질질 흘린 꿀 때문에 아래쪽 선반이 번들거렸다.

"이곳을 떠난다니 썩 내키지 않는걸."

"넌 안 따라와도 돼. 여기 있고 싶으면 그냥 있어. 난 충분히 이해해."

분홍빛 눈동자가 빛났다.

"정말로, 진짜로, 솔직히?"

"응, 카이르프레가 분명 널 환대해줄 거야. 남은 음식이 별로 많지 않

309

지만 말이야."

작은 거인은 입술을 쩝쩝거렸다. 터널 위의 나무 사다리를 흘끗 바라보더니 표정이 어두워졌다.

"하지만 넌 가는 거지?"

"난 갈 거야, 지금."

잠시 뒤 나는 내 무릎께에 있는 작은 얼굴을 유심히 살펴보았다. 어쨌거나 심은 그렇게 나쁜 친구는 아니었다. 나는 심의 자그마한 손을 잡았다.

"어디를 가든, 꿀을 많이 찾을 수 있기를 빌게."

심은 얼굴을 찡그렸다.

"너 가는 거 마음에 안 들어."

"나도 알아. 안녕."

나는 사다리로 다가가 낡은 가로장을 꽉 잡았다.

심은 달려와서 내 옷을 잡아당겼다.

"하지만 내가 여기 머무는 것도 마음에 안 들어."

"여기 있어야 해."

"내가 싫어?"

"너한테 너무 위험할 테니까!"

심이 화를 내며 소리쳤다.

"내가 진짜 거인이라면 이렇게 말하지 않겠지. 크고 힘센 거인이라면 말이야. 그러면 나한테 같이 가자고 매달리겠지."

난 어색한 미소를 지었다.

"그럴지도. 하지만 난 지금의 네 모습이 여전히 좋아."

작은 거인은 얼굴을 찡그렸다.

"난 아니야! 난 그래도 내가 컸으면 좋겠어. 엄청 높은 나무처럼 컸으면 좋겠단 말이야."

"너도 알겠지만, 리아가 날 안절부절못하게 한 적이 있어. 리아는 이렇게 말했지. *네 자신이 되어보라고.* 가끔 그 말을 생각해봤어. 말은 행동보다 훨씬 쉬워. 하지만 리아 말이 옳았어."

"쳇! 자기 자신을 안 좋아한다고 해서 뭐가 어떻게 돼?"

"잘 들어, 심. 이해해. 내 말 믿어봐. 네 자신의 모습에 편안해지도록 노력해봐."

나는 말을 멈추었다. 내가 그런 말을 하다니 나도 약간 놀랐다. 이윽고 책으로 가득 찬 벽을 마지막으로 둘러본 뒤, 나는 터널 위로 올라갔다.

나무 그루터기의 문 사이를 비집고 나가며, 동쪽 지평선을 둘러보았다. 메마른 붉은 땅이 한없이 뻗어 있었다. 이따금 말라비틀어진 나무나 가시덤불이 보였다. 주변에 새벽을 알려주는 새 한 마리 없었지만, 희미한 빛이 이미 어둠의 언덕 위로 나타났다. 어둠의 언덕은 석탄보다 더 검게 떡 버티고 서 있었다. 북쪽에는 우뚝 솟은 언덕 두 개가 보였다. 언덕은 좁은 협곡으로 갈라져 있었다. 협곡.

나무 그루터기 옆에 서서, 지형을 파악하며 그 위치를 기억하려 애썼다. 협곡에서 조금이라도 벗어나고 싶지 않았다. 시간이 흐르면 눈에 보이게 남아 있을지, 확신할 수 없었다.

나는 땅에 떨어져 있던 내 지팡이를 보고 몸을 숙여 주워 들었다. 배배 꼬인 지팡이 끝에는 서리가 내려앉았다. 지팡이를 만져보니 차갑고 미끌미끌했다. 갑작스레 지팡이에 난 깊은 상처 여러 개가 보였다. 이빨 자국이었다. 도대체 어떤 짐승이 이런 자국을 냈을까? 어젯밤에 카이르프레의 터널로 내려갈 때까지만 해도 아무런 자국도 없었는데…….

팔을 뻗어 문을 닫으려 했다. 그때 심의 주먹코가 불쑥 나타났다. 자그마한 몸이 뒤따라 나타나며, 열린 구멍으로 기어 나왔다.

"나도 갈래!"

"정말? 어젯밤에 누가 이걸 씹어 먹으려 했는지는 모르지만, 분명 아직도 근처에 있을 거야."

나는 심에게 지팡이를 보여주었다.

심은 침을 꼴깍 삼키기는 했지만 아무 말도 하지 않았다.

나는 희미하게 빛나는 지평선을 향해 손을 흔들었다.

"돔누를 찾으려면 어둠의 언덕에 있는 협곡으로 가야 해. 절대 실수해서는 안 돼. 한쪽에는 고블린 전사들이, 다른 쪽에는 유령의 늪이 있으니까."

작은 거인은 두 다리에 단단히 힘을 주고 섰다.

"넌 날 버려두고 가지 못해."

"알았어. 그럼 가자."

나무 그루터기 옆의 졸졸 흐르는 시내를 폴짝 뛰어넘어, 나는 협곡이 있는 방향을 향해 성큼성큼 걸음을 옮겼다. 심은 나를 따라잡으려 분주히 발을 놀렸다.

그날 아침 내내, 만약 빛조차 없는 그렇게나 섬뜩한 시간을 아침이라고 부를 수 있다면, 우리는 광활한 툰드라를 가로질러 걸어갔다. 땅은 무겁기만 한 우리 발아래에서 딱딱 소리를 냈다. 우리는 협곡을 향해 걸어갔다. 좀처럼 길의 흔적이 없었다. 있다 해도 완전히 불에 타버린 마을만큼이나 텅 비어 있었다.

우리는 주변의 식물만큼이나 대화를 거의 나누지 않았다. 둘 다 바짝 긴장하고 있었다. 우리가 스탕마르한테 충성을 바치는 자들에게 얼마나 쉽게 발각될 수 있는지, 둘 다 너무나 잘 알고 있었으니까. 자기 셔츠 주머니에 손을 넣어 카이르프레의 식료품 저장실에서 가져온 암브로시아 빵 덩어리를 내게 건네줄 때도, 심은 아무 말도 하지 않았다. 나는 감사의 표시로 고개를 끄덕여 보이기만 했다. 그리고 우리는 서둘러 걸어갔다.

어둠의 언덕을 향해 차츰 올라가는 동안 나는 최선을 다해 앞장서서 나아갔다. 협곡으로 가는 길은 제대로 보이지도 않았다. 길의 흔적이라기보다는 불길한 예감의 징후처럼 보였다. 협곡을 지나 스탕마르의 성에 이르렀을 때, 리아가 없으면 어쩌지? 아니, 리아가 그곳에 있어도 더 이상 살아 있지 않다면 어쩌지?

우리는 사람이 살았던 흔적을 자주 마주쳤다. 낡은 집과 허물어진 축사가 여기저기 있었다. 하지만 이런 건물들은 풍경만큼이나 생기 없어 보였다. 그냥 그곳에 서서 허물어지고 있었다. 마치 해안의 뼈 같았다. 누군가 아직도 이곳에 살고 있다면, 분명 숨어서 지내고 있을 거다.

놀랍게도 저 앞에 얼룩덜룩한 녹색이 얼핏 보였다. 약한 시력 탓일 거라 생각하며 나는 더 집중했다. 하지만 그 색은 진짜처럼 보였다. 주위의 적갈색과 잿빛과는 완전히 딴판이었다. 좀 더 가까이 다가가 보니, 초록색이 더 진해졌다. 동시에, 나무의 윤곽이 보였다. 나무가 줄 맞추어 정리되어 있었다. 나뭇가지에는 뭔지 모를 열매가 대롱대롱 매달려 있었다.

"과수원이야! 믿어져?"

심은 자기 코를 문질렀다.

"내 눈엔 위험해 보이는데."

"저기 보여? 언덕 사이에 오두막 같은 게 있어."

내가 나무 뒤에 있는 상자처럼 생긴 걸 가리키며 말했다.

"멀찍이 떨어져 있는 게 좋을 것 같아. 정말로, 진짜로, 완전히."

초록색 나무를 보고 드루마 숲이 떠올랐기 때문인지, 오두막을 보고 이제는 엄마라는 걸 알게 된 여인과 함께했던 날들이 떠올랐기 때문인지, 나는 좀 더 알아봐야겠다는 호기심이 일었다. 나는 심을 내려다보았다.

"원하면 여기서 기다려도 좋아. 난 좀 더 가까이 가볼게."

심은 내가 앞으로 나가는 모습을 지켜보며 소리 죽여 욕을 퍼부었다. 잠시 뒤 심은 나를 쫓아 잰걸음으로 달려왔다.

심이 가까이 다가오자, 나는 멈추어서 심에게 몸을 돌렸다.

"꿀 냄새가 나는 것 같지 않아?"

심은 꽥 고함을 질렀다.

"고블린 냄새가 나는 것 같아. 저기에 고블린이 없다 해도, 분명 멀지 않은 곳에 있을걸."

심은 신경질적으로 어깨 너머를 흘끗 바라보았다.

"네 말이 맞아. 오래 있지는 않을게. 약속해. 저기에 누가 사는지만 확인하자."

과수원에 다가가자 나무 가장자리에 거친 돌 담벼락이 있었다. 담벼락은 모두 회색 돌멩이로 되어 있었는데, 군데군데 이끼가 껴 있었다. 오두막도 마찬가지였다. 갈라진 틈 두 곳과 앞으로 허물어진 벽도 보였다. 오두막이나 벽 모두 아주 오랫동안 수리하지 않은 게 분명했다. 무너져 내린 벽이 나무를 껴안고 있는 것처럼, 나무는 오두막을 껴안고 있었다. 나무뿌리 근처에는 잎이 우거진 나뭇가지가 흐드러졌다. 나뭇가지 아래에는 초록색에 군데군데 옅은 얼룩이 있는 화단이 있었다. 나는 몸을 웅크렸다. 심도 따라했다. 나는 조심스레 살금살금 가까이 다가갔다. 신선한 향이 은근하게 퍼졌다. 촉촉하게 물을 머금은 잎사귀와 새로 핀 꽃의 향이었다. 살아 있고 막 피어나는 식물의 향을 맡아본 게 정말 오랜만이라는 사실이 불현듯 떠올랐다. 그 순간 이곳은 단순한 과수원이 아니라는 생각이 들었다. 이곳은 정원이었다.

바로 그때 두 사람이 오두막에서 나왔다. 두 사람은 비틀비틀 걸음을 옮기며, 가장 가까이 있는 화단으로 천천히 다가갔다. 이상하게도 엉거주춤 움직였는데, 한 명은 등이 곧은 데 반해 다른 한 명은 굽었다. 한 명은 고개를 들고, 한 명은 고개를 숙였다. 움직임이 이렇게 달랐지만, 둘은 영원히 연결되어 있는 것처럼 보였다.

두 사람이 가까이 다가오자, 이 두 사람이 나이가 퍽 들었다는 걸 알 수 있었다. 늙어도 아주 많이 늙었다. 듬성듬성 회색이 섞인 백발이 어깨까지 내려왔다. 소매 없는 갈색 옷은 낡고 닳았다. 등이 그렇게 굽지 않았다면, 키가 상당히 컸을 듯했다. 근육질의 갈색 팔은 나이에 비해 훨씬 젊어 보였다.

두 사람은 첫 번째 화단에 이르러서 따로 갈라졌다. 두 사람 가운데 한 사람은 여자였다. 솟은 광대뼈를 보니 우리 엄마가 생각났다. 할머니는 바구니를 집어 들더니 오두막 한쪽 땅에 뭔가를 뿌리기 시작했다. 다른 한 사람은 남자였다. 할아버지는 기다란 구레나룻을 나부끼며 바구니를 집어 들더니 나무를 향해 비틀거리며 다가갔다. 그 나무에는 내가 소모라 나무에서 맛보았던 것과 똑같은 뾰족한 열매가 달려 있었다. 갑작스레 할아버지는 걸음을 멈추더니 우리가 웅크리고 있는 담벼락을 향해 천천히 몸을 돌렸다.

눈을 떼지도 않은 채, 할아버지는 나지막하고 퉁명스러운 목소리로 말했다.

"갈라타, 여기 손님이 온 것 같구려."

할머니가 고개를 들고 바라보았다. 얼굴에는 근심 걱정이 가득했지만 차분하게 말했다. 나이가 들어 목소리가 쩍쩍 갈라졌다.

"그렇다면 모습을 드러내게 해야지요. 두려워할 게 아무것도 없으니 말이에요."

"난 테일린이라고 한다. 싸우러 온 게 아니면, 이곳에 온 걸 환영한다."

할아버지가 말했다.

우리는 천천히 고개를 들었다. 나는 일어서서 지팡이를 단단히 쥐었다. 몇 시간 전에 이빨로 물어뜯긴 곳을 손으로 쓸어내리자 소름이 돋았다. 그러는 사이 심은 내 옆에 서서 어깨를 쫙 폈다. 그래봤자 심의 눈과 엉망진창인 머리카락만 담벼락 꼭대기 위로 톡 튀어나왔을 뿐이었다.

"우린 싸우러 온 게 아니에요."

"그렇다면 이름이 뭐냐?"

조심해야 된다는 생각에, 나는 주저했다.

"우리 이름은 비밀이에요. 아무도 이름을 몰라요."

심이 분명하게 말했다. 그러고는 이렇게 덧붙였다.

"우리조차도요."

할아버지의 한쪽 입꼬리가 살짝 위로 올라갔다.

"조심하는 게 좋지, 작은 여행객. 하지만 내 마누라가 말했듯이, 우리를 두려워할 건 전혀 없어. 우리는 그저 정원사야, 그게 다지."

나는 담벼락을 가로질러 걸어 나갔다. 그러면서 한쪽 덩굴에서 자라고 있는 가느다란 노란색 채소를 밟지 않으려 애썼다. 나는 심한테 손을 내밀었다. 심은 내 손을 한쪽으로 밀치고는 내 도움을 받지 않고 혼자 돌무더기 위로 기어올라갔다.

할아버지의 표정이 다시 심각해졌다.

"요즘 핀카이라를 여행하는 건 위험해. 너희들은 아주 용감하거나 아니면 아주 바보이겠구나."

나는 고개를 끄덕였다.

"시간이 지나면 우리가 어떤 사람인지 알겠지요. 하지만 두 분에 대해 여쭤봐도 될까요? 이곳에서 여행하는 게 위험하다면, 이곳에 사는 건 훨씬 더 위험할 것 같은데요?"

"딱 맞는 말이군."

할아버지는 할머니한테 손짓해 가까이 오라고 했다.

"하지만 우리가 어디로 갈 수 있을까? 아내와 나는 이곳에서 함께 68년을 살았지. 우리의 뿌리는 깊어. 이 나무들만큼이나 깊지."

장식 하나 없는 집을 향해 손을 흔들며 할아버지는 말을 이었다.

"게다가 우리한테는 보물이 하나도 없단다."

"그러니 훔쳐갈 게 하나도 없는 거지."

할머니가 할아버지 손을 잡으며 미소를 보냈다.

"우리 보물은 상자에 담기에는 너무 크단다. 하지만 그 어떤 보물보다도 소중하지."

할아버지는 고개를 끄덕였다.

"당신 말이 맞아요, 여보."

우리를 향해 몸을 기대며, 할아버지는 이를 드러내고 장난기 어린 미소를 지었다.

"저 사람은 항상 옳은 말만 하지. 틀린 말을 할 때조차도 옳아."

할머니는 할아버지 정강이를 툭 찼다.

"아야야, 68년이나 함께 살았으면, 이제 당신도 매너를 배웠어야지!"

할아버지는 정강이를 비비며 끙끙거렸다.

"68년을 함께 살아오면서, 난 당신을 통해 옳은 걸 보는 법을 배웠지."

할머니는 할아버지 얼굴을 유심히 바라보았다. 천천히 할머니는 밝게 웃었다.

"그럼에도 어쨌든, 난 여전히 내 눈 앞에 있는 사람이 좋아."

할아버지의 짙은 눈동자가 반짝였다.

"그만 진정하구려. 우리 손님들은 어떻게 할까? 앉을 자리를 내줄까? 뭐 먹을 거라도?"

나는 고개를 저었다.

"앉아 있을 시간이 없을 것 같아요."

나는 나뭇가지에 매달린 뾰족한 열매를 가리켰다.

"하지만 저거 하나는 갖고 싶어요. 한 번 먹어본 적이 있는데, 정말 근사했어요."

할아버지는 손을 뻗었다. 주름 잡힌 큼지막한 손으로 재빠르게 열매 하나를 따더니 그걸 내게 건네주면서 말했다.

"먹어봤을지도 모르겠구나. 하지만 이것과 똑같은 건 먹어보지 못했을 거야."

무슨 말인지 당혹스러워 나는 고개를 갸우뚱했다.

"이건 핀카이라에서만 자라."

정원사 할아버지는 설명했다. 목소리가 진지했다.

"아주 오래전 네가 태어나기도 전에, 마르지 않는 강 동쪽 언덕 나무들에 이 열매가 주렁주렁 달려 있었단다. 하지만 우리 땅을 감염시킨 마름병에 걸리고 말았어. 이제 이 나무 한 그루밖에 남아 있지 않단다."

나는 열매를 한 입 베어 물었다. 보랏빛 햇살 같은 향이 입안 가득 퍼졌다.

"이 나무가 여전히 자라고 있는 곳이 또 한 군데 있어요. 그곳에서 한 번 먹어본 적이 있어요."

할아버지와 할머니는 이구동성으로 물었다.

"그게 어딘데?"

"드루마 숲이오. 소모라 나무에서요."

"소모라라고? 정말 그 나무를 봤니? 그 희귀한 나무를?"

할머니가 다급하게 물었다.

"그 나무를 잘 아는 친구가 절 그곳에 데려갔어요."

할아버지는 몇 가닥 남지 않은 수염을 쓰다듬었다.

"그 말이 사실이라면, 넌 정말 놀라운 친구를 뒀구나."

내 얼굴이 굳어졌다.

"네, 맞아요."

머리 위의 나뭇가지가 산들바람에 흔들리자, 살아 있는 잎사귀들이 사각거렸다. 나는 잠시 그 소리를 들었다. 며칠 동안 물 없이 지내다 마침내 졸졸 흐르는 시냇물 소리를 들은 느낌이었다. 갑작스레 심이 손을 위로 뻗어 내 손에 들린 뾰족한 열매를 낚아챘다. 내가 미처 말리기도 전에, 심은 크게 두 번 베어 물었다.

나는 심을 노려보았다.

"부탁하는 거 몰라?"

"냠냠냠."

작은 거인은 입안에 열매를 잔뜩 물고 대답했다.

할머니의 눈이 흥겨움으로 반짝였다. 남편에게 돌아서서 말했다.

"나만 매너가 없는 건 아닌가 봐요."

"당신 말이 맞소."

할아버지가 대답했다. 그러더니 몇 발짝 뒤로 절뚝거리며 걸어가면서 흥겹게 덧붙였다.

"항상 그렇듯이 말이오."

할머니가 활짝 웃었다. 할머니가 튼튼한 팔을 나뭇가지로 뻗어 뾰족한 열매 하나를 또 따서 내게 건네주었다.

"넌 이걸 먹도록 해."

"정말 친절하시군요. 이 나무가 드루마 숲의 동쪽에 남아 있는 마지막 나무일 텐데……."

나는 향이 강한 열매에 코를 대고 킁킁거렸다. 그러고는 한 입 베어 물었다. 다시 한 번 내 혀는 보랏빛 햇살 같은 향으로 폭발했다. 나는 그 맛을 즐기며 물었다.

"어떻게 이 정원은 마름병 한가운데에서 이렇게 건강하게 살아남을 수 있었나요? 정말 기적이네요."

노부부는 눈빛을 주고받았다.

할아버지의 얼굴이 굳어졌다.

"이 땅 모두가 한때 풍요로웠던 것에 비하면 이건 기적이라고 할 수도 없지. 하지만 사악한 왕이 모든 걸 바꾸어버렸지."

"이 꼴을 보면 심장이 찢어질 듯 아프단다."

할머니가 말했다. 목소리가 쩍쩍 갈라졌다.

"스탕마르의 슈라우디드 성이 태양을 가려버렸지. 시간이 흐르며 점점 더 많이……. 슈라우디드 성이 그 힘을 키워 나가자 하늘은 점점 더 어두워졌으니까. 그러는 사이 왕의 군대가 이 땅에 죽음을 뿌려댔어. 마을이 모조리 파괴되었지. 사람들은 저 멀리 서쪽 산악지대로 도망갔어. 아니면 다 함께 핀카이라를 떠나버렸지. 드루마 숲만큼이나 눈에 띄는 광활한 숲이 한때 동쪽 언덕에 있었어. 하지만 이제 더 이상은 아니야! 베어져 나가거나 불에 타지 않은 나무는 더 이상 자라지 못해. 더 이상 말을 하지도 못하지! 이곳 평원의 땅은 피로 물들거나 원래의 색을 잃어버렸어. 그리고 꽃 피는 하프를 우리한테서 훔쳐갔어. 꽃 피는 하프라면 땅에 다시 생명을 불어넣을 수 있을 텐데 말이다."

할아버지가 말을 이었다.

할아버지는 말라빠진 자기 손을 내려다보았다.

"하프를 만져본 적이 딱 한 번 있었어. 아이였을 때 말이야. 시간이 아주 많이 지났지만 그때 그 하프 줄의 느낌, 멜로디의 선율을 난 지금도 잊을 수 없단다."

할아버지는 얼굴을 찡그렸다.

"그 모든 것 그리고 그보다 더 많은 걸 잃었지."

할아버지는 오두막 뒤쪽의 언덕 사이를 향해 손짓했다.

"한때 기쁨에 찼던 우리의 샘을 보라고! 지금은 거의 말라버렸어. 땅이 시들면서 물도 말라버렸지. 이제 난 낮 시간의 반을 저 멀리서 물을 길어오느라 써버린단다."

할머니가 할아버지 손을 잡았다.

"난 낮 시간의 반을 씨앗이 자랄 수 있는 땅을 찾느라 써버리고."

심은 쭈뼛쭈뼛 할머니한테 열매를 더 달라고 했다.

"미안해요."

할머니는 심의 헝클어진 머리를 토닥여주었다.

"열매를 챙겨 가렴. 우리한테 미안하게 생각할 거 없다. 우리는 그나마 운이 좋은 편이야."

"정말 그래. 우리는 함께 오랜 삶을 허락받았어. 그리고 나무 몇 그루를 키울 기회도. 그거면 충분하지."

할아버지가 그 말에 동의했다. 그러면서 할머니를 흘끗 바라보았다.

"소망이 있다면, 언젠가 우리가 함께 죽는 거란다."

"바우키스와 필레몬처럼요?"*

내가 말했다.

"누구?"

"바우키스와 필레몬이오. 그리스 신화에 나오는 주인공들 말이에요. 그건 제가…… 우리 엄마한테 아주 오래전에 들은 이야기예요. 둘은 딱 하나의 소원이 있었는데, 바로 함께 죽는 거였어요. 그리고 결국 신들은 그 둘을 나무 한 쌍으로 변하게 해주었어요. 잎사귀 무성한 나뭇가지들이 항상 서로를 감싸주었다고 해요."

---

*제우스는 못된 짓만 일삼는 인간에게 큰 벌을 내리기로 작정했다. 제우스는 사정을 면밀하게 파악하려고 프리기아 지방으로 몰래 내려왔다. 오랜 시간 걸었기에 영락없이 초라한 인간의 꼴이었다. 지친 제우스는 먹을 것과 쉴 곳을 구하려 이집 저집 돌아다녔는데, 도움을 주는 사람은 없었다. 마지막으로 외딴 곳의 초라한 오두막집을 찾았다. 거기에는 필레몬과 바우키스라는 노부부가 살고 있었다. 노부부는 가난했지만 나그네를 지극정성으로 접대했다. 제우스는 크게 감동했으나 인간에 대한 노여움이 풀린 건 아니었다. 그래서 제우스는 온 마을을 물에 잠기게 했다. 그러나 필레몬과 바우키스의 집은 화려한 신전으로 변했다. 제우스는 자신이 최고의 신이라는 사실을 밝히고, 소원이 있으면 말하라고 했다. 노부부는 잠시 생각하더니 둘 다 같은 시간에 죽게 해달라고 간청했다. 제우스는 소원을 들어주었다. 필레몬과 바우키스는 오랫동안 신전을 지키며 사이좋게 살다 한날한시에 죽었다. 노부부가 죽은 자리에는 떡갈나무와 보리수가 마주 보며 자라났다.

"정말 아름다운 이야기구나."

할머니가 할아버지를 바라보며 한숨을 쉬었다.

할아버지는 아무 말도 하지 않았다. 그저 나를 유심히 살펴볼 뿐이었다.

"그런데 저한테 아직 말해주지 않으셨잖아요? 정원이 이 끔찍한 시기에 어떻게 살아남았는지 말이에요."

나는 재차 물었다.

할아버지는 할머니 손을 놓더니 주변의 푸른 잎, 뿌리, 꽃을 향해 늠름한 팔을 뻗었다.

"우리는 이 정원을 무척 사랑했어. 그게 다야."

나는 고개를 끄덕였다. 마름병이 돌기 전에 이 지역이 얼마나 경이로웠을까를 생각해봤다. 심과 내가 지금 서 있는 정원이 풍요로운 이 지역의 자그마한 보기에 불과하다면, 이곳의 풍경은 드루마 숲만큼이나 정말로 아름다웠을 것이다. 비록 드루마 숲만큼 광활하고 신비하지는 않을지라도 말이다. 내가 살아 있음을 느낄 수 있는 그런 곳. 그리고 자유를 느낄 수 있는 곳. 그리고 어쩌면 고향에 있는 것 같은 느낌을 받을 수 있는 곳…….

할머니는 걱정스러운 표정으로 우리를 바라보았다.

"잠깐만이라도 여기서 쉬어 갈 수 없는 거냐?"

"그럴 수가 없어요."

"그렇다면 정말 조심해야 할 거야. 요즘에는 고블린이 사방에 쫙 깔렸으니까. 어제만 하더라도, 해 질 녘에 물을 길어 돌아오고 있을 때, 고블린 두 놈을 보았단다. 그놈들은 힘없는 여자아이를 끌고 가고 있었지."

할아버지가 경고하듯이 말했다.

난 심장이 멎는 줄 알았다.

"여자아이라고요? 어떻게 생겼던가요?"

수염이 허연 할아버지는 고통스러운 표정이었다.

"가까이서 보지는 못했어. 그랬다가는 놈들이 나를 봤을 테니까. 하지만 지켜보면서 속으로는 달려가 놈들을 때려부수고 싶었단다."

"그렇게 하지 않아서 천만다행이구려."

할머니가 힘주어 말했다.

할아버지가 나를 가리켰다.

"여자아이는 네 나이 또래였어. 고불고불한 갈색 머리카락이 길었어. 덩굴을 짜서 만든 옷을 입고 있었지."

심과 나는 숨을 몰아쉬었다.

"리아예요! 어디로 가던가요?"

나는 갈라져 나오는 목소리로 속삭였다.

"의심의 여지가 없지. 놈들은 동쪽으로 가고 있었어. 여자아이는 아직 살아 있었지만, 분명 스탕마르가 개인적으로 처리하고자 하는 사람임에 틀림없었어."

할아버지는 침울하게 대답했다.

할머니가 안타깝다는 듯이 말했다.

"어린 여자아이가 그렇게 끔찍한 성에 있다는 걸 생각하니 견딜 수가 없구나."

나는 작은 가죽 가방에 든 단검을 만져보았다.

"우린 당장 떠나야 해요."

할아버지는 손을 내게 뻗어 내 손을 단단하게 꽉 쥐었다.

"난 자네가 누군지 모른다네, 젊은이. 자네가 어디로 가는지도 몰라.

하지만 우리 씨앗처럼, 자네 속에는 많은 게 들어 있다는 걸 알아."

할머니는 다시 한 번 작은 거인의 머리를 쓰다듬었다.

"마찬가지로, 내 생각에 이 작은 녀석한테도 똑같은 말을 해줄 수 있겠구나."

나는 대답하지 않았다. 만약 우리를 좀 더 잘 안다면, 이들이 우리한테 이렇게 친절하게 말해줬을까, 궁금했다. 그렇다 해도, 허물어져가는 돌 담벼락 너머로 건너가며, 언젠가 이 노부부를 다시 만나고 싶다는 생각이 들었다. 나는 몸을 돌려 노부부를 향해 손을 흔들었다. 노부부도 손을 흔들어주었다. 이윽고 노부부는 하던 일을 다시 시작했다.

내 가슴 위에 있는 갈라토가 따뜻해졌다. 옷 안을 살짝 들여다보니, 가운데 박힌 보석이 희미하게 빛났다. 이윽고 나는 깨달았다. 갈라토에 대한 카이르프레의 이론이 옳다는 것을……

31

유령의 늪

몇 시간 동안, 우리는 산마루의 협곡을 향해 걸어갔다. 내 지팡이는 메마른 땅과 죽은 풀을 경쾌하게 톡톡 두드렸다. 어둠의 언덕에서 차가운 바람이 우리를 향해 불어왔다. 지독한 돌풍이 우리의 얼굴을 때렸다. 그렇게 바람이 불어댔지만, 심은 내 옆에 붙어 있으려 기를 썼다. 그래도 나는 몇 차례 걸음을 멈추고 심이 가시투성이 덤불을 통과하거나 가파른 언덕을 건너도록 도와주어야 했다.

경사는 점점 위를 향해 가팔라졌다. 바람은 더욱 세차게 불어댔다. 곧 살을 에는 듯한 냉기가 몰아쳤다. 지팡이를 잡은 내 손에 감각이 없어져 더 이상 고통이 느껴지지 않을 정도였다. 손은 지팡이만큼이나 딱딱하게 굳어갔다. 얼음 조각이 바람에 실려 우리를 향해 날아오기 시작했다. 나는 지팡이를 잡지 않은 손을 들어 올려 뺨과 보이지 않는 눈을 보호했다.

얼음 조각은 이제 바늘로 그러고 나서는 파편으로 그러고 나서는 단검으로 바뀌었다. 얼음 칼날이 우리를 향해 비처럼 쏟아지자, 노부부의 정원을 떠나온 뒤로 불평을 꾹 참고 있던 심이 애처롭게 훌쩍거려서 돌풍이 잠시 멈출 때면 심이 훌쩍거리는 소리가 들렸다. 바람 소리가 점차 사나워졌다.

투시력이 쓸모 있을 만큼 빛이 남아 있기는 했지만, 휘몰아치는 얼음과 불어대는 흙먼지 때문에 나는 방향 감각을 잃고 말았다. 갑작스레 평평하게 톡 튀어나온 나지막한 무언가에 꽝 하고 부딪혔다. 나는 비명을 질렀다. 땅에 고꾸라지며 지팡이를 놓치고 말았다.

몸을 와들와들 떨며 톡 튀어나온 곳 밑으로 기어들어 갔다. 그곳이 폭풍을 피하는 피난처가 되어주었으면 했다. 심은 내 옷자락 속으로 숨어들었다. 우리는 추워서 이를 덜덜 떨며 그곳에 잠시 앉아 있었다. 몇 주나 되는 시간이 흐른 것 같았다.

마침내 얼음 폭풍이 잦아들었다. 휘몰아치는 바람이 몇 차례 더 우리에게 덤벼들다 결국 잦아들었다. 공기는 따뜻하지 않았지만, 우리 몸은 조금씩 따뜻해졌다. 나는 손을 쥐락펴락 해보았다. 손바닥과 손가락이 따끔거렸다. 심은 머뭇머뭇 내 옷 밖으로 고개를 빼꼼 내밀었다. 멋대로 헝클어진 머리카락에는 고드름이 덕지덕지 붙었다.

우리에게 어느 정도 보호막이 되어준 돌출 바위 같은 곳은 커다란 나무 그루터기에 불과하다는 걸 곧 깨달았다. 주변 언덕에는 그런 그루터기 수천 개가 어지럽게 널려 있었다. 나무 그루터기가 쓸려 나간 계곡은 거대한 거미줄처럼 쩍쩍 갈라져 있었다. 얼음 표면에 서리가 내려 앉았지만, 나무 그루터기는 조금도 빛나거나 반짝이지 않았다. 그냥 거기 그렇게 있을 뿐이었다. 무덤 산처럼 생명이 없었다.

그 순간 나는 이곳이 바로 정원사 테일린 할아버지가 말한 망가져버린 광활한 숲의 흔적이라는 걸 깨달았다.

왕의 군대가 이 땅에 죽음을 뿌려댔어.

할아버지의 말이 썩어가는 나무 그루터기, 적갈색 땅, 무너져 내린 언덕에서 유령처럼 떠올랐다.

심과 나는 서로의 얼굴을 쳐다보았다. 아무 말 없이 우리는 서리가 내려앉은 땅에서 일어섰다. 나는 지팡이를 집어 들고, 끝에 달라붙은 얼음 덩어리를 톡톡 털어냈다. 협곡의 위치를 다시 살펴보며, 메마른 나뭇가지 더미를 건너 발걸음을 옮겼다. 그러고는 미끄러운 땅을 걸어 올라가기 시작했다. 심은 투덜거리며 나를 따라잡으려 달려왔다.

날이 점점 저물어갔다. 우리는 수없이 많은 나무 그루터기와 마른 강바닥으로 상처가 나 있는 언덕 위로 계속 올라갔다. 그러는 내내 하늘은 점차 어두워져갔다. 곧 협곡은 사라지고 짙은 어둠 속으로 빨려들어갔다. 나는 뾰족한 산마루 두 개를 마지막으로 보았던 기억만 믿었다. 하지만 그 기억 자체도 빛과 함께 희미해져갔다.

고도가 점점 높아졌다. 빛은 희미했지만, 나무 그루터기와 죽은 나뭇가지 사이에서 솟아나 있는 몇 그루 야리야리한 나무들이 눈에 들어왔다. 비틀린 나무 모양을 보니 고통에 몸부림치는 사람의 모습이 떠올랐다. 너도밤나무 껍질이 보였다. 나는 그 나무 가까이 다가갔다. 나무둥치에 손을 올려놓은 뒤, 리아가 드루마 숲에서 내게 가르쳐주었던 휙휙 바스락거리는 소리를 내봤다.

하지만 나무는 아무런 반응도 없었다.

다시 해봤다. 이번에는 바스락 소리를 내면서, 내 앞에 건강하게 살아 숨 쉬는 나무를 상상했다. 튼튼한 뿌리가 땅속으로 세차게 밀고 들어갔다. 굽은 나뭇가지는 하늘을 향해 쭉 뻗었다. 목구멍 깊숙한 노래가 나무둥치에서 올라오며, 잎사귀들이 부르르 몸을 떨었다.

어쩌면 그저 상상에 불과했을지도 모른다. 가장 높은 나뭇가지가 미세하게 떨리는 게 느껴졌다. 하지만 금세 다시 멈추어버렸다.

나는 단념했다. 터벅터벅 발걸음을 옮겼다. 심은 내 발 옆에서 숨을 헐떡였다. 솟아오른 언덕에 올라서자 땅은 점점 바위투성이로 변했다. 시간이 지나면서 빛은 더 희미해졌다. 하늘은 검게 변하고, 우리 주변의 나무 그루터기와 바위들은 그늘로 녹아들었다.

투시력이 금세 희미해졌다. 하지만 나는 무엇이든 보려고 애썼다. 굉장히 집중하며 귀를 기울였다. 제아무리 자그마한 움직임도 공격의 경고가 될 수 있다는 걸 잘 알고 있었다. 나는 바위에 걸려 넘어지거나 죽은 나뭇가지에 찔리지 않으려 애를 썼지만 발걸음이 점점 흔들렸다.

문득 거의 보이지 않는 틈을 발견했다. 희미한 바위투성이 산마루 두 개가 어두운 하늘 속으로 솟구쳐 있었다. 여기가 협곡일까? 나는 좀 더 가까이 다가갔다. 최대한 빨리.

그러다 갑작스레 멈추었다. 뒤틀린 나무처럼 가만히 서서 귀를 기울였다.

심은 내 옆으로 기어왔다.

"무슨 소리 들려?"

"잘 모르겠어. 하지만 들리는 것 같아. 우리 앞 어딘가에서."

나는 속삭였다.

몇 분이 흘렀다. 우리 숨소리와 내 심장이 뛰는 소리 이외에는 아무 소리도 들리지 않았다.

결국 나는 작은 거인의 팔을 잡았다.

"가자. 하지만 조용히 해야 해. 고블린들이 근처에 있을지도 몰라."

나는 속삭였다.

"아, 나 무서워. 확실히, 분명히, 완……."

심이 낑낑거렸다.

"조용히 해!"

우리 앞의 그림자 속에서 거칠게 고함치는 소리와 쿵쾅거리는 발소리가 갑작스레 들려왔다. 횃불이 이글거리며 어둠을 달구고 있었다.

"고블린이야!"

우리는 바위투성이 산마루 너머로 후다닥 달아났다. 죽은 나뭇가지가 우리 발아래에서 딱딱 소리를 냈다. 가시가 정강이를 찔렀다. 바로 뒤에서 고블린의 가슴이 뛰는 소리, 갑옷이 찰캉거리는 소리, 횃불이 탁탁 타는 소리가 들려왔다.

심과 나는 바위 너머로 황급히 움직이며 넘어지지 않으려 애썼다. 어둠이 더 바짝 다가왔다. 우리가 어디로 가는지 알지 못했다. 어디로 가는지 신경 쓰지도 않았다. 우리는 단지 고블린들이 우리를 잡으러 다가오고 있다는 것을 알았을 뿐이다.

고블린에게서 벗어나기 위해 필사적으로 도망치며, 나는 한쪽으로 획 방향을 틀었다. 심은 가까이 따라왔다. 산마루를 넘고 보니, 우리 앞에 펼쳐진 전망은 너무나도 소름 끼쳤다. 어두운 하늘을 배경으로, 어두컴컴한 수많은 언덕이 어렴풋이 나타났다. 설상가상으로, 저 아래 계곡이 아주 시커멓게 보였다. 그래도 자그마한 수백 개의 빛이 반짝거리고 있었다.

문득 창이 내 머리와 지팡이 꼭대기 사이를 획 하고 스쳐 지나갔다. 창은 철컹 소리를 내며 땅에 부딪혔다. 고블린들이 일제히 거칠게 욕을 퍼부어댔다. 우리는 언덕을 뛰어 내려갔다. 다리가 바위에 부딪히는 바람에, 나는 큰대자로 넘어지고 말았다. 심은 내가 일어나 지팡이를 잡고 다시 달릴 때까지 한참을 기다렸다. 우리는 시커먼 계곡 속으로 쏜살같이 내려갔다.

시커먼 어둠이 파도처럼 우리를 덮쳤다. 발아래 땅이 축축하고 끈적끈적해졌다. 공기에서 고약한 냄새가 풍기기 시작했다. 머지않아 우리는 거대한 물웅덩이 같은 뭔가를 철퍽거리며 지나갔다. 그곳은 칠흑 같은 암흑으로 뒤덮여 있었다.

나는 곧장 멈추었다. 심에게 뒤로 빨리 물러나라고 주의를 주었다.

"왜 서는 거야?"

심이 사납게 따져 물었다.

"들어봐."

"아무 소리 안 들려. 코가 아픈 거 말고는."

"바로 그거야. 고블린들이 멈췄어. 저기 어딘가 뒤에서."

"그러네. 녀석들이 여기 오는 걸 무서워하는 것 같아?"

작은 거인은 짙은 암흑에서 신경질적으로 움직였다.

가죽 신발 속으로 뭔가 차가운 게 스며들었다.

"우리 어쩌면…… 유령의 늪에 들어온 건지도 몰라."

대답이라도 하듯, 희미하게 너울거리는 빛이 저 멀리서 나타났다. 그 빛은 어둠 속에서 둥둥 떠다녔다. 마치 우리를 유심히 살펴보는 것 같았다. 그러더니 또 다른 빛이 연이어 나타났다. 곧 으스스한 빛이 스무 개도 넘게 우리 주변에 몰려들더니 천천히 움직였다.

심은 내 손을 꽉 움켜잡았다.

살이 곪는 것 같은 지독한 악취가 우리 위로 둥둥 떠왔다. 구역질이 났다. 허파가 뒤틀렸다. 빛이 가까이 다가오자 냄새 또한 더 고약해졌다.

이윽고 가느다랗고 위태위태한 통곡이 들려왔다. 비통함과 고통이 뚝뚝 묻어나는 오래된 장송곡이 울려 퍼졌다. 그 통곡 소리에 나는 움츠러들었다. 그 통곡은 땅에서, 빛에서, 썩어가는 공기에서 용솟음쳤다. 그 소리는 한쪽에서 들려왔다. 이윽고 다른 쪽에서 들려왔다. 사방에서 동시에 들려왔다.

심은 끔찍한 비명을 내질렀다. 내 손을 놓고는 둥둥 떠다니는 빛을 피해 달아났다.

"기다려!"

나는 서둘러 심을 쫓아갔다. 하지만 몇 걸음 가지 못해, 뭔가가 내 발을 잡았다. 나는 끈적끈적한 액체의 웅덩이 속으로 거꾸로 곤두박질쳤다. 지팡이가 날아갔다. 나는 어둠 속으로 팔을 마구 휘둘렀다. 팔에서 곰팡이와 썩은 냄새가 고약하게 풍겼다.

심상치 않은 빛이 빙빙 돌더니 다시 모여들었다. 통곡 소리는 다시 커져갔다. 죽음의 악취가 내 위로 둥둥 떠다녔다.

"심!"

대답이 없었다.

"심!"

그때 비명이 들려왔다.

빛이 더 가까이 압박해 들어왔다. 마치 수많은 눈처럼 나를 내려다보았다. 이렇게 내 여정이 끝나는 걸까? 이렇게 비참하게 홀로 죽을 바에야 귀네드 해안의 바다에 빠져 죽는 게 나았다.

하지만 리아를 잃은 것에 비하면, 내 여정이 끝나는 건 그다지 고통스럽지 않았다. 리아는 용감한 쇠황조롱이처럼, 나를 위해 기꺼이 자신의 목숨을 내주었다. 나는 그런 우정을 받을 자격이 없었다. 리아는 죽어서는 안 되었다. 리아는 용감하고 지혜가 넘쳤다. 내가 감히 이해할 수조차 없을 정도로……. 리아를 잃는다는 고통에 가슴이 무너져 내릴 것 같았다. 마치 불에 타는 것처럼……

갈라토가 내 가슴에서 열과 함께 번쩍이고 있다는 걸 문득 깨달았다. 나는 갈라토를 옷 밖으로 꺼내 높이 치켜들었다. 가운데 박힌 보석이 초록빛으로 빛나며 어둠을 밀어냈다. 이제 내 손과 팔이 보였다.

으스스한 빛은 머뭇머뭇 주저하며 더 이상 다가오지 않았다. 통곡도 멈추었다. 새로운 기운이 공기 중에 떠돌았다. 동시에 갈라토의 빛이 퍼지기 시작했다. 잠시 뒤 초록색 원이 내 지팡이는 물론이고 내 몸 전체를 비추었다.

"심! 어디 있어?"

"여기!"

암흑 속에 잠긴 채 심이 내 옆으로 비틀비틀 걸어 나왔다. 심의 가슴, 다리, 팔, 얼굴 한쪽에서 시커먼 진흙이 뚝뚝 떨어졌다.

빛나는 갈라토의 둥근 빛이 넓어지자 둥둥 떠다니던 빛은 비틀거리더니 이내 어둠 속으로 서서히 물러났다. 통곡 소리는 다시 시작되었지만 화가 나 투덜거리는 소리로 바뀌었다.

나는 빛이 물러나는 데 용기를 얻어 앞으로 나아갔다. 무슨 수를 써서라도 이 늪에서 빠져나갈 방법을 찾아야 했다.

한 손으로 갈라토를 머리 위로 치켜들고, 다른 손으로 지팡이를 움켜잡았다. 심에게 내 옷을 단단히 쥐라고 했다. 그러고는 습지 웅덩이를 터벅터벅 걸어서 빠져나오기 시작했다. 부드럽고 끈적끈적한 진흙이 내 신발에 착 달라붙었다. 갑작스럽게 내 발이 얕은 구멍으로 푹 빠졌다. 나는 철퍼덕 앞으로 고꾸라졌다. 하마터면 펜던트를 놓칠 뻔했다. 즉각적으로 눈동자 같은 빛이 가까이 몰려들고, 투덜거리는 소리가 커졌다.

내가 다시 균형을 잡자, 무시무시한 빛은 주춤거리며 뒤로 물러섰다.

나를 빨아들이는 진흙 구덩이에서 지팡이를 뽑는 데 시간이 좀 걸렸다. 하지만 마침내 지팡이가 퍽 하고 뽑혔다. 우리는 앞으로 무거운 발걸음을 옮겼다. 하지만 난 심이 이런 지형에서는 아주 멀리까지 갈 수 없다는 걸 깨달았다. 심은 나와 함께 있으려 고군분투했지만, 허리까지 물이 찼다. 심은 물을 헤쳐 나가느라 금방 지치고 말았다.

갈라토를 잡고 있는 내 팔은 물론이고, 다리 또한 점점 무거워졌다. 그럼에도 나는 심이 지팡이를 잡고 있는 쪽 어깨 위로 올라가게 해주었다. 트러블이 한때 자신의 횃대라고 우겨대던 바로 그 어깨였다. 다행스럽게도 이번에 어깨에 얹은 짐은 예전의 트러블보다 훨씬 더 가볍게 느껴졌다.

한 발 한 발이 점점 더 힘겨워졌다. 한 번 한 번 숨 쉬는 것이 점점 더 고역이었다. 나는 점점 더 기운이 빠졌다. 마치 늪이 내 힘을 빨아먹기라도 하는 것 같았다. 어깨가 아파왔다. 심의 다리에서 떨어져 나온 진흙이 내 얼굴에 뚝뚝 떨어졌다. 그러는 사이 고약한 맛에 내 혀가 데인 듯했다.

이제 체력이 바닥났다. 빛이 더 가까이 압박해 들어왔다. 투덜거리는 소리도 더 커졌다. 마치 늑대 무리가 내 귀에 대고 우우 울부짖는 것 같았다. 늪은 끝이 없는 것 같았다. 더 이상 견딜 수 없을 듯했다.

내 능력! 내 능력을 사용해봐야 할까? 내게는 그 능력이 정말 절실했다. 하지만 난 그 능력이 너무 두려웠다. 불꽃이 마음속에서 다시 타올랐다. 내 얼굴을 물어뜯고, 내 살점을 태우고, 내 눈을 그을렸다.

갑작스레 나는 비틀거렸다. 무릎이 바닥으로 뚝 꺾였다. 하마터면 지팡이와 갈라토를 모두 놓칠 뻔했다. 심은 소리치며 내 목을 꽉 붙잡고 흐느꼈다. 빛이 다시 주위에 몰려들었다. 그리고 내가 다시 일어나는지 보려고 기다렸다.

나는 젖 먹던 힘까지 쥐어짜며 진흙더미에서 일어섰다. 갈라토를 높이 들어 올리려 했지만, 도저히 가슴 위로 들어 올릴 수가 없었다. 한 발을 겨우 내딛었는데, 이내 다시 비틀거리고 말았다.

갈라토가 뭔가 돌처럼 딱딱한 것에 부딪히는 소리가 들렸다. 심의 비명 소리가 들렸다. 투덜거리는 소리는 귀청을 찢을 듯 커졌다.

이윽고 더 이상 아무 소리도 들리지 않았다.

32

돔누, 어두운 운명

"살아 있어?"

"잘 모르겠어."

난 그렇게 대답하며 자리에서 일어나 투시력이 효과를 발하지 못하게 하는 뿌연 안개를 흔들어 떨쳐냈다. 심은 한쪽에 앉아 있고, 내 지팡이는 고약한 냄새가 나는 진흙을 뒤집어쓴 채 반대쪽에 널브러져 있었다.

심의 자그마한 얼굴은 근심으로 주름이 잡혔다. 심이 내 옷을 잡아당겼다.

"우리 어디 있는 거야?"

나는 주변을 둘러보았다. 생전 처음 보는 희한한 방이었다. 반짝반짝 빛나는 돌벽, 바닥 그리고 천정이 우리를 둘러싸고 있었다. 방에는 창문을 낼 좁은 틈조차 없는 것 같았다. 그럼에도 방 안에는 푸른빛이 가득 아른거렸다. 코앞에 초가 타고 있기라도 한 것 같았지만 초는 어디에도 보이지 않았다.

나는 몸을 부들부들 떨었다. 추워서 그런 건 아니었다. 왠지 모르게 공기 중에 불길한 예감이 떠돌았다. 마치 심과 내가 누군가의 저녁으로 얇게 저며지는 느낌이 들었다.

심은 내게 미끄러지듯 다가왔다.

"무시무시해. 마치 지하 감옥 같아."

"그런 것 같아."

갑작스레 심이 어딘가를 가리켰다.

"뼈야!"

깜짝 놀라서 우리 옆 그늘 속에 쌓인 더미를 바라보았다. 정말로 뼈다귀가 한 무더기 있었다. 뼈는 살점 하나 없이 깨끗했다. 너울거리는 빛 속에서, 갈비뼈, 다리뼈, 해골 몇 개가 보였다. 인간의 해골이었다.

나는 침을 꼴깍 삼켰다. 우리의 흔적도 곧 저기에 저렇게 쌓이는 건 아닐까 궁금했다.

그때 다른 무더기가 눈에 들어왔다. 뼈는 아니었다. 그 더미는 주위에 널려 있었다. 더미 하나는 얇은 회색 돌조각이었는데, 내 지팡이 높이만큼이나 높이 쌓여 있었다. 다른 더미에는 광이 나는 둥그런 나무가 있었는데, 크기가 들쭉날쭉하고 기괴한 표시가 조각되어 있었다. 손톱보다 작은 것도, 머리보다 큰 것도 있었다. 그 둥그런 덩어리는 조심스럽게 잘 정돈되어 있는 것 같았다. 다른 더미에는 막대기가 있었는데, 막대기는 크기는 물론이고 숫자별로 구분되어 있었다. 방 한쪽 구석에는 옆에 검은 점이 새겨진 기괴한 하얀색 정육면체가 놓여 있었다. 한쪽에는 검은색과 흰색 실타래가 쌓여 있고, 다른 쪽에는 바다에서 나온 기이한 조개들이 쌓여 있었다. 쇠그릇에는 다양한 모양의 조약돌과 씨앗이 가득 담겨 있었다.

바닥 한가운데 네모나고 두툼한 깔개가 있었다. 깔개는 빨간색과 검은색의 자그마한 사각형으로 나뉘어 있고, 이 사각형 위에는 나뭇조각들이 놓였는데, 내 허리 정도 오는 높이였다. 공격하는 용, 내달리는 말, 울어대는 늑대, 경고하는 고블린, 왕과 여왕, 거기다 무엇인지 제대로 알아볼 수 없는 나뭇조각들이 있었다. 예전에 크르 베드위드에 살 때, 에쉬*라는 이름의 게임에 대해 들어본 적이 있었다. 그 게임은 때로는 체스라고 줄여서 불렀다. 하지만 체스는 깔개가 아니라 판 위에서 게임을 했다. 어떤 경우든, 체스 말에는 용이 없었다. 고블린도 없었다.

맞은편 돌벽 위에 어수선하게 적힌 푸른색 표시가 빛을 받아 흔들렸다. 사선, 점, 휘갈겨 쓴 글, 여러 방향으로 뻗은 선이 벽을 뒤덮고 있었다. 수천 개의 세모와 네모, 복잡한 교차선뿐만 아니라 여러 부분으로 나뉜 원도 있었다. 마치 둥그런 빵 덩이가 잘려 있는 것처럼 보였다. 그런 표시 위와 아래, 안과 밖으로 시, 숫자, 상징이 빼곡했다.

"안됐군."

뒤에서 묵직한 목소리가 으르렁거렸다.

우리는 후다닥 뒤를 돌아보았다. 머리카락 한 올 없는 새하얀 얼굴이 문틈으로 삐죽이 들여다보고 있었다. 문이 천천히 열리더니 머리만큼이나 둥그스름한 몸뚱이가 나타났다. 주머니가 여럿 달린 헐렁한 부대자루 같은 옷을 입고 있었다. 원석 목걸이를 하고, 발은 맨발이었다. 나는 그 자리에 얼어붙었다. 또 하나의 속임수의 유령이 아닐까 두려웠다. 아니, 어쩌면 그보다 더 사악한 존재일지도 몰랐다.

대머리가 우리를 향해 까딱였다. 삼각형 귀 두 개에 주름살이 잡혀 있고, 이마 한가운데에는 쭈글쭈글 큼지막한 사마귀 하나가 튀어나와 있었는데, 뿔처럼 보였다. 나보다 훨씬 더 검은 눈동자가 몇 초 동안 눈

---

*고대 프랑스어에서 상대방이 왕을 직접 공격할 수 있는 자리일 때 외치는 말 esches[ɛʃ] (Check 체크)로부터 영어에서 Check(체크)와 Chess(체스)로 쓰게 되었다.

338

하나 깜빡하지 않은 채 우리를 지켜보았다. 그러고는 보기 흉한 이빨이 가득 들어찬 입을 벌려 말했다.

"정말 너무 안됐군."

나는 지팡이로 손을 뻗어 겨우 몸을 일으켜 세웠다. 심이 내 다리에 착 달라붙어 있었기에 일어서기가 무척 힘들었다.

"누구신데요?"

"안타깝게도 오늘 하루를 넘길 확률이 거의 없겠어. 정말 너무 안됐어."

희한하게 생긴 생명체가 중얼거리며 방 안으로 들어섰다.

검은 두 눈은 무척이나 늙어 보였는데, 그 눈이 잠시 동안 나를 유심히 살펴보았다.

"정말 어려운 질문이군, 우리 아가."

'우리 아가'라는 말이 왠지 나를 움츠러들게 만들었다.

"내가 누구냐고?"

그 생명체가 우리 곁으로 천천히 걸어오며 말했다. 마치 독수리가 짐승의 썩은 고기를 살펴보는 것 같았다.

"나도 뭐라 말하기 어렵군. 오늘 난 누구지만, 내일은 또 다른 누가 되지."

주름살이 가득한 얼굴이 나를 향해 움직였다. 비뚤배뚤한 이빨이 훤히 드러났다.

"그런데 넌 누구지?"

나는 한숨을 내쉬었다.

"사실, 저도 잘 모르겠어요."

"우리 아가, 넌 정직하구나."

그 생명체는 방 안을 연신 빙빙 돌아다녔다. 맨발이 돌바닥에 탁탁 부딪혔다.

"네가 누군지, 어쩌면 내가 약간 말해줄 수 있을지도 모르겠군. 미리 경고하는데, 실망스러울지도 몰라. 코스 요리에서 맨 처음 나오는 음식 치고는 넌 너무 말라서 한입거리밖에 안 되거든. 네 자그마한 친구랑 같이 먹어 치운다 해도 말이야."

심은 내 다리에 더 꽉 매달렸다.

"게다가 우리 아가, 너는 너무 약해 보여서 너를 두고 내기를 하기에도 별 도움이 안 돼. 나는 지는 걸 무척 싫어하거든."

등골을 타고 한기가 오싹 흘러내렸다.

"당신이 누군지 알아요. 당신은 돔누지요?"

"아주 똑똑하구나, 우리 아가."

대머리의 추한 노파가 방 안을 빙빙 돌아다니다 걸음을 우뚝 멈추었다. 그러더니 정수리를 한 손으로 매만지며 곰곰이 생각에 빠졌다.

"하지만 똑똑하다고 해서 내기에서 이길 수 있는 건 아니지."

"어떤 내기를 말하는 건데요?"

"아, 그리 중요한 건 아니다. 난 그저 시시한 내기를 했어. 그자는 네가 내일까지 살아남지 못한다는 데 걸었지."

돔누는 어깨를 으쓱해 보였다.

"오늘 죽으나 내일 죽으나 그게 무슨 차이겠냐? 너를 두고 내기를 하지 말걸 그랬나 봐. 하지만 확률을 무시할 수는 없었단다."

나는 몸서리쳤다. 카이르프레가 했던 말이 떠올랐다. 이자의 이름은 어두운 운명이라고 했다.

그 여자는 선도 악도 아니야. 친구도 적도 아니지. 그저 존재할 뿐이란다.

"누구랑 내기했는데요?"

돔누는 기괴한 표시로 뒤덮여 있는 벽을 향해 맨발로 돌바닥을 걸어갔다. 기괴한 표시는 여전히 흔들리는 불빛에 너울거렸다. 돔누가 왼쪽 집게손가락에 침을 뱉자, 손가락이 즉시 푸른색으로 변했다. 이윽고 손가락을 붓처럼 사용해, 최대한 높이까지 뻗어 원 하나에 아무렇게나 선을 그었다.

"이제 벽에 새로 표시를 해야겠어."

돔누가 투덜거리더니, 우리 쪽을 흘끗 바라보고는 덧붙였다.

"점수를 기록해야 해, 우리 아가. 난 내기에서 지는 걸 싫어해. 그래도 점수는 기록해야지. 이번에는 왠지 내가 질 것 같은데."

"그러니까, 우리가 죽는다는 말인가요?"

심이 날카롭게 물었다.

돔누는 다시 어깨를 으쓱했다.

"분명 그럴 것 같네."

나는 따져 물었다.

"도대체 누구랑 내기를 했는데요?"

"네가 아는 사람은 아니야. 그자는 너를 끔찍이 싫어하는 것 같더군."

"그게 누군데요?"

돔누는 뒤통수를 긁적였다.

"물론, 그 멍청한 리타 고르지."

"리타 고르라고요? 다그다와 싸우는 그 사악한 정령 말인가요?"

돔누는 무심하게 툴툴거렸다.

"아마 그럴 거다. 적어도 내가 마지막으로 알았던 천 년쯤 전에는 싸웠었지. 하지만 누가 이기고 누가 지는지는, 우리 아가, 나도 잘 몰라."

"하지만 이건 그냥 게임이 아니라고요! 이건 진지한 거예요."

돔누의 몸이 굳었다.

"게임은 진지한 거야, 우리 아가. 삶 그 자체만큼이나 진지하지. 왜냐하면 삶 또한 게임이니까."

"당신은 이해하지 못해요."

나는 가까이 다가갔다. 심은 여전히 내 다리에 꼭 매달려 있었다.

"그 싸움은 핀카이라에 사는 모두를 위한 거예요. 인간 세상은 물론이고요. 그리고 그 너머를 위한 것이기도 해요."

"그래, 그래."

돔누가 늘어지게 하품을 하며 말했다.

"저들은 끊임없이 내기를 하지."

"아니요! 단순한 내기가 아니라고요."

돔누는 깜짝 놀란 표정으로 나를 노려보았다.

"단순한 내기가 아니라고? 단순한 내기 이상인 게 뭐가 있지? 내기는 모두에게 가장 순수한 확률이라고! 네가 선택해봐. 내기를 걸어봐. 그러면 무슨 일이든 일어나는 거야. 이기거나 지거나, 살거나 죽거나, 그건 그다지 중요하지 않아. 어쨌거나 네가 결국 승리한다면 말이야."

나는 고개를 가로저었다.

"중요해요. 다그다가 이기느냐 리타 고르가 이기느냐에 따라……."

"그 둘의 다음 내기에서 확률은 어떻게 될까? 그래, 난 알지."

돔누가 깔개의 빨간색과 흰색 네모 위에 발을 내려놓았다. 돔누는 몸을 숙여 빨간색 용 모양의 말을 똑바로 바라보았다. 그러더니 무심한 듯, 비늘에 덮인 턱 아래를 간지럽혔다. 흔들리는 빛 속에서 확실하지는 않지만, 용의 머리가 약간 움직이며 가느다란 연기 두 가닥이 콧구멍에서 피어오르는 것 같았다.

"그 둘의 하찮은 게임에는 관심 없어. 내 게임을 기록하는 것만으로도 이미 충분히 벅차니까."

돔누는 용의 귀를 잡아당기며 말했다.

심은 내게 더 찰싹 달라붙었다.

"나 무서워. 정말, 정말, 정말 무서워."

"왜 무서워해야 하는지 모르겠구나. 죽는 건 처음에만 그렇지, 그다지 나쁘지 않아."

돔누가 기이하게 웃으며 대답했다.

돔누는 용의 등에 발을 올려놓더니, 검은색 왕 모양 말로 손을 뻗었다. 그러고는 왕의 목을 거칠게 움켜잡았다. 내가 잘못 들은 걸 수도 있겠지만, 돔누가 왕을 깔개에서 들어 올리자, 괴로워하는 비명 소리가 희미하게 들려오는 것 같았다. 목을 꽉 잡은 채, 돔누는 왕이 쓴 왕관을 부대자루 같은 옷으로 쓱쓱 문질러 닦기 시작했다.

"우린 게임을 해야 해. 내가 널 보내기 전에 말이야, 우리 아가. 그러면 곧 있을 네 죽음과 곧 있을 내 패배를 마음속에서 떨쳐낼 수 있을 거야. 주사위 고를래, 막대기 고를래?"

"우리는 당신의 도움이 필요해요."

나는 애원했다.

돔누는 검은색 왕을 쿵 소리 나게 제자리에 내려놓았다. 그러고는 바닥을 울려대며, 막대기 무더기 쪽으로 걸어갔다. 무더기에서 자그마한 꾸러미를 잡아당기고는 눈여겨보았다.

"내 생각에, 오늘은 3이 13보다 좋을 것 같아, 안 그래? 오늘은 숫자가 적은 게 좋은 날이라고 뼛속부터 느껴져. 뼈! 혹시 뼈를 고를래?"

"제발요! 우린 슈라우디드 성으로 가야 한다고요!"

"슈라우디드 성이라고?"

돔누는 무더기에서 막대기 하나를 꺼내 거기에 침을 뱉었다.

"도대체 왜 그곳에 가고 싶다는 거냐?"

"아주 좋은 질문이네요."

심이 내 몸을 잡아당기며 중얼거렸다.

"그런데 널 그곳에 보내준다 해도, 넌 분명 죽게 될 거야. 그럼 난 내기에서 지게 되겠지."

돔누는 막대기를 유심히 바라보면서 말을 이었다.

"제발 우리를 좀 도와주세요!"

"그러고 싶지 않구나, 우리 아가."

돔누는 막대기를 자기 손바닥 안에서 만지작거렸다.

나는 얼굴을 찡그렸다.

"우릴 도와주지 않겠다면, 왜 유령의 늪으로 우리를 다시 돌려보내 빨리 해치워버리지 않는 거지요?"

심은 깜짝 놀란 표정으로 날 올려다보았다.

"그럴 거야, 우리 아가. 어쨌든 리타 고르와 약속을 했으니까. 내가 널 이곳에 하루 종일 안전하게 놔두지는 않기로 말이야. 내기의 규칙이지. 너도 이해할 거야. 난 절대 규칙을 깨지 않거든."

돔누는 목소리를 낮추었다.

"게다가 내가 규칙을 깨면 리타 고르가 알아차릴 거야."

돔누는 막대기를 다시 무더기 위에 아무렇게나 내동댕이쳤다.

"그러니 뭐하러 서두르겠어? 우리한테 아직 게임 한두 번 할 시간이 있는데."

"우린 시간이 없어요! 어떻게 하면 당신이 우리를 믿을까요?"

나는 소리쳤다.

"딱 하나, 어떤 게임을 선택하는가 하는 거야. 물론 체스를 말하는 거야! 네가 규칙을 하나도 모르는 것 같지만, 넌 아주 젊으니 문제없어. 이리로 오면 내가 좀 가르쳐줄게. 그리고 저 용감한 전사도 데리고 와라. 네 다리에 찰싹 달라붙어 있는 자그마한 전사 말이다."

돔누가 방 안을 둘러보며 말했다.

돔누는 다시 깔개로 걸어가서는 체스 말을 훑어보았다.

"너무 큰 것 같군."

돔누는 한참 집중하더니 빨간색 왕비의 왕관 위에 손바닥을 올렸다. 부드럽게 뭐라 중얼거리고는, 아래로 천천히 누르기 시작했다. 놀랍게도 빨간색 왕비는 다른 말들과 함께 점점 작아졌다. 마침내 원래 크기의 절반 정도로 작아졌다. 이제 가장 큰 체스 말이 심의 키와 엇비슷해졌다.

돔누는 체스 말을 향해 거만한 표정으로 손을 흔들었다.

"이건 정말이지 내 최고의 발명품이야. 이 게임 말이지. 어디를 가든 위대한 성공을 거뒀지. 비록 집중력은 형편없지만, 인간조차도 이 게임을 채택했지. 인간이 게임 규칙을 어찌나 단순하게 만드는지, 정말 슬퍼. 이 게임의 유일한 단점은 게임을 하려면 두 사람이 딱이라는 거지. 사실 제대로 된 게임 상대를 찾기가 아주 힘들 수도 있어."

돔누는 가느다란 눈썹을 치켜떴다. 정수리를 가로질러 파도처럼 주름이 생겼다.

"특히 나처럼 손님이 거의 없는 경우에는 더 그렇지. 어쨌든 내 손님 대부분은 앞문으로 들어와. 도대체 어떻게 뒷문을 이용할 생각을 했지? 네가 문간의 층계에서 문을 두드리지 않았다면, 난 널 발견하지 못했을

지도 몰라."

"전 문을 두드리지 않았어요."

"우리 아가, 넌 잘 잊는구나! 넌 뭔가 딱딱한 걸로 문을 두드렸어. 어쩌면 네 머리통일지도 모르지. 아니, 어쩌면 네 그 자그마한 볼품없는 펜던트던가."

갑작스레 갈라토를 떠올리며, 나는 그걸 단단히 움켜쥐었다. 갈라토는 더 이상 빛나지 않았다. 재빨리 난 갈라토를 옷 아래로 숨겼다.

"난 널 거기 그냥 뇌두었을지도 몰라. 하지만 난 함께 게임할 친구가 아주 오랫동안 없었어. 적어도 2세기는 되었지! 그런데 널 이곳에 들이고 나서야 깨달았단다. 네가 분명 리타 고르가 살아남을 수 없을 거라고 내기를 건 그 존재라는 걸 말이야. 네가 이곳에 올 줄 알았다면……."

돔누의 엄청나게 노쇠한 눈이 가늘어졌다.

"내기를 받아들이기 전에, 널 미리 봤으면 좋았을 텐데."

돔누는 체스 말 하나하나를 신중하게 살펴보면서 깔개 주위로 발걸음을 옮겼다. 비록 너울거리는 빛 때문에 방 안이 온통 흔들려 보였지만, 돔누가 가까이 다가가자 체스 말이 모두 약간씩 떠는 걸 보고 나는 깜짝 놀랐다. 돔누가 씩씩해 보이는 검은색 종마를 지나치자 말은 뒷다리를 아주 약간 들어 올리는 것 같았다. 즉시 돔누는 휙 돌아섰다.

"설마 내게 발길질하려는 건 아니겠지, 그렇지?"

돔누는 시커먼 눈을 반짝이며 손가락으로 말의 갈기를 천천히 쓸어내렸다.

"아니, 네 매너는 그것보다는 나아. 훨씬 낫지. 넌 분명 등에 약간 짐이 있기를 바라는구나. 그래, 분명 그런 것 같구나."

종마가 나지막하게 힝힝 울어대는 소리가 들리는 것 같았다. 말 근육이 팽팽해졌다.

돔누는 허리를 숙여 길고 부드럽게 바람을 불었다. 말 크기의 반 정도 되는 검은 돌이 어디선지 불쑥 말의 등 한가운데에 나타났다. 종마는 무게 때문에 축 처진 것처럼 보였지만, 계속 고개를 빳빳이 들고 서 있었다.

"그래, 훨씬 낫군."

돔누가 똑 부러지게 말했다.

돔누는 휙 돌아서 나를 바라보았다.

"한판 둘 시간이다."

초대라기보다는 협박하는 듯한 목소리였다.

"밖에서 기다리고 있는 네 친구들한테, 친구라고 해두지, 널 돌려보내기 전에 어서 첫수를 둬."

33

체스 게임

심장이 두근거렸다. 난 깔개 위로 발걸음을 옮길 수가 없었다.

"어서, 우리 아가. 난 시간이 넉넉하지 않아. 너도 마찬가지잖아."

돔누는 삐뚤빼뚤 고르지 않은 이를 드러내면서 헤죽거렸다.

"저 여자 가까이 가지 마."

심이 엄청 걱정스럽다는 듯이 속삭였다.

"기다리고 있잖아!"

돔누가 으르렁거렸다.

이마에 땀이 송골송골 맺혔다. 내가 무엇을 하고 있는 거지? 어쩌면, 비위를 잘 맞춰주면, 저 여자의 도움을 얻어낼 방법을 찾을 수도 있다. 하지만 곧 그건 말도 안 되는 생각이란 걸 알았다. 돔누는 절대 우리를 슈라우디드 성으로 보내주지 않을 것이다. 성에 가면, 우리가 목숨을 잃게 될 거라고 확신하고 있으니까. 우리가 목숨을 잃으면 자신이 내기에서 질 테니까. 저 노파 생각이 분명 옳았다.

그러나 나는 징징거리는 심을 질질 끌고, 깔개 끝자락을 향해 주춤주춤 움직였다. 돔누의 게임이든 리아를 구하기 위한 여정이든, 지금 내

348

가 뭘 해야 하는지 알지 못했다. 하지만 어떤 가능성이든 해보지도 않고 포기하기에는 우리가 너무 멀리 떠나왔고, 너무 오래 있었다는 사실만은 분명하게 알았다.

내가 깔개 가장자리에 도착하자, 돔누는 무거운 돌에 짓눌린 검은색 말을 가리키며 명령했다.

"네가 움직여."

"하지만…… 하지만 전 규칙을 몰라요."

내가 말을 더듬었다.

"규칙을 모른다고 해서 그만둔 적은 없잖아, 안 그래?"

그 말이 무슨 뜻인지 몰라, 나는 다시 부탁했다.

"규칙을 말해줄 수 없나요?"

"내 게임 방식은 말이야, 넌 스스로 규칙을 만들면 돼. 네가 내 규칙을 깨기 전까지는 말이야. 그게 규칙이지."

나는 더듬거렸다.

"어떻게 시작해야 할지 모르겠어요."

"체스 게임은 인생 게임과는 달라. 어떻게 시작할지 너 스스로가 선택하면 돼."

"하지만 제가 잘못 고르면요?"

"아, 그렇다 할지라도 별 차이가 없어. 이쪽이냐 저쪽이냐, 네 선택에 따라 모든 게 달라지지."

돔누가 얼굴을 찡그리며 말했다.

나는 숨을 깊이 들이쉰 뒤 빨간색과 검은색의 자그마한 사각형으로 나뉘어 있는 깔개 위로 발을 옮겼다. 머뭇머뭇 지팡이를 내려놓았다. 그러고는 검은색 종마를 가까스로 들어 올려 깔개 맞은편까지 쭉 가져간 뒤, 빨간색 왕 정면에 있는 네모 칸 안에 올려놨다.

"음, 아주 위험하게 움직였군, 우리 아가."

돔누가 자세히 지켜보며 호기심 어린 눈으로 말했다.

"군대도 없이 슈라우디드 성으로 돌진해 들어가는 것보다야 위험하지는 않지."

돔누는 빨간색 왕을 네모 칸 안으로 밀었다. 왕은 그곳에서 고블린 둘 뒤에 숨을 수 있었다.

"분명 무슨 이유가 있군."

"네. 그건……."

"죽으려고 그렇게 환장한 걸 보니 넌 정말 끔찍하게 고약하군. 특히 이제 막 게임하는 법을 배웠을 때라면 더더욱 그렇지. 보통 때 같으면, 난 네가 빨리 죽도록 해주는 게 아주 기분 좋을 거야. 하지만 내기는 내기지."

"내가 직접 당신한테 내기를 걸면 어때요?"

돔누는 대머리를 긁적였다.

"어떤 내기?"

"음, 당신이 저를 성에 데려다준다면……."

난 대답했다. 마음이 조급했다.

"우리를요. 우리는 함께 갈 거니까. 난 여전히 미친 짓을 하는 기분이야."

심이 끼어들었다. 비록 온몸을 덜덜 떨고 있었지만, 심은 붙잡고 있던 내 다리를 놓고 내 옆에 섰다.

나는 심에게 고개를 끄덕여 보이고는 다시 돔누를 돌아보았다.

"당신이 우리를 성에 데려다준다면, 당신과 내기를 하겠어요……. 성에서 스탕마르와 고블린과 골리안트가 우리를 맞이하겠지만, 우리가 오늘 죽지 않고 살아남을 거라고. 당신은 그 반대에 내기를 걸 수 있어요. 우리가 성공하지 못한다는 데 말이에요."

돔누는 자기 한쪽 귀를 잡아당기며 생각에 잠겼다.

"아, 판돈을 높이고 싶은 거로군, 안 그래?"

"네, 맞아요."

"네가 살아남지 못한다면 어떻게 되는 거지?"

"음, 그렇게 되면 당신은 리타 고르와의 내기에서 지겠지만 저랑 하는 내기에서는 이기는 거죠. 그러니 오늘 하루가 끝날 때, 당신은 더 잃을 게 없는 거죠. 만약 저랑 내기를 하지 않으면, 당신은 결국 내기에서 지는 것으로 하루를 마치게 될 거예요."

돔누는 얼굴을 찡그렸다.

"확률이 형편없군! 내가 신출내기 도박사라고 생각하는 거야, 뭐야? 널 성에 보내주는 것만으로도 난 이미 중요한 걸 줬어. 네가 이기든 지든, 넌 그 정도를 얻을 수 있는 거야. 그런데 난 뭘 챙기지? 아무것도 없잖아?"

나는 얼굴을 숙였다.

"하지만 전 줄 게 아무것도 없어요."

"그거 안됐군. 이제 네가 다음 말을 움직일 차례야."

돔누의 이마에 주름이 잡혔다.

"기다려봐요. 이걸 드릴 수 있어요."

나는 혼에게 받은 단검을 꺼냈다.

돔누는 다시 얼굴을 찡그리며 단검을 물리쳤다.

"무기를? 내가 그런 게 왜 필요하겠니?"

"그럼, 이건 어때요? 이 약초만 있으면 상처를 치료할 수 있어요."

나는 브랜웬이 주었던 작은 가죽 가방을 풀었다.

돔누는 씩씩거렸다.

"그 따위 것이 나한테 무슨 소용이라고?"

내가 지팡이를 집어 들자 돔누가 단호하게 말했다.

"그것도 필요 없어."

갈라토야말로 내가 가진 가장 소중한 물건이다. 난 그 사실을 잘 알고 있었다. 돔누도 그걸 알고 있는 것 같았다. 하지만…… 만약 갈라토가 없으면 내 여정은 어려워질 것이다.

"여기, 이걸 가져도 좋아요. 우리 엄마가 만들어준 거예요. 내가 아기였을 때."

심이 나무껍질을 엮어 만든 헐렁한 셔츠를 벗으며 말했다. 그러면서 한숨을 내쉬었다.

"내가 더 이상 자라지 않았다는 게 창피해 죽겠어요."

돔누는 얼굴을 찡그리며 노려보았다.

"그냥 너 입어."

시커먼 눈동자가 나를 노려보았다.

"네가 나한테 줄 게 더 이상 없다면, 더 이상 이야기해봐야 입만 아프지. 물론 체스 게임을 제외하고 말이야."

머리가 핑핑 돌았다. 나는 갈라토가 지닌 힘에 대해 거의 알지 못했다. 하지만 그 힘은 분명 비범했다.

네가 아는 것보다 훨씬 더 큰 힘을 지녔지.

카이르프레가 말했었다. 난 갈라토와 떨어질 수 없었다. 이건 마지막 보물이다! 갈라토는 이미 우리의 목숨을 한 번 구해주었다. 우리의 목숨을 또 구해줄 수도 있을 것이다. 게다가 만약 스탕마르가 갈라토를 그렇게 애타게 원한다면, 리아의 목숨과 교환하는 데 어떻게든 갈라토를 써먹을 수 있겠지. 리아가 아직 살아 있는지 알 방법은 없었지만, 갈라토 없이 리아의 목숨을 구할 수 없다는 건 확실했다. 더욱이 이 보석 목걸이는 엄마가 직접 걸고 다녔다. 엄마는 내게 이것을 주며 잘 간직하라고, 잘 지키라고 했다. 갈라토를 포기하면 나에 대한 엄마의 사랑을 포기하는 일이 될 거다.

그런데…… 갈라토를 돔누에게 주지 않으면, 돔누는 날 절대 도와주지 않을 것이다. 돔누의 도움 없이는 슈라우디드 성에 절대로 갈 수 없다! 그러면 리아를 도울 수 없다. 갈라토 없이 성에 간들 무슨 소용이란 말인가?

"네 차례다. 어서 말을 움직여."

돔누는 짜증스럽게 팔꿈치로 나를 밀었다.

"알았어요, 알았다고요."

천천히 나는 목에서 갈라토를 풀었다.

"이 펜던트 알고 있지요, 그렇죠?"

돔누는 울퉁불퉁한 이를 모두 드러내 크게 하품을 했다.

"그래, 몇 세기 동안 몇 번 보았었지. 그게 뭐?"

"그럼, 이게 어떤 가치가 있는지 알고 있겠네요?"

못생긴 노파는 침착함을 유지했다.

"소문은 들어서 알고 있지."

심은 내 옷을 세게 잡아당겼다.

"이러지 마! 이건 바보짓이야!"

나는 심의 말을 무시한 채 단호하게 말했다.

"당신과 내기를 하겠어요…… 갈라토를 걸고 말이에요. 만약 우리를 스탕마르의 성으로 데려다준다면, 난……."

목이 메어왔다.

"이 목걸이를 당신한테 줄게요."

시커먼 눈동자가 휘둥그레졌다.

"안 돼! 우리한텐 그게 필요하단 말이야!"

심이 소리쳤다.

나는 돔누를 향해 한발 다가갔다.

"하지만 심이나 나, 두 사람 중 누구라도 살아서 당신한테 돌아온다면, 시간이 얼마나 걸리든 상관없이 갈라토를 다시 돌려줘야 해요."

나는 가죽 끈을 꽉 쥔 채 펜던트를 들어 올렸다. 갈라토의 보석이 흔들리는 빛 속에서 어렴풋이 빛났다.

"이게 내기의 조건이에요."

돔누는 마치 뭔가 맛난 걸 삼키려는 듯이 혀를 찼다.

"만약 네가 돌아온다면, 설마 그럴 수 있을지 모르겠지만, 우리 아가, 내가 그걸 너한테 돌려줄 거라고 믿는 거냐?"

"아니!"

심이 끼어들었다.

나는 돔누를 단호한 눈빛으로 바라보았다.

"당신은 절대 규칙을 어기지 않는다고 당신 입으로 말했잖아요."

"그건 사실이야."

그런데 돔누는 지나가는 말로 이렇게 덧붙였다.

"물론 이런저런 약간의 예외는 있지."

갑작스레 돔누가 손을 쭉 뻗더니 펜던트를 낚아챘다.

"넌 내기를 걸었어."

심장이 덜컥 내려앉았다. 갈라토가 내 손을 떠났다.

돔누는 잠깐 갈라토를 들여다보았다. 눈동자에 갈라토의 초록색이 반사되었다. 돔누는 갈라토를 축 처진 옷 주머니에 쑥 집어넣었다. 그러고는 엄청난 내기에서 이제 막 이긴 사람처럼 씩 웃어 보였다.

반대로 나는 마지막 하나 남은 최고의 희망을 이제 막 잃어버린 느낌이 들었다.

"당신은 줄곧 그걸 원했어요."

나는 비통하게 말했다.

"그 말이 맞는 것 같네, 우리 아가."

"그렇다면 왜 그냥 나한테서 빼앗아가지 않았죠? 왜 이런 식으로 질질 끌었냐고요?"

돔누는 불쾌한 표정이었다.

"내가? 내 것이 아닌 걸 빼앗는다고? 절대 안 되지!"

돔누는 갈라토가 든 주머니를 툭툭 두드렸다.

"게다가 갈라토는 흔쾌히 받아야만 해. 훔치면 안 돼. 훔치면 그 힘은 아무 짝에도 쓸모가 없어지거든. 그런 말을 해준 사람이 아무도 없었니?"

나는 고개를 가로저었다.

"안됐구나. 정말 안됐어."

돔누는 하품을 늘어지게 했다.

"이제 말해보세요. 우리를 어떻게 성으로 데려다줄 건가요?"

나는 단호하게 물었다.

"조금 있다 가도 되겠지, 안 그래? 난 지금 무척 피곤하거든."

돔누가 말했다.

"조금 있다, 라고요?"

"그래. 내일쯤 가자."

돔누가 다시 하품을 했다.

"안 돼요! 약속했잖아요!"

"그건 속임수잖아!"

돔누는 우리를 잠시 빤히 쳐다보았다.

"음, 좋다. 오늘 너희를 성에 데려다줄 수 있을 것 같구나. 하지만 이 불쌍한 노인네한테 필요한 충분한 휴식을 거부하다니, 창피한 줄 알아야 해. 어떻게 하느냐가 문제지."

돔누의 대머리가 생각에 잠겨 주름이 잡혔다.

돔누는 정수리를 톡톡 쓰다듬었다. 짙은 눈이 방 안을 두리번거렸다.

"아, 그래. 날개, 날개가 필요할 거야. 어쩌면 너한테 익숙한 날개 한 쌍이……."

심장이 마구 뛰었다. 카이르프레가 말해줬던 전설적인 날개를 말하고 있는 게 아닐까 궁금했다. 핀카이라의 모든 사람들이 오래전에 잃어버린 그 날개를 돔누가 복원시켜줄까? 나는 기대에 들떠 양어깨에 힘을 주었다.

돔누의 발이 출입문 쪽 바닥으로 소리를 내며 걸어갔다. 묵직한 문을 열더니 어둠 속으로 손을 뻗었다. 그러고는 쇠로 만든 단단한 새장을 꺼냈다. 거기에는 만신창이가 된 자그마한 매 한 마리가 들어 있었다. 쇠황조롱이.

"트러블!"

나는 새장으로 얼른 달려갔다. 트러블은 날개를 퍼덕거리면서 마구 울어대며 발톱으로 새장을 잡아당겼다.

"내보내줘요."

나는 애원하며 손으로 새장 안에 갇힌 따뜻한 깃털을 어루만졌다.

"조심해. 녀석은 지나치게 혈기왕성하니까! 진짜 싸움꾼이지. 몸은 작지만 영혼은 엄청나게 커. 마음만 먹으면 널 갈기갈기 찢을 수도 있다고."

돔누가 경고했다.

"저한테는 안 그래요."

돔누가 어깨를 으쓱했다.

"네가 그렇다면 뭐."

돔누가 새장을 가볍게 톡톡 두드리자, 새장이 즉각 사라졌다. 트러블은 자신의 몸이 추락하는 걸 알아차리고는 바닥에 부딪히기 직전에 날아올랐다. 날갯짓을 두어 번 하고 한 번 소리 높여 울더니 내 지팡이 끝자락에 내려앉았다. 그러고 나서는 내 왼쪽 어깨에 폴짝 뛰어내렸다. 깃털 무성한 목이 내 귀 가까이 바짝 붙었다. 그러고는 돔누를 향해 돌아서더니 발톱으로 허공을 사납게 할퀴었다.

"이 녀석을 어떻게 찾았어요?"

내가 물었다.

돔누는 이마에 난 사마귀를 긁적거렸다.

"녀석이 날 발견했지. 하지만 어떻게 날 발견했는지는 나도 몰라. 음, 녀석은 이곳에 도착했을 때 무척 허약했어. 마치 누군가 녀석을 고기파이로 만들려고 한 것 같았지. 어떻게 이 자그마한 녀석이 날아올 수 있었는지 정말 알다가도 모를 일이야. 내가 녀석을 좀 고쳐줬지. 주사위 놀이를 함께할 심산으로 말이다. 하지만 배은망덕한 짐승이 협조를 안 하더라고."

이 말에, 트러블은 날카롭게 울어대며 다시 한 번 발톱으로 허공을 할퀴었다.

"그래그래. 내가 녀석을 새장 안에 억지로 쑤셔 넣었지. 하지만 그건 저 녀석을 위한 거였어."

트러블은 다시 한 번 경고하듯 울어댔다.

"그리고 날 보호하기 위해서! 자기 친구를 찾는 데 내가 아무런 관심이 없다고 말하자, 녀석이 내게 덤벼들었어. 날 공격하려 했다고! 나는 그 자리에서 즉각 녀석을 자그마한 벌레로 만들어버릴 수도 있었어. 하지만 녀석이 버릇을 고칠 때까지 새장에 가두기로 마음먹었지. 어쨌거나, 녀석은 지금 자신이 우리한테 쓸모 있다는 걸 증명해 보여야 해."

트러블과 나는 동시에 머리를 치켜 올렸다.

"너한테 경고해야겠다. 내가 널 성으로 데려다줄 수는 있지만, 널 성 안으로 들여보낼 수는 없어. 그건 네 힘으로 해야만 해. 다시 빠져나오는 것도 마찬가지고."

돔누가 말을 이었다.

돔누는 갈라토가 들어 있는 주머니 안을 살짝 들여다보았다.

"널 다시 볼 수 없을지 모르니까, 이걸 줘서 감사하다는 말을 미리 해야겠구나."

나는 한숨을 쉬었다. 하지만 어깨 위의 익숙한 무게를 느끼자 슬픔이 잦아들었다. 나는 트러블을 가리켰다.

"이 녀석을 제게 줘서 고마워요."

돔누는 우리를 향해 스르륵 미끄러지듯 다가왔다. 트러블이 돔누를 경계하듯 바라보는 동안, 돔누는 자기 손을 내 머리와 심의 머리 양쪽에 올렸다. 체스 말의 크기를 줄일 때 보여주었던 것처럼 집중하는 표정을 짓더니 중얼거리기 시작했다.

즉시 내 몸이 줄어드는 느낌이 들었다. 심이 외치는 소리 너머로 돔누가 트러블에게 뭔가 지시를 내리는 소리가 들려왔다. 순식간에 트러블은 더 이상 내 어깨에 올라타 있지 않았다. 대신, 바로 내가 트러블의 깃털 어깨 위에 올라타고 있었다. 나는 어둠의 언덕 위를 높이 날고 있었다.

34

하늘을 날다

어둠을 뚫고 날아가는 동안, 나는 두 팔로 트러블의 목을 단단히 붙잡았다. 새의 등에 탄 채 바라보니, 계속해서 우리가 높이 올라간다는 걸 알 수 있었다. 한 손에 든 지팡이가 나처럼 작아져 있었다. 이 순간 심이 어디에 있을지 궁금했다. 최소한 심이 안전하기를 바랐다.

차가운 공기가 우리 위로 둥둥 떠다녔다. 어찌나 차가운지 보지도 못하는 두 눈에서 눈물이 흘러나와 얼굴을 적셨다. 돌풍이 불 때마다 트러블의 목 깃털이 흔들려 내 얼굴과 손을 쓰다듬어주었다. 난 트러블의 머리와 비슷한 크기였기에, 예전에 부드럽고 폭신폭신해 보이던 깃털이 지금은 무척 달라 보였다. 꽁지 깃은 튼튼하면서도 유연한 나뭇가지 같았다.

나는 새와 점차 한 몸이 되어 움직였다. 날개가 매번 힘차게 움직여 위로 올라갈 때마다, 나는 숨을 들이쉬었다. 날개를 아래로 내릴 때마다, 나는 숨을 내쉬었다. 트러블이 날갯짓하기 전에 어깨와 등 근육이 긴장한다는 것과 그러고 나서 엄청난 힘으로 갑자기 움직인다는 것을 알아차렸다.

하늘을 날며 어둠 속에서 들려오는 소리에 귀를 기울였다. 이렇게나 힘차게 날갯짓하면서도 소리가 어찌나 작은지 깨닫고 깜짝 놀랐다. 날개가 아래로 내려갈 때 공기가 살짝 획 하는 소리만 따라왔다. 날개를 올릴 때 어깨뼈가 아주 미세하게 움직이는 소리만 났다.

평생 처음으로 하늘을 나는 자유를 맛보았다. 주위의 어둠은 아무런 제약 없이, 아무런 경계 없이 하늘로 치솟는 내 감각을 끌어올릴 뿐이었다. 바람이 얼굴에 닿았다. 나는 핀카이라 사람들이 한때 알고 지내다 잃어버린 그 장엄한 경험을 몸으로 느꼈다. 그건 내 마음에서가 아니라 뼛속에서부터 떠올린 경험이었다.

바람이 변했다. 트러블의 발톱 아래에서 훌쩍이는 소리가 희미하게 들려왔다. 언젠가 매가 들쥐를 낚아채 가는 것처럼, 트러블이 또 다른 승객을 태우고 있다는 걸 깨달았다. 이제는 작은 거인일 때보다 더 작아진 심이 분명 막 잡아먹힐 위기에 처한 쥐처럼 허둥대고 있다는 걸 알 수 있었다.

나는 투시력을 최대한 발휘하려 애썼다. 앞으로 나아갈수록 점점 더 짙어지는 어둠을 밀어내려 애썼다. 하지만 내 시력에는 한계가 있었다. 슈라우디드 성의 수의가 어둠의 언덕 위로 쏟아져 내렸다. 수의는 우리 셋은 물론 어둠의 언덕도 감쌌다. 우리는 리아가 언젠가 말해준 밤이 절대 끝나지 않는 땅으로 날아가고 있었다.

힘겹게 저 아래 솟아 있는 흐릿한 언덕을 알아차렸다. 그곳에는 나무 한 그루 없었다. 흐르는 강줄기 하나 없었다. 어느 순간, 땅이 가파르고 좁은 협곡으로 변했다. 그리고 독수리의 울음소리가 희미하게 들려왔다. 북쪽에서는 빽빽한 횃불 무더기가 활활 타오르며 고블린의 거친 외침과 뒤섞였다. 남쪽에서는 스산한 빛이 깜빡였는데, 바람보다 훨씬 더 오싹했다.

협곡 언덕 위에 건물 몇 채가 모여 있었다. 한때는 마을이었을 것이다. 내 안에서 뭔지 모를 기괴하고 낯설고 불확실한 동경이 일었다. 아주 어릴 적에 내가 이 마을 어딘가에서 살지 않았을까? 환한 낮에 이 땅을 볼 수 있었다면, 잃어버린 기억이 약간이라도 떠오르지 않을까? 하지만 저 아래 마을은 내 어린 시절 만큼이나 어둡고 조용했다. 벽난로에서 이글거리는 불빛도 없었다. 광장에서 들리는 사람의 목소리도 없었다.

혼과 같은 일꾼이 여전히 이 땅에서 땀을 흘리고 있을지 궁금했다. 스탕마르가 등장하고 끝 모를 어둠이 엄습하기 전, 조상들이 수세기 동안 해왔던 것처럼 말이다. 이런 곳에서는 그 어떤 정원사도 살아남을 수 없었을 거라는 생각이 들었다. 적어도 정원사 할아버지 할머니의 땅에는 약간의 여명이 여전히 남아 있었다. 하지만 저 아래쪽의 땅은 영원한 암흑밖에 없었다.

어둠이 점점 깊어가며 묵직한 담요처럼 우리를 짓눌렀다. 트러블의 빠른 심장박동이 느껴졌다. 새의 목 혈관이 고동쳤다. 동시에 날갯짓이 살짝 느려졌다. 어둠이 우리 앞을 가로막는 것처럼 비행도 가로막는 것 같았다.

트러블은 수평을 유지했다. 하지만 갈수록 날개가 힘을 잃어갔다. 때로는 날갯짓을 제대로 하지 못하기도 했다. 때로는 완전히 엉뚱하게 날개를 움직이기도 했다. 차가운 바람이 불어오자, 쇠황조롱이는 불안정하게 나아갔다. 고개를 이리저리 까딱까딱 치켜들었다. 혼란스러운 것 같았다. 보이지 않는 것을 보려 무던히 애를 썼다. 경로를 지키려고 고군분투했다.

나는 트러블의 목덜미를 꽉 붙잡았다. 트러블이 이처럼 앞을 보는 것도 힘겨워하는데, 바닥부터 끊임없이 빙빙 도는 성안으로 어떻게 우리를 무사히 데려다줄 수 있을까? 어쩌면 그것이 바로 돔누의 마지막 경고의 요점이었을지도 모른다. 성 가까이 가는 건 성안으로 들어가는 일에 비해 식은 죽 먹기라는 경고 말이다.

두려움이 엄습했다. 이제 우리의 유일한 희망은 내 투시력밖에 없었다. 눈 먼 내가 어떻게든 앞을 봐야 했다! 내 투시력은 주변의 빛이 희미해지면 약해지지만, 이번만큼은 그래서는 안 되었다. 투시력은 빛을 전혀 필요로 하지 않을지도 몰랐다. 어둠 속에서도 볼 수 있을지 몰랐다. 나는 내 에너지를 모조리 불러 모았다. 나는 어둠을 뚫어야 했다.

몇 분이 흘렀다. 아무런 차이도 없었다. 왜 안 그렇겠는가? 밤에 뭔가 보였던 적이 한 번도 없었다. 멀쩡한 눈으로 제대로 봤을 때도 말이다. 그런데 어떻게 지금 그걸 바꿀 수 있다고 생각했던 걸까?

하지만 계속해서 노력했다. 마음의 눈으로 자세하게 살펴보려 노력했다. 잿빛 너머, 그림자 너머를 보려 노력했다. 길게 드리운 어둠을 꿰뚫어보려 했다. 리아가 별 사이의 텅 빈 공간을 읽는 법을 가르쳐준 것처럼…….

그러는 내내 트러블의 비행은 더욱 불안정해졌다. 트러블은 몰아치는 매서운 바람에 맞서 힘겹게 날갯짓을 했다. 머뭇머뭇 방향을 바꾸고, 다시 머뭇거렸다.

아주 서서히 나타났기에 나 자신도 처음에는 그 변화를 알아차리지 못했다. 짙은 어둠 속에서 가느다란 형체를 알아차리기 시작했다. 구불구불한 산마루였다. 한때는 호수였을 움푹 파인 곳, 비뚤배뚤한 길, 돌벽의 고르지 못한 선…….

그때 저 멀리서 뭔가 이상한 게 보였다. 저 멀리 산마루에서 어렴풋하게나마 깜빡이는 빛이 보였다. 움직이면서 정지해 있는 것처럼 보였다. 빛과 어둠이 다 보였다. 그게 정말로 존재하는 것인지는 분명하지 않았다. 힘주어 깃털 목덜미에 두 팔을 깊이 파묻으며, 나는 트러블의 머리를 그 지점을 향해 돌렸다. 트러블은 처음에는 말을 듣지 않으려 했지만, 날개의 각도를 바꾸기 시작했다. 천천히 트러블은 방향을 바꾸었다.

때맞추어 건물 같은 게 보였다. 엄청나게 컸다. 언덕에 높이 솟아 있었다. 마치 깜깜한 밤의 유령 같았다. 그 옆에 기이한 빛이 나는 둥그런 원이 보이는 것 같았다. 그리고 그 꼭대기에는 뾰족탑 같은 것도 있는 것 같았다. 돔누의 은신처에서 느꼈던 불길한 예감이 다시 찾아왔다. 그때보다 백 배나 더 불길한 예감이었다. 여전히 트러블의 목을 단단히 붙잡고, 나는 가까이 다가갔다. 이제 트러블은 내 조종을 받아들일 뿐만 아니라, 내가 이끈다는 사실에 자신감을 얻은 것 같았다. 트러블은 새로운 힘으로 힘차게 날갯짓을 했다.

나는 내 투시력을 좀 더 멀리, 멀리 뻗었다. 이제 돌이 여기저기 흩어져 있는 평평한 산 정상이 보였다. 기이한 건물이 있었다. 그런데 주변 땅이 점점 분명하게 보이는데도, 그 건물 자체는 여전히 희미하게 보였다. 우리는 가까이 다가갔다. 덜거덕거리는 자그마한 소리가 점점 크게 울려 퍼졌다. 돌과 돌이 부딪히며 갈리는 소리였다.

바로 깨달았다. 그 건물은 바닥부터 천천히 돌고 있었다. 마침내 슈라우디드 성을 찾아낸 것이다!

집중하며 입술을 꼭 깨문 채, 나는 빙빙 도는 성 주위를 선회하도록 트러블을 조종했다. 희미한 윤곽은 곧 뚜렷해졌다. 뾰족탑은 탑이었다.

동그랗게 빛나는 원은 횃불이었다. 횃불은 빙글빙글 도는 창문과 아치 길을 통해 보였다. 횃불을 밝힌 방 안에서는 고블린 전사와 똑같은 뾰족한 헬멧을 쓴 병사들이 언뜻언뜻 보였다.

나는 병사가 보이지 않는 나지막한 창문 하나에 투시력을 집중했다. 그러고는 트러블을 아래쪽으로 내려가도록 이끌었다. 우리는 곧장 창문을 목표로 했다. 성벽, 탑, 아치 길이 가까워졌다. 그때 우리가 너무 느리게 날며, 너무 멀리 내려가고 있다는 걸 갑자기 깨달았다. 벽에 부딪힐 것 같았다! 내가 바다에서 겪었던 끔찍한 꿈이 불현듯 떠올랐다.

나는 트러블을 힘껏 잡아당겨, 재빨리 위로 방향을 바꾸도록 했다. 트러블의 발톱에 착 달라붙어 있던 심은 비명을 질렀다. 우리는 성벽을 지나쳐 재빨리 움직였다. 하마터면 그대로 부딪힐 뻔했다.

다시 집중하며, 나는 트러블을 다시 선회하도록 했다. 이번에는 성 주위 하늘을 빙글빙글 돌면서 우리의 상대적인 속도를 좀 더 세밀하게 측정해보려 했다. 하지만 나는 망설였다. 사실 내게는 눈이, 그러니까 진짜 시력이 없었다. 오직 투시력만 믿고 어떻게 감히 다시 시도하려고?

나는 숨을 들이켰다. 그러고는 트러블을 다시 한 번 아래쪽으로 몰았다. 우리는 아까 보았던 열린 창문을 향해 급강하했다. 바람이 세차게 몰아치며 내 귀에 대고 울어댔다.

창문이 가까워졌다. 배가 주먹처럼 단단해졌다. 조금만 실수해도 곧장 벽에 부딪힐 것이다. 우리는 속도를 높였다. 이제 되돌릴 수 없었다.

우리는 창문을 쏜살같이 통과했다. 코앞에 돌기둥이 보였다. 힘껏 몸을 숙인 채, 나는 트러블이 왼쪽으로 방향을 틀도록 조종했다. 우리는 기둥을 아슬아슬하게 스쳐 지나서 바닥으로 미끄러졌다. 그리고 슈라우디드 성의 심장부 어딘가의 벽에 쾅 하고 부딪혔다.

35
슈라우디드 성

정신을 차리고 나서 맨 처음 알아차린 것은 트러블이 엄청나게 작아 졌다는 사실이었다. 용감한 새는 내 가슴 위에 앉아 이쪽저쪽 날개로 나를 번갈아가며 콕콕 질렀다. 하지만 이내 진실을 깨달았다. 몸 크기 가 변한 건 새가 아니라 바로 나라는 사실을. 나는 다시 원래의 크기로 돌아왔다.

내가 깨어나는 걸 보더니, 쇠황조롱이는 돌바닥으로 폴짝 뛰어내렸다. 그러면서 나지막하고 조용하게 울음소리를 냈다. 안도의 한숨 같았다.

텅 빈 그늘진 방 저쪽 모퉁이에서도 비슷한 소리가 들려왔다. 시커먼 벽에 붙어 탁탁 소리 내며 타고 있는 횃불 아래쪽이었다. 심은 자리에 서 일어나더니 트러블을 바라보았다. 그러고는 털이 덥수룩한 머리에서 부터 털이 수북한 발가락까지 툭툭 두드리고 눈을 깜빡거리고 나서 다 시 자기 몸을 톡톡 쳤다.

작은 거인은 나를 향해 돌아섰다. 코에는 환한 미소가 걸려 있었다.

"내가 다시 커져서 정말 기뻐."

나는 눈썹을 치켜들었다. 하지만 웃음을 꾹 참았다.

"그래, 우리 둘 다 다시 커졌네. 우리가 성안에 들어오면 원래의 크기로 변하도록 돔누가 마법을 쓴 게 분명해."

심은 얼굴을 찌푸렸다.

"정말 친절도 하시군."

"돔누한테 정말 고마워. 그리고 감사할 게 또 있지."

나는 팔을 뻗어 트러블의 붕대 감긴 날개를 어루만졌다.

트러블은 힘차게 찍찍 울어댔다. 노란색 띠가 둘러쳐진 두 눈이 횃불에 반사되었다. 트러블은 발톱으로 돌바닥을 긁어대며, 싸울 준비가 되어 있음을 내게 다시 한 번 상기시켰다.

하지만 트러블의 원기 왕성한 모습은 아주 잠깐 용기를 주었을 뿐이다. 나는 주변의 거칠고 으리으리한 돌을 훑어보았다. 방 안의 벽, 바닥, 천장은 아무런 장식도, 아무런 조각도 없었다. 슈라우디드는 사랑이 아니라 두려움으로 지어진 성이었다. 이 성을 짓는 동안 사랑이 조금이라도 있었다면, 그건 차가운 돌과 견고한 방어에 대한 사랑이었을 뿐이다. 그 결과 이 방이 예외적인 경우가 아니라면, 이 성에는 그 어떤 아름다움도, 그 어떤 경이로움도 없었다. 하지만 이 성은 어둠의 언덕보다 견고할 것이다. 난 이 성이 나보다 오래 버티리라고 확신했다.

바로 그때 끊임없이 덜그덕거리는 소리가 들려왔다. 덜그덕거리는 소리는 계속해서 커졌다가 줄어들기를 반복했다. 바다의 파도처럼 끊기지 않았다. 성의 바닥이 돌아가는 소리였다! 나는 비틀비틀 자리에서 일어났다. 몸의 균형을 잡기가 힘들었다. 바닥이 계속해서 흔들리고, 방의 외벽 쪽으로 끊임없이 몸을 잡아당겼기 때문이다. 나는 허리를 숙여 지팡이를 집어 들었다. 지팡이를 짚었지만, 똑바로 서 있기 위해서는 시간이 좀 필요했다.

나는 심을 바라보며 말했다.

"갈라토가 있었으면 훨씬 좋았을 텐데."

"저기 봐. 저기 밖은 엄청 어두워! 바닥이 계속 움직이며 흔들리는 것 같아. 난 이런 데 정말 싫어."

심이 열린 창문 옆에 발끝으로 선 채로 대답했다.

"나도 마찬가지야."

"무서워. 아주, 아주, 아주 무서워."

"나도 그래. 하지만 친구들과 함께 있으니 용기가 나는걸."

나는 심을 향해 고개를 끄덕였다.

심의 자그마한 눈이 새롭게 빛났다.

"용기. 내가 용기를 주고 있어."

심은 부드럽게 혼잣말을 했다.

"이리 와."

조심스럽게 나는 출입구 쪽으로 기어갔다. 문은 어두운 복도로 이어져 있고, 그 복도 끝에 횃불 하나가 활활 불을 밝히고 있었다.

"리아를 찾아야 해! 아직 살아 있다면, 분명 지하 감옥에 있을 거야."

심의 자그마한 가슴이 부풀어 올랐다.

"정말 끔찍한 곳이야! 리아를 다치게 하는 놈은 누구든 가만 안 두겠어."

"아니, 그럼 안 돼. 고블린과 골리안트들이 성을 지키고 있다고."

"아, 그 녀석들하고 싸우면 안 되지."

심이 금세 풀이 죽었다.

"맞아. 하지만 가능하다면 우리는 놈들보다 한 수 앞서야 해. 싸워서는 안 돼."

트러블이 내 어깨 위에서 날개를 퍼덕거렸다. 우리는 희미하게 빛나는 복도를 살금살금 나아가며, 최대한 아무 소리도 내지 않으려 조심스럽게 출발했다. 다행스럽게도 덜컹대며 성이 빙빙 돌아가는 소리 때문에 우리가 내는 소리 대부분이 파묻혔다. 하지만 내 지팡이가 돌에 부딪히는 소리는 어쩔 수 없었다. 우리가 발각되지 않는 한, 성을 지키는 병사들은 분명 침입자가 있으리라는 생각조차 못할 것이다. 하지만 한편으로는 유령의 늪 근처 협곡을 순찰하던 고블린들에 대해서도 똑같은 것을 기대했던 게 생생하게 떠올랐다.

돌 틈에 허술하게 박혀 탁탁 소리 내며 타고 있는 횃불에 다가가자, 복도는 오른쪽으로 급격하게 꺾였다. 양쪽에 아치 모양의 문이 줄지어 있었다. 좁은 창문 하나가 밖으로 살짝 열려 있었다. 우리는 창문으로 다가갔다. 창문 사이로 한줄기 어둠이 흘러들어 오는 걸 보고 긴장에 사로잡혔다. 수의에 덮혀 있지 않은 땅에서 한줄기 빛이 창문으로 흘러들어 가는 것 같았다.

조심조심 나는 그 한줄기 어둠에 손을 올려놓았다. 차가워서 손가락이 움찔했다. 피부가 시들어버리는 느낌, 반쯤 죽어버리는 느낌이었다.

나는 몸서리치며 손을 빼내고는 계속 움직였다. 심의 맨발바닥이 내 옆 바닥에 부딪히는 소리가 부드럽게 울려 퍼졌다. 트러블은 발톱으로 내 어깨를 꽉 눌렀다. 복도 하나가 다른 복도로 이어지고, 탁탁 소리 내며 타는 횃불은 또 다른 횃불로 이어졌다. 우리가 마주치는 방이란 방은 횃불의 일렁이는 그림자를 제외하고 모조리 텅 비어 있었다. 이 거대한 성안에 이렇게 텅 빈 층이 얼마나 많이 있을지 짐작도 가지 않았다. 그런데 아무리 걸어도 계단은 나오지 않았다.

조심스럽게 우리는 미로처럼 이어진 복도를 돌아다니며 왼쪽 오른쪽으로 방향을 틀고, 오른쪽 왼쪽으로 또다시 방향을 틀었다. 혹시 우리가 제자리에서 빙빙 도는 건 아닐까? 아래층으로 이어진 계단을 찾을 수 있기는 한 걸까 하는 의구심이 들었다. 출입문 하나에 다가갔을 즈음, 트러블이 내 목에 날개를 퍼덕거렸다. 갑작스레 서로 거칠게 이야기를 주고받는 귀에 거슬리는 목소리가 들려왔다.

고블린. 소리로 보건대 여러 명이었다.

우리는 아치 문 밖에서 기다렸다. 들키지 않고 지나갈 수 있을지 확신이 서지 않았다. 트러블은 내 어깨 위에서 불안한 듯 발걸음을 종종거렸다. 그때 좋은 수가 떠올랐다. 나는 트러블의 부리를 톡톡 두드리며 출입문 안을 가리켰다.

트러블은 곧 내 뜻을 이해한 것 같았다. 아무 소리도 내지 않은 채, 매는 바닥으로 내려앉았다. 트러블은 벽의 그림자를 따라 방 안으로 미끄러지듯이 들어갔다. 심과 나는 문 밖에서 걱정스러운 눈빛을 서로 주고받았다.

잠시 뒤 고블린 하나가 아프다는 듯이 비명을 질렀다.

"네가 날 찔렀어, 이 멍청아!"

"내가 안 그랬어."

쇠붙이가 서로 부딪히는 소리 너머로 다른 고블린이 되받아쳤다.

"거짓말쟁이!"

뭔가 묵직한 것이 돌바닥에 쿵 떨어졌다. 칼 하나가 허공을 갈랐다.

"누가 거짓말쟁이인지 보여주겠어!"

한바탕 소동이 일었다. 칼이 부딪히고, 주먹이 날아가고, 욕설이 만연했다. 소란스러운 틈을 타, 심과 나는 살금살금 문을 지나갔다. 트러블이 내 어깨 위, 자신의 횃대로 돌아오기를 기다렸다가, 우리는 복도를

370

따라 재빨리 내달렸다. 모퉁이를 돌자 드디어 계단이 나타났다.

층계에 놓인 횃불의 희미한 빛을 받으며, 돌계단은 암흑에 가까운 아래쪽으로 휘어졌다. 나는 앞장섰다. 트러블은 내 뺨 가까이에 붙어 있었다. 우리 둘은 그림자 속에 혹시 뭐라도 숨어 있나 살펴보았다. 심은 짜증스레 혼잣말로 투덜거리며 내 뒤를 바짝 따랐다.

계단은 또 다른 층계로 구불구불 이어졌다. 횃불에 비쳐 불길한 느낌이 들었다. 벽에는 그림자가 구불구불 기어 다녔다. 아래로 내려갈수록 성 바닥이 돌아가며 내는 덜컹덜컹 소리가 점점 더 커졌다. 공기 중의 퀴퀴한 냄새도 더 강해졌다. 우리는 계단을 따라 계속 한 층 한 층 내려갔다. 점점 더 어두워졌다. 그리고 또 다른 층으로. 여전히 더 어두웠다. 계단이 끝나자 높다란 돌 아치 길이 나타났다. 그 뒤로는 어두운 지하 저장실이 있었다. 그곳에서 썩은 냄새가 진동했다.

"지하 감옥이야."

끊임없이 덜거덕거리는 소리 너머로 내가 속삭였다.

심은 아무 대답 없이 눈만 부릅떴다.

지하 감옥으로 통하는 시커먼 입구에서 고통스러운 신음 소리가 길게 흘러나왔다. 엄청난 고통의 신음 소리였다. 분명하지는 않지만, 사람 소리 같았다. 신음 소리가 다시 들려왔다. 이번에는 전보다 더 컸다. 심은 돌처럼 딱딱하게 굳었다. 나는 조심스럽게 심을 내버려두고 혼자 앞으로 움직이며 내 지팡이로 시커먼 그림자를 푹 찔렀다.

아치 길 아래를 지나면서 지하 감옥 안을 흘끔 쳐다보았다. 왼쪽에 있는 굴처럼 생긴 방 안의 횃불 아래에 남자 하나가 보였다. 그 남자는 돌 의자에 등을 대고 누워 있었다. 느릿느릿 고르게 들리는 숨소리를 보아하니, 잠든 게 분명했다. 벨트에 칼과 단검이 매달려 있었지만, 가죽 셔츠 위에 좁다란 붉은색 가슴받이와 머리에 쓴 뾰족한 헬멧 말고는 갑옷도 입고 있지 않았다.

그런데 가장 이상한 건 그 남자의 얼굴이었다. 얼굴은 종잇장처럼 창백해 보였다. 아니, 아무런 표정도 없는 마스크 같았다. 얼굴은 살아 있는데 왠지는 모르겠지만 마치 죽은 것처럼 보였다.

그 남자는 갑자기 신음 소리를 내며 끙끙대기 시작했다. 그 소리가 지하 감옥 안에 울려 퍼졌다. 문득 그 남자가 꿈을 꾸고 있다는 걸 깨달았다. 잠자면서 고통의 순간을 떠올리고 있었다. 그 남자를 깨워 고통에서 꺼내주고 싶은 유혹이 일었지만, 나는 감히 위험을 감수하지는 않았다. 심한테 몸을 돌려 말하려는 순간, 깜짝 놀랐다. 작은 거인은 사라지고 없었다.

나는 재빨리 계단으로 쏜살같이 달려가봤다. 심의 이름을 불러봤다. 성이 덜거덕거리는 소리 너머로 들릴 정도로 크게. 그래도 잠든 병사를 깨우지 않을 정도로 작게. 미친 듯이 이리저리 살펴봤지만, 심의 흔적은 어디에도 보이지 않았다. 나는 다시 심의 이름을 불러봤다. 아무 대답이 없었다.

도대체 어떻게 감쪽같이 사라진 걸까? 도대체 어디로 갈 수 있단 말일까? 어쩌면 심은 마침내 완전히 기가 죽었을지도 모른다. 벌벌 떨며 어딘가에 숨어 있을지도 모른다. 어떤 경우든, 당장 심을 찾을 시간 여유가 없었다.

트러블이 내 어깨에 긴장한 채 올라탄 가운데, 나는 몸을 돌려 이글이글 불타는 횃불 아래에서 잠든 병사를 지나 살금살금 기어갔다. 지하 감옥 깊숙이까지 들어갔다. 벽에 쇠사슬이 걸려 있고, 그 아래 돌에 시커멓고 선명한 피 자국이 말라붙어 있었다. 나는 작은 방에서 작은 방으로 지나갔다. 몇몇은 묵직한 문이 활짝 열려 있고, 몇몇은 여전히 굳게 닫혀 있었다. 잠긴 문의 자그마한 구멍 속을 훑어보았다. 뼈와 썩어가는 살이 바닥에 나뒹굴고 있었다. 삶에 대한 강한 열의를 지닌 리아가 이런 곳에 갇혀 있다니 도무지 상상할 수가 없었다. 하지만 한편으로는, 리아가 죽지 않고 갇혀 있기를 간절하게 소망했다.

바다가 나를 핀카이라로 되돌아오게 한 뒤로 내 과거에 대해 조금, 아주 조금 알게 되었다. 하지만 내 진짜 이름은 오리무중이었다. 그런데 이 끝나지 않은 여정은 이제 리아를 찾으려는 열망에 비하면 아무것도 아니었다. 난 내 자신에 대한 답할 수 없는 의문을 옆으로 제쳐두고자 했다. 어쩌면 영원히. 어떻게든 리아에게 제때 도달할 수 있다면 말이다.

나는 묵직한 바위 아래 해골 하나가 뭉개져 있는 작은 방 하나를 발견했다. 그러고 나서 해골 두 개가 서로 영원히 껴안고 있는 방을 발견했다. 하나는 어른 크기이고 다른 하나는 아기보다 작았다. 이윽고 한쪽 구석에 쌓인 나뭇잎 다발을 빼고는 아무것도 없는 텅 빈 방을 발견했다.

발걸음을 옮길 때마다 더욱더 절망적이 되어갔다. 나는 무거운 발걸음을 옮겼다. 여기저기 흩어져 있는 뼈와 나뭇잎 다발을 찾으려고 이렇게 내내 걸어온 것일까?

나는 멈칫했다.

나뭇잎 한 다발.

나는 그 방으로 재빨리 되돌아갔다. 심장이 쿵쾅거렸다. 좁다란 구멍을 다시 들여다보았다. 덜거덕거리는 소리 너머로 들릴 정도로, 나는 리아가 내게 알려준 소리를 냈다. 너도밤나무를 살아나게 만든 그 소리를……

나뭇잎 다발이 움직였다.

"리아."

나는 흥분을 감추지 못하고 속삭였다.

"엠리스?"

리아는 벌떡 일어나 문으로 튀어왔다. 덩굴 옷은 해지고 더러웠지만, 그래도 리아는 살아 있었다.

"오, 엠리스, 정말 너니? 아니면 네 유령이니?"

리아가 믿을 수 없다는 듯이 물었다.

대답 대신, 나는 구멍 사이로 집게손가락을 밀어 넣었다. 주춤주춤 리아는 자신의 손가락을 내 손가락에 걸었다. 예전에 여러 번 그렇게 했던 것처럼…….

"너구나."

"그래, 나야."

"나 좀 꺼내줘."

"먼저 열쇠를 찾아야 해."

리아가 고개를 숙였다.

"간수. 입구 옆에. 그자가 열쇠를 갖고 있어. 하지만 그자는……."

리아는 떨면서 내 손가락을 꼭 감싸 쥐었다.

"곤히 잠자고 있지."

다른 목소리가 말을 마무리했다.

휙 돌아보니 심이 나를 올려다보고 있었다. 자그마한 얼굴에는 분명 자랑스럽다는 표정이 가득했다. 작은 거인은 손을 내밀었다. 그 안에는 커다란 금속 열쇠 하나가 들려 있었다.

나는 깜짝 놀라 심을 바라보았다.

"간수한테서 이걸 훔친 거야?"

심은 얼굴을 붉혔다. 주먹코가 눈만큼이나 분홍빛으로 물들었다.

"정말 푹 자더라고. 그래서 별로 힘들지 않았어."

트러블은 내 어깨에 앉은 채, 감탄의 울음소리를 냈다.

나는 방긋 미소를 지었다. 결국 심은 보이는 것처럼 그렇게 작지 않았다.

열쇠를 덜거덕거리며 나는 문을 열었다. 리아가 나타났다. 얼굴은 초췌했지만 안심하는 표정이었다. 리아는 나와 트러블을 그리고 마지막으로 심을 껴안았다. 심의 코는 그 어느 때보다 발그레했다.

내게 돌아서며 리아가 물었다.

"여기서 어떻게 빠져나가지?"

"아직 그 방법을 찾아내지 못했어."

"음, 그렇다면, 시작해보자."

"갈라토가 있었으면 좋았을걸."

리아가 입을 쩍 벌렸다.

"잃어버렸어?"

"그러니까…… 내가 줘버렸어. 여기 오려고."

지하 감옥인데도 리아의 눈동자에서 빛이 났다. 리아는 자기 손가락을 다시 내 손가락에 걸었다.

"너한테는 여전히 우리가 있잖아."

우리는 다 함께 출입구를 향해 걷기 시작했다. 트러블은 내 목에 닿을 듯 가깝게 퍼덕거렸다. 가슴에 갈라토가 없었지만, 심장이 살짝 따뜻해진 느낌이었다.

하지만 아주 잠깐이었다. 뭉개진 해골이 있는 작은 방을 지나며, 나는 리아에게 말했다.

"이곳으로 들어오는 건 무척 힘들었어. 하지만 빠져나가는 건 훨씬 더 힘들 거야. 그러니까…… 살아서 빠져나가려면……."

"나도 알아. 이 경우, 아바사의 말이 옳았기를 바랄 뿐이야."

리아는 어린 너도밤나무처럼 똑바로 섰다.

내 어깨에서 이리저리 움직이던 트러블이 걸음을 멈추었다. 무슨 소리가 들리기라도 하는 것처럼, 트러블은 고개를 치켜 올렸다.

"사후 세계에서 다시 만나는 것에 대해서?"

리아는 불확실하게 고개를 끄덕였다.

"긴 여정 뒤에."

난 그저 이마를 찌푸릴 뿐이었다. 만약 우리가 오늘 죽는다면, 우리에게는 더 이상의 여정이 없다는 건 분명했다. 길든 짧든 상관없이 말이다.

심은 내 옷을 잡아당겼다.

"가자! 저 코 고는 간수가 깨어나기 전에……."

갑작스레 병사 하나가 그림자 밖으로 모습을 드러냈다. 헬멧 아래에 보이는 얼굴은 엄청나게 창백했는데, 결국 아무런 표정도 보이지 않았다. 병사는 천천히 칼집에서 칼을 꺼냈다. 그러고는 나를 향해 그 칼을 겨누었다.

36
마지막 보물

"저기, 조심해!"

리아가 소리쳤다.

나는 지팡이를 높이 치켜들어 공격을 막았다. 지팡이의 나뭇조각이 날아갔다. 나는 단검을 꺼냈다. 그사이 병사는 자신의 칼을 뒤로 당겨 다시 찌를 준비를 했다.

트러블이 날카롭게 울면서 발톱을 오므리더니 병사의 얼굴로 곧장 날아갔다. 발톱 하나가 병사의 뺨을 베어 상처를 냈다. 아프다고 소리도 지르지 않고, 병사는 공격해오는 새를 내리쳤다. 난 그 순간을 이용해 병사의 가슴받이 바로 아래에 단검을 깊숙이 찔러 넣었다.

나는 뒤로 물러서서 녀석이 쓰러지기를 기대했다. 트러블은 내 어깨 위에 평소 앉던 횃대로 퍼덕거리며 돌아왔다.

그런데 놀랍게도, 병사는 그저 거기 가만히 서 있을 뿐이었다. 아무 감정 없는 눈빛은 단검 칼자루에 고정되어 있었다. 병사는 자기 칼을 내려놓았다. 칼이 돌바닥에 쩽 하고 소리를 내며 떨어졌다. 병사는 두 손으로 내 단검을 움켜잡고 자기 몸에서 빼내 옆으로 내동댕이쳤다. 핏방울이 상처에서 살짝 새어나왔다.

병사가 자기 칼을 다시 잡기 전에, 리아가 내 팔을 움켜잡았다.

"도망가! 저자는 골리안트야! 절대 죽지 않아!"

리아가 소리쳤다.

우리는 지하 감옥 출입구를 쏜살같이 빠져나와 계단으로 뛰어올랐다. 죽지 않는 병사가 우리를 쫓아왔다. 리아는 각반에서 찢어진 덩굴을 질질 끌며 앞장섰다. 나와 심은 그 뒤를 바짝 따라갔다.

우리는 구불구불 이어지는 계단 위로 달렸다. 허둥지둥 서두르는 바람에 돌계단에 걸려 넘어질 뻔했다. 탁탁 소리를 내며 타는 횃불이 있는 다음 층계를 지났다. 그리고 그다음, 그리고 그다음……. 높이 올라갈수록 계단은 점점 좁아졌다. 리아는 그 어느 때보다 튼튼한 다리로 점점 앞서갔다. 반면 심은 점점 뒤처졌다. 나는 헉헉거리며 어깨 너머를 흘끗 보았다. 골리안트가 심 바로 몇 발짝 뒤까지 쫓아오고 있었다.

심이 위기에 처한 걸 보자 트러블이 날아올랐다. 트러블의 날개가 내 목에 닿았다. 트러블의 성난 소리가 계단에 울려 퍼졌다. 트러블은 우리를 쫓아오는 병사의 얼굴로 곧장 날아들었다.

골리안트는 몇 발짝 뒤로 물러나며 새와 싸우려 버둥거렸다. 둘이 싸우는 동안, 희미한 불빛에 비친 돌벽의 그림자도 함께 싸웠다. 나는 망설였다. 리아를 따라가야 하나? 저리 가서 트러블을 도와주어야 하나?

그때 계단 위에서 비명이 들려왔다.

"리아!"

나는 계단을 날듯이 뛰어 올라갔다. 한 번에 계단 두 개를 건너뛰었다. 계단은 구불구불 이어지며 점점 좁아지더니 탑처럼 뾰족해졌다. 나는 헉헉거리며 구부러진 곳을 돌아 층계에 도착했다. 아래층의 층계보다 훨씬 더 넓고 밝았다. 즉시 나는 걸음을 멈추었다.

앞에 커다란 방이 있었다. 벽에 활활 타오르는 횃불과 반짝이는 물건들이 줄지어 있고, 천장은 저 높이 아치형으로 솟아 있었다. 하지만 내 관심은 방 한가운데에 고정되었다. 리아가 고블린 전사한테 잡혔다! 고블린 전사는 녹회색 입술 주위로 혀를 날름거렸다. 리아 등에 팔을 얹은 채, 우람한 손으로 리아의 입을 막고 있었다. 리아는 다시 소리를 지르지 못했다.

"우리 성에 온 걸 환영한다."

힘 있는 목소리가 쩌렁쩌렁 울렸다.

돌아보니 얼굴이 조각상처럼 굳은 덩치 큰 남자가 으스스하게 어른거리는 붉은색 왕좌에 앉아 있었다. 입은 찡그린 모습 그대로 영원히 굳은 것 같았다. 무척이나 잔인해 보였지만, 어렴풋이 잘생겨 보이는 것 또한 사실이었다. 이마에 두른 황금빛 장식 아래, 검은 눈동자가 사납게 이글거렸다. 무엇 때문에 그런 건지는 알 수 없었지만, 얼굴과 몸 위로 기괴한 그림자가 물결치고 있었다.

스탕마르의 왕좌 주변을 골리안트 대여섯 명이 지키고 있었다. 골리안트의 표정은 시체의 얼굴처럼 공허했다. 그리고 그 사이에 핀카이라 사람 둘이 서 있었다. 석탄처럼 시커먼 그 사람들의 머리카락이 붉은색 옷의 어깨까지 흘러내렸다. 그중 하나는 커다란 곤충처럼 키가 크고 빼빼 말랐다. 다른 하나는 두툼한 나무 그루터기 같았다.

나는 카이르프레가 들려준 말을 떠올리며, 그 두 사람의 얼굴을 유심히 살펴보았다. 그중 하나가 정말 내 아버지인지 궁금했다. 하지만 내가 아버지를 찾기 위해 한때 그렇게 갈망했던 것만큼이나, 지금 아버지를 찾을 수 있다는 그 가능성이 너무 두려웠다. 스탕마르처럼 사악한 왕에게 봉사하는 사람이 내 아버지라면 경멸할 수밖에 없기 때문이다.

난 그분을 알고 싶을 뿐이에요.

브랜웬과 마지막 대화를 나누며 나는 그렇게 말했었다.

그러지 않는 게 좋아.

브랜웬은 이렇게 대답했었다.

아, 슬프다. 만약 우리 아버지가 내 앞에 서 있는 저런 부류로 타락했다면, 나는 이제 브랜웬이 왜 그렇게 말했는지 그 이유를 알 것 같았다.

리아는 나를 바라보며 붙잡힌 몸을 빼내려 미친 듯이 발버둥 쳤다. 고블린 전사는 낄낄거리며 리아를 더 단단하게 잡았다.

"네가 결국 이렇게 올 줄 알았다. 네 친구가 이곳에 이렇게 미끼로 잡혀 있으니 안 올 수 없었겠지."

스탕마르가 얼굴을 찡그린 채 큰 소리로 말했다.

나는 스탕마르를 노려보았다. 내가 있는 곳을 그자가 왜 신경 쓰는지 궁금했다. 문득 스탕마르는 자신이 그렇게 오랫동안 찾아다니던 마지막 보물 갈라토를 내가 갖고 있다고 믿고 있다는 걸 깨달았다. 어떻게 하면 이런 오해를 유리하게 써먹을 수 있을까? 확신이 없었지만, 어쨌든 해보기로 했다.

리아는 다시 한 번 버둥거렸지만 아무 소용없었다. 리아가 나뭇잎 옷에서 몸을 비틀 때, 우리가 남겨두고 온 신선한 숲의 향기가 살짝 흘러나왔다.

나는 가까이 다가갔다. 천천히 돌아가는 바닥 위에서 균형을 잡으려 지팡이를 단단히 짚었다.

"저 아이를 풀어주세요. 저 아이는 당신한테 아무런 해도 입히지 않았잖아요."

왕의 눈이 이글거렸다. 얼굴 위로 그림자가 춤을 추었다.

"언제든 날 해치려 하겠지. 너처럼 말이야."

핀카이라 사람 둘이 그 말에 동의한다는 듯이 고개를 끄덕였다. 그러는 사이 골리안트들은 다 함께 칼자루를 뽑아들었다. 키 큰 핀카이라 사람이 나를 흘끗 바라보았다. 걱정스러운 얼굴이 긴장으로 굳었다. 그 남자가 왕에게 몸을 기울여 무슨 말을 건넸다. 하지만 스탕마르 왕은 손을 내저으며 그 남자를 침묵하게 했다.

바로 그때 지하 감옥에서부터 쫓아온 골리안트가 내 뒤쪽의 계단을 성큼성큼 올라왔다. 그 병사의 얼굴은 심하게 긁혀 있긴 했지만, 피가 흐른 흔적은 전혀 없었다. 그런데 한 손에 트러블의 발톱을 움켜잡고 있었다. 거꾸로 매달린 새는 그저 날개를 퍼덕거리며 사납게 울어대기만 했다.

"친구가 또 있군그래?"

스탕마르의 그늘진 얼굴이 골리안트 둘을 향했다.

"가서 더 있나 확인해봐."

즉시 병사 둘은 나를 지나쳐 계단으로 내려갔다. 나는 그때 심의 흔적을 놓쳤다는 걸 떠올렸다. 내 자그마한 친구가 안전하게 숨을 장소를 찾았기를 바랄 뿐이었다.

나는 고블린 전사에게 붙잡혀 꼼짝 못 하고 있는 리아에게서 골리안트의 손아귀에 무기력하게 매달려 있는 트러블에게로 미친 듯이 몸을 돌렸다.

"모두 풀어주세요! 전부 풀어주지 않으면 후회하게 될 거예요."

나는 왕에게 소리쳤다.

스탕마르의 찌푸린 얼굴은 더 굳어졌다.

"우린 하찮은 사내아이한테서 명령을 받는 데 익숙하지 않아! 특히 그 소년이 우리의 충실한 백성을 위협할 때는 더더욱."

빙글빙글 돌아가는 성이 계속 흔들렸지만, 나는 최대한 꼿꼿하게 서 있었다.

그때 스탕마르가 왕좌에서 앞으로 몸을 숙였다. 즉각 그림자가 왕의 얼굴에서 떨어져 나갔다. 네모난 턱과 강렬한 눈 덕분에 왕은 훨씬 더 잘생겨 보였다. 반면 조금 전보다는 덜 엄해 보였다.

"그런데 말이다. 네 용기는 가상하구나. 그러니 자비를 베풀도록 하지."

갑작스레 그림자가 다시 나타나더니, 왕의 얼굴과 가슴 그리고 이마의 황금 고리 장식을 가로지르며 마구 움직였다.

"우리는 우리가 무엇을 하는지 알고 있어!"

왕이 으르렁거렸다. 하지만 누구한테 소리치는 건지 알 수 없었다.

왕은 리아를 붙잡고 있는 고블린한테 당당하게 손을 내저었다.

"그 아이를 풀어줘라. 명령이다. 하지만 잘 감시하도록."

고블린 전사는 얼굴을 찡그렸지만 고분고분 명령에 따랐다. 고블린 전사는 왕좌 앞의 돌바닥에 리아를 거칠게 내던졌다. 여전히 거꾸로 매달려 있는 트러블은 고블린 전사를 향해 미친 듯이 울어댔다. 하지만 그 이상 어쩔 수는 없었다.

"매도 풀어줘요!"

내가 강력히 요구했다.

스탕마르는 왕좌에 몸을 기댔다.

"매는 그대로 있어야지. 우리는 너만큼이나 매를 신뢰하지 않거든! 더욱이 매를 잡아두고 있어야 네가 기꺼이 우리한테 협조할 용기가 생길 테니까."

내 몸이 뻣뻣하게 굳었다.

"난 당신한테 절대 협조하지 않을 거예요."

"나도 마찬가지예요."

리아가 갈색 곱슬머리를 흔들며 크게 외쳤다.

트러블은 다시 울어대며 자신의 입장을 분명하게 밝혔다.

처음으로 스탕마르의 찌푸린 얼굴이 약간 풀어졌다.

"아, 넌 협조하게 될 거다. 사실, 넌 이미 협조하고 있어! 넌 우리가 그
토록 갈망하던 걸 가져왔으니까. 넌 우리한테 마지막 보물을 가져왔어."

나는 움찔했다. 하지만 아무 말도 하지 않았다.

스탕마르의 얼굴 위로 그림자가 아른거렸다. 스탕마르는 두 팔을 벌
려 벽에 전시되어 있는 물건들을 가리켰다.

"우리는 전설적인 힘을 지닌 수많은 물건을 이 방 안에 모아두었지.
왕좌 위의 벽에 걸려 있는 건 디퍼컷이야. 양날의 칼이지. 검은색 날은
영혼까지 벨 수 있고, 하얀색 날은 어떤 상처든 치유할 수 있어. 저기 있
는 건 그 유명한 꽃 피는 하프다. 저 은빛 뿔은 꿈의 소환자라고 부르지.
그 옆에 밭을 가는 쟁기가 보일 거다. 이것들을 비롯해 핀카이라의 보물
들은 이제 우리 통치권에 그 어떤 위험도 되지 않을 거야."

왕의 얼굴은 반대편 벽에 있는 쇠 가마솥을 가리키며 굳어졌다.

"우리에게는 죽음의 가마솥도 있지."

가마솥을 언급하자 붉은색 옷을 입은 핀카이라 사람 둘은 서로 눈빛
을 주고받았다. 키 큰 남자는 고개를 무겁게 저었다.

"하지만 우리가 그토록 원하는 한 가지 보물은 우리 벽에 걸려 있지
않아."

스탕마르의 목소리가 방 안에서 쩌렁쩌렁 울렸다. 빙글빙글 돌아가는

성에서 끊임없이 들리는 덜거덕 소리조차 잠재울 정도였다.

"바로 네가 가져온 보물이지."

스탕마르는 내게 갈라토가 없다는 걸 곧 알아차리게 될 것이다. 하지만 어차피 죽음을 피할 수 없다는 걸 깨닫고 나는 오히려 대담해졌다. 나는 어깨를 쫙 폈다.

"당신을 도와줄 수 있는 건 절대로 아무것도 가져오지 않았어요."

사나운 왕은 잠시 나를 살펴보았다.

"정말 그렇게 생각하나?"

"나도 몰라요! 한때 갈라토를 가지고 있었어요. 하지만 더 이상 나한테 없어요. 그건 당신 손길이 닿을 수 없는 곳에 있어요."

스탕마르의 얼굴이 어두워졌다. 스탕마르는 나를 냉정하게 내려다보았다.

"우리가 찾고 있는 건 갈라토가 아니다."

나는 눈을 껌뻑였다.

"마지막 보물을 찾고 있다고 했잖아요?"

"그래 맞다. 하지만 마지막 보물은 보석 박힌 물건이 아니야."

왕은 왕좌의 팔걸이를 꽉 잡았다.

"마지막 보물은 바로 내 아들이다."

공포가 파도처럼 내 몸을 타고 흘렀다.

"당신…… 아들이라고요?"

스탕마르가 고개를 끄덕였다. 하지만 얼굴에는 그 어떤 기쁨도 드러나지 않았다.

"내가 찾던 건 바로 너다. 네가 내 아들이니까."

37
디퍼컷

어두운 그림자가 왕의 얼굴을 가로질러 움직였다. 왕은 큼지막한 손으로 왕좌를 꽉 붙잡았다.

"이제 네 엄마가 너를 데리고 도망치기 전에 했던 약속을 완수해야 한다."

"약속이라고요? 무슨 약속이오?"

나는 물었다. 스탕마르가 폭로한 뜻밖의 사실에 여전히 정신이 아찔했다.

"기억 못하나?"

나는 아버지라는 남자를 시무룩하게 바라보았다.

"아무것도 기억 안 나요."

"그거 다행이로구나."

스탕마르는 그 어느 때보다 더 얼굴을 찡그렸다. 얼굴에 그림자가 물결처럼 흐르더니, 팔을 향해 천천히 퍼져갔다. 왕은 주먹을 꽉 쥐고 나를 가리키며 명령했다.

"저 녀석을 가마솥에 던져라."

골리안트들이 나를 향해 일사불란하게 돌아섰다.

골리안트의 손아귀에 잡혀 있는 트러블은 날갯짓을 하며 풀려나려 버둥거렸다. 트러블이 화가 나 울부짖는 소리가 굴처럼 생긴 방 안에서 빙글빙글 회전하는 성의 덜거덕 소리 위로 울려 퍼졌다.

"안 돼!"

리아가 자리에서 펄쩍 뛰며 소리쳤다. 그러고는 독사처럼 재빨리 스탕마르에게 뛰어들더니 두 손으로 왕의 목을 잡았다. 병사들이 도와주러 오기도 전에, 왕은 재빨리 리아를 물리치고는 돌바닥에 내동댕이쳤다. 리아는 고블린 전사의 발에 나뭇잎 다발처럼 내려앉았다.

화가 치민 왕은 목에 난 긁힌 자국을 문지르며 자리에서 일어섰다. 왕의 몸 전체가 그림자 속에서 일그러졌다. 왕은 고블린한테 큰 소리로 명령했다.

"저 여자아이 먼저 처리해라! 그러고 나서 소년을 처리하겠다."

"네, 알겠습니다."

고블린이 거친 목소리로 대답했다. 좁다란 눈이 번들거렸다. 고블린은 칼자루로 손을 뻗었다.

심장이 방망이질 쳤다. 뺨이 타오르고 분노가 온몸에 차올랐다. 디나티우스에게 느꼈던 바로 그 사나운 분노. 리아를 살려야 했다! 내 능력을 사용해야 했다!

그때 이글거리는 불꽃이 내 마음을 집어삼켰다. 까맣게 탄 살의 악취, 내 살, 내 비명……. 난 그런 내 능력이 두려웠다. 죽음의 가마솥보다 더 두려웠다.

고블린 전사는 야비하게 웃으며 천천히 칼을 빼들었다. 칼날이 횃불에 번쩍하고 빛났다. 그사이 리아는 나를 향해 돌아서며, 슬픔에 잠긴 눈으로 나를 바라보았다.

새로운 감정이, 분노와 두려움보다 훨씬 더 강력한 감정이 가슴에 가득 찼다. 나는 리아를 사랑했다. 리아의 영혼을, 리아의 활력을 사랑했다.

네 자신이 되어봐.

리아는 내게 이렇게 말했었다.

문득 그랜드 엘루사가 빛나는 수정 동굴 안에서 했던 말이 떠올랐다.

마지막 보물은 엄청난 힘이 있어. 네가 아는 것보다 훨씬 더 큰 힘을 지녔지.

내 능력은 내 자신의 것이었다. 두려워해야 할지도 모르지만, 사용해야 할지도 몰랐다.

고블린의 어깨에 힘이 들어가며 칼을 휘두르려 했다. 트러블은 다시 울어대며 골리안트의 손아귀에서 빠져나오려 버둥거렸다.

하지만 약속은 어떻게 하지? 리아의 목소리가 다시 들려왔다.

만약 누군가 네게 특별한 능력을 주었다면, 그건 네가 그 능력을 사용하도록 하기 위한 거야.

엄마, 엄마의 사파이어 빛 눈동자가 내 영혼을 뚫고 스며들었다.

신은 네가 그 능력을 잘 사용하기를 원해. 지혜와 사랑으로.

사랑이다. 분노가 아니다. 그것이 열쇠였다. 갈라토를 빛나게 만들었던 것과 똑같은 사랑. 지금 나를 가득 채우고 있는 리아를 향한 사랑.

움직여! 인생에서처럼 체스에서도 네 선택에 따라 모든 게 달라지지.

돔누의 목소리가 명령했다.

고블린 전사가 리아의 머리에 칼을 내리치려 할 때, 나는 왕좌 바로 뒤편의 벽에 매달려 있는 커다란 칼 디퍼컷에 온 집중력을 발휘했다. 마음속에 불꽃이 다시 이글거렸다. 하지만 나는 단호하게 그 불꽃을 밀어냈다. 고블린의 흥얼거리는 콧소리 너머로 아무 소리도 들리지 않았다. 칼과 칼에 달린 쇠고리 말고는 아무것도 보지 못했다.

날아라, 디퍼컷. 날아라!

쇠고리가 툭 끊어졌다. 디퍼컷이 벽에서 떨어져 나와 고블린을 향해 날아갔다. 디퍼컷이 허공을 가르는 소리를 듣고 고블린이 뒤로 돌았다. 잠시 뒤 고블린의 머리가 돌바닥에 데굴데굴 굴렀다.

리아는 고블린의 무거운 몸뚱이가 자기 위로 쓰러지자 비명을 질렀다. 스탕마르는 분노에 찬 괴성을 질렀다. 왕의 얼굴은 그림자 덩어리였다. 붉은색 옷을 입은 두 사람은 비명을 지르며 겁에 질려 뒤로 물러섰다. 얼굴이 시커먼 골리안트들만 아무 말 없이 그 광경을 지켜보고 있었다.

나는 지팡이를 내려놓고 두 손을 높이 들어 올렸다. 디퍼컷은 나를 향해 허공을 가르며 빙빙 돌았다. 나는 두 손으로 디퍼컷의 은빛 칼자루를 잡았다.

골리안트들은 이 모습을 보며 칼을 꺼냈다. 마치 한 몸처럼 나를 향해 달려들었다. 갑작스러운 왕의 목소리가 쩌렁쩌렁 울렸다.

"그만!"

아래로 향한 왕의 입술이 기다랗고 나지막하게 으르렁거렸다.

"이 결투는 우리 것이다. 다른 놈들은 빠져."

그림자가 왕의 몸을 가로질러 휘젓고 다녔다. 왕은 잠시 머뭇거렸다. 그러고는 몸을 세차게 흔들어대며 자기 눈에만 보이는 누군가를 향해 단호하게 말했다.

"이 결투는 우리 것이라고 말했다! 아무 도움도 필요 없다고!"

왕은 왕좌에서 뛰어내리더니 쓰러진 고블린 전사의 칼을 재빨리 집어 들었다. 왕은 나를 노려보며 칼을 허공에 휘둘렀다. 바로 그때 나는 그림자가 왕의 얼굴에서 다시 떠나는 것을 보았다. 그런데 이상한 것이 있었다. 붉은색 왕좌를 흘끗 보자, 어두운 그림자가 여전히 그곳 왕좌 위에서 둥둥 떠다니고 있었다. 어찌된 영문인지, 그 그림자가 나를 자세히 지켜보고 있다는 느낌이 강하게 들었다.

"그래, 너한테 능력이 있군, 그렇지? 네 할아버지가 그랬던 것처럼 말이다."

왕은 비웃듯이 말했다. 그러더니 나를 향해 몇 걸음 옮겼다.

"그런데 그 모든 능력을 지녔지만, 네 할아버지도 결국 죽음을 피할 수 없었다. 너도 마찬가지다."

나는 디퍼컷을 들어 올려 스탕마르가 처음 휘두르는 칼을 가까스로 막았다. 칼이 쨍 부딪히는 소리가 방의 돌 아치 사이에서 울려 퍼졌다. 왕이 칼을 휘두르는 힘이 어찌나 센지 내 칼자루까지 떨렸다. 난 칼을 꽉 쥐었다. 스탕마르한테는 세 가지 이점이 있었다. 나보다 엄청나게 힘이 셌다. 기술이 나보다 더 뛰어났다. 그리고 시력이 더 좋았다. 내 시력이 예전에 비해 아무리 좋아졌다고 할지라도 말이다.

그렇지만 나는 힘껏 맞섰다. 빙글빙글 도는 바닥과 끊임없이 느껴지는 진동 때문에 균형 잡기가 무척 힘들었지만, 나는 공격을 가까스로 막아냈다. 디퍼컷을 힘껏 휘두르며, 공격을 막아내고 피했다. 칼날이 부딪힐 때마다 불꽃이 튀었다.

어쩌면 내 거침없는 공격이 스탕마르를 조심스럽게 만들었는지도 모르겠다. 어쩌면 디퍼컷이 내게 힘을 주었는지도 모르겠다. 아니, 어쩌면 스탕마르가 먹잇감을 가지고 노는 건지도 모르겠다. 이유가 무엇이든, 우리가 귀중한 보물들이 놓여 있는 방을 이리저리 휘젓고 다니는 동안, 나는 그럭저럭 잘 버텨냈다.

갑작스럽게 스탕마르가 내게 달려들었다. 방 안을 쩌렁쩌렁 울리도록 칼을 세게 내리쳐서 디퍼컷을 박살내버렸다. 디퍼컷은 돌바닥에 쟁그랑 소리를 내며 내 손에서 떨어져 나갔다.

왕은 내 목에 칼을 겨누었다.

"이제 약속을 지켜야겠다."

왕은 벽 앞에 놓인 끔찍한 가마솥을 가리켰다.

"가거라."

나는 여전히 숨을 헐떡이며 그대로 서 있었다.

"날 죽이겠다고 누구랑 약속했어요?"

"가거라."

"그 약속이 왜 그렇게 당신한테 중요한 거죠? 당신의 백성에게 했던 그 모든 약속을 깨면서까지 이러는 이유가 뭐예요?"

"가거라!"

나는 팔짱을 꼈다.

"당신은 리타 고르한테 약속했어요, 안 그래요?"

왕좌 위에서 너울거리는 그림자처럼 스탕마르의 찡그린 얼굴이 더 일그러졌다.

"맞다. 넌 우리 훌륭한 친구한테 예의를 갖춰 이야기하는 게 좋을 거다. 이제 가거라!"

난 눈과 머리카락이 나를 닮은 남자를 애원의 눈빛으로 바라보았다.

"리타 고르가 당신한테, 당신의 왕국에 무슨 짓을 했는지 안 보여요? 리타 고르는 당신이 당신 땅을 망치기를 바라고 있다고요. 당신 하늘을 시커멓게 만들고, 당신 백성들을 겁주고 그리고 결국…… 당신 아들을 죽이기를 바라고 있다고요!"

내가 이렇게 말하자, 기이한 그림자가 왕좌에서 사납게 몸부림쳤다. 스탕마르의 얼굴이 붉어졌다.

"넌 이해하지 못해. 전혀 이해 못 해!"

스탕마르는 칼끝을 내 목에 겨눴다.

나는 힘겹게 침을 꼴깍 삼켰다.

"리타 고르는 당신 친구가 아니에요. 그자는 당신 주인이라고요. 당신은 그자의 노예란 말이에요!"

스탕마르는 활활 타오르는 눈빛으로 나를 가마솥으로 밀어붙였다.

"당신 아내, 그러니까 우리 엄마, 엘런이 이걸 원할까요?"

스탕마르의 분노가 끓어올랐다.

"가마솥을 아껴두어야겠군. 이 칼로 널 곧장 찔러버리겠어!"

그렇게 말하더니, 스탕마르는 칼을 들어 올려 내 머리를 내려치려 했다. 나는 스탕마르 바로 뒤쪽 바닥에 떨어져 있는 디퍼컷에 집중했다.

내게로, 디퍼컷. 내게로!

하지만 늦었다. 디퍼컷이 막 움직이려 할 때, 무자비한 왕은 자신의 두 발을 굳게 디딘 채 칼을 휘두르려는 참이었다.

그런데 왕이 뒷발을 디딜 때, 위를 향해 있던 디퍼컷의 칼날이 왕의 발을 스쳤다. 영혼 깊숙이까지 벨 수 있는 힘을 지닌 시커먼 칼날이 왕의 가죽 신발을 뚫고 발바닥을 찔렀다.

스탕마르는 고통스러운 비명을 지르며 바닥에 쓰러졌다. 그림자가 마구 움직였다. 왕좌를 뒤흔드는 것처럼 보였다. 골리안트들은 칼을 내려놓고 왕을 부축하러 달려왔다. 하지만 왕은 손을 들어 올렸다. 병사들이 갑자기 뚝 멈춰 섰다.

스탕마르가 천천히 고개를 들었다. 왕은 나를 올려다보았다. 얼굴이 점점 부드러워졌다. 턱은 느슨해지고 눈은 커졌다. 찌푸린 얼굴만 변함이 없었다.

"넌 진실을 말했다. 우리는…… 그러니까, 나는…… 이 충성스러운 왕국을 파멸시켰어! 난…… 노예에 불과해."

왕은 힘겹게 말했다.

왕좌가 이리저리 격렬하게 흔들렸다.

스탕마르는 마구 몸부림치는 그림자를 향해 돌아섰다.

"너희도 그게 사실이라는 걸 알고 있어! 난 너희의 초라한 꼭두각시에 불과해! 이제 내 머릿속은 너희의 위협과 현혹으로 가득 차서 이 저주받은 성처럼 끊임없이 빙빙 돈다고!"

스탕마르가 외쳤다.

그 말에 그림자에서 무시무시하게 씩씩거리는 소리가 났다. 그림자는 사납게 움직이다 말고 시커멓게 오그라들며 단단해졌다.

왕은 힘겹게 몸을 일으키려 했지만 상처 때문에 다리를 움직일 수 없었다. 왕은 다시 주저앉더니 침울한 얼굴로 나를 바라보았다.

"넌 날 이해해야 해. 핀카이라가 이렇게 된 건 절대로 우리, 그러니까 내 의도가 아니었어! 내가 처음 약속했을 때, 그것이 어떤 슬픔과 고통을 가져올지 전혀 알지 못했다."

"왜요? 왜 리타 고르와 약속을 했는데요?"

내가 따지듯 물었다.

스탕마르가 얼굴을 찡그렸다.

"그건…… 엘런을 구하기 위해서였다."

"엘런이라고요? 엄마요?"

즉시 나는 아버지에 대한 엄마의 마지막 말을 떠올렸다.

만약 그 사람을 만나게 되면, 꼭 기억해라. 눈에 보이는 모습이 전부가 아니라는 걸 말이야.

"그래, 사파이어 빛 눈동자의 엘런."

스탕마르는 숨을 크게 들이켠 후 아주 천천히 내쉬며, 팔꿈치를 돌바닥에 기댔다.

"엘런이 핀카이라의 해안에서 널 낳았을 때, 그건 우리의 오래된 규칙을 깨는 행동이었다. 정령들에 의해 대대로 내려오던 전통을. 인간의 피를 물려받은 자는 누구도 이곳에서 태어나서는 안 된다는 규칙. 그렇지 않으면 인간은 자신의 것이 아닌 세상에 대한 생득권을 갖게 될 테니까! 이 중대 범죄에 대한 처벌은 항상 가혹하지만 분명했어. 인간의 피를 물려받은 아이는 핀카이라에서 영원히 추방당해야 했어. 설상가상으로, 그 아이의 인간 부모는 죽음의 가마솥에 던져져야 했고."

스탕마르는 다시 일어서려 했지만 이번에도 잘되지 않았다. 점점 더 흥분하는 것처럼 보이는 골리안트들은 다시 왕을 향해 다가가기 시작했다. 트러블을 붙잡고 있던 골리안트가 다른 골리안트들에게 다가왔다. 그자는 한 손에 칼을, 다른 한 손에는 버둥거리는 매를 들고 있었다.

"멈춰! 난 너희의 비열한 도움 따위는 필요 없어."

스탕마르가 명령했다.

골리안트는 명령에 따랐다. 하지만 여전히 뚫어지게 지켜보며, 칼을 들고 안절부절못했다. 그러는 사이, 왕좌의 그림자는 계속해서 줄어들고 있었다. 그림자가 단단해지자 어둠이 짙고 깊어졌다. 마치 한군데로 모이는 폭풍의 눈 같았다.

스탕마르는 고개를 저었다.

"어쩔 수가 없었다. 어떻게 사랑하는 엘런이 죽도록 내버려둘 수 있겠니? 엘런은 나를 나무보다 높이 들어 올려주었어. 내가 어릴 적에 올라 갔던 그 나무 말이다! 하지만 난 왕이었어. 법을 집행할 책임이 있는 왕 말이다! 그때 리타 고르가 먼저 내게로 왔다. 리타 고르는 내게 도움을 제안했지. 자신의 문제를 해결하는 걸 도와주는 대가로 말이다."

"그게 무슨 문제였는데요?"

스탕마르는 저 멀리로 시선을 돌렸다.

"리타 고르는 내게 말했다. 자신의 가장 큰 위험은 반은 인간이고 반은 핀카이라 사람의 아이한테서 온다는 걸 꿈으로 알게 되었다고. 네 존재를 알고 있었기에, 리타 고르는 네가 살아 있는 한, 자신이 위태롭다고 믿었던 거야."

몸이 부들부들 떨렸다. 바닥의 떨림과는 상관없었다.

"그래서 어머니 대신 날 죽이기로 했단 말인가요?"

"난 선택의 여지가 없었다. 모르겠니? 리타 고르는 법을 어긴 것에 대한 정령들의 벌을 면해주고 엘런과 핀카이라 사람들을 모두 보호해 주기로 약속했다."

"그리고 당신은 나를 가마솥에 던지기로 약속했군요!"

"그랬지. 네가 여덟 살이 되기 전에. 그 모든 시간 동안, 나는 그 약속을 엘런한테는 비밀에 부쳤다. 엘런이 죽거나, 네가 추방당하지 않아도 된다고 엘런한테 말했다. 엘런은 마음을 푹 놓았지. 엘런한테 진실을 말할 수는 없었다. 엘런은 그런 나를 굳게 믿었지."

스탕마르의 목소리는 꿈꾸는 듯했다.

"그렇게 된 거다. 그 7년 동안, 리타 고르와의 동맹은 더욱더 굳건해졌다. 그건 필요한 동맹이었어. 리타 고르는 거인들이 핀카이라를 전복할 음모를 꾸미고 있다고 알려주었다. 나를 도와 우리 땅에서 위험한

적을 제거하도록 해주었어. 내가 안전하게 지낼 수 있는 성을 만들어주었지. 그리고……."

왕이 몸을 숙이자 목소리가 가늘어졌다.

"나를 자신의 노예로 만들었지."

왕의 고통을 이해하고 난 후, 나는 왕 대신 그 이야기를 마무리했다.

"그리고 엘런, 그러니까 엄마는 내가 죽어야만 자신이 살 수 있다는 걸 알고 나를 데리고 핀카이라를 도망쳤고요."

스탕마르는 낙담한 듯 나를 빤히 쳐다보았다.

"그래서 결국, 난 둘 모두를 잃었다."

"그리고 그것보다 더 많은 걸 잃었죠."

리아가 머리 잘린 고블린 전사의 시체 옆에 서서 덧붙였다.

나는 고개를 끄덕였다. 그러고는 골리안트들에게 다가갔다. 어떤 이유에서인지, 골리안트들은 왕좌 가까이로 몰려가서 그 주위를 에워쌌다. 하지만 다른 병사들이 가까이 다가와도 트러블은 계속해서 꿈틀거리며 날개를 사납게 퍼덕거렸다. 트러블을 들고 있는 골리안트는 매의 발톱 하나가 거의 빠져나온 걸 눈치채지 못한 것 같았다.

"그것도 사실이다."

스탕마르가 인정했다.

"리타 고르는 내가 인간의 피를 물려받은 아들을 찾아 죽이면, 내 힘이 완전해질 거라고 했다. 하지만 리타 고르의 진짜 의도는 내가 자신의 명령을 충실히 따르는 것이었지. 네가 가져올 위험을 없애는 것이었어. 그러니 한번 물어보자. 지금 누가 통치자인 거지?"

그 순간, 골리안트들은 일제히 붉은색 왕좌에서 멀찍이 물러섰다. 마치 커튼 두 개가 갈라지는 것처럼, 왕좌 위에서 몸부림치던 불가사의한 어둠의 매듭이 드러났다. 수의보다 더 어두웠다. 어둠의 매듭은 높고 날카롭게 소리쳤다. 그 소리와 함께 차가운 바람이 불어왔다. 뼛속까지 서늘해졌다.

"리타 고르!"

스탕마르가 바닥에서 일어서기 위해 안간힘을 쓰면서 외쳤다.

어둠의 매듭이 왕좌에서 펄쩍 뛰어올라 리아를 지나 날아오더니, 디퍼컷 옆 바닥에 내려섰다. 내가 숨을 고르기도 전에, 어둠의 매듭은 은빛 칼자루를 꼭 쥐었다. 악의 어두운 손처럼, 칼을 들어 올려 스탕마르를 순식간에 베었다. 얼굴 한쪽을 귀에서 턱까지 갈랐다. 턱에서 피가 줄줄 흘러내렸다. 왕은 고통에 신음하며 옆으로 굴렀다.

갑작스레 스탕마르는 얼어붙었다. 스탕마르의 표정은 공포에서 분노로 변하기 시작했다. 눈이 가늘어지고, 찡그린 얼굴은 굳어졌다. 손이 하얗게 변하도록 주먹을 불끈 쥐었다. 그러고는 놀랍게도, 스탕마르는 다른 칼을 쥐고는 자리에서 벌떡 일어나 내 옆에서 섰다. 피가 줄줄 흐르는 얼굴과는 달리 자랑스럽고 다부진 표정이었다.

"도와줘요!"

내가 소리쳤다.

그런데 스탕마르는 디퍼컷을 들고 있는 어둠의 매듭이 아니라 나를 향해 칼을 겨누었다.

"넌 정말 멍청하구나, 소년! 우리는 그렇게 쉽게 패배하지 않아."

나는 뒤로 물러섰다.

"하지만 당신이 말했잖아……."

"우리는 중요한 걸 말하지 않았어."

스탕마르는 물결치는 어둠의 덩어리, 리타 고르를 향해 손을 저으며 큰 소리로 말했다.

"여기 내 친구가 우리를 치료해주었어! 어떤 상처도 치유할 수 있는 칼날로 우리를 베었어. 리타 고르는 흐느껴 우는 우리 영혼을 치유해주었어. 그렇게 우리가 제정신을 차리도록 해주었지. 우리는 적이 누군지 잘 알아. 그러니 이제 너의 목숨을 빼앗을 테다!"

리아는 왕을 향해 달려들려 했다. 하지만 골리안트 둘이 리아의 앞을 가로막았다. 리아는 그들을 피하기 위해 최선을 다했지만, 녀석들은 리아의 길을 막아버렸다.

스탕마르가 칼을 뒤로 빼 나를 벨 준비를 하는 동안, 리타 고르는 날카로운 소리를 한 번 더 냈다. 스탕마르가 머뭇거렸다. 천천히 스탕마르는 무기를 내렸다.

뭔가 부끄러운 듯이 왕은 고개를 저었다. 왕은 항의했다.

"우리는 당신을 두 번 다시 실망시키지 않을 거요. 우리는 속았어! 현혹당했어! 당신에게 한 약속을 지금 지키게 해주시오."

귀를 찢을 듯한 화난 목소리가 리타 고르의 유일한 대답이었다. 스탕마르가 복종의 뜻을 나타내자, 고동치는 어둠의 매듭은 칼을 다시 들어 올렸다. 칼날을 빙글빙글 돌리며 리타 고르는 내 목숨을 끝낼 준비를 했다.

바로 그때, 또 다른 날카로운 비명이 방을 가득 메웠다. 트러블이 마침내 골리안트의 손에서 빠져나왔다. 골리안트가 칼로 트러블을 찌르려다 실패했다. 트러블은 그 큰 방의 천장을 향해 솟구쳤다.

가장 높은 곳까지 올라간 뒤, 트러블은 날카롭게 울어댔다. 그 울음소리는 사방의 벽에 울려 퍼졌다. 트러블은 허공에서 재빨리 방향을 틀어, 우리 머리 위에서 아주 잠깐 멈추었다. 그러고는 우리가 처음 만난 이후 줄곧 용맹함을 보여주었던 이 자그마하고 용감한 새는 가장 용감한 행동을 보여주었다.

칼이 나를 베려는 바로 그 순간, 트러블은 힘차게 날개를 움직여 화살보다 더 빠르게 시커먼 어둠의 매듭 한가운데로 돌진했다. 리타 고르는 깜짝 놀라 칼을 놓쳤다. 칼은 방을 가로질러 날아가더니, 돌 위에 미끄러졌다. 리타 고르는 시커먼 팔로 트러블을 휘감더니 날개를 난도질하며 구멍을 뚫고 세차게 후려갈겼다. 어둠의 매듭과 트러블은 서로 비명을 지르며 뒤섞여 바닥을 굴렀다.

나는 필사적으로 트러블을 도울 수 있는 방법을 찾으려 했다. 하지만 어떻게? 디퍼컷을 휘두를 수도 있었지만, 트러블과 리타 고르가 너무 바싹 붙어 있었기에 어느 한쪽을 치지 않고는 다른 한쪽을 칠 수가 없었다. 내 능력을 이용해 다른 방법을 시도해보려 했지만, 그것 또한 분명 실패할 것이다. 심장이 터질 것 같았다. 하지만 그것이 내가 할 수 있는 전부였다.

트러블은 용감하게 싸웠다. 그러나 리타 고르의 무시무시한 능력과 우세한 힘만을 증명할 뿐이었다. 천천히, 냉혹하게, 어둠의 매듭은 새를 집어삼켰다. 트러블을 야금야금 먹어 치웠다. 발톱 먼저, 그리고는 날개. 그러고는 꼬리의 반, 그리고 잠시 뒤, 머리까지……

"안 돼!"

리아가 울먹였다. 리아는 여전히 골리안트들한테 둘러싸여 있었다.

귀청을 찢을 듯한 울음소리를 마지막으로 내며, 트러블은 최대한 있는 힘껏 고개를 치켜들었다. 그러고는 칠흑 같은 어둠의 심장을 향해 곧장 부리를 쑤셔 박았다. 갑작스레 밝은 빛의 얇은 모서리가 격투를 벌이고 있는 둘을 둘러쌌다. 뭔가를 빨아들이는 기이한 소리가 허공을 꿰뚫었다. 마치 두 세계를 가르고 있던 벽이 갈라지는 것 같았다. 시커먼 덩어리와 함께 그 덩어리가 먹어 치운 트러블이 급속도로 작아졌다. 마침내 아주 자그마한 검정 얼룩만이 남아 허공을 맴돌았다. 잠시 뒤, 그것마저 사라져버렸다.

트러블은 가버렸다. 트러블이 리타 고르를 데려갔지만, 나는 그 사악한 정령은 언젠가 다시 돌아올 거라고 확신했다. 내 친구는 돌아오지 못하리라는 것 또한 확신했다. 앞을 보지 못하는 두 눈에 눈물이 고였다. 나는 허리를 숙여 내 발 근처 바닥에 떨어져 나간 외로운 깃털 하나를 주워 들었다.

나는 붕대를 감은 갈색 깃털을 천천히 매만졌다. 트러블의 날개에서 떨어져 나온 것이었다. 얼마 전에 나를 하늘 높이 실어다준 바로 그 날개. 그 날개는 내 날개처럼 다시는 날지 못할 것이다. 나는 작은 가죽 가방 안에 그 깃털을 조심스레 넣었다.

갑작스레 칼끝이 내 가슴을 파고들었다. 고개를 들어보니 스탕마르가 있었다. 스탕마르는 얼굴과 목 절반이 피로 얼룩진 채 나를 노려보았다.

"이제 우리는 약속을 지킬 거다. 예정되어 있던 방식대로. 그래야 내 친구가 돌아와서 우리의 충성을 의심하지 않을 테니까."

스탕마르는 선언했다.

"안 돼요. 그러지 말아요! 지금이야말로 진정한 왕이 될 수 있는 기회라고요. 이해하지 못하겠어요?"

리아가 애원했다.

스탕마르는 콧방귀를 뀌었다.

"그런 거짓말에 시간 낭비하지 마라."

스탕마르는 골리안트들에게 돌아섰다.

"경비병! 저자를 가마솥에 던져버려라."

38

아주 오래된 이야기

리아를 지키고 있지 않던 골리안트들은 즉시 방을 가로질러 성큼성큼 내게 몰려들었다. 골리안트들은 얼굴에 감정 하나 없이 칼을 뽑아들고, 나를 죽음의 가마솥으로 끌고 갔다.

나는 저항하지 않았다. 트러블을 잃었기 때문인지, 아니면 바닥이 계속해서 흔들렸기 때문인지, 후들거리는 내 다리에는 힘이 하나도 없었다. 더욱이 지금 내 능력이 날 도와줄 수 있다 할지라도, 난 더 이상 시도해보고 싶은 마음도 없었다. 내 생각은 오직 어깨 위의 텅 빈 공간에 머물러 있었다.

리아는 내 뒤를 따라오려 했지만 병사들이 막아섰다.

스탕마르는 잔인한 표정으로 그 광경을 지켜보았다. 조각상처럼 꼼짝 않고 서서 눈을 이글거렸다. 손은 칼자루를 꽉 쥐고 있었다. 얼굴에 말라붙은 피는 자신이 통치하는 마름병의 땅과 같은 적갈색으로 변했다.

한 발 한 발 가마솥에 다가갔다. 가까이 다가가자 가마솥이 더 뚜렷하게 보였다. 죽음처럼 어둡고 조용했다. 잠시, 그 안으로 자진해서 뛰어드는 걸 생각했다. 내 자신은 물론 가마솥까지 파괴할 수 있을지도 모

400

른다는 기대를 품었다. 하지만 그건 불가능했다. 골리안트들이 내 곁에 바짝 붙어 있었기에, 내가 벗어나기 전에 먼저 나를 죽일 게 분명했다.

의기소침해진 나는 리아에게 돌아섰다. 병사 둘의 틈 사이로 팔을 뻗으며, 나는 리아를 향해 집게손가락을 쭉 내밀었다. 눈물이 글썽거려 희뿌연 눈으로, 리아도 자기 손을 내밀었다. 마지막으로 자신의 손가락으로 내 손가락을 꼭 걸었다.

골리안트들은 가마솥 바로 앞에서 우뚝 멈추었다. 비록 내 허리까지밖에 오지 않았지만, 쇠 입구는 아주 크게 입을 벌렸다. 어른 한 명이 쉽게 그 안에 들어갈 수 있을 정도였다. 그리고 그 안에는 오직 암흑뿐이었다. 수의보다 훨씬 더 두툼하고 깊은 암흑. 골리안트들은 나를 가마솥 가장자리까지 밀쳤다. 그러고는 스탕마르를 향해 돌아서며 왕이 명령을 내리기를 기다렸다.

리아는 왕에게 애원했다.

"제발 그러지 마세요!"

스탕마르는 그 말에 아무런 관심도 두지 않았다. 왕의 목소리는 끊임없이 도는 성의 덜거덕 소리 위로 솟아올랐다. 왕은 명령을 내렸다.

"가마솥 안으로 처넣어!"

그 순간, 자그마한 형체가 계단 근처 그림자에서 불쑥 뛰어나왔다. 심은 리아와 나를 흘끗 쳐다본 뒤 방을 가로질러 달려왔다. 자그마한 다리가 돌 위에 탁탁 부딪혔다. 골리안트들이 무슨 일이 벌어졌는지 미처 깨닫기도 전에, 심은 가마솥 가장자리 위로 기어올라 갔다. 아주 잠깐 머뭇거린 뒤, 입구 안으로 스스로 몸을 내던졌다.

우레와 같은 폭발이 방을 뒤흔들었다. 빙빙 돌던 성이 그 뿌리부터 흔들렸다. 회전이 완전히 멈추지는 않았지만, 폭발의 위력 때문에 성이 비틀거리며 돌아갔다. 나는 바닥에 쓰러졌다. 리아와 몇몇 골리안트들도 쓰러졌다. 횃불이 떨어지며 돌바닥 위에서 지글거렸다. 꽃 피는 하프는 줄 하나에 매달린 채 불안정하게 흔들렸다.

폭발 소리가 성벽 사이로, 어둠의 언덕 너머로 울려 퍼졌다. 나는 가까스로 몸을 일으켜 세웠다. 죽음의 가마솥이 두 조각 나 있었다. 그리고 그곳, 파괴된 가마솥 한가운데에 작은 거인이 누워 있었다.

"심!"

나는 내 친구에게 몸을 숙였다. 눈물이 다시 눈을 가득 채웠다. 내 목소리는 속삭임처럼 희미하게 들렸다. 나는 시체를 향해 말했다.

"넌 늘 크고 싶어 했어. 진짜 거인이 되고 싶어 했지. 음, 넌 정말 거인이야, 친구야. 넌 거인이라고."

"이건 무슨 장난이지? 침입자가 더 있는지 찾아보라고 말했잖아!"

스탕마르는 허공에 칼을 휘두르며 골리안트들에게 마구 화를 냈다.

스탕마르는 씩씩거리며 골리안트의 칼 하나를 잡더니 그걸 곧장 병사의 배 속으로 밀어 넣었다. 골리안트는 몸서리쳤지만, 아무런 소리도 내지 않았다. 이윽고 자기 몸에 꽂힌 칼을 천천히 뽑아내며, 아무 일도 없었다는 듯이 스탕마르를 바라보았다.

스탕마르는 내게 성큼성큼 걸어왔다. 나는 여전히 부서진 가마솥 가장자리에 무릎을 꿇고 있었다. 스탕마르의 얼굴에 잔뜩 힘이 들어갔다. 칼을 내 앞에서 높이 들어 올렸다. 나는 스탕마르를 향해 돌아섰다. 내 머리에는 스탕마르와 같은 검은 머리카락이 붙어 있었다. 스탕마르는 잠시 주춤거렸다.

"널 저주한다, 소년! 네 모습이 그리고 그 저주받은 칼이 우리 안의 감정을 깨웠다. 우리가 잊고 있었다고 생각한 감정, 다시 잊고자 원했던 감정! 그리고 이제 우리 임무는 두 배나 비참해졌지. 우리는 우리가 해야 할 일을 하겠지만, 그 고통은 그만큼 더 클 것이다."

갑작스레 스탕마르의 입이 떡 벌어졌다. 스탕마르는 비틀거리며, 두려움에 뒷걸음쳤다.

부서진 가마솥 안에서 희한한 일이 벌어지고 있었다. 방 안에 부드러운 산들바람이 불어오기라도 하듯, 심의 머리카락이 살랑살랑 흔들렸다. 처음에는 천천히 그러고 나서 점점 속도를 내며, 심의 코가 부풀어오르기 시작했다. 이윽고 귀도 커졌다. 다음으로 머리, 목, 어깨도 커졌다. 팔도 부풀어 올랐다. 뒤이어 가슴, 엉덩이, 다리, 발까지. 옷도 몸과 함께 커졌다. 시시각각 점점 더 커졌다.

그러고 나서 더 엄청난 기적이 일어났다. 심이 눈을 뜬 것이다! 그 어떤 것보다 놀랍게도, 심이 부풀어 오르는 손으로 커지는 자기 몸을 더듬었다.

"내 몸이 커지고 있어! 내가 커지고 있어!"

심의 머리가 천장에 닿았을 때, 스탕마르가 정신을 차렸다.

"거인이다! 우리를 전부 파괴하기 전에 어서 저 녀석을 공격하라!"

스탕마르는 골리안트들에게 소리쳤다.

가장 가까이 있던 골리안트가 앞으로 달려나가 심의 몸을 칼로 내리쳤다. 그곳은 심의 왼쪽 무릎이었다.

"아야! 벌에 쏘였나 봐!"

심이 무릎을 붙잡고 끙끙거렸다.

한때 작았던 거인은 본능적으로 몸을 공처럼 둥글게 말았다. 그런데 이것이 자신을 훨씬 더 쉬운 목표물로 만들어버렸다. 골리안트들이 주변에 몰려들어, 화난 벌 떼처럼 찌르고 쑤셔댔다. 그러는 내내, 심의 몸은 계속 커졌다. 도무지 속도를 줄일 기색이 없었다. 머지않아 천장이 어깨와 등의 압력을 이겨내지 못했다. 돌덩어리가 아래로 쏟아져 내렸다. 천장에는 구멍이 났다.

성벽 위의 탑 하나가 무너지며, 여전히 자라고 있는 심의 코로 쏟아져 내렸다. 하지만 심은 돌을 피하기 위해 몸을 더 구부리지는 않았다. 무너져 내리는 돌이 심의 분노를 자극했기 때문이다.

"나 화났어!"

심이 우레와 같은 소리를 지르며, 이제 왕좌만큼이나 커져 있는 주먹을 마구 휘둘렀다.

스탕마르는 눈에 보일 정도로 깜짝 놀라서는 뒤로 주춤주춤 물러서기 시작했다. 스탕마르의 뒤를 따라, 골리안트들도 후퇴했다. 왕좌 옆에 웅크리고 있던 핀카이라 사람 둘은 계단을 향해 미친 듯이 재빨리 달려가다가 서로의 발에 걸려 넘어지고 말았다.

나는 리아에게 달려갔다. 계단 근처에 놓여 있는 디퍼컷을 다시 들려다 멈추었다. 우리는 떨어져 내리는 돌을 피할 만한 한쪽 구석에 함께 몸을 웅크렸다.

그러고 나서 심은 평생 처음으로 거인다운 경험을 했다. 심은 자신을 공격하던 자들이 도망치는 모습을 바라보았다. 거대한 분홍빛 눈동자의 반짝이는 빛으로 볼 때, 심은 무척이나 즐거운 경험을 하고 있는 것 같았다.

"난 너보다 커. 훨씬 커!"

심이 고함쳤다.

심은 자리에서 일어섰다. 털이 무성한 다리 하나도 바위보다 컸다. 심이 자신의 몸을 한껏 펴자 천장이 다시 무너져 내렸다. 엄청나게 큰 얼굴에 복수심이 이글거리는 환한 미소를 가득 안고, 골리안트들을 짓밟기 시작했다. 발걸음을 옮길 때마다 성 전체가 심하게 요동쳤다. 바닥이 움푹 파였다.

하지만 죽지 않는 골리안트 병사들은 이런 엄청난 충격에도 살아남았다. 공격을 받으면서도 병사들은 그저 서서 몸을 흔들어대며 심의 발을 다시 마구 찔렀다. 심의 눈동자는 분노로 이글거렸다. 심은 더 세게 짓밟았다. 골리안트들이 발아래에서 날쌔게 움직일수록 심은 발에 더욱더 힘을 주었다.

나는 리아와 함께 구석에 앉아, 심이 우리 쪽까지 움직이지 않기를 바라면서, 천장 조각들이 떨어져 내리며 바닥에 부딪히는 모습을 지켜보았다. 심은 정말로 화가 났다. 그리고 정말로 자신의 모습을 즐기고 있었다.

그 순간, 돌이 깨지는 소리와 쿵쾅거리는 발소리 너머, 성 어딘가에서 뭔가 야릇한 리듬에 맞추어 소리가 들려왔다. 처음에는 멀리서 들리더니 점점 가까이에서 더 크게 들려왔다. 나는 그게 목소리라는 걸 불현듯 깨달았다. 처음 듣는 묵직한 목소리였다. 그 목소리가 단조로운 가락의 노래를 부르고 있었다. 아주 낮은 음계 세 개였는데, 그 노래에 뭔가 친숙한 게 있었다. 내가 제대로 구별할 수 없는 어떤 감정이 내 안에서 일어났다.

이윽고 바위투성이 절벽처럼 우락부락하고, 무성한 붉은 수염을 기른 거대한 얼굴이 천장 틈으로 나타났다. 그 뒤로 또 다른 얼굴이 나타났다. 이번에는 회색 곱슬머리와 두툼한 입술이었다. 그리고 또 다른 얼굴이 나타났다. 이번에는 그림자처럼 짙은 피부, 땋은 긴 머리, 전차바퀴로 만든 귀걸이를 했다. 이들은 각자 고개를 까딱 움직여 심에게 인사를 건넸다. 하지만 성벽 밖에 그대로 머물러 있었다.

"거인들이야, 거인들이 돌아왔어."

리아가 깜짝 놀라 말했다.

정말로, 핀카이라 전역에 은밀히 숨어 있던 거인들이 깨어나 이곳으로 온 것이다. 오랫동안 기다려왔던 부름에, 어쩌면 죽음의 가마솥의 폭발에 반응해 거인들이 어두운 협곡, 머나먼 숲 그리고 이 땅의 알려지지 않은 산마루에서 몰려나온 것이다. 거인들은 환하게 타는 큼지막한 햇불을 들고 사방에서 나타났다. 몇몇은 묵직한 돌 올가미를 입고 있었는데, 이 덕분에 바위 밭에서 눈에 띄지 않은 채 숨어 있을 수 있었다. 몇몇은 나뭇가지를, 심지어 나무 전체를 길고 숱이 많은 머리털 위에 이고 있었다. 몇몇은 변장이 지나치게 바보스럽기도 했고, 지나친 자부심을 가진 듯 드루마 숲의 열매 달린 나무들처럼 색색깔의 조끼와 모자와 망토를 입고 있기도 했다.

재빨리 거인들은 성을 둥글게 에워쌌다. 거인들은 심의 행동을 따라 함께 땅을 쿵쾅거리기 시작했다. 지진이라도 일으킬 기세였다. 그러는 내내, 거인들은 리듬에 맞춰 목소리를 한껏 높여 자신들의 가장 오래된 언어로 노래를 불렀다. 핀카이라 최초 종족의 언어로…….

와이 고도딘 카탄 휴
허드 에이 예드리스 말 와이단
가운스 애 벨른 웬 카브리
바리갈 돈 핀카이라
드라비아, 드라비아, 핀카이라

그러자 문득 엄마가 똑같은 노래를 불렀던 게 떠올랐다. 하지만 그것이 귀네드에서 살 때의 기억인가? 아니면 그전 시간의 기억인가? 이 노래를 갓난아기 때에 들어본 적이 있었던가? 정말 모르겠다.

어쨌든 이 노래는 거인과 핀카이라 사이의 시간을 초월한 연대와 관련이 있다는 느낌이 강하게 들었다. 어쩌면 그 막연하고 불확실한 기억 때문인지는 모르겠지만, 하나가 존속하는 한 다른 하나 또한 존속할 것 같은 생각이 들었다.

드라비아, 드라비아, 핀카이라. 영원하라, 영원하라, 핀카이라여.

거인들이 커다란 횃불 옆에서 춤을 추면 출수록, 슈라우디드 성은 점점 더 무너져 내렸다. 리아와 내 뒤의 돌벽은 계속 버티고 있었지만, 다른 벽들은 무너져 내렸다. 성의 벽이 약해질수록, 성의 마법 또한 약해졌다. 성은 점점 느리게 돌아가고, 덜거덕거리는 소리도 약해졌다. 이윽고 돌과 돌이 갈리며 삐걱대는 소리가 나더니 성이 갑자기 멈추었다. 기둥과 아치가 무너져 내리자 공기 중에는 먼지와 파편이 가득했다.

그 순간 회전하는 성 그 자체에서 힘을 얻는 골리안트들은 이구동성으로 외쳤다. 화가 났다기보다는 놀란 듯한 소리였다. 골리안트들은 그대로 털썩 주저앉았다. 나는 골리안트들이 돌무더기 사이에 대자로 뻗은 모습을 보았다. 그 얼굴에 마침내 감정이 드러나는 듯했다. 그것은 감사를 표하는 듯한 표정이었다.

골리안트들이 죽자, 심은 무너져 내린 벽으로 기어올라 성 밖의 거인들에게 달려갔다. 거인들의 묵직한 발걸음이 성 전체를 세게 두드려대는 소리를 들으며, 나는 오래된 이야기를 좀 더 기억해냈다. 이 거인들의 춤을 예고했던 이야기를.

어둠 속에서 성이 빙글빙글 도는 곳,
작은 것이 커지며, 끝이 시작이 될 것이다.
거인들이 방 안에서 춤을 출 때
모든 장애물이 허물어져 내릴 것이다.

나는 오래된 마법이 심을 구했다는 것을 깨달았다. 슈라우디드 성보다 더 오래되고, 죽음의 가마솥보다 더 오래되고, 어쩌면 거인들보다 더 오래된 마법. 심의 용감한 행동이 가마솥을 파괴하고, 돌바닥을 가로질러 달려가는 그 발자국이 성을 영원히 파괴하는 춤을 이끌었던 것이다.

작은 것이 커지며, 끝이 시작이 될 것이다.

그랜드 엘루사는 심에게 말했다. 크다는 것은 뼈만 크다는 뜻이 아니라고. 그리고 심의 커다란 행동으로, 심은 지금 이 무너져 내리는 성벽 위로 우뚝 솟아 있었다.

39

집으로

우리 뒤의 벽이 끙음을 내기 시작했다. 나는 리아를 뒤돌아봤다. 리아의 해진 덩굴 옷에서는 여전히 숲 향기가 났다.

"빨리 빠져나가야 해! 성이 완전히 무너져 내리기 전에."

나는 머리를 흔들어 돌조각을 털어냈다.

"계단이 막혔어. 어떻게든 기어서 내려가야 하지 않을까?"

"그럼 너무 오래 걸려. 더 좋은 방법이 있어."

나는 자리에서 벌떡 일어나며 대답했다. 입에 두 손을 모아, 시끄러운 소음 너머로 소리쳤다.

"심!"

벽에 금이 가며, 얼굴 하나가 천장 구멍 사이로 나타났다. 지금보다 훨씬 작았다면, 무척 익숙했을 얼굴이었다.

"나 이제 커."

심은 자부심이 넘쳐서 쩌렁쩌렁 울리는 소리로 말했다.

"소원을 이루었네! 엄청 키가 큰 나무처럼 커졌어."

나는 심에게 손을 흔들어 가까이 몸을 숙이라고 했다.

"이제 네 손을 그 구멍 사이로 넣어줘. 알았지? 여기서 빠져나가려면 네 손이 필요해."

심은 낑낑거리더니 거대한 손을 천장 구멍으로 쑥 내밀었다. 손은 우리 옆 바닥에 닿았다. 쩍쩍 갈라진 바닥 때문에 한 사람만 간신히 그 사이를 비집고 지나, 심의 손바닥으로 올라갈 수 있었다. 리아가 먼저 나섰다.

리아가 조심스레 갈라진 틈을 돌아가는 사이, 나는 디퍼컷을 손에 들어 올렸다. 리타 고르가 들었던 은빛 칼자루는 여전히 차가웠다. 디퍼컷의 양날은 반짝반짝 빛이 났다. 그 모습을 보니 넘실대는 수면에 비친 달빛이 생각났다.

불현듯 핀카이라의 보물들이 떠올랐다. 그 보물들도 구해야 했다! 성이 완전히 무너지기까지 시간이 얼마나 남았든, 떨어져 내리는 돌조각에서 아직까지 파괴되지 않은 보물을 찾아야 했다.

"서둘러!"

리아가 심의 엄지손가락을 붙잡은 채 소리쳤다.

"너 먼저 가. 나한테 심을 다시 보내줘."

내가 대답했다. 리아가 날 걱정스럽게 지켜보는 동안, 나는 두 손을 둥그렇게 모아 천장을 향해 소리쳤다.

"좋아, 심. 들어 올려!"

리아가 천장으로 빠져나가는 사이, 나는 디퍼컷을 가장 안전해 보이는 돌판 위에 올려놓았다. 그리고 즉시 돌조각 사이를 뒤지기 시작했다. 쓰러진 기둥과 골리안트의 시체 위를 기어 다니며, 떨어져 내리는 돌조각을 피했다. 이리저리 갈라진 바닥의 틈을 뛰어넘어 가능한 한 재빨리 조심스레 움직였다. 그러는 내내, 슈라우디드 성이 신음하며 우르릉 쾅쾅 무너져 내리는 소리 너머로 쿵쿵거리는 거인의 춤 소리가 연신 들려왔다.

얼마 지나지 않아, 줄 몇 가닥만 남은 꽃 피는 하프와 불의 고리로 추측되는 반짝이는 오렌지색 둥근 물체를 찾아냈다. 나는 후다닥 그 보물들을 디퍼컷 위로 가져다놓고 또 다른 보물을 찾아나섰다. 무너져 내린 붉은 왕좌 근처에 내 지팡이가 있었다. 그 지팡이는 적어도 내게는 중요한 보물이었다. 방 저쪽 구석에 반쯤 파묻힌 꿈의 소환자가 있었다. 그리고 혼이 씨앗을 키울 수 있다고 말해준 괭이도 찾아냈다.

모두 합쳐, 현명한 도구 일곱 개 가운데 여섯 개를 찾아냈다. 괭이 다음에는 밭을 가는 쟁기를 찾아냈다. 하지만 쟁기는 내가 들어 올리기에는 너무 무거웠다. 그러고 나서 해머, 삽, 양동이를 차례차례 찾아냈다. 난 그 도구들의 힘을 그저 추측만 할 뿐이었다. 마지막으로 톱을 찾아냈다. 혼은 그 톱이 필요한 나무를 자를 수 있다고 했다. 손잡이 부분이 커다란 돌 덩어리 때문에 찌그러졌지만 쓸 만했다.

내가 막 다른 보물들 위에 톱을 내려놓았을 때, 심의 얼굴이 천장 구멍 사이로 다시 나타났다.

"빨리 와! 성이 곧 무너질 거야."

심이 우레와 같은 목소리로 말했다.

나는 고개를 끄덕였다. 현명한 도구 일곱 개 가운데 잃어버린 하나를 찾을 수 있기를 바랐다. 하지만 그것이 어떻게 생겼는지 몰랐기 때문에 찾기가 힘들었다. 그래도 나는 심이 내려준 커다란 손에 보물들을 실어 나르며, 이따금씩 멈추어서 일곱 번째 현명한 도구의 흔적이 혹시 있는지 방 안을 살펴보았다.

"아직 다 안 끝났어?"

심이 다급하게 소리쳤다.

"거의. 1분만 더 줘."

나는 마지막 물건, 그러니까 내 지팡이를 심의 손바닥에 내던졌다.

"빨리! 시간이 없어."

심이 소리쳤다.

사실 심이 말한 것처럼, 내 발아래 바닥이 엄청나게 흔들렸다. 나는 심의 손으로 기어올랐다. 그러면서 마지막으로 방 안을 훑어보았다.

바로 그때 무너진 기둥 뒤의 그림자 속에서 뭔가가 보였다. 온몸이 긴장되었다. 그건 잃어버린 현명한 도구가 아니었다. 그건 무기력하게 더듬거리는 손이었다. 스탕마르의 손.

"서둘러! 천장이 곧 무너져 내릴 거야."

심이 애원하듯 말했다.

나는 잠시 머뭇거렸다. 천장 일부가 내 옆으로 무너져 내리기 시작했지만, 나는 심의 손에서 뛰어내려 무너져 내리는 방을 달려갔다. 벽과 바닥과 천장이 점점 더 심하게 무너져 내렸다. 성 밖 거인들의 노래와 쿵쾅거리는 발소리도 더 요란해졌다.

나는 스탕마르에게 다가가, 그 위로 몸을 구부렸다. 스탕마르는 바닥에 가슴을 대고 누워 있었다. 황금빛 장식은 여전히 이마에 붙어 있었다. 등 아래쪽과 팔 하나가 커다란 돌덩이에 깔려 있었다. 스탕마르의 손은 이제 주먹을 쥔 채 더 이상 더듬거리지 않았다. 반쯤 뜬 두 눈만이 아직 살아 있다는 걸 알려주었다.

"너냐? 우리가 죽는 걸 보러 왔나? 아니면 우리를 직접 죽일 셈으로 온 거냐?"

스탕마르는 낑낑거리며 거친 목소리로 말했다.

나는 손을 뻗어 돌덩이를 움켜쥐는 것으로 대답을 대신했다. 있는 힘껏 돌덩이를 들어 올리려 했다. 다리가 후들거리고, 폐가 터져 나갈 것 같았다. 하지만 돌덩이는 꼼짝하지 않았다.

왕은 내가 무엇을 하려는지 깨닫고는 경멸의 눈초리로 나를 노려보았다.

"지금 우리를 살려두었다가 나중에 죽이려는 속셈이냐?"

"난 지금 당신을 구해줄 거예요. 당신이 살 수 있도록!"

나는 단호하게 말했다. 바닥이 마구 흔들렸다.

"흥! 우리가 그 말을 믿을 거라 생각하나?"

나는 끙끙거리며 돌덩이를 들어 올리려 했다. 내 안의 모든 힘을 끌어냈다. 이마에서 땀이 줄줄 흘러내려, 보이지 않는 눈이 따끔거렸다. 마침내 돌덩이가 약간 움직였다. 하지만 스탕마르가 빠져나오기에는 충분하지 않았다.

다시 시도해보기도 전에, 바닥이 쩍 갈라졌다. 우리 둘 다 저 아래 어둠 속으로 굴렀다. 성이 마침내 완전히 무너져 내리는 엄청난 굉음의 한가운데에서⋯⋯.

갑작스레 뭔가가 우리의 추락을 막아주었다. 스탕마르와 나는 뒤엉켰다. 무엇이 우리를 잡아준 것인지, 처음에는 전혀 알지 못했다. 그것이 돌보다 훨씬 부드럽다는 것만 빼고. 그런데 거인들이 든 횃불의 불빛 때문에 저 아래로 성의 폐허가 보였다. 뿐만 아니라 저 위로 친숙한 얼굴도 보였다. 그제야 무슨 일인지 깨달았다.

"내가 잡았지! 손이 두 개니까 정말 좋군!"

심이 의기양양하게 말했다.

"그래, 아주 좋군."

나는 심의 손바닥 한가운데에 앉아 대답했다.

거인이 거대한 입을 일그러뜨렸다.

"사악한 왕이 너랑 함께 있어. 내가 녀석을 먹어버릴 거야!"

심이 화난 목소리로 굉음을 내질렀다.

스탕마르의 얼굴에는 공포의 표정이 가득했다.

"기다려. 죽이지 말고 포로로 삼자."

내가 소리쳤다.

스탕마르는 놀란 표정으로 나를 바라보았다.

심은 다시 으르렁거리며, 기분 나쁘다는 듯이 커다란 코를 긁적였다.

"하지만 이 녀석은 나쁜 놈이야! 완전히, 철저히, 끔찍하게 나쁜 놈이라고."

"그럴지도 몰라. 그래도 우리 아버지이기도 해."

내가 대답했다. 나는 몸을 돌려 내 옆에 있는 짙은 눈동자의 사내를 바라보았다.

"그리고 아주 오래전 저 사람이 나무에 오르는 걸 좋아하던 때가 있었어. 때로는 나무에 올라 폭풍을 견뎌내기도 했지."

스탕마르의 눈빛이 아주 조금 부드러워진 것 같았다. 마치 디퍼컷의 칼날처럼 내 말에 아주 깊이 베이기라도 한 것처럼. 이윽고 스탕마르는 눈길을 돌렸다.

심은 우리를 언덕 끝자락에 있는 마른 풀의 둔덕에 내려놓았다. 거긴 슈라우디드 성이 위풍당당하게 서 있던 곳이다. 그러고는 심은 저 멀리 걸어갔다. 심의 무게 때문에 땅이 흔들렸다. 나는 심이 언덕의 경사면에 등을 기대고 앉는 모습을 지켜보았다. 심은 커다란 팔을 쭉 뻗어 늘어지게 하품을 했다. 곧 들려올 코 고는 소리에 비해서 그렇게 크지는 않지만 말이다.

근처에 리아가 있었다. 리아는 성의 폐허 너머 저 멀리 지평선 위에 희미하게 보이는 초록색 선이 있는 서쪽을 바라보고 서 있었다.

내 발자국 소리를 듣고 리아가 돌아섰다. 그 어느 때보다 큰 리아의 눈동자가 춤추는 듯했다.

"넌 안전해."

나는 고개를 끄덕였다.

"보물도 대부분 안전해."

리아가 미소를 지었다. 한동안 좀처럼 보지 못한 미소였다.

"리아! 내가 잘못 본 걸까? 아니면 점점 밝아지는 걸까?"

"네가 잘못 본 게 아니야! 성과 골리안트처럼 수의가 사라지는 거야."

나는 거인들을 가리켰다. 거인들은 노래를 멈추고, 쿵쾅거리던 발길질도 그쳤다. 홀로 그리고 두셋이 함께 모여, 거인들은 성의 폐허에서 자리를 뜨기 시작했다.

"거인들이 어디로 가는 거지?"

"집으로."

"집으로."

내가 되풀이했다.

우리는 슈라우디드 성의 잔해를 살펴보았다. 성은 거인들의 춤으로 대부분이 무너졌지만, 거대하고 둥그런 돌 더미가 위풍당당하게 서 있었다. 몇 개의 돌은 똑바로 서 있고, 몇 개의 돌은 옆으로 쓰러졌다. 나머지 돌은 크고 튼튼한 가로장을 떠받치고 있었다. 거인들이 돌을 이 모양으로 만들어놓았는지, 아니면 원래 저랬는지 모르겠다.

햇빛이 처음으로 어둠의 언덕 위의 하늘을 뚫고 들어왔다. 침묵에 잠긴 채 나는 이 인상적인 둥근 원을 눈여겨보았다. 둥근 원은 땅 위에 거대한 돌 울타리처럼 솟아 있었다. 둥그런 돌 무더기는 제아무리 튼튼한 벽이라 할지라도 진실의 힘에 영원히 저항할 수 없다는 사실을 알려주는 마지막 유적이 될 거라는 생각이 들었다. 진실의 비전, 진실한 우정, 진실한 믿음…….

갑작스레 바로 이곳, 이 언덕에서의 어린 시절 기억이 떠올랐다!

거인들이 방에서 춤을 출 때, 모든 장벽이 허물어져 내릴 것이다.

이 예언은 단순히 돌벽에만 적용되는 게 아니라는 걸 비로소 깨달았다. 내가 귀네드의 해안에 휩쓸려 온 날부터 나를 과거로부터 단절시켜 놓았던 마음속 벽이 이 성의 벽과 함께 무너져 내리기 시작했다.

처음에는 완만한 조각으로 그러고는 밀려드는 파도로 기억이 하나씩 하나씩 되살아났다. 엄마. 엄마는 딱딱 소리를 내며 타는 불 앞에서 숄을 두른 채, 내게 헤라클레스 이야기를 들려주었다. 아버지. 아버지는 무척이나 믿음직하고 강인했는데, 이온이라는 이름의 검은 종마에 걸터앉아 있었다. 뾰족한 열매를 처음 맛보던 때, 마르지 않는 강에서의 첫 헤엄, 목숨을 건지기 위해 도망치기 직전, 바다가 우리를 안전하게 데려다달라고 기도하던 마지막 순간의 슬픔…….

이윽고 오래전 어린 시절에 들었던 '예드라'라는 이름의 노랫말이 떠올랐다. 오늘 거인들이 직접 불렀던 것처럼, 아주 오래전에 엄마가 부르던 노래였다.

말하는 나무와 걸어 다니는 돌
거인들이 섬의 뼈대라네.
이 섬에서 우리의 춤이 잊히지 않는 한
바리갈이 핀카이라를 영예롭게 하리라.
영원하라, 영원하라, 핀카이라여.

"리아, 난 아직 진짜 고향을 찾지 못했어. 정말 찾을 수 있을지도 잘 모르겠어. 하지만 난생처음으로 어디에서 시작해야 할지 알 것 같아."

나는 재빨리 말했다.

리아가 눈썹을 치켜떴다.

"그게 어딘데?"

나는 점차 늘어나는 빛으로 빛나는 둥그런 돌 무더기를 향해 손을 흔들었다.

"지금까지 나는 내 고향을 찾아다녔어. 지도 어딘가에서 찾을 수 있기라도 한 것처럼. 그리고 이제 내가 한때 알던 집이 기억나. 이곳, 바로 이곳 말이야! 하지만 동시에, 만약 내 진짜 집이 어딘가에 존재한다면, 그건 지도 위가 아닌 것 같아. 그러니까 내 안 어딘가에 있어."

리아의 목소리가 생각에 잠긴 듯했다. 리아가 덧붙였다.

"트러블에 대한 우리의 기억이 있는 곳과 같은 장소 같은데."

나는 작은 가죽 가방에 손을 넣어 깃털을 꺼내 손가락으로 깃털 끝을 부드럽게 어루만졌다.

"트러블이 어떻게 사라졌는지 난 알아. 정말 믿을 수 없어. 하지만 그걸 어떻게 잊을 수 있을까?"

리아가 깃털을 살펴보았다.

"나도 같은 생각이야. 그리고 아바사도 내 생각에 동의할 것 같아."

"만약 그게 사실이라면 그리고 트러블의 용기가 사후 세계로 가는 문을 연 것이라면, 트러블은 리타 고르와 함께 그 문으로 떨어졌을 거야."

리아가 미소를 지었다.

"그건 리타 고르가 계획한 여행이 아니었어! 그래도 그것이 우리한테 필요한 기회를 주었어. 그래서 만약 그게 사실이라면, 트러블은 바로 그곳에 있을 거야. 여전히 하늘을 높이 날아다니면서 말이야.”

“그리고 리타 고르도 여전히 그곳에 있을 거야. 여전히 성질을 마구 부리면서 말이야.”

리아는 고개를 끄덕였다. 문득 리아의 얼굴이 심각해졌다.

“트러블이 정말 보고 싶어.”

나는 깃털을 살짝 내려놓았다. 깃털이 천천히 내 다른 쪽 손으로 떨어지는 모습을 지켜보았다.

“나도 보고 싶어.”

리아는 푸석푸석한 풀을 발로 툭 찼다.

“그리고 우리가 또 무엇을 잃었는지 봐! 이 땅은 바싹 말랐어. 다시 살아날 수 있을지도 잘 모르겠어.”

나는 살짝 미소를 머금으며 단호하게 말했다.

“내게 계획이 있어. 나한테 맡겨둬.”

“정말?”

“꽃 피는 하프가 도움이 될 거야. 꽃 피는 하프는 봄을 설득할 힘이 있잖아.”

“물론이지! 그걸 미처 생각하지 못했네.”

“난 꽃 피는 하프를 언덕과 초원과 강으로 가지고 갈 거야. 물론 아주 특별한 정원에도. 저기 평원 아래, 내 친구 둘이 살고 있는 곳으로 말이야.”

리아의 청회색 눈동자가 빛났다.

“난 바라고 있어…….”

“뭘?”

“네가 나랑 함께 가기를……. 넌 나무를 되살리도록 도와줄 수 있잖아.”

종소리 같은 리아의 웃음이 울려 퍼졌다.

"내가 가든 안 가든 이것만은 분명해. 넌 네 진짜 고향을 찾지 못했을지는 몰라. 하지만 넌 친구들을 찾았어."

"네 말이 맞아."

리아는 잠시 동안 나를 가만히 바라보았다.

"그리고 한 가지 더. 넌 네 진짜 이름을 찾았어."

"내가?"

"그래, 널 보고 있으면 한때 네 어깨 위에 앉아 있던 그 매가 생각나. 넌 부드럽기도 하고 사납기도 해. 온 힘을 다해 붙잡고 절대 놓지 않아. 넌 분명히 볼 수 있어. 비록 두 눈으로 보는 건 아니지만 말이야. 넌 네 능력을 언제 써야 하는지 알고 있어. 그리고…… 넌 날 수 있어."

리아는 빛 속에서 커다란 목걸이처럼 빛나는 돌의 둥근 원을 흘끗 바라보았다. 그러고는 나를 다시 바라보았다.

"네 진짜 이름은 분명 멀린이야."

"농담하지 마."

"농담 아니야."

멀린.

난 왠지 그 이름이 좋았다. 물론 그 이름을 갖기에는 충분하지 않았지만, 이름이란 때로 이상한 방식으로 따라다니기도 한다.

멀린.

적어도 특이한 이름이었다. 그리고 내 마음속에 불러일으키는 슬픔과 기쁨 때문에 의미 있는 이름이기도 했다.

"좋아, 한번 해보지. 하지만 아주 잠깐 동안만이야."

- 1권 끝 -

멀린1 잃어버린 시간

1판 1쇄 인쇄 2017년 4월 21일
1판 1쇄 발행 2017년 5월 10일

지은이 | 토머스 A. 배런
펴낸이 | 김영곤
펴낸곳 | (주)북이십일 아르테
미디어사업본부 이사 | 신우섭
미디어믹스팀장 | 장선영
편집 | 이상화
문학영업팀 | 권장규 오서영
프로모션팀 | 김한성 최성환 김주희 김선영 정지은
해외기획팀 | 박진희 임세은 채윤지
홍보기획팀 | 이혜연 최수아 문소라 박혜림 백세희 김솔이
제휴마케팅팀 | 류승은
제작팀장 | 이영민

출판등록 | 2000년 5월 6일 제406-2003-061호
주소 | (우 10881) 경기도 파주시 회동길 201(문발동)
대표전화 | 031-955-2100 **팩스** | 031-955-2151
이메일 | book21@book21.co.kr

(주)북이십일 경계를 허무는 콘텐츠 리더

아르테 채널에서 도서 정보와 다양한 영상자료, 이벤트를 만나세요!
북이십일과 함께하는 팟캐스트 '[북팟21] 이게 뭐라고'
페이스북 facebook.com/21arte   블로그 arte.kro.kr
인스타그램 instagram.com/21_arte   홈페이지 arte.book21.com

ISBN 978-89-509-6935-6 04840
책값은 뒤표지에 있습니다.